KB033684

*unforeseen love*

예기치 못한 사랑

# 예기치 못한 사랑

1판 1쇄 찍음 2018년 2월 6일
1판 1쇄 펴냄 2018년 2월 13일

지은이 | 이선경
펴낸이 | 고운숙
펴낸곳 | 봄 미디어

기획·편집 | 김민지, 김자우, 홍주희, 김현주
표지 디자인 | 박현진

출판등록 | 2014년 08월 25일 (제387-2014-000040호)
주소 | 경기도 부천시 원미구 길주로 64, 1303(굿모닝 오피스텔)
영업부 | 070-5015-0818  편집부 | 070-5015-0817  팩스 | 032-712-2815
E-mail | bommedia@naver.com
소식창 | http://blog.naver.com/bommedia

**값 9,000원**

ISBN 979-11-5810-457-3 03810

*unforeseen love*

# 예기치 못한 사랑

이선경 장편 소설

# Contents

프롤로그

정윤의 무감한 시선이 한여름의 무더운 열기를 뿜어내는 창밖의 도로로 향했다. 이런 날씨엔 폭우가 쏟아져야 제격일 것 같다는 엉뚱한 생각이 들었다.

달그락, 찻잔을 놓는 소리에 그녀는 마주 앉은 여자를 바라봤다. 눈가의 자글거리는 주름과 거친 손마디가 여자의 힘든 삶을 대변하는 듯해 연민이 생겼다. 그래서였을까. 여자가 원하는 대로 해 주고 싶어진 것은.

어쩌면 잘된 건지도 몰랐다. 끈질기게 구애한 상현과 만난 지 채 한 달도 되지 않아 연인이라기에는 몹시 어설픈 단계였다. 때문에 더 미련이 없는지도.

겨우 몇 번 만난 사이인데, 어떻게 알았을까.

상현과 더 이상 만나지 않겠다는 정윤의 대답이 만족스러웠는지 여자가 근심을 내려놓은 얼굴로 말했다.

"아가씨가 싫어서 이러는 게 아니니 오해하지 않았으면 좋겠어요. 서른에 남편을 잃고 아들과 어떻게든 살아 보려고 이것저것 안 해 본 일이 없어요. 그 험난한 세월을 살아오면서 한 가지 바람밖에 없었어요. 우리 아들이 남부럽지 않게 잘 살아가는 것, 그것뿐이었어요. 그런데 아가씨의 환경이……."

대뜸 전화를 해서 만나자고 한 여자의 질문에 너무 솔직하게 대답을 했나 보다.

초등학교 2학년 때 아버지가 돌아가신 사실과 어머니의 재혼, 함께 살던 할머니는 치매에 걸려 요양원에 계시다는 것마저 얘기를 했으니 말이다. 거기까지 들은 여자는 더 이상 들을 필요도 없다는 듯 손을 홰홰 저으며 그녀의 말을 끊어 버렸었다.

그 탓에 정윤은 부가 설명을 할 수 없었다. 아버지의 재산을 물려받은 덕분에 그런대로 편하게 살고 있다는 것과 탄탄한 중견 기업을 경영하는 새아버지와 재혼한 어머니의 얘기마저도.

여자가 나가고 난 후, 밖으로 나온 정윤은 하늘을 올려다봤다. 그사이에 쨍쨍하던 하늘이 금방 소나기라도 쏟아질 듯이 잔뜩 흐려져 있었다.

휴대폰으로 시간을 확인한 그녀는 잠시 걷고 싶은 마음이 들어 근처에 위치한 고궁으로 들어갔다. 평일이라 사람들은 많지 않았다. 느긋하게 걷다가 빗방울이 한두 방울 떨어지기 시작해 피할 곳을 찾아 주위를 두리번거렸다.

마침 멀지 않은 곳에 쉼터가 보였다. 빗방울이 순식간에 굵어져 쉼터로 뛰어갔다. 머리카락에 달라붙은 물방울을 손가락으로 톡톡 털어 내던 정윤은 휴대폰의 계속되는 진동에 가장자리로 가서 전화를 받았다. 안절부절못하는 수진의 목소리가 흘러나왔다.

—정윤아, 시간 안에 회사에 못 들어오는 거야?

"그럴 것 같아. 오전에 부탁한 대로 네가 강의 좀 맡아 줘."

—어떻게 널 대신해? 강의는 어찌어찌한다고 쳐도 와인 주문량은 바닥을 칠 텐데, 어떻게든 좀 빨리 올 수 없어?

걱정이 가득한 수진의 말에 정윤은 거세게 쏟아지는 빗줄기를 바라봤다.

"갑자기 비가 내려서 피하고 있는데, 최대한 빨리 갈게. 그리고 강의 중에 시음할 와인 리스트는 내 데스크에 있으니까 확인해 봐."

—알았어. 그래도 제발 강의 전에 올 수 있으면 와 줘.

통화를 마친 그녀는 쏟아지는 빗줄기를 바라보다가 쉼터와 연결된 노천카페에서 따뜻한 커피를 사 왔다.

비와 커피의 향이라. 생일치곤 근사하네.

이미 상현의 일은 머릿속에서 지워진 건지 커피를 마시는 그녀의 얼굴은 무심해 보였다.

커피의 향이 식어 갈 쯤, 언제 비가 내렸냐는 듯이 금세 하늘이 맑아졌다. 고궁을 나온 정윤은 서둘러 택시를 타고 회사로 향했다.

사무실에 들어서자 초조하게 기다리고 있던 수진이 살았다는 듯이 만세 부르는 시늉을 했다. 정윤은 재빠르게 준비를 마치고 강의실로 향했다.

그녀의 직장인 세우와인인터내셔널은 업계에서 가장 큰 와인 수입 회사로 프랑스를 비롯한 이탈리아, 칠레, 미국 등 여러 나라에서 와인을 수입하고 판매하는 일을 한다.

판매 전략의 일환으로 와인 스쿨을 진행해 잠재적인 고객을 늘리고 여러 파티에 맞춰 와인을 공급한다. 뿐만 아니라 다양한 가격의 와인을 수입해 레스토랑과 와인 바, 칵테일 바, 백화점 등을 타깃으로 삼아 치열한 영업을 펼치고 있다. 그 덕분인지 급속하게 매출이 늘어난 회사는 몇 년 전부터 국내뿐만 아니라 해외로 눈을 돌려 일본과 중국까지 영업력을 넓히는 중이었다.

정윤은 강의실에 들어가기 전에 이름표를 확인했다.

세우와인인터내셔널 영업팀 박정윤 대리.

흐뭇한 얼굴로 이름표를 만진 그녀는 와인 기초반의 수강생들과 눈인사를 나누고 강의를 시작했다.

"저번 시간에는 보르도 고급 와인의 샤토(Chateau)*가 집중된 '오 메독 지역'과 다른 지구들에 대해 알아봤습니다. 오늘은 부르고뉴 와인에 대해 알아보겠습니다. 먼저 포도 품종부터

---

*Chateau:보르도 지방에서 와인을 제조하는 양조장.

보죠. 보르도 와인의 포도 품종은 카베르네 소비뇽과 메를로, 카베르네 프랑 그리고 화이트 와인의 대표 품종인 샤르도네라는 포도가 중심이 되고 부르고뉴 포도의 품종은 피노 누아입니다. 포도 품종과 테루아르(Terroir)*에 따라 와인의 맛은 달라집니다. 혹시 이 중에서 부르고뉴 와인과 보르도 와인을 비교하면서 시음해 보신 분이 계신가요?"

몇 명의 수강생들이 손을 들자 정윤은 싱긋 미소를 지으며 설명을 이어 나갔다.

"보르도 와인의 등급은 샤토의 레벨과 생산자에 의해 결정되지만 부르고뉴 와인은 포도가 나는 밭에 따라 등급을 매깁니다. 포도를 재배하는 환경이 특히 뛰어난 특급 포도원은 그랑크뤼, 1급 포도원은 프리미에 크뤼, 그리고 마을이나 지역 단위의 와인으로 나뉩니다. 개인 생산자는 도멘(Domaine)으로 불립니다. 대부분 알고 계실 DRC(Domaine de la Romanee Conti)도 마을 단위에 해당됩니다. 그다음으로는 부르고뉴 루쥬가 있는데……."

준비한 영상 자료를 띄워 놓고 한참 동안 강의하던 정윤은 수진의 도움을 받아 와인 시음 준비를 마쳤다.

"빈티지(Vintage)*에 따라 다르지만 일단 등급별로 와인을 시음하면서 어떤 차이가 있는지를 알아보겠습니다."

---

*Terroir:포도를 재배하는 지역의 토양과 날씨, 기후 등을 총칭.
*Vintage:와인이 생산된 해.

시음 과정을 마친 후에 이어진 고객들의 주문 상황까지 점검한 정윤이 사무실로 돌아왔을 때는 벌써 퇴근 시간이었다. 직원들은 정윤의 생일을 축하하는 자리에 참석하는 이들을 체크하고 있었다. 조용히 쉬고 싶어 슬그머니 일어서던 그녀는 눈치 빠른 직원들에게 붙잡혀 술자리에 따라갈 수밖에 없었다.

몸이 좋지 않다는 핑계로 식사를 마치자마자 나와 단골 와인 바로 향했다. 이른 시간이라 그런지 바에는 사람들이 많지 않았다.

스툴에 앉자 안주를 플레이팅 하던 주영이 그녀의 안색을 살피며 다가왔다. 두 사람은 소믈리에 과정을 함께 공부하면서 친해진 사이였다.

"우울한 일 있어?"

"아니."

"오늘 생일이지? 박정윤, 생일 축하해."

주영의 말에 희미하게 웃던 정윤은 콧속으로 스며든 향기에 고개를 돌렸다. 조금 떨어진 자리에 깔끔한 슈트 차림의 키 큰 남자가 우아하게 와인 잔을 기울이고 있었다.

그가 다시 와인을 따르자 귀부 와인의 대표라 불리는 샤토 디켐의 향이 혹 끼쳐 왔다. 어렸을 때 부모님이 결혼기념일에 마시던 와인의 향이었다. 어렸을 때라 부모님과 함께 와인을 즐기진 못했지만 회사에 취직한 뒤 와인 파티를 맡았을 때 어린 시절을 떠올리며 마셔 본 적이 있었다.

눈을 가늘게 떠서 슬쩍 와인의 빈티지를 확인한 정윤은 침을 꿀꺽 삼켰다. 파티에서 마셨던 맛이 생생하게 떠올라서였다. 목젖을 타고 흘러들어 가던 단맛과 독특한 향, 긴 숙성 기간을 지녔으면서 청량감을 유지하고 있던 맛과 향이 생생하게 떠오르자 저도 모르게 입안에 침이 고였다. 평소에 마시기에는 너무 비싼 와인이 그녀의 후각과 미각을 자극했다.

간신히 마셔 보고 싶다는 열망을 누르고 주영에게 주문을 했다.

"하우스 와인으로 한 잔 줘."

정윤은 주영이 건넨 와인을 천천히 마시며 생각에 잠겼다.

생일이니 집에 와서 저녁을 먹고 가라던 신애에게 여느 때처럼 바쁘다는 핑계를 댔지만 역시나 상처 받았다.

엄마는 잊어버린 걸까. 내일이 아버지의 기일이라는 걸.

정윤은 휴대폰에서 아버지와 찍은 사진을 찾아 확대했다. 사진 속의 젊은 아버지는 어린 그녀를 안아 올리며 싱그럽게 웃고 있었다.


"우리 공주님, 생일 축하해."


그리운 아버지의 목소리가 귓가에 울렸다. 엄마와 할머니의 웃음소리도 그 뒤를 따랐다. 시간이 한참이나 흘렀는데도 왜 추억이란 건 바래지지 않는 것일까.

갑작스럽게 툭 떨어진 눈물에 사진 속 아버지의 얼굴이 흐릿해졌다. 머리를 만지는 척하며 눈물을 닦아 낸 정윤은 남은 와인을 단숨에 마셨다.

그런 그녀를 지켜보던 주영이 새 와인 잔을 내밀었다. 뭐냐는 정윤의 눈빛에 그녀는 옆자리의 남자를 눈짓으로 가리켰다. 정윤과 시선이 마주친 남자가 자리에서 일어서며 말했다.

"이렇게 달콤한 와인은 여성분에게 어울릴 것 같습니다."

"네? 아닙니다. 전 됐습니다."

정윤의 거절에도 눈인사를 한 남자가 바를 나가 버리자 주영이 물었다.

"아는 사람이야?"

"전혀. 혹시 여기 단골이야?"

"아니, 오늘 처음 온 손님인데."

정윤은 의아한 얼굴로 남자가 나간 문을 한참 동안 바라봤다.

어깨를 한 번 으쓱해 보인 그녀가 결국 와인 잔을 잡았다. 달콤한 귀부 와인의 향에 취한 정윤은 다시 되돌아오지 않을 추억을 연신 되감았다. 주영이 가방을 손에 쥐어 주며 다정하게 등을 쓸어 주자 상념을 떨칠 수 있었다.

바를 나온 정윤은 택시를 타 오피스텔 앞에서 내렸다.

"박정윤!"

여전히 입안을 감돌고 있는 와인 향을 음미하면서 오피스텔 쪽으로 걸어가던 정윤은 익숙한 남자의 목소리에 고개를 들었다. 양손에 가득 짐을 든 남자가 그녀를 보며 활짝 웃었다.

"오빠! 왔으면 연락이라도 하지. 오래 기다렸어?"

"아니."

그의 대답에 정윤은 피식 웃었다. 그녀가 유일하게 오빠라고 부르는 사람, 권선후. 비록 그녀에게서 엄마의 존재를 가져간 사람이지만 밉지 않았다.

신애는 재혼하면서 정윤을 데려갔었다. 하지만 그 집에서 어린 정윤은 채 1년 반도 살지 못했다. 선후 할머니인 김 여사의 못마땅해하는 눈초리와 새아버지 현석의 냉담함은 어린 그녀를 두렵게 했다.

그래도 견딜 수 있었다. 그녀에겐 엄마가 있었으니까. 무서울 땐 엄마의 뒤에 숨으면 됐었다. 게다가 네 살 터울의 선후와는 친남매 못지않게 사이가 좋아서 그들의 매서운 눈빛을 애써 밀어낼 수 있었다.

하지만 그 짧은 행복은 엄마의 임신으로 끝이 났다. 엄마의 나이 때문에 태교에 더 신경을 써야 한다면서 그녀를 잠시 친할머니에게 맡기라던 김 여사 때문이었다. 신애가 무사히 아이를 낳은 후에도 정윤은 쭉 할머니와 둘이서 살아야 했다.

오피스텔에 들어온 정윤은 서둘러 상을 차리려는 선후의 모습에 생각에서 벗어났다.

"오빠, 뭐 하려고?"

"생일인데 미역국은 먹어야지."

"저녁 먹었어."

"어머니께서 열심히 만들어 주신 거야. 한 숟갈이라도 먹

자. 얼른 손 씻고 나와."

간단히 씻은 후 옷을 갈아입고 나오자 어느새 식탁에는 그녀의 생일상이 풍성하게 차려져 있었다. 선후가 어서 먹으라며 손에 수저를 쥐여 주는 바람에 정윤은 마지못해 미역국을 한 숟가락 가득 떠서 먹었다. 좀 전까지 입안에서 향기롭게 감돌던 와인 맛 때문인지 미역국이 깔깔하게 느껴졌다.

그래도 먹어야겠지.

노골적으로 드러내지는 않지만 정윤을 못마땅해하는 게 역력한 김 여사와 현석의 눈치를 보며 신애가 마련했을 음식들일 테니.

먹음직스러운 잡채를 젓가락으로 집어 든 정윤의 눈가가 붉어졌다. 어렸을 때는 이해하지 못했던 그들의 미움과 냉대가 무엇 때문인지 이제는 안다.

김 여사는 제 가족 안에 이물질 같은 남의 자식이 끼어드는 것을 참을 수 없었고 아내를 몹시 사랑하는 현석 역시 신애가 정윤을 만나는 걸 꺼려 했다. 신애에게 전남편을 떠올리게 하는 존재였으니 더 그랬는지도 모른다.

게다가 정윤이 와인과 관련된 일을 선택한 것 또한 거슬렸으리라. 뛰어난 소믈리에인 동시에 와인 수입상이었던 아버지와 똑같은 일을 하고 있으니 말이다.

눈가가 붉어진 정윤을 말없이 바라보던 선후가 정윤에게 물컵을 건네며 말했다.

"물 한 모금 마시고 조금만 더 먹자."

"그럼 오빠도 같이 먹어."

"다 뺏어 먹어도 뭐라고 하지 마라."

선후는 정윤이 먹는 모습을 바라봤다. 붉어진 눈동자를 길고 풍성한 속눈썹으로 가리고 있는 모습에 한숨이 나왔다. 새하얀 옆 목덜미에 위아래로 콕 찍혀 있는 두 개의 작은 점을 제외하곤 새어머니와 참 많이 닮았다.

몇 년 전에 우연히 들었던 아버지와 할머니의 대화의 일부가 떠오르자 그의 눈빛에 애잔함이 가득해졌다. 아직도 할머니의 목소리가 잊히지 않았다.

"그 애 눈빛이 마음에 안 든다. 오기와 고집이 가득한 눈빛이야. 아무리 혼을 내도 잘못을 인정하지 않고 마치 왜 그러느냐는 듯 뻔히 바라보기만 했어. 그 성격이 지금이라고 변했을 리가 없겠지. 순진해 보이지만 마음만 먹으면 어떤 남자든지 잡아먹을 상이야. 그러니 어떻게든 선후와 떼어 놔라. 둘이 남매처럼 사이가 좋다지만 어쨌든 피 한 방울 섞이지 않은 남남이 아니냐?"

선후는 할머니의 목소리를 떨쳐 내려는 듯 머리를 흔들었다. 그에게 정윤은 사랑스러운 동생일 뿐이다. 가족의 예쁨을 받으면서 자라는 막냇동생 지연을 볼 때마다 홀로 쓸쓸하게 살아가는 정윤에 대한 미안함과 안쓰러움이 커졌다.

"오빠 왜 안 먹어?"

"음, 먹고 있어."

부지런히 젓가락질을 하던 선후는 빈 공간마다 책이 빽빽이 들어찬 오피스텔을 둘러보며 미소 지었다. 역시 책벌레인 정윤의 오피스텔답다는 생각을 하면서.

　정윤이 회사에 입사한 해에 그녀의 할머니가 치매 판정을 받았고 1년이 지나자 병세가 심각해졌다. 결국 할머니를 요양원에 모신 정윤은 할머니와 살던 주택은 세를 주고 작은 오피스텔로 옮겨 왔다.

　정윤이 배가 불러서 더는 못 먹겠다며 젓가락을 내려놓자 그가 대뜸 물었다.

　"여기서 사는 거 불편하지 않아? 조금 더 큰 데로 알아보는 게 좋지 않을까?"

　"여기가 편해. 안전하고 관리도 잘해 주니까 특별히 불편한 건 없어."

　"일은 어때? 힘들면 언제든지 말해."

　"일은 당연히 재밌지. 오빠 내 걱정 말고 본인이나 챙기셔. 서른셋이면 슬슬 결혼 얘기 나올 때잖아. 아직도 사귀는 사람 없어?"

　"그러게. 결혼은 인연이 닿아야 한다는데 쉽지가 않네. 안 되면 어쩔 수 없이 선이라도 봐야지."

　식탁을 정리하려고 일어선 선후의 등을 밀어낸 정윤은 반찬을 냉장고에 넣고 설거지를 시작했다.

　생일 케이크와 선물까지 챙겨 준 선후가 가고 나자 정윤은 고무장갑을 벗고 소파에 앉았다.

토요일인 내일은 아버지를 모신 절에 들렀다가 할머니가 계시는 요양원에 갈 계획이었다. 정윤은 아버지가 좋아하시던 와인을 가져갈 생각으로 와인셀러로 향했다.

　와인을 고르고 침실로 향하려는데 배가 뒤틀리는 것을 느껴 급히 화장실로 뛰어가 먹었던 것을 다 토해 냈다.

# 1장
## 시고 떫은 인생엔 달달한 와인이 필요해

아침 일찍 일어나 준비를 마친 정윤은 지하 주차장으로 내려갔다. 엘리베이터에서 내리자마자 훅 끼쳐 오는 열기에 절로 눈살이 찌푸려졌다. 어제 내린 소나기로 잠시나마 시원해질 줄 알았더니 폭염의 기세는 꺾이지 않고 있었다.

서둘러 차에 탄 그녀는 에어컨을 최대치로 틀고 주차장을 빠져나와 복잡한 도로의 한복판으로 들어섰다.

한참을 달려 서울을 벗어나 인적이 끊긴 산속으로 들어서자 더위가 한풀 수그러진 느낌이었다. 차창을 활짝 여니 싱그러운 나무 향기를 가득 품은 바람 냄새가 났다. 정윤은 청량한 공기를 들이마시며 구불거리는 길을 달려 절에 도착했다.

어렸을 때부터 할머니를 따라 자주 다니던 절이라 익숙한 걸음으로 대웅전으로 향했다. 스님의 독경 소리에 맞춰 아버지의 극락왕생을 염원하는 절을 했다. 아버지가 하늘나라에서 행복하기를, 할머니의 남은 생이 부디 힘들지 않기를 기도하면서.

스님과 잠시 얘기를 나눈 정윤은 오솔길을 내려와 계곡의 평평한 돌에 앉았다. 신발을 벗고 바지를 걷어 올렸다. 시원한 물에 발을 담그자 다리를 타고 올라오는 서늘함이 기분 좋게 더위를 식혀 줬다. 손수건에 물을 묻혀 얼굴과 목덜미의 땀을 닦아 냈다. 다리를 쭉 뻗으며 한결 개운해진 느낌을 즐겼다.

느긋히 산의 정취를 느끼던 정윤은 자리에서 일어나 작은 아이스박스를 들고 30년은 족히 되어 보이는 나무 아래에 놓인 널찍한 바위로 갔다. 아버지가 살아 계셨을 때의 추억이 담긴 곳이었다.

할머니와 함께 절에 오곤 했지만 어린 그녀는 절보다 이곳을 더 좋아했다. 더위를 식혀 주는 시원한 물과 매끌매끌한 바위들이 가득한 이곳에서 물놀이를 하고 엄마가 준비해 온 맛있는 음식을 먹으면서 행복한 웃음을 터뜨렸었다.

온 가족이 즐겁게 놀던 곳에 혼자 덩그러니 앉아 있자니 저도 모르게 커다란 눈에 눈물이 그렁그렁해졌다. 그녀의 시선이 하늘로 향했다. 그 시절처럼 여전히 이곳의 하늘은 맑고 푸르렀다. 아담한 절도, 차가운 물이 흐르는 계곡도 변하지 않았는데 아버지가 돌아가신 후 가족들의 삶이 왜 이렇게 변해 버린 것일까.

"아빠."

오랜만에 불러 보는 애달픈 단어에 그리움이 물밀 듯이 몰려오자 서둘러 아이스박스에서 와인과 잔을 꺼냈다. 생전에 즐겨 드시던 화이트 와인이었다. 정윤은 와인을 잔에 부으며 말했다.

　　"아빠가 좋아하시던 화이트 와인이에요. 아직 햇포도주가 나오지 않아서 작년 걸로 가져왔는데 그래도 상큼하고 맛있을 거예요."

　　정윤은 바위 옆의 나무 주위에 와인을 천천히 뿌렸다. 와인 한 병을 다 비우고 돌에 앉아 나무에 등을 기댔다. 고개를 드니 커다란 나뭇잎 사이로 햇살이 황금빛처럼 쏟아져 내리고 있었다. 얼굴에 햇볕을 가득 받으면서 눈을 감았다. 이렇게 등을 기댈 수 있는 사람이 있으면 좋겠다는 생각을 하면서.

　　그녀가 갈 수 없는 곳에서 살고 있는 엄마와 손녀를 알아보지 못하는 할머니가 아닌 따뜻한 누군가가…….

　　그런 바람으로 상현의 마음을 받아들였는지도 모른다. 하지만 제 마음은 그에게 반응하지 않았다. 그녀의 심장과 마음은 마치 죽은 것처럼 가만히 있을 뿐이었다. 함께한 시간이 짧아서 그런 거라고 위안하고 있을 때 그의 어머니에게 내쳐졌으니, 오히려 잘된 것이 아닐까.

　　깜박 잠이 들었나 보다. 눈을 떴을 때는 얼굴에 일렁이던 햇살이 옆으로 비켜나 있었다. 주춤거리며 일어난 정윤은 짐을 챙겨 트렁크에 넣은 후 요양원 방향으로 차를 몰았다.

할머니가 계시는 요양원은 절에서 차로 30분 정도의 거리에 있었다.

요양원에 도착하니 마침 점심 식사를 마쳤는지 담당 요양 보호사가 할머니의 휠체어를 밀면서 식당을 나오고 있었다.

"할머니!"

반가워하는 정윤의 목소리에 얼굴에 자잘한 주름이 가득한 여자가 고개를 갸웃하며 물었다.

"아가씨는 누구요?"

"할머니, 정윤이에요. 할머니 손녀요."

"난 그런 사람 모르는데."

요양 보호사에게 눈인사를 한 정윤이 할머니의 휠체어를 대신 밀면서 말했다.

"할머니가 좋아하는 단팥빵 사 왔어요. 음료수도요. 식사하셨으니까 이따가 한 개만 드셔야 해요."

"단팥빵?"

단팥빵을 유난히 좋아했던 할머니의 눈에 그제야 반가운 기색이 비쳤다. 가끔 단팥빵을 사다 주는 아가씨란 걸 기억해 냈나 보다.

더위 때문에 밖으로는 나갈 수가 없었다. 정윤은 휠체어를 밀면서 복도를 몇 번 돌다가 널찍한 휴게실로 향했다. 넓은 통유리창 너머 초록이 가득한 정원과 산이 그림처럼 아름답게 다가왔다. 그사이에 기분이 좋아졌는지 할머니의 얼굴이 환해졌다. 그녀는 다정하게 할머니의 주름진 손을 잡았다.

"할머니, 아빠가 계시는 절에 들렀다 왔어요."

"아빠?"

"사진 보여 드릴까요?"

정윤은 고개를 끄덕이는 할머니에게 가방에서 앨범을 꺼내 보여 주었다. 앳되어 보이는 할머니의 품에 안긴 갓난아기 적의 아버지 사진부터 돌아가시기 전까지의 사진을 정리해 놓은 앨범이었다.

호기심 어린 눈으로 쳐다보던 할머니가 아버지의 초등학교 사진에 반응을 보였다. 친구들과 축구를 하고 난 뒤에 찍은 사진이라 헝클어진 머리에 볼이 빨간 아버지의 사진. 한 발로 공을 차는 시늉을 하며 천진한 얼굴로 웃고 있는 아버지는 몹시 행복해 보였다.

"우리 아들 재윤이! 재윤아, 재윤아!"

앨범을 휙 뺏어 간 할머니가 연신 아버지의 사진을 쓰다듬었다. 자신이 누군지 조차 잊어버린 할머니이지만 가끔 정신이 돌아올 때가 있다. 그럴 때도 정윤은 알아보지 못했지만 아득한 기억 속의 아버지는 알아본다.

아버지의 사진에 뺨을 비비던 할머니가 물었다.

"우리 아들은 언제 오나?"

"할머니, 곧이요. 곧 아버지를 만나실 수 있을 거예요."

"우리 재윤이가 사 달라고 떼를 썼는데. 아가씨, 자전거를 사야 해. 어디서 사는지 알아?"

"다음에 제가 사 올게요."

앨범을 가슴에 품고 있던 할머니가 갑자기 정윤을 물끄러미 바라보다가 입을 열었다.

"아가씨는 신애를 닮았네."

"……."

"신애가 참 예뻤다오. 같은 동네에 살아서 우리 재윤이랑 얼마나 사이가 좋았는지 몰라. 우리 아들에게 오빠, 오빠 하면서 졸졸 따라다녔지."

"그랬군요."

"그런데 아가씬 누구요?"

"할머니……."

정윤의 눈에서 기어이 참았던 눈물이 후드득 떨어져 내렸다. 할머니의 기억 속에 그녀는 없다. 할머니가 떠올릴 수 있는 건 먼 과거뿐이다. 그 과거 속에 아버지가 있고 이따금 엄마를 기억해 내는 정도다.

서둘러 눈물을 닦아 낸 정윤은 할머니에게 단팥빵을 드렸다. 맛있게 단팥빵을 먹는 할머니에게 간간이 음료수를 먹여 드리던 그녀는 입술을 깨물며 다시 솟구치려는 눈물을 억지로 참아 냈다.

할머니가 단팥빵을 다 드시자 정윤은 바쁘게 움직였다. 직접 할머니의 목욕을 시켜 드리고 옷을 갈아입힌 뒤 머리를 정성스럽게 말려 드렸다. 기분이 좋은지 꾸벅꾸벅 조는 할머니를 요양 보호사의 도움을 받아 침대에 눕혀 드리고 잠자는 모습을 내내 지켜보았다.

5시가 가까워 오자 정윤은 요양원을 나와 오피스텔로 차를 몰았다.

차에서 내려 엘리베이터로 가면서 휴대폰을 확인했다. 상현에게 여러 통의 메시지가 와 있었다. 마지막 메시지는 방금 전에 온 것이었다.

〈오피스텔 상가 카페에 있어요.〉

정윤은 그가 기다리고 있는 카페로 갔다. 어차피 얼굴을 보고 끝내야 하는 일이니 피할 수 없다는 생각에서였다.

정윤이 카페로 들어서자 상현이 긴장한 얼굴로 일어섰다. 두 사람은 주문한 음료를 가져오고 나서야 침묵을 깼다. 음료수를 한 모금 마신 그의 얼굴이 슬퍼 보였다.

"미안합니다. 어머니께서 이렇게 빨리 정윤 씨를 만날 줄은 생각하지 못했습니다."

"특별히 안 좋은 얘기를 하신 건 아니에요."

"정윤 씨."

"상현 씨 어머니의 마음을 이해해요."

"어머니를 설득할 생각이었습니다. 정윤 씨가 아니면 안 된다고요."

"우린 겨우 몇 번 만난 사이인데 그것마저 설득을 해야 되는 건가요?"

그녀의 말에 상현은 속으로 한숨을 길게 내쉬었다. 몇 번 만난 사이라. 틀린 말은 아니었다. 하지만 그가 정윤을 바라본 시간은 그렇지 않다. 계약을 하러 온 정윤을 본 순간 그의 기다림은 시작되었다. 그녀가 마음을 열어 주기를, 자신을 바라봐 주기를 빌면서 기다려 온 시간이 1년이 넘었다.

이제 겨우 희망이 보이기 시작했는데 어머니가 이렇게 빨리 나설 줄이야. 정윤에게 그만 만나겠다는 확답을 얻었다는 어머니의 말에 불같이 화를 냈었다. 그게 어머니에 대한 화인지 저를 쉽게 포기해 버린 정윤에 대한 화인지도 모른 채.

입매가 굳어진 상현이 나직하게 말했다.

"지금까지 절 키우느라 고생하신 어머니의 말씀을 어긴 적 없습니다. 하라는 대로 다 했습니다. 아들을 위해 긴 시간을 희생하신 어머니에 대한 보답이라고 생각했으니까요. 이번엔 아닙니다. 제 여자까지 선택하게 할 수는 없습니다."

"하지만……."

"압니다. 정윤 씨가 아직 제게 특별한 감정이 없다는 것을요. 우린 이제 만나기 시작했으니 시간이 필요할 겁니다. 어머니의 일은 수습할 테니까 정윤 씨는 저를 믿어 주면 안 되겠습니까?"

"죄송해요."

정윤의 대답에 상현은 허탈한 표정을 지었다. 역시 그녀에게 자신은 아무런 존재도 아니란 말인가.

"제발, 정윤 씨."

"상현 씨, 사실은 상현 씨 어머님의 말씀을 들으면서 참 대단한 분이라고 생각했어요."

"네? 그게 무슨……."

"서른에 혼자 되셨다고 하셨어요. 지금 저보다 한 살이 많은 나이잖아요. 그 나이에 자신의 인생이 아닌 아들을 선택하신 거예요. 아까 상현 씨가 말했죠. 긴 시간을 희생하신 것에 대한 보답으로 어머니께서 원하는 대로 다 했다고요. 제 생각엔 그건 희생이 아니에요. 아들에 대한 사랑이에요. 자신의 인생보다 더 소중한 아들에 대한, 자식으로서는 헤아릴 수 없는 어머니의 사랑이요. 어머니께서 상현 씨와 며느리 될 분에게 많이 존중받고 사랑받으셨으면 좋겠다고 생각했어요."

정윤의 말에 한참 말이 없던 상현이 입을 열었다.

"정윤 씨……."

"죄송해요. 저처럼 메마른 사람이 아니라 더 따뜻하고 착한 사람이 상현 씨에게 다가올 거예요."

"제게는 정윤 씨가 그런 사람입니다."

"미안해요. 먼저 일어서겠습니다. 앞으로 연락하지 말아 주세요."

상현은 카페를 나가는 정윤의 뒷모습을 아프게 바라봤다. 반듯하게 걸어가는 그녀의 등에서 아무런 미련이 없다는, 아니 오히려 잘됐다는 속마음이 읽히는 것 같아 가슴이 무너져 내렸다. 아무리 잡으려 애를 써도 손에 잡히지 않는 바람, 그에게 박정윤은 그런 여자였다.

✤    ✤    ✤

2개월 후.

무더운 여름이 지나간 거리는 어느새 가을빛으로 가득해졌다. 선선한 날씨 덕분인지 세우와인 영업팀은 어느 때보다도 바쁘게 움직이고 있었다.

그 와중에 정윤은 연신 한숨을 쉬었다. 다른 직원들이 기피하는 일이 그녀의 차지가 됐다. 개업 예정인 NS&Chili's 레스토랑의 와인 공급 계약을 따내는 일이었다. 때마침 맡았던 일을 마무리 지어서 잠시라도 한가한 시간을 보낼 수 있을 거라 여기고 있던 정윤과 수진이 얼떨결에 그 일을 맡게 됐다.

정윤은 부지런히 조사한 자료를 수진과 꼼꼼하게 들여다봤다. 최고급 레스토랑의 대표는 예상 외로 젊은 미국인이었다. 함께 사진을 들여다보던 수진이 궁금한 얼굴로 말했다.

"이 사람 교포일까? 아니면 부모님 중 한 분이 한국인인가? 왜 이런 건 자료에 없는 거야? 하여튼 기가 막히게 잘생기긴 했네."

자료를 읽던 정윤도 고개를 갸웃했다. 대표에 대한 정보는 별로 없었다. 사진 속의 남자는 서구적인 외모지만 한국계 같았다. 거기다 분명히 어디선가 본 것 같은 낯익은 얼굴이다.

"차라리 한국계 미국인이면 좋겠다. 우리말이 유창하면 더할 나위 없이 좋을……."

황홀한 눈으로 사진 속의 남자를 보던 수진이 얼른 서류를 집어 들면서 입을 다물었다.

얼굴이 벌게진 한경이 요란스러운 발걸음 소리를 내며 사무실 문을 밀고 들어왔다. 요즘 매사에 신경이 날카로운 팀장의 등장에 직원들은 즉시 각자의 일에 열중하는 모습을 보였다. 사무실 안을 쭉 둘러보던 그가 어정쩡한 자세로 자료를 읽고 있던 정윤과 수진을 보며 눈살을 찌푸리곤 말했다.

"박 대리, 이 대리. 이렇게 한가하게 있어도 되겠어요? 이게 얼마나 중요한 계약인지 알고 있겠죠. 다른 회사 영업팀은 발에 땀이 나게 뛰고 있을 텐데, 어서 서둘러요."

"네, 네. 지금 나갑니다."

잽싸게 자료를 챙겨 가방에 구겨 넣은 정윤은 수진과 서둘러 사무실을 나왔다. 밖으로 나온 두 사람은 한경이 여자에게 차인 것 같다며 소곤거리다가 레스토랑으로 향했다.

레스토랑은 한창 내부 인테리어 공사 중이었다. 미리 전화를 한 덕분에 옆 건물에 위치한 임시 사무실에서 총괄 매니저를 만날 수 있었다.

회사의 장점을 열심히 피력하며 홍보 책자를 설명하는 정윤의 모습에 슬쩍 미소를 짓던 총괄 매니저가 초대장을 내밀며 말했다.

"최종 결정은 대표님이 하시겠지만 저희 입장에서는 단지 업계 1위의 회사라고 해서 덜컥 일을 맡길 수는 없습니다. 검증이 필요합니다."

"얼마든지 검증하셔도 됩니다."

희망이 보이자 정윤과 수진의 얼굴이 밝아졌다. 눈을 반짝이며 다음 말을 기다리고 있는 두 사람의 모습이 너무 진지해 보였는지 남자의 입꼬리가 슬며시 올라갔다.

"저희 레스토랑에서 채용한 소믈리에뿐만 아니라 다른 업체들에 드리는 기회를 세우와인인터내셔널에도 똑같이 적용하겠습니다."

"어떤 기회입니까?"

"저희 레스토랑에 어울리는 와인 리스트를 제출하시면 됩니다. 분명한 건 레스토랑의 분위기뿐만 아니라 음식과의 조화도 포함되어야 합니다."

"마리아주(Mariage)* 말입니까?"

"그렇습니다. 저희 레스토랑 메뉴에 맞는 와인 리스트가 필요합니다. 물론 참가자 모두에게 요리를 제공할 겁니다. 그러니 실력으로 보여 주시면 됩니다. 와인의 종류는 프랑스뿐만 아니라 이탈리아나 캘리포니아 등 어떤 것이라도 좋습니다. 가격 대비 뛰어나면 더 좋겠지요."

총괄 매니저의 말에 참가 의사를 밝힌 정윤은 회사로 돌아와 즉시 작업에 착수했다. 계약을 따낼 때마다 겪는 일이지만 이번처럼 바로 그 자리에서 요리와 어울리는 와인을 적어 낸다는 건 이 업계에서 오래 일을 한 사람들에게도 결코 쉬운 일

---

*Mariage:와인과 음식의 조화, 어우러짐.

이 아니었다.

두 사람은 회사가 취급하는 와인을 나라별, 가격별로 구분하는 작업부터 시작하면서 전의를 다졌다. 무엇보다 많은 와인을 미리 마셔 보는 게 중요하다는 결론에 이르자 진행 중인 와인 스쿨과 모든 파티의 시음회에 참석했다.

정윤은 이미 마셔 본 와인들도 다시 시음하면서 레벨과 빈티지, 가격 위주로 꼼꼼하게 정리했다. 같은 작업을 2주 동안 하다 보니 꽤나 많은 와인을 마시게 됐다.

레스토랑에서 제시한 날이 되자 정윤은 머리를 가지런히 묶고 단정한 차림으로 출근했다. 사무실에 들어가자마자 수진과 함께 팀장실로 불려가 열변을 토하는 한경의 얘기를 들었다.

어디서 정보를 알아냈는지 NS&Chili's 레스토랑의 대표가 얼마 후에 중국 상하이와 일본 도쿄에도 지점을 열 계획이라고 했다. 몇 년 전부터 우리 회사도 중국과 일본에 진출하여 판로를 개척하기 위해 죽을힘을 다하고 있으니 반드시 거래를 따내야 한단다. 헛기침을 한 한경이 다시 강조했다.

"일본의 와인 시장이 우리나라와 비교할 수 없는 정도로 크다는 건 알고 있겠죠? 살아서 돌아오고 싶으면 어떻게든 계약을 따내세요."

그의 말에 정윤과 수진은 '그럼 팀장님이 가서 계약을 따내시든지요'라는 표정을 짓고 있다가 한경의 눈초리가 홱 올라가자 늦었다며 재빨리 팀장실에서 나왔다.

총괄 매니저가 알려 준 곳에는 이미 다른 업체의 영업팀들이 바글거리고 있었다. 같은 업종에서 경쟁하다 보니 대부분은 안면이 있는 사람들이었다.

정윤의 등장에 일부는 '또야' 하는 표정으로 한숨을 쉬었다. 경쟁할 때마다 그녀에게 밀린 경험이 있는 사람들이었다.

참가자들이 모두 테이블에 앉자 음식이 하나씩 나오기 시작했다. 정윤은 신중하게 맛을 음미하면서 수첩에 떠오르는 와인을 적어 나갔다. 그녀의 미각과 후각은 아버지에게서 물려받은 재능이었다. 뭐든지 한 번 맛을 보거나 맡아 본 향은 언제든지 떠올릴 수 있었다.

눈을 감고 음식을 천천히 씹으니 몹시 마시고 싶은 와인이 떠올랐다. 육즙이 가득한 스테이크의 풍미를 더해 줄 와인이나, 입안에 청량감을 줄 와인이 줄지어 떠올랐다.

갑자기 아버지의 말이 뇌리를 스쳐 갔다.


"정윤아, 와인은 술이 아닌 음료란다. 음식과 어우러지는 맛있는 음료이지. 우리나라에서는 와인이 술로 분류되지만 유럽에서는 식품이란다."


그 당시에는 무슨 뜻인지 몰랐던 아버지의 말이 머릿속에서 울리자 정윤은 맞장구를 치듯이 고개를 끄덕였다.

그래, 와인은 음료이자 음식이야. 물이 전혀 들어가지 않은 포도 100%의 순수함을 갖추고 있어. 숙성 과정에서 과일 속의 당분이 알코올 성분으로 바뀌는 것뿐이야. 그래서 음식과 먹으면 음식이 되고, 목이 마를 때 마시는 차고 상큼한 신맛의 화이트 와인은 음료가 되는 거야.

물론 와인에도 엄연히 등급이 존재한다. 적당한 가격에 마실 수 있는 와인이 있는 반면 희소성 때문에 부르는 게 값인 것도 있다.

정윤은 공사 중이던 레스토랑을 떠올리며 생각에 잠겼다. 그곳을 이용할 고객들의 시선으로 와인을 보자 가닥이 잡혔다.

한 끼의 식사에 최고급 와인을 편하게 즐길 수 있는 사람들과 특별한 날을 기념하기 위해 레스토랑에 온 가족들, 연인들의 모습이 보였다. 음식보다 더 비싼 와인에 당황할 사람들의 모습도 보이는 듯했다. 정윤은 하나의 음식에 가격별로 세 종류의 와인을 적어 내려가기 시작했다.

많은 사람들이 있음에도 간간히 음식을 씹는 소리와 필기하는 소리 외에는 조용했다. 그 조용함은 한 사람이 홀로 들어서자 잠시 술렁임으로 변했다. 레스토랑의 젊은 대표가 등장한 탓이었다.

참가자들을 쭉 둘러보던 그의 시선이 뭔가를 열심히 적고 있는 정윤에게 잠시 머물렀다가 다른 곳으로 향했다.

✦　　　✦　　　✦

며칠 후, 수북이 쌓인 서류를 한쪽으로 치운 에이든은 뜨거운 김이 올라오는 커피를 들고 창가로 갔다. 노랗게 물든 단풍나무를 내려다보며 느긋하게 커피를 마셨다. 입안에 커피 향이 향긋하게 퍼져 나갔다.

창밖으로 보이는 아름다운 서울의 가을을 보고 있으니 문득 뉴욕의 가을이 떠올랐다. 그의 반듯한 이마에 주름이 잡혔다. 생각하고 싶지 않았다. 특히나 뉴욕에서의 그 일은 더더욱.

똑똑.

노크 소리에 몸을 돌린 그에게 총괄 매니저인 윤성이 들어와 물었다.

"대표님, 결정하셨습니까?"

"결정했습니다."

"어느 회사입니까?"

에이든은 윤성에게 검토하라며 와인 리스트가 적힌 서류를 건넸다. 그는 신중한 표정으로 와인 리스트를 읽어 나갔다. 마지막까지 읽은 그의 얼굴에 미소가 번졌다. 꼼꼼하고 정성스럽게 적은 리스트였다. 무엇보다 리스트뿐만 아니라 레스토랑 요리에 대한 상세한 평가까지 들어 있어 더 흥미를 끌었다. 대단한 미각을 가진 소믈리에임이 틀림없었다.

윤성이 서류를 내려놓으며 물었다.

"이대로 진행하면 되겠습니까?"

"확인할 게 있으니 작성자에게 연락하십시오."

"바로 연락하겠습니다."

묵례를 한 윤성이 나가자 에이든은 서류에 적힌 이름을 한참 동안 들여다봤다.


사장실에 들렀다 사무실로 돌아온 정윤은 싱글벙글 웃고 있는 한경과 눈이 마주쳤다. 한걸음에 그녀에게 다가온 한경이 말했다.

"박 대리, 연락이 왔어요."

"혹시 NS&Chili's 레스토랑에서요?"

"박 대리가 제출한 와인 리스트로 하겠대요. 의논할 게 있다니까 빨리 가 봐요."

정윤은 직원들의 축하 인사를 뒤로하고 급히 차에 올랐다. 며칠 동안 결과를 기다리면서 다른 계약 건과 달리 초조했었다. 반드시 계약을 따내야 한다는 한경의 압박이 있었지만 그건 늘 있는 일이라 그러려니 했다. 그럼에도 이 일을 맡고 싶다는 욕심이 생긴 건 왜일까.

달달한 샤토 디켐 때문인가. 아니면 그 남자…….

문득 떠오른 생각에 정윤은 비싼 공짜 와인을 마신 부작용이라며 고개를 세차게 저었다. 조사한 자료에서 봤던 남자가 주영의 와인 바에서 봤던 남자란 걸 확인했다. 와인 리스트를 적다가 고개를 들었을 때 그의 시선이 그녀를 스쳐 갔다.

우연이야. 엉뚱한 상상은 하지 말자.

레스토랑에 도착하니 내부를 청소하는 사람들이 보였다. 마침 홀을 둘러보고 있던 윤성이 그녀를 발견하고 2층에 있는 에이든의 사무실로 안내했다.

정윤이 노크를 하고 들어가자 에이든이 데스크에서 일어났다. 창으로 쏟아져 들어오는 햇살 속으로 걸어 나온 그의 모습에 자기소개를 하려던 정윤은 주춤했다.

와인 바에서 스쳐 지나갔을 때보다 키가 훨씬 커 보였다. 넓은 어깨와 운동으로 다져진 듯한 탄탄해 보이는 가슴 근육이 드레스셔츠 속에서도 여실히 드러났다. 그에 비해 허리는 날렵했다. 긴 다리로 우아하게 걸어오는 그를 쳐다보고 있던 정윤은 정신을 차리고 인사했다.

"세우와인인터내셔널의 박정윤입니다."

"NS&Chili's 레스토랑 대표 에이든입니다."

인사를 마친 에이든과 소파에 마주 앉은 정윤은 서둘러 가방에서 서류를 꺼냈다.

"저희 회사로 결정해 주셔서 감사합니다. 최선을 다하겠습니다."

"먼저 묻고 싶은 게 있습니다. 작성한 와인 리스트에 대해 설명해 주십시오."

정윤은 요리마다 가격이 다른 세 가지 와인을 적은 이유를 차분히 설명해 나갔다. 한참 동안 그녀의 얘기에 귀를 기울이고 있던 그가 고개를 끄덕이다가 물었다.

"현재 한국의 와인 시장은 어떻습니까?"

"와인 소비층은 많지 않습니다. 쉽게 와인을 마시고 즐기는 문화가 아직은 제대로 정착되지 않아서요. 게다가 와인은 공부가 필요한 술로 여기는 풍조가 있어서 더 대중화되지 못한 것도 사실입니다. 다행히도 몇 년 사이에 와인의 저변이 넓어지고 있습니다. 특히 칠레 와인을 대량으로 수입하기 시작하면서 대중화에 기여했습니다. 요즘은 마트에서 비싸지 않은 와인을 다양하게 구입해서 마실 수 있게 된 것도 좋은 변화입니다."

"그래도 한국은 다른 곳에 비해 와인이 비싸더군요."

정윤은 고개를 끄덕였다. 그의 말이 맞았다. 한국은 세계에서 와인 값이 가장 비싼 나라 중의 하나이다. 그 이유엔 세제 등 여러 문제가 있다. 와인을 식품으로 취급하는 유럽과 달리 한국에선 술로 다루기 때문에 높은 세금이 붙는다. 또한 이 세금은 와인의 수입 가격에 따라 매겨진다. 거기에 여러 세금까지 붙어 금액은 더욱 높아진다.

가만히 정윤의 얘기를 듣고 있던 에이든이 물었다.

"운송비도 원인이겠죠?"

"와인 수입사로서는 운송비와 보험료를 와인 가격에 넣을 수밖에 없으니까요. 그 외에도 와인이 고객에게 이르려면 단계를 더 거쳐야 합니다. 도매상과 소매상의 마진의 문제도 있고요. 이러니 현지 구입가보다 비싼 가격으로 소비자들에게 판매될 수밖에 없는 실정입니다."

정윤의 상세한 설명이 끝나자 에이든의 시선이 와인 리스트로 갔다가 다시 그녀에게 향했다.

"그래서 리스트에 세 종류의 와인을 적은 건가요?"

"부르고뉴 와인의 생산량이 보르도 와인에 비해 생산량이 훨씬 적어 가격이 비쌉니다. 대부분 우리나라 와인 애호가들의 입맛이 부르고뉴 와인보다는 보르도 와인의 맛에 익숙하다는 점도 고려했습니다. 리스트 외에도 저희 회사에서 취급하는 와인은 많습니다. 마을 단위 부르고뉴 와인도 다량 확보하고 있어서 원하신다면 얼마든지 조달이 가능합니다. 그 외에도 가격이 저렴한 네고시앙의 와인과 다른 와인들도……."

정윤은 재빨리 노트북을 켜서 빈티지와 가격별로 정리되어 있는 파일을 보여 주었다.

에이든은 제 쪽으로 돌려진 노트북의 화면을 마치 눈앞에서 보는 것처럼 정확히 설명하는 정윤의 모습을 지켜봤다. 눈을 반짝이며 열심히 설명하는 그녀를 바라보던 에이든은 잠깐 다른 생각을 했다.

아마 그녀는 와인 바에서 만났던 남자가 자신이란 걸 모를 수도 있다고. 그때 정윤의 시선은 그가 아닌 제 앞에 있던 와인 병에 쏠려 있었다. 자신이 일어나 나갈 때까지 그녀는 와인의 향기에 취해 몽롱한 눈을 하고 있었다.

계속 이어지는 정윤의 목소리에 생각에서 벗어난 에이든은 자리에서 일어났다.

"지하 와인셀러가 완성되었는데, 보시겠습니까."

"네."

에이든을 따라 지하실로 내려간 정윤은 와인셀러 규모에 놀랐다. 건물 전체를 레스토랑으로 사용한다 하더라도 대단한 규모였다. 그녀의 생각을 읽기라도 한 듯 에이든이 말했다.

"저희 레스토랑 건물의 한 층은 여러 개의 와인 파티룸으로 꾸며져 있습니다. 그 부분도 세우와인에 맡기고 싶습니다."

"감사합니다. 저희 회사에선 다양한 와인 파티와 칵테일 파티도 기획하고 대행합니다. 맡겨 주신 걸 절대 후회하지 않으실 겁니다."

내친김에 에이든은 정윤을 파티룸으로 안내했다. 깔끔하면서 세련된 룸을 둘러보던 정윤의 눈가에 미소가 번졌다. 단지 레스토랑에 와인을 넣는 것만 생각했던 그녀로서는 월급의 몇 배에 해당하는 보너스를 거저 받은 기분이었다. 기뻐할 한경의 모습이 떠오르자 어떻게든 상하이와 도쿄 계약 건도 따면 좋겠다는 욕심이 생겼다.

에이든의 사무실로 올라간 정윤은 그에게 계약서 사본을 건넸다. 계약은 다음 날 그가 회사로 와서 하기로 했다.

그녀가 나가자 에이든은 윤성을 불러 계약서를 꼼꼼히 검토했다.

✤         ✤         ✤

다음 날, 순조롭게 계약이 맺어지자 영업팀은 몹시 분주해졌다. 에이든이 주문한 양이 예상보다 많아 팀장인 한경까지 발 벗고 나섰다.

며칠 동안 이어진 레스토랑의 와인셀러에 와인을 넣은 작업이 얼추 끝나자 다른 직원들은 철수했다. 마지막 확인 작업은 담당인 정윤과 수진이 맡았다.

제 키보다 훨씬 높은 와인셀러 위에 있는 와인들을 확인하느라 의자에 올라가 있던 정윤은 추위에 몸을 움츠렸다. 두툼한 터틀넥 니트를 입었는데도 작업이 더디게 진행되자 체온이 내려갔나 보다. 아래에서 노트북으로 작업하고 있던 수진이 몸을 부르르 떠는 정윤에게 물었다.

"추우면 잠깐 나갔다 올까?"

"아니, 이제 캘리포니아 와인만 확인하면 되니까 마저 하자. 오늘 끝내고 싶어."

"거의 하루 종일 이러고 있으니 추울 수밖에. 끝나면 엄청 뜨겁고 매운 걸 먹으러 갈까?"

"아니, 선약이 있어."

"설마 데이트?"

"그냥 가족 모임이야."

정윤은 수진의 호기심 어린 눈을 피하며 와인의 이름과 빈티지를 불렀다. 와인을 넣을 때부터 신경 쓴 작업이었지만 혹시나 하는 마음에 다시 확인하는 셈이었다.

정윤이 불러 주는 것을 수진이 노트북의 파일과 일일이 대조해 나갔다. 금방 끝날 것 같았던 작업이 길어지자 수진이 화장실에 다녀오겠다며 나갔다. 정윤은 아예 파일을 훑어보고 외운 후 혼자 확인 작업을 이어 나갔다.

같은 시각, 외출했다가 돌아온 에이든은 정윤이 여전히 작업 중이란 얘기를 윤성에게 전해 듣고 지하실로 내려갔다.

문을 열고 들어서자 정윤의 모습이 들어왔다. 검은색 니트와 대비를 이룬 피부가 눈처럼 희게 빛났다. 냉기 때문인지 평상시와 달리 머리를 풀어 내린 상태였다. 그녀가 움직일 때마다 길고 탐스러운 머리가 등 뒤에서 찰랑거렸다.

잠시 동안 정윤의 일하는 모습을 바라보고 있던 에이든이 그녀에게 가까이 다가갔다.

"내려오세요."

"조금만 더 하면 됩니다."

"추워 보입니다. 어서 내려와요."

망설이던 정윤이 의자에서 내려오자 에이든은 재킷을 벗어 정윤의 어깨에 걸쳐 줬다.

"작업은 다음에 해도 돼요."

"오늘 끝낼 수 있어요."

그는 정윤의 어깨를 잡아 의자에 앉힌 후 아예 작업을 도우러 나섰다. 에이든이 불러 주는 와인을 파일에서 확인하던 정윤은 재킷 덕분인지 몸이 따뜻해져서 기분이 좋아졌다. 언제 들어왔는지 수진이 지켜보는 것도 모른 채 두 사람은 일에 열중했다.


에이든의 도움으로 저녁 전에 작업을 마친 정윤은 서둘러 오피스텔로 갔다.

방에 들어오자마자 니트와 슬랙스를 벗고 단정한 블라우스와 재킷으로 갈아입었다. 머리를 정성 들여 손질하고 화장을 고친 그녀는 내키지 않은 얼굴로 약속 장소로 향했다.

굳이 나가고 싶지 않았다. 김 여사의 생일이 자신과 무슨 상관이란 말인가. 그들의 가족 모임에 왜 끼어야 하는지 이해가 되지 않았다. 반기지도 않으면서 굳이 해마다 꼭 부르는 이유는 아마도 김 여사의 심술이 아닐까 짐작할 뿐이었다.

엄마와 선후를 만나는 건 좋았다. 하지만 새아버지와 김 여사와는 물과 기름처럼 겉도는 관계였다.

정윤은 모임이 끝난 후 주영의 바에 갈 생각으로 차를 두고 택시를 탔다.

약속 장소에서 내리니 신애가 기다리고 있었다. 반갑게 정윤의 손을 잡은 그녀의 얼굴에 안타까움이 가득했다.

"우리 딸, 미안해. 엄마가 생일도 못 챙겨 줘서."

"선후 오빠에게 챙겨 보내셨잖아요."

"밥은 먹고 다니는 거야?"

"걱정 마세요. 잘 먹고, 잘 자고, 잘 살고 있어요."

정윤의 어깨를 다독이던 신애가 눈시울을 붉혔다. 딸을 지켜 주지 못했다. 어떻게든 데리고 살려 했지만 결국 김 여사의 고집을 꺾지 못한 무능하고 야속한 엄마가 돼 버렸다. 정윤을 달가워하지 않던 현석 또한 도움이 되지 않았다.

"엄마, 들어가요."

"그래."

정윤이 신애와 룸에 들어가자 약속이나 한 듯 얘기 소리와 웃음소리가 뚝 끊겼다. 김 여사와 현석에게 인사를 한 정윤은 신애의 옆자리에 앉으며 지연에게 알은체를 했다.

"잘 지냈어?"

지연이 고개를 까닥하고 휴대폰을 들여다봤다. 지연의 반응엔 익숙했다. 그나마 지금은 괜찮은 편이다. 어렸을 때 지연은 정윤이 나타나면 신애를 붙잡고 떨어지지 않았다. 엄마를 뺏길까 두려워하는 표정을 지으면서.

코스별로 요리가 나오기 시작하자 분위기를 바꾸려고 이런 저런 얘기를 하던 선후가 정윤을 챙기기 시작했다. 또한 신애의 관심도 그녀에게 쏠렸다. 그 모습을 말없이 지켜보고 있던 김 여사의 눈꼬리가 불쾌한 듯 올라갔다. 김 여사는 조용히 식사하는 정윤을 바라봤다. 어디 흠잡을 곳이 없나 하는 표정이었다.

코스 요리를 우아하게 먹고 있는 정윤에게서 흠을 찾을 데가 없자 차림새를 훑어봤다. 머리부터 발끝까지 단정했다.

참으로 정이 안 가는 아이라고 생각하며 김 여사는 고개를 절레절레 흔들었다. 눈에 넣어도 아프지 않을 손녀인 지연보다 제 어미를 빼다 박은 것도 싫었다. 친탁을 한 지연이 정윤과 비교되는 것 역시 싫었다.

이래저래 기분이 상한 김 여사는 소믈리에가 따라 준 와인을 한 모금 마시다가 정윤에게 눈길을 돌렸다.

"와인이 가격에 비해 별로구나. 네가 디캔팅(Decantign)*인지 뭔지를 해 줄 수 있겠니?"

"할머니, 와인 맛에 이상이 없는데요."

선후가 끼어들었지만 소용이 없었다.

"내 생일 선물이라고 생각하면 안 될까? 네가 따라 주는 맛있는 와인을 마셔 보고 싶구나."

"네, 해 드릴게요."

자리에서 일어난 정윤은 소믈리에가 가져다준 디캔터에 와인을 따르기 시작했다. 와인 병에서 가느다란 실처럼 흘러나온 와인이 좁은 디캔터 입구로 들어가는 모습은 아름다웠다.

선후는 홀린 듯 그녀의 모습을 지켜봤다. 다른 소믈리에들이 하는 장면을 몇 번 봤지만 누구도 정윤만큼 잘하지 못했다.

디캔팅을 하던 정윤은 내심 김 여사에게 하고 싶은 말이 있었다. 디캔팅으로 맛이 더 부드러워지고 풍미가 진해지는 와인이 있지만 지금 마시는 와인은 그렇지 않았다. 오히려 디캔팅을 하는 게 맛과 향을 망치는 거라고 알려 주고 싶은 걸 꾹 눌러 참았다. 교양 있는 사모님 역할에 충실한 김 여사에게 그런 말을 해 봤자 오히려 반발을 살 뿐이란 것을 이미 경험으로 알고 있었으니까.

하지만 아쉬웠다. 최고의 맛을 내던 와인을 제 손으로 망치

---

*Decantign:와인을 디캔터라는 병에 옮겨 따라 와인의 잠재된 맛을 끌어내거나 마시기 좋도록 부드럽게 만드는 것.

고 있다니. 하긴, 와인은 맛이 아닌 분위기로 마시기도 한다. 그런 의미라면 지금 자신을 가족이 아닌 이곳에서 일하는 소믈리에로 취급하고 싶은 김 여사의 기분은 최고일 것이다.

식사가 끝날 때쯤 현석이 정윤을 보며 입을 열었다.

"내년이면 서른이니 결혼을 서둘러야 하지 않겠니?"

"결혼……이요? 그건 제가 알아서……."

"물론 네가 알아서 할 거라 믿는다. 그래도 부모 된 입장인데 나 몰라라 하기는 그렇고, 선 자리를 알아볼까 하는데 어떤 사람이 좋은지 알고 싶구나."

"……."

"변호사나 의사도 괜찮을 것 같은데."

갑작스러운 현석의 관심에 정윤은 속뜻을 헤아려 보려 했다. 마땅한 답이 떠오르지 않자 신애에게 눈길을 돌렸다. 신애가 괜찮다는 듯이 정윤의 손을 잡으며 말했다.

"엄마가 좋은 사람으로 알아볼게. 성실하고 직업도 괜찮은 사람으로."

정윤이 입 모양으로 '갑자기 왜요?' 라고 물었다.

김 여사가 선후와 정윤을 번갈아 보며 말했다.

"선후도 그렇고 너도 나이가 있으니 이젠 가정을 가져야지. 둘 다 다음 달부터 주말에 시간을 비워 놔라."

"신경 써 주셔서 감사합니다. 하지만 제 일은 제가 알아서 하겠습니다."

"감사한 줄 알면 선 자리에 나가면 되는 거야. 강제로 결혼

46

하라는 것도 아니고 그냥 사람만 만나 보라는 거니까 너무 부담 가질 필요는 없다."

선후에게 도움을 청하려 했으나 어쩔 수 없다는 얼굴로 어깨를 으쓱하는 그를 보곤 속으로 한숨을 길게 내쉬었다. 결혼을 전제로 보는 게 선인데 부담 갖지 말라니.


불편한 식사 자리가 끝나자 정윤은 도망치듯 그곳을 나와 택시를 탔다. 주영의 와인 바에 도착해 막 블랙러시안을 한 모금 마시려다가 급하게 들어서는 선후를 봤다.

그녀의 옆에 털썩 앉은 선후가 칵테일 잔을 가져가더니 단숨에 마셔 버렸다.

"미안하다."

"뭐가?"

"할머니 생신 자리에 오게 해서."

"오빠 때문이 아니잖아."

"어쨌든 네 기분이 상했을 거야."

"이젠 단련됐어. 그냥 그러려니 해."

일부러 더 무덤덤하게 말하던 정윤은 우울해 보이는 선후의 기분을 풀어 주고 싶었다.

"미안하면 맛있는 디저트 와인 한 잔 사 줘. 그럼 뭐든 용서해 줄게."

"디저트 와인? 좋지. 어떤 걸로?"

"빈산토로 마실까?"

남매의 대화를 듣고 있던 주영이 재빨리 정윤이 찾는 와인을 내놨다. 건조 와인인 빈산토는 포도를 수확한 후 말려 수분을 없애기 때문에 당분의 응축도가 높아 몹시 달콤하다. 잘 알려져 있지 않지만 정윤이 좋아하는 와인 중 하나였다.

　　정윤에게 와인을 따라 주던 선후는 예전 일이 생각났다. 그녀는 유달리 달콤한 디저트 와인을 좋아했다. 이유를 묻는 그에게 정윤이 쓸쓸한 목소리로 대답했었다.

　　"인생이 시고 떫어서 달콤한 와인으로 중화시키는 중이야."

　　"미안하다. 우리 때문에……."

　　"오빠, 그런 생각하지 마. 오늘 기분이 울적해서 괜히 해 본 소리니까."

　　애써 태연한 척하는 그녀의 말에 더 가슴이 미어졌었다. 정윤의 행복을 빼앗아 버린 게 자신인 것만 같아서였다.

　　선후는 천천히 와인을 마셨다. 그의 입에는 지독히 달았다. 그런데 정윤은 맛있는 사탕을 핥아 먹는 것처럼 야금야금 아껴 먹고 있었다.

　　오늘도 그녀의 인생이 너무 시고 떫어서 중화시키는 중일 거라는 생각이 들자 또다시 가슴이 미어졌다.

## 2장
### 비 내리는 테라스에서

　심기가 불편한 김 여사에게 홍차를 가져다주고 나온 신애는 2층에 있는 지연의 방으로 올라갔다. 방문을 열자 발을 까딱이며 노래를 따라 부르고 있던 지연이 그녀의 품으로 달려들었다.

　"엄마!"

　고등학교 1학년인데도 여전히 엄마를 찾는 아이다. 늦둥이라 온 가족의 사랑을 받다 보니 가끔 버릇이 없을 때가 있긴 해도 성격은 무난한 편이다.

　신애는 반달눈으로 웃고 있는 지연의 앞머리를 쓸어 넘겨 주며 말했다.

　"잠깐 얘기 좀 할래?"

　엄마를 따라 의자에 앉은 지연이 무슨 얘기인지 짐작한다는 표정으로 입술을 삐죽 내밀었다. 정윤에 대해 얘기할 게 뻔했다. 오늘처럼 그녀가 가족 모임에 오는 날이면 신애는 당부를 하곤 했다. 언니에게 살갑게 굴라고. 아나나 다를까. 신애가 그 얘기를 꺼냈다.

"언니가 혼자 외롭게 살고 있는 거 알잖니? 좀 다정하게 지내면 안 되겠어?"

"인사했어."

"고개만 까닥하지 말고 서로 얘기를 나누면 오죽 좋아."

신애가 한숨을 쉬자 지연이 마지못해 고개를 끄덕이며 말했다.

"알았어. 앞으로 언니랑 잘 지낼게."

"그래, 자매 사이인데 잘 지내야지."

자매란 말에 지연이 이마를 찌푸렸다. 정윤과 그녀는 닮은 데가 없다. 정윤은 누가 봐도 한눈에 모녀인지 알만큼 엄마를 닮았다. 그래서인지 정윤을 만나는 걸 그다지 좋아하지 않는다. 자신이 입양한 딸처럼 느껴져 알 수 없는 거리감이 들었다.

지연은 신애의 허리를 껴안으며 애교가 가득한 소리를 냈다.

"엄마."

"우리 딸, 언제 크려나. 이렇게 엄마만 찾으니."

신애는 지연의 등을 두드려 주며 미소를 지었다.

한참 얘기를 나누다가 안방으로 들어온 신애는 화장대 앞에 앉아 거울 속의 제 모습을 들여다봤다. 남들은 성공한 재혼이라 한다. 탄탄한 중견 기업의 사모님으로 잘살고 있으니 그렇게 보이리라. 든든한 선후가 있고 예쁜 딸이 있다. 게다가 그녀를 아끼는 남편이 있으니 까다로운 시어머니는 감수할 수밖에.

하지만 우리 정윤이는…….

정윤을 생각하면 가슴이 너무 아팠다. 지연을 낳을 때까지 잠시 떨어져 있을 줄 알았지, 영영 데려오지 못할 줄은 몰랐다. 시어머니의 의도를 눈치챘을 땐 너무 늦어 버렸었다. 이미 그녀의 품엔 어린 딸이 안겨 있었으니. 이러지도 저러지도 못한 상태로 시간이 흘러 버렸다. 그사이에 어린 정윤은 홀로 어엿한 아가씨로 성장했다.

차라리 원망이라도 하면 좋으련만.

늘 침착한 정윤의 모습이 떠올랐다. 드러내지 않는다고 딸의 마음속에 쌓여 있을 원망과 서러움을 어떻게 모를 수가 있을까.

그나마 정윤의 결혼에 도움을 주고 싶다는 바람을 품고 있었는데 시어머니가 마침 그 얘기를 꺼냈다. 그런데 정윤은 그것마저 원하지 않는 듯했다.

한숨을 내쉬는 그녀의 어깨에 현석의 손이 와 닿았다.

"당신, 무슨 생각해?"

"서재에 있더니 언제 왔어요?"

"방금."

신애는 거울 속에 비친 남편의 모습을 가만히 바라봤다. 근육이 뭉친 것 같다며 그녀의 어깨를 주물러 준다. 자신에겐 한없이 다정한 사람이다. 하지만 전남편과 관련된 것들은 몹시 싫어한다. 정윤과 전남편의 어머니도 예외는 아니다. 생각이 거기까지 미치자 신애는 자신도 모르게 한숨을 내쉬었다.

"팔도 주물러 줄까?"

"괜찮아요."

괜찮다고 해도 현석은 그녀의 팔을 마사지하듯 부드럽게 주무르기 시작했다. 정윤의 얘기를 꺼내려던 신애는 다툼으로 이어질 게 뻔해 다음 기회로 미루기로 했다.

✤          ✦          ✤

시간 가는 줄 모르고 일에 몰두해 있던 정윤은 뻐근한 어깨를 문지르며 휴대폰으로 시간을 확인했다. 퇴근 시간이 가까워지고 있었다.

부서 회식이 잡혀 있는 날이라 외근을 나갔던 직원들이 속속 복귀했다. 모처럼 근사한 저녁을 먹을 수 있을 거라며 다들 들떠 있었다. 영업 1팀이 한 달 사이에 분기 목표 실적을 달성하는 쾌거를 이뤘기 때문에 낼 수 있는 분위기였다.

게다가 한경이 사장님으로부터 많은 칭찬을 받았다는 소문까지 돌고 있던 터였다. 그 소문이 사실이었나 보다. 팀원들이 도착한 곳은 에이든의 레스토랑이었다. 미리 예약을 했는지 일행은 룸으로 안내를 받았다.

고급스러운 테이블 외에 장식이 거의 없는 룸은 인테리어에
서조차 품격이 느껴졌다. 정윤은 수많은 거래처를 돌아다니면
서 느낀 게 있었다. 레스토랑이든 와인 바든 주인의 성격이 반
영된다는 거였다. 주인의 성격에 따라 화려하거나 실용적이거
나, 또는 이곳처럼 별로 인테리어를 하지 않는 것이 오히려 장
점이 되어 편안하면서도 세련된 분위기를 자아내기도 한다.

자리에 앉은 직원들은 다소 긴장한 얼굴로 한경을 봤다. 마
치 비용을 책임질 수 있겠냐는 표정이었다. 직원들을 쭉 훑어
보던 한경이 싱긋 웃으며 금액은 상관하지 말라던 사장님의
말을 전했다. 한경의 옆에 앉아 있던 우석이 물었다.

"팀장님, 와인은요? 설마 와인도 금액이 상관없는 건 아니
겠죠?"

"와인이야 우리가 전문가이니 비싸지 않으면서도 맛은 탁
월한 걸로 고를 수 있지 않겠어요? 게다가 이건 영업의 일환
이기도 하죠. 앞으로 이런 곳을 더 많이 개척하려면 필요한 경
험이니까요."

그의 말에 기분이 좋아진 직원들이 주문하느라 분주해졌다.
와인 리스트를 훑어보던 한경은 흐뭇한 표정을 지었다. 정윤
이 만든 와인 리스트의 반응이 아주 좋다는 얘기를 들은 탓이
었다. 그는 와인 리스트에서 적당한 가격의 와인을 골랐다.

코스별로 요리가 나오기 시작하면서 분위기가 점점 무르익
었다. 와인 회사 직원들답게 와인을 마시며 품평을 하는 게 재

미있었다. 와인을 한 모금 음미한 수진이 말했다.

"이 와인은 혀에 착 감기는 맛이에요. 진한 맛으로 시작했다가 끝에는 상쾌함으로 바뀌네요. 제 요리와 어울리는 와인인데요."

영훈이 와인 잔을 들어 올리며 얘기를 이어 나갔다.

"이건 향이 묵직하고 타닌의 떫은맛이 강한데도 입에서 계속 당겨요. 양념장이 강한 우리나라의 고기 요리와 잘 어울리겠어요."

정윤은 점점 열기를 띠어 가는 사람들의 얘기를 들으며 빙그레 웃었다. 자신의 마리아주가 그런대로 성공을 한 것 같아서였다. 음식에 와인을 곁들여 마셔 보니 더 만족스러웠다.

와인을 음미하던 한경도 품평에 참여했다.

"박 대리, 마리아주가 정말 훌륭해요. 마치 음식에 와인 향이 가득 배어든 것 같네요. 역시, 매출이 예상보다 훨씬 늘어난 게 이해가 가요."

직원들이 동조하듯 고개를 끄덕이자 한경은 흡족한 미소를 지었다.

"박 대리, 잘했어요."

"감사합니다."

사실 레스토랑이 개업을 한 후로 와인 소비량이 예상보다 많았다. 그만큼 담당자인 정윤에게 주문이 많이 들어왔다.

그녀 역시 레스토랑에 자주 드나들다 보니 정이 생겼고 더욱이 윤성뿐만 아니라 이곳의 소믈리에들과 가까워진 것 또한 좋았다.

화기애애한 분위기 속에서 음식과 와인을 즐기다 보니 어느새 마지막 코스 요리가 나왔다. 음식보다 와인에 대한 얘기가 풍성했던 식사가 끝나고 홀로 나왔을 때 총괄 매니저인 윤성이 정윤에게 다가왔다.

일행과 헤어진 정윤은 대표실로 가 보라는 윤성의 말에 2층으로 올라갔다. 노크를 하고 들어가니 서류 속에 파묻혀 있던 에이든이 고개를 들었다.

"대표님, 하실 말씀이 있으시다고요?"

"앉으세요."

정윤은 맞은편 소파에 앉은 에이든을 바라봤다. 강하면서도 섬세해 보이는 얼굴이다. 특히 그의 눈은 볼 때마다 다른 느낌이 났다. 적당한 나른함과 피곤이 뒤섞인 연한 갈색 눈동자가 몹시 매혹적이란 생각을 하던 정윤은 그와 시선이 마주치자 고개를 살짝 돌렸다.

문득 납품된 와인에 문제가 생긴 건 아닐까 하는 생각이 들었다. 아무리 신경을 쓴다 해도 어쩔 수 없이 보관 문제로 부쇼네(Bouchonne)*가 생기기도 한다. 그 문제가 아니길 바라며 물었다.

"주문하신 와인에 문제라도 있나요?"

"아닙니다. 다른 일로 불렀습니다."

---

*Bouchonne:코르크 마개의 오염에 의해 와인이 변질되는 것.

에이든이 정윤에게 서류를 내밀었다. 서류를 들여다본 정윤의 얼굴에 미소가 번졌다. 와인 파티 일정표였다. 환해지는 그녀의 표정을 본 에이든이 입을 열었다.

"한 달 동안 예약된 파티 일정표입니다. 와인과 칵테일 파티로 기획해 주세요."

"저희 직원을 파견할까요? 아니면 여기 소믈리에들을……."

"우리 레스토랑의 소믈리에들도 함께 일하겠지만 기획은 정윤 씨가 맡아 주십시오."

"잠시만요. 일정표를 확인하겠습니다."

정윤은 휴대폰을 꺼내 자신의 일정표와 에이든이 건넨 파티 일정표를 검토했다. 와인 파티는 주로 금요일 저녁에 예약되어 있어 근무 시간을 바꿔야 한다는 것을 제외하곤 큰 문제는 없었다. 또 바쁜 일이 있으면 수진과 대체할 수도 있다.

"금요일에 진행되는 파티는 제가 맡을 수 있습니다. 주중에 열리는 파티는 다른 직원을 내보내도 될까요?"

"그렇게 하세요. 필요한 게 있으면 총괄 매니저님과 의논하고요."

"책임과 신용이 저희 회사의 모토이니만큼 최선을 다하겠습니다."

에이든의 입가에 미소가 어렸다. 인사를 하고 나가려는 정윤을 바라보다가 자리에서 일어났다.

"데려다드리겠습니다."

"아니에요."

"차 가져왔습니까?"

"오늘 회식이라 가져오지 않았는데, 택시를 타면⋯⋯."

"저도 피곤해서 들어갈 참이었습니다."

"안 그러셔도 됩니다."

"업무 이야기로 시간을 빼앗았으니 데려다드리겠습니다."

외투를 입은 에이든이 노트북이 들어 있는 그녀의 묵직한 가방을 들었다. 고민하던 정윤은 결국 그를 따라 주차장으로 갔다.

그럼에도 막상 차 앞에 서니 망설여졌다. 그녀답지 않은 일이었다. 아무리 거래처의 대표라 하더라도 이런 행동을 한 적은 없었다. 차 문을 연 에이든이 나직하게 말했다.

"정윤 씨, 타세요."

하아. 속으로 한숨을 내쉰 그녀는 차에 올라 그에게 오피스텔의 위치를 알려 줬다.

40분 거리에 있는 정윤의 오피스텔 근처에 도착할 때까지 두 사람은 아무 말도 하지 않았다. 정윤은 줄곧 창밖을 바라보고 있었고 에이든은 운전에만 집중했다. 그런데도 침묵이 불편하게 느껴지지 않았다.

차가 오피스텔 앞에서 멈추자 안전벨트를 푼 정윤은 에이든에게 고개를 돌렸다.

"태워 주셔서 감사합니다."

"들어가는 거 보고 가도 되겠습니까?"

"아닙니다. 그냥 가셔⋯⋯."

"그럼 다음에 뵙겠습니다."

차에서 내린 정윤은 멀어져 가는 차를 바라보다가 오피스텔로 들어갔다.

머릿속을 가득 채우고 있는 에이든에 대한 생각을 억지로 밀어내고 냉장고에서 물병을 꺼내던 그녀의 눈에 가지런히 정리된 반찬통들이 들어왔다. 모두 신애가 선후를 통해 보낸 것들이다. 정윤은 제일 아래 칸에 있는 반찬통을 꺼내 열었다. 열무김치에서 맛있는 냄새가 났다. 정윤은 반찬통에 얼굴을 가까이 대고 냄새를 맡았다.

그녀가 기억하는 가족의 냄새였다. 온 가족이 식탁에 둘러앉아 밥을 먹던 시절에 각인된 냄새. 잘 익은 열무김치와 총각김치를 유난히 좋아했던 아버지를 위해 늘 식탁에 올렸던 반찬이었다. 반찬통을 닫아 냉장고에 넣은 정윤은 욕실로 가면서 생각했다.

이 반찬이 그녀를 위한 것인지, 아니면 돌아가신 아버지를 위한 것인지.

말끔히 씻고 나와 소파에 앉아 책을 집어 들었다. 할머니와 살게 되면서 책은 그녀의 친구였고 세상이었다. 외로울 때도 엄마가 보고 싶을 때도 책 속에 빠졌었다. 그 속에서 친구를 만났고 다정한 엄마를 만났다.

한참 동안 책을 읽던 정윤은 결심한 듯 휴대폰에 메시지를 작성했다. 늦은 시간이라 현석이 있을지도 모르지만 신경 쓰지 않기로 했다.

〈엄마, 선 얘기 말인데요. 전 볼 생각 없어요. 그러니까 그 일로 신경 쓰지 않게 해 주세요. 부탁드려요.〉

메시지를 보낸 정윤은 꺼진 휴대폰에 대고 속마음을 전했다.

"엄마, 내 남자는 내가 선택할 거예요. 아버지처럼 자상하고 잘생기고 착한 사람으로요. 무엇보다 절대 날 혼자 두지 않을 아주 건강한 사람으로요."

평소 생각했던 말을 뱉고 나니 어쩐지 속이 시원해졌다. 정윤은 소파에 던져 놨던 가방에서 에이든에게 받은 파티 일정표를 꺼내 읽기 시작했다.

❖     ❖     ❖

늘어난 업무량 때문에 정윤은 일주일이 어떻게 지나갔는지도 모를 만큼 바빴다. 주말 단위로 시간이 휙휙 지나가더니 정신을 차렸을 땐 어느새 토요일이었다.

하루 종일 빈둥거리며 푹 쉴 생각이었다. 그런데 성격이 문제인가 보다. 청소와 빨래는 대충 눈을 감고 살면 될 터인데 피곤에 절은 몸을 끌고 기어이 먼지 하나 없도록 청소를 하고 밀린 빨래까지 했더니 피로가 가중됐다.

소파에서 잠깐 눈을 붙인다는 게 몇 시간을 자 버렸다. 계속 울리는 휴대폰 소리에 무거운 눈꺼풀을 겨우 들어 올려 통화 버튼을 눌렀다. 주영의 목소리가 흘러나오자 몸을 일으키며 물었다.

"왜, 무슨 일이 있어?"

—정윤아, 오늘 일 좀 도와줘.

"주말은 쉬어야 한다니까 그러네. 나 정말 피곤해. 다크서클이 턱까지 내려온 것 같아."

—오늘만 부탁할게. 하필 이 녀석이 토요일에 아플 게 뭐냐고!

주영의 계속되는 부탁에 정윤은 한숨을 쉬었다. 황금 같은 토요일 저녁에 일을 해 달라니 난감했다. 아픈 직원 때문에 혼자 일하게 생겼다는 주영을 생각하면 도와줘야 할 것 같긴 했다. 정윤의 망설임을 느낀 건지 주영의 특기인 간드러진 목소리가 흘러나왔다.

—공짜로 해 달라는 거 아니야. 넉넉한 하루 일당에 팁은 기본이고 와인과 칵테일은 공짜야, 어때? 올 거지?

"더 구미 당기는 제안은 없어?"

—남자! 손님 중에서 아무나 골라, 내가 확 물어다 줄 테니까.

"정말 못 말리겠네. 남자는 너나 가져. 난 와인을 가질래."

—역시 너밖에 없다니까.

콧소리까지 내는 주영의 목소리를 더 듣기가 거북해 정윤은 종료 버튼을 재빨리 눌렀다. 주영의 애교는 남녀를 가리지 않는다는 게 문제다.

그나마 필요할 때만 그러니 불행 중 다행이긴 했다.


정윤이 와인 바로 들어서자 주영이 살았다는 얼굴로 그녀를
반겼다. 그녀는 머리를 깔끔하게 묶으면서 바를 둘러봤다. 테
이블엔 이미 몇 팀이 와인 잔을 기울이고 있었다. 손을 씻으면
서 주영에게 말했다.

"와인이랑 칵테일은 내가 담당할게. 안주는 네가 해라."

"그렇게 하자."

정윤이 와인과 칵테일 재료를 점검하는 동안 손님들이 점점
바를 가득 채웠다. 보통 금요일 저녁이 바쁘기 마련인데 주영
의 와인 바는 토요일에도 잘 되는 편이었다.

정윤은 와인을 서빙하고 칵테일을 만들면서 바쁘게 움직였
다. 등에 땀이 날 만큼 바쁜데 스툴에 앉은 여자 손님 둘이 그
녀에게 칵테일을 추천해 달라고 했다. 바텐더에게 추천을 받
는 경우는 대부분 칵테일을 마시기 시작한 지 얼마 되지 않은
사람들이다. 정윤은 대학생티를 갓 벗은 것 같은 손님들을 보
며 미소를 지었다.

"피나 콜라다는 어떠세요?"

"어떤 맛이에요?"

"화이트 럼에 코코넛 밀크, 파인애플 주스가 들어가서 코코
넛 향이 진하고 상큼한 파인애플 맛이 어우러져요."

"그걸로 마셔 볼게요."

정윤의 손이 빠르게 움직였다. 하지만 움직임은 몹시 조용하고 우아했다. 수많은 와인 파티와 칵테일 파티를 진행한 그녀의 솜씨가 빛을 발하고 있었다.

몇 시간이 정신없이 지나갔다. 다른 날보다 주문이 많다며 주영이 희희낙락한 반면 정윤은 언제 끝나나 싶어 슬쩍 시간을 확인했다.

점점 손님이 뜸해지자 정리를 하던 그녀의 허리를 주영이 팔꿈치로 자꾸 찔렀다. 정윤이 입 모양으로 이유를 묻자 귓가에 속삭였다.

"샤토 디켐! 샤토 디켐이 나타났어!"

뭔 소린가 싶어 주영의 시선을 따라간 정윤은 막 스툴에 앉은 에이든과 눈이 마주쳤다. 그가 싱긋 웃으며 칵테일을 주문하자 주영이 작은 소리로 물었다.

"분위기 이상한데, 둘이 아는 사이야?"

"거래처 레스토랑 대표님이셔."

"박정윤, 드디어 남자가 생긴 거야?"

주영의 은근한 속삭임에 목덜미가 빨개진 정윤이 고개를 가로저었다.

"그런 거 아니라니까."

"너만 빤히 보고 있는데."

"그만하고 네 일이나 해."

"주문을 바꿔도 될까요?"

에이든의 목소리가 두 사람 사이를 파고들자 정윤이 그에게 물었다.

"어떤 걸로 드릴까요?"

"무알코올로 주세요."

정윤이 빠른 손놀림으로 만들어 건네준 칵테일을 느긋하게 마신 에이든이 계산을 마치고 나가자 주영이 그녀를 밀어냈다.

"뭐 해? 빨리 따라가야지!"

"네가 오해하는 모양인데 우린 그냥……."

"내가 이 장사를 몇 년째 하는 줄 알아? 그 정도의 눈치는 있다니까. 밖에서 기다리고 있을걸. 빨리 가 봐."

황급히 가방을 던진 주영이 정윤의 머리끈을 풀었다. 탐스러운 머리가 등 뒤로 쏟아지자 만족스러운 미소를 지었다.

"가 봐. 잘되면 내 덕인 줄 알고."

"실컷 일 시키더니 와인 한 잔 안 주고 쫓아내는 거야?"

"그것보다 더 중요한 일이 있잖아. 어서 나가. 다른 여자들이 채가기 전에."

얼떨결에 문밖으로 밀려난 정윤은 손가락으로 머리카락을 쓸어내리며 거리로 나왔다. 지하철역으로 걸음을 옮기려다 차 문에 기대고 서 있는 에이든을 봤다. 눈이 마주치자 그가 차 문을 열었다.

"데려다줄게요."

"지하철 타면 돼요."

"어서 타요."

결국 차에 오른 정윤은 운전대를 잡고 있는 그의 손을 슬쩍 쳐다보다가 고개를 돌렸다. 단순히 매너가 좋은 사람인지 자신에게 관심이 있는지 헷갈렸다.

에이든이 조용히 운전을 하는 동안 차창 밖을 바라보고 있던 정윤은 피곤을 이기지 못하고 스르륵 잠이 들었다.

그는 곤히 잠든 정윤이 깨어날 때까지 오피스텔 주위를 몇 번이나 돌았다.

✛　　✛　　✛

그날 이후로 에이든은 그녀가 레스토랑에 가지 않은 날에도 회사 앞으로 찾아와 정윤을 집에 데려다줬다. 하지만 그 외의 행동은 하지 않았다. 그게 오히려 더 고민을 하게 했다.

결국 정윤은 연애 경험이 많은 주영에게 조언을 구하기로 했다. 모처럼 쉬는 날이라면서 툴툴거리던 주영이 도움이 필요하다는 그녀의 말에 간신히 세수만 한 얼굴로 번개같이 카페로 달려 나왔다.

뜨거운 커피를 한 모금 마신 후 정윤에게 어서 말해 보라며 재촉했다. 그녀는 정윤의 고민을 듣더니 이미 예상했다는 듯 명료하게 대답했다.

"관심이 없는 여자를 집까지, 그것도 몇 번이나 태워다 주는 남자는 없어."

"그럼 관심이 있다고?"

"당연히 있지. 바에서 샤토 디켐을 주고 나갈 때부터 이상했어. 여자 손님들이 여러 명 있었는데도 딱 집어서 너한테만 줬었어."

"그야……."

"그날 말이야. 네가 바에서 도와주던 날, 생각 안 나? 그 사람이 무알코올 칵테일로 주문을 바꿨잖아. 그래서 눈치챘지. 널 태워다 주려고 그런 거란 걸 말이야."

'설마' 하는 표정을 짓던 정윤은 커피가 가득 찬 뜨거운 머그잔을 양손으로 감쌌다. 잔의 온기가 손바닥을 타고 올라오자 천천히 커피를 마시면서 향긋한 향을 음미했다. 저도 모르게 입가에 미소가 맺혔다.

정윤의 표정을 살피던 주영의 입가도 스르륵 올라갔다. 상냥해 보이는 정윤은 실상 알고 보면 가슴에 냉기가 흐르는 친구였다. 경계심 없이 남자의 차에 덥석 탈 사람은 더더욱 아니었다.

한없이 올라가는 입꼬리를 억지로 끌어내린 주영이 설명을 덧붙였다.

"둘 중 하나일 거야."

"뭐가?"

"연애 고수이든지 초보이든지."

주영은 고개를 갸웃하는 정윤에게 설명을 덧붙였다.

"빠져나가지 못하게 넓게 그물을 치고 있는 거지. 또 궁금증을 불러일으키게 하는 거야. 이게 썸인가? 그렇다면 왜 다

65

음 단계로 넘어가지 않을까 고민하고 헷갈리게 하면서 말이
야."

"다음 단계?"

"남자들이 원하는 건 결국 뻔해. 마지막까지 가기 위해 손
을 잡고 키스를 하면서 단계를 밟아 가는 거지. 하지만 그 사
람은 다른 것 같아."

진지하게 귀를 기울이고 있는 정윤의 모습에 주영의 표정도
진지해졌다.

"이렇게 뜸을 들이는 건 너에 대해 더 알고 싶다는 의미가
들어 있는 것 같아. 그만큼 진지하게 생각하는 상대라는 거
지."

주영의 말에 정윤은 잔을 내려놓고 창밖을 바라봤다. 울긋
불긋 단풍이 든 가로수들이 바람에 휘날리고 있었다. 한낮인
데도 하늘이 컴컴해지고 있었다. 금세라도 폭우가 쏟아질 기
세였다.

점심시간이 끝나 가는 것을 확인한 정윤은 먼저 카페를 나
왔다. 택시를 타자마자 굵은 빗방울이 후드득 쏟아져 내렸다.

차창을 때리는 빗방울 소리를 들으며 정윤은 차를 가져왔으
면 좋았을 거란 생각을 했다. 그녀는 요즘 차를 가지고 다니지
않았다.

기대하고 있었구나. 그가 태워다 주기를.

애써 들여다보려 하지 않던 제 마음이 보였다. 그녀가 에이
든에 대해 알고 있는 부분은 극히 일부였다. 일 외에는 거의

얘기를 나누지 않았고 손을 잡은 적도 없었다. 그런데도 그녀는 기다리고 있었던 거다. 퇴근 시간이 가까워지면 휴대폰을 수시로 들여다보면서 설레는 마음으로.

사무실로 들어온 정윤은 강의 자료와 시음할 와인을 다시 확인하고 강의실로 향했다. 프랑스 와인부터 시작했던 강의는 여러 나라를 지나 칠레 와인에 이르러 있었다. 정윤은 수강생들에게 칠레 와인의 특성과 매력을 설명했다.

"칠레 와인은 우리나라 사람들이 가장 쉽게 접근하고 부담 없이 마실 수 있는 와인일 겁니다. 그래서 소비자들의 선호도가 아주 높습니다. 단순히 가격 때문만이 아니라 칠레 와인이 지닌 매력 때문이겠지요. 사실 블라인드 테이스팅(Blind Tasting)*을 하면 캘리포니아와 칠레 와인이 프랑스 와인을 넘어서기도 합니다. 가격이 프랑스 와인에 비해 싸다고 해서 와인의 품질이 떨어지는 건 아니라는 얘기죠. 먼저 칠레 와인은 향이 짙습니다. 단맛과 고급 와인이 지닌 드라이한 맛까지 품고 있습니다. 이건 칠레의 기후와 토질이……."

계속 설명을 해 나가던 정윤과 수강생들의 시선이 창밖으로 향했다. 번개가 하늘을 가르더니 우르르 쾅쾅하는 천둥소리가 요란하게 울렸다.

한참 수업을 진행하다 수강생들의 요청으로 정윤은 짧게 강

---

*Blind Tasting:병에 붙은 라벨을 가린 상태로 시음하고 평가하는 것.

의를 끝내고 와인 시음 시간을 가졌다. 수강생들의 시음을 돕던 정윤의 시선이 자꾸 창밖으로 향했다. 어쩐지 오늘은 평소와 다를 거라는 예감이 들었다.

강의를 마치고 막 사무실에 돌아오자 휴대폰이 울렸다. 액정에 요양원의 번호가 뜨자 정윤은 휴게실로 급하게 뛰어가 전화를 받았다. 할머니의 담당 요양 보호사였다. 정윤은 평상시의 침착함을 잃고 다짜고짜 물었다.

"할머니에게 무슨 일이 생겼어요?"

—그게 아니라 자꾸 보고 싶다고 하셔서요.

정윤은 가슴을 쓸어내리며 물었다.

"누구를요?"

—아드님과 며느님을 찾는 것 같아요. 재윤과 신애라는 이름을 애타게 부르시네요. 그리고 자전거를 사러 가야 된다고 우기시고요.

정윤은 할머니가 위독한 게 아니라는 사실에 안도의 숨을 내쉬며 할머니를 바꿔 달라고 했다. 아이처럼 계속 떼를 쓰는 할머니를 내내 달랬다. 자전거를 사서 토요일에 찾아갈 거라고. 단팥빵까지 많이 사 가겠다고 하자 할머니는 그제야 조용해졌다.

전화를 끊은 정윤은 창문을 열었다. 훅, 하고 쏟아져 들어온 빗방울이 블라우스와 바지에 튀었다. 그에 아랑곳하지 않고 번개로 갈라지는 하늘을 쳐다보던 정윤은 아버지께 빌었다.

할머니를 데려가면 안 된다고. 자신을 이 세상에 혼자 남겨 두지 말라고.

퇴근 시간이 가까워졌을 때 정윤은 잠시 레스토랑에 들려달라는 윤성의 전화를 받았다. 퇴근하는 수진의 차를 타고 레스토랑 앞에서 내려 안으로 들어서자 윤성이 반갑게 맞았다.

"박 대리님, 어서 오세요."

"혹시 와인에 문제가 생겼나요?"

"아닙니다. 비가 너무 많이 내려서인지 예약 취소가 많네요. 그래서 대리님을 불렀습니다. 아직 식사 전이지요?"

"네, 그렇습니다만……."

정윤은 영문을 모르겠다는 얼굴로 윤성을 쳐다봤다.

"새로운 요리를 선보일 예정인데 박 대리님께 마리아주를 부탁하고 싶습니다."

"여기 소믈리에분들도 많으신데요."

"박 대리님의 능력이 필요합니다."

편하게 저녁을 먹으면서 생각나는 와인을 적어 달라는 윤성의 말에 그녀는 결국 고개를 끄덕였다. 어차피 레스토랑의 모든 와인을 자신이 관리하고 있으니 새로운 와인을 넣을 수 있는 기회라고 생각했다.

윤성이 룸이 아닌 주방으로 가자 정윤은 요리 과정까지 보게 하려나 보다 생각하면서 조용히 그를 따라갔다. 예상치 못한 비 때문에 의외로 예약 취소가 많았는지 넓은 주방엔 셰프들과 직원들이 한가롭게 조리를 하고 있었다.

사람들을 지나 안쪽으로 들어가자 스테이크 냄새와 버터를 녹여서 구운 양파, 감자, 가지, 여러 종류의 버섯의 고소한 냄새가 한꺼번에 콧속으로 훅 스며들었다. 주영을 만나느라 점심을 먹지 못해 배가 고팠던 그녀는 맛있는 냄새에 허기가 몰려와 침을 꼴깍 삼켰다.

한참 요리 중인 남자의 옆으로 가다가 멈칫했다. 흰 드레스 셔츠와 슈트 바지를 입은 남자의 모습 때문이었다. 심장이 쿵 내려앉더니 요란하게 뛰기 시작했다.

"대표님?"

정윤의 목소리에 두툼한 스테이크를 뒤집던 에이든이 고개를 돌렸다.

"왔군요. 혹시 스테이크 좋아해요?"

"……네."

"다 됐어요. 소스는 세 가지로 준비했으니 마음에 드는 걸로 선택해요."

"저기, 왜 대표님이 직접 요리를 하세요?"

"정윤 씨와 같이 먹으려고요. 레스토랑 대표인데 이 정도 요리도 못 하겠습니까?"

정윤은 싱긋 웃는 에이든을 멍하니 바라보다가 얼떨결에 도울 게 없냐고 물었다.

"곁들일 와인을 골라 주세요."

그녀는 셀러에서 와인을 골라 윤성이 안내한 룸으로 들어갔다. 테이블에는 이미 근사한 식사가 차려져 있었다.

정윤의 시선이 와인을 따르고 있는 에이든의 얼굴에 고정됐다. 선이 굵고 윤곽이 뚜렷하다. 짙은 눈썹 밑의 눈동자에 부드러운 미소가 어려 있었다. 그녀의 시선이 저절로 얼굴의 선을 따라 움직이자 그의 입가가 소리 없이 올라갔다. 헷갈리던 둘의 사이가 달라졌다는 것을 느끼게 하는 근사한 미소였다.

"정윤 씨, 어서 먹어요."

"……대표님."

"이제 그렇게 불리는 건 싫군요."

"그럼 어떻게……."

"이름으로 불러 줘요."

얼굴이 붉어진 정윤의 모습을 본 에이든의 입가에 웃음이 맺혔다.

"배고플 텐데 어서 먹어요."

어서 먹으라는 그의 말에 왜 눈가가 시큰해지는 걸까. 정윤은 표정을 들키지 않으려고 살짝 고개를 숙였다.

그러고 보니 할머니가 정신이 온전했을 때 늘 하던 말이었다. 아침 일찍 일어나 따뜻한 밥을 지어 그녀가 먹는 모습을 흐뭇하게 바라보던 주름진 얼굴이 선명하게 떠올랐다. 그녀의 생각은 에이든의 목소리에 곧바로 끊어졌다.

"정윤 씨, 식으면 맛이 없어요. 어서 먹어요."

"잘 먹을게요."

마음을 진정시킨 정윤은 나이프와 포크를 들었다. 먹음직스럽게 구워진 스테이크 한 점을 썰어 입에 넣자 부드러운 육질과 풍미가 입안 가득 퍼졌다. 구운 버섯을 씹으니 통후춧가루를 갈아서 뿌린 맛과 레몬즙의 향이 혀끝을 간질였다. 다른 버섯을 집어 맛을 본 정윤이 말했다.

"레몬을 구워서 즙을 짜냈나 봐요."

"맞아요. 그러면 더 풍미가 살아나죠."

"맛있어요. 야채도 스테이크도 다 맛있네요."

와인을 한 모금 머금어 음미하던 정윤은 에이든이 와인에 손을 대지 않는 것을 보고 물었다.

"다른 와인으로 골라 올까요?"

"아니요. 안 마실 거예요. 정윤 씨 데려다줘야죠."

"택시 타고 가도 되는데요."

"이 빗속을요? 그건 내가 싫어요."

에이든의 말에 정윤의 얼굴이 살짝 붉어졌다. 이건 분명히 데이트였다. 가슴을 두근거리게 하는 첫 데이트. 세차게 내리는 빗소리 속에서도 서로의 숨소리가 들리고 조용히 음식을 먹는 소리가 들렸다.

저녁을 먹은 후 에이든은 보여 줄 게 있다며 그녀를 그의 사무실이 있는 2층으로 데려갔다. 사무실의 뒤쪽에 아담한 테라스가 숨어 있었다. 자동 개폐가 가능한 어닝(Awning)*이 쳐져 있어 비 내리는 모습을 감상하기에는 최적이었다.

정윤은 에이든의 옆에서 후드득 떨어져 내리는 비를 바라봤

---

*Awning:차양.

다. 미리 준비했는지 그가 정윤의 어깨에 담요를 둘러 주었다. 몸이 따뜻해지자 정윤은 테라스 끝으로 가서 손을 내밀었다. 차가운 가을비가 그녀의 가느다란 손가락을 타고 흘러 아래로 툭툭 떨어졌다. 그 모습을 바라보던 에이든이 뒤에서 그녀를 부드럽게 안았다.

에이든의 팔에 갇힌 정윤은 느리게 눈을 감았다 떴다. 쿵쾅거리는 심장 소리가 요란한 빗소리를 뚫고 그에게 전해질 것만 같았다.

"에이든……."

"정윤 씨."

목덜미에 와 닿은 에이든의 입술과 숨소리에 아득해지는 정신을 놓지 않으려고 주먹을 꽉 쥐었다. 그럼에도 그의 입술이 쇄골로 옮겨가자 박자를 잃고 널뛰던 심장이 쿵 소리를 내며 떨어졌다. 그런 그녀의 귓가로 에이든의 나직한 목소리가 스며들었다.

"정윤 씨를 매일매일 보고 싶어요."

정신이 혼미해졌나 보다. 에이든의 차를 타고 오긴 왔는데 마치 몸이 공중 부양이라도 하는지 땅을 밟고 있는 것 같지 않았다.

그녀를 지켜보던 에이든을 뒤로하고 집으로 향했다. 현관문을 열고 집 안으로 들어가자마자 정윤은 소파에 철퍼덕 주저앉았다.

아직도 열감이 느껴지는 것 같은 목덜미와 쇄골에 손바닥을 대 봤다. 귓가를 간질이던 그의 숨소리가 생생하게 들리는 것 같아 정윤은 귓불을 만졌다.

갑자기 벌떡 일어난 그녀는 냉장고로 가서 생수병을 꺼냈다. 벌컥벌컥 물을 마시고 나니 어느 정도 진정됐다.

이성적으로 생각이 돌아오니 빗속에서 운전하는 그가 걱정되기 시작했다. 정윤은 여자의 마음은 참 알 수 없는 거라며 중얼거리다가 갑자기 울리는 휴대폰 소리에 깜짝 놀랐다. 눈치 백 단인 주영이었다.

바로 주영의 호기심 어린 목소리가 흘러나왔다.

—정윤아, 오늘도 그 사람이 태워다 줬어?

"어쩌다 보니 그렇게 됐어."

—후후, 어쩌다 보니라고? 너도 참 둔하다. 아무튼 이렇게 비 내리는 날이 분위기로는 딱인데, 혹시 무슨 일은 없었어?

함께 저녁을 먹은 얘기까지만 한 정윤은 전화를 끊으려다가 아차, 하는 표정으로 주영에게 물었다.

"네가 볼 때 말이야. 에이든이 건강하고 오래 살 것처럼 보여?"

—갑자기 그건 무슨 소리야? 왜? 무슨 병이라도 있대?

"그냥 물어보는 거야. 어때 보여?"

—내가 의사는 아니지만 겉모습은 최고던데. 그런 몸이 건강하지 않으면 다른 남자들은 어떻게 살겠어? 그렇지만…….

주영이 말끝을 흐리자 정윤은 더 조바심이 났다.

"그렇지만 뭐? 얘기해 봐."

—속 건강은 모르는 거지. 네가 알아보는 수밖에. 어떻게
알아보냐면…….

"그만. 거기까지만 얘기해. 나중에 보자."

전화를 끊으려는 정윤에게 주영이 사귀기로 했냐며 넌지시
물었다. 쉽게 대답을 안 해 주는 정윤이 괘씸했는지 그녀가 소
리를 높였다.

—너랑 사귀는 거 아니면 내가 찜해도 돼?

"건드리지 마라. 이미 임자 있다."

무심코 튀어나온 정윤의 대답에 주영이 까르르 웃었다.

## 3장
### 숨겨진 사랑이 아프다

요즘 따라 사무실 분위기가 좋았다. 새 거래처와의 계약은 순조로웠고 이미 목표한 영업 실적을 달성한 덕분인지 직원들의 얼굴은 한결 여유로워 보였다.

외근을 나갔던 한경이 커피 캐리어를 들고 와 커피를 하나씩 나눠 주었다. 영후에게 커피를 건넨 그가 컴퓨터 작업에 열중하고 있는 정윤의 데스크에 커피를 내려놨다.

"박 대리, 커피 마시고 해요."

"잘 마시겠습니다."

커피를 받아 든 정윤은 향을 들이마시다가 수진의 눈짓에 슬그머니 따라 일어났다. 휴게실로 가고 있는 수진에게 물었다.

"옥상에서 바람 좀 쐬고 올래?"

"그래. 몸도 찌뿌둥한데 신선한 공기라도 마시는 게 좋겠다."

묵직한 옥상 문을 열자 가을바람이 옷 속으로 스며들었다. 바람이 제법 차가웠다. 수진이 몸을 움츠리며 말했다.

"저번에 폭우가 쏟아지더니 그때부터 많이 추워졌어. 카디건이라도 입고 올 걸 그랬나 봐."

"그래도 공기는 신선하네. 하늘도 좋고."

정윤의 시선이 청명한 하늘에 고정됐다. 정말 폭우가 모든 걸 씻어 냈는지 속이 시원할 만큼 하늘이 파랬다. 싸리비로 쓸어내린 듯 흩어져 있는 하늘가의 구름마저도 몹시 아름다웠다. 그 모습을 바라보던 그녀의 입에서 한숨 같은 소리가 흘러나왔다.

"에이든."

정윤은 무심코 입 밖으로 나온 말에 흠칫 놀라 수진의 눈치를 살폈다. 다행히 의자가 있는 쪽으로 걸어가던 그녀는 못 들은 것 같았다.

박정윤, 정신 차려.

정윤은 손으로 머리를 살짝 때렸다. 그럼에도 에이든의 목소리가 환청처럼 귓속으로 파고들었다.

"정윤 씨를 매일매일 보고 싶어요."

정윤은 숨을 크게 몰아쉬었다. 처음으로 남자에게 **빠졌다**.

그것도 정신을 차리지 못할 만큼 빠져들고 있었다. 상현에게 는 죽은 듯 꼼짝도 않던 심장이 에이든에게는 격렬하게 반응 했다.

요양원을 다녀온 토요일을 제외하곤 매일 에이든을 만났다. 그가 바쁜 날에는 오피스텔까지 가는 차 안이 둘의 데이트 장 소가 됐다.

정윤은 차가운 바람에 미지근해져 버린 커피를 한 모금 마 시다가 생각에 잠겼다. 만날수록 자꾸 욕심이 났다. 시시때때 로 그의 목소리가 듣고 싶어지고 근사한 미소가 감도는 얼굴 을 만지고 싶었다.

한숨을 푹 내쉰 그녀는 애써 핑곗거리를 생각해 냈다. 처음 이라서 그런 거라고. 심장을 뛰게 하는 남자를 만난 것도, 옆 에 있는 것만으로도 기분이 좋아지는 남자를 만난 것도.

"박정윤!"

수진의 목소리에 깜짝 놀란 정윤이 어색하게 웃었다. 그런 그녀의 모습에 수진이 작게 혀를 찼다.

"또 그 남자 생각하고 있었지?"

"누구?"

"그런 얼굴로 누구를 속이려고? 완전 맛이 간 눈빛인 건 알 아?"

"아니야, 다른 생각을 좀 하느라 그랬어."

손사래를 친 정윤은 조용히 커피를 마셨다. 그 모습에 수진 이 빙그레 웃었다. 에이든과 함께 있는 모습을 몇 번이나 들킨 정윤은 결국 그녀의 눈치를 보다가 털어놨다. 둘이 사귀기 시작했다고.

수진은 이미 짐작하고 있었다. 레스토랑 와인셀러에서 정윤의 어깨에 재킷을 걸쳐 주는 그를 목격한 이후로 예상했었으니까. 수진은 점점 예뻐지는 정윤의 얼굴을 쳐다보며 낮게 웃었다.

"왜?"

"연애하는 게 정말 좋긴 좋은가 보다."

"아니야, 다른 생각 하고 있었다니까."

"무슨 생각?"

"일 생각이지, 뭐. 오늘 와인 파티 있는 날이잖아."

정윤은 피식 웃는 수진을 뒤로하고 서둘러 사무실로 돌아왔다. 작업 중이던 일을 마무리 짓고 와인 파티를 준비하러 레스토랑으로 향했다.

레스토랑에 들어서니 윤성과 직원들이 반갑게 맞아 주었다. 파티룸으로 들어간 정윤은 직원들을 통해 미리 준비해 놓은 물품들을 꼼꼼하게 살폈다. 글라스들의 상태를 일일이 살피고 칵테일에 사용할 재료를 점검했다.

와인 서빙과 칵테일은 레스토랑 소믈리에들이 담당하고 안주를 비롯한 간단한 요리는 셰프들이 만들 것이다.

오늘 맡은 일은 지금까지 의뢰받은 파티와는 조금 다른 점이 있었다. 파티를 예약한 측에서 와인 리스트의 일부를 건넨 것이다. 그렇다고 정윤의 책임이 작아지는 건 아니다. 손님 모두를 만족시킬 최고 품질의 와인을 내놔야 한다. 조금이라도 맛에 이상이 있으면 안 되니 오히려 더 신경이 쓰였다.

정윤은 와인 리스트를 들고 지하실로 내려갔다. 마지막 점검을 해야 안심이 될 것 같아서였다. 한편에 미리 정리해 둔 것들을 살펴본 후 제일 높은 칸에 있는 와인을 확인하기 위해 의자 위로 올라갔다. 가격이 만만치 않은 고급 와인의 라벨과 빈티지가 리스트와 동일한지를 확인했다.

물론 이 와인들만 준비한 건 아니었다. 부부 동반 비즈니스 모임인 것을 고려했다. 고급 와인들 외에도 누구나 편하게 마실 수 있고 비싸지 않은 다양한 와인도 준비해 놓은 상태였다.

확인 작업을 마친 정윤은 의자에서 내려오려다가 멈칫했다. 언제 왔는지 에이든이 그녀를 바라보고 있었다.

"에이든."

"내려와요."

에이든은 팔을 벌려 정윤의 허리를 안았다. 그의 강한 팔심 때문에 정윤은 잠시 허공에 떠 있었다. 에이든은 천천히 그녀를 끌어당겨 가슴에 안았다. 그의 입술이 이마에 닿자 정윤은 몸을 부르르 떨었다. 에이든의 뜨거운 입술이 점점 아래로 내려올수록 입안이 바짝바짝 탔다. 그가 정윤의 도톰하고 말랑한 입술을 빨아 당기며 속삭였다.

"보고 싶었어요."

"어제저녁에 만났…… 하아."

에이든의 입술이 목덜미로 내려가자 정윤은 그의 머리를 감싸 안았다. 그가 희고 매끄러운 목덜미를 집요하게 입술로 더 듬더니 이로 귓볼을 살살 깨물었다.

그녀는 에이든의 스킨십을 참아 내는 게 힘들었다. 그는 입술을 머금을 뿐 진한 키스를 하지 않는다. 그의 입술이 쇄골까지만 내려갔지만 정윤은 그의 체향과 숨소리, 뜨거운 감각에 정신을 차리지 못했다.

에이든은 아쉬움이 가득한 얼굴로 정윤에게서 떨어졌다. 정윤의 살짝 벌어진 입술로 향하려는 손을 억지로 바지 주머니에 넣은 채 물었다.

"준비할 게 아직 많이 남았어요?"

"조금만 더 하면 돼요."

"힘들거나 곤란한 일이 생기면 바로 내게 와야 해요."

"그럴게요."

"끝나면 사무실로 오고요."

"알았어요."

잠시 동안 말없이 정윤을 바라보고 있던 에이든이 나가자 기다리고 있었다는 듯이 직원들이 들어왔다.

정윤은 그들과 와인을 파티룸으로 옮기기 시작했다. 다른 작업까지 마치고 나니 꽤 시간이 흘러 있었다.

레스토랑에서 제공한 저녁을 간단히 먹고 양치를 했다. 직원 탈의실에서 단정한 블라우스와 스커트로 갈아입고 하이힐을 신었다. 머리카락 한 올 빠져나오지 않도록 깔끔하게 머리를 묶고 나서 화장을 고치고 거울 속의 모습을 점검했다. 회사

명찰까지 달고 나니 완벽해 보였다. 이름표를 손가락으로 만지던 정윤은 얼마 전에 유명한 외화 자막 번역 작가의 강의에서 들었던 말이 떠올라 낮게 읊조렸다.

"Freedom is doing what you love. Happiness is loving what you do."

이 말대로라면 일에 있어서 그녀는 자유롭고 행복하다. 좋아하는 일을 하고 있으며 또한 그녀가 하는 일을 사랑하기 때문이다.

행복이라.

행복이란 단어를 되새김질하듯 중얼거리던 정윤은 가슴에 손을 대 봤다. 쿵쿵, 심장이 뛰는 소리가 어느 때보다도 선명하게 느껴진다. 무심하던 심장도 알고 있나 보다. 이젠 혼자가 아니란 것을. 제 심장 속에 에이든이 들어와 있다는 것도.


파티룸은 어느새 손님들의 얘기 소리와 웃음소리로 가득했다. 자주 만나는 모임인지 여자들도 즐겁게 어울리고 있었다. 소믈리에들을 도와주던 정윤은 공기 중에 부유하는 와인의 향을 듬뿍 받아들였다.

손님들의 요청으로 그녀는 자신의 앞에 있는 최고급 와인을 자연스럽게 잡았다. 매번 소믈리에나이프라 불리는 와인 오프너로 코르크 마개를 빼낼 때 긴장했는데 이번에는 유독 가슴이 두근거렸다. 지금까지 개봉한 와인들처럼 이 와인도 최상의 상태이기를 바라는 마음에서였다.

코르크를 빼내자 묵직하고 진한 향이 코끝으로 스며들었다. 고개를 갸웃한 정윤은 손님들에게 양해를 구하고 적은 양의 와인을 글라스에 따라 시음했다. 뭔가 발산되지 못하고 눌려 있는 맛이 느껴졌다. 디캔팅을 하면 숨어 있는 향들이 만개하리라. 정윤이 빠른 손놀림으로 디캔팅을 마치자 단단하던 와인이 속살을 보여 주듯 맛과 향을 뿜어냈다.

덕분에 파티는 한층 더 흥겨워졌다. 셰프들의 요리에도 칭찬이 쏟아졌다. 흐뭇한 얼굴로 바 뒤에서 칵테일을 준비하고 있던 정윤에게 중년으로 보이는 부인이 다가왔다.

"고급 와인이라 해도 맛을 잘 모르겠네요. 그냥 편하게 마실 만한 와인 있나요?"

"여러 종류가 있습니다. 와인을 즐기지 않는 분들도 아이스 와인이나 디저트 와인은 편하게 마실 수 있으실 거예요. 또 스파클링 와인도 전혀 부담 없이 매끄럽게 넘어가고요. 로제 와인도 좋습니다."

정윤은 차분하게 설명하면서 프랑스 사람들이 식사에 곁들여 마시는 '샴페인 멈 꼬르동 루즈'와 산뜻하고 달콤한 향에 핑크빛의 화사한 빛깔로 여자들을 유혹하는 로제 와인 중에서도 많이 알려진 '로제 당주'를 글라스에 따라 주었다.

와인을 한 모금 마신 여자는 맛뿐만 아니라 로제 당주의 옅은 핑크빛마저 너무 예쁘다며 감탄했다. 여자가 만족스러운 얼굴로 와인 잔을 들고 테이블로 돌아가자 정윤은 흐뭇한 미소를 지었다.

와인의 종류에 따라 마시기에 좋은 계절이 있다면 샴페인이나 로제 와인은 당연히 싱그럽고 화사한 꽃의 계절인 봄일 것이다.

부지런히 서빙을 하고 있는 소믈리에들에게 시선을 돌린 정윤은 장미꽃이 무더기로 피어나는 5월을 상상했다. 내년 5월엔 에이든과 장미꽃밭에서 로제 와인을 마시고 싶다고.

흥겹게 이어지던 파티가 끝난 후 뒤처리까지 마치고 나니 어느새 11시가 다 돼 가고 있었다.

정윤은 에이든의 차를 타고 오피스텔 앞에 도착했지만 몸이 천근만근이라 다른 때처럼 얘기를 나눌 상태가 아니었다. 연신 종아리로 손을 내리는 그녀를 지켜본 에이든이 물었다.

"다리 아프죠? 잠깐 뒷좌석으로 가요. 주물러 줄게요."

"금방 괜찮아져요. 신경 쓰지 마요."

"어서요."

에이든의 재촉에 슬그머니 입꼬리가 올라간 정윤은 어쩔 수 없다는 표정을 지으며 뒷좌석으로 옮겨 앉았다. 그는 정윤의 종아리를 허벅지에 올리고 조심스레 주물렀다. 스타킹 속의 부드럽고 매끄러운 살의 감촉이 손을 타고 올라왔다. 발가락에 손을 대니 정윤이 숨을 훅 들이마시는 게 느껴졌다.

고개를 숙인 그의 얼굴에 낭패감이 떠올랐다. 정윤의 몸에 손을 대는 게 아니었다. 자신을 제어하지 못할까 봐 키스도 참고 있는 실정인데 쭉 뻗은 그녀의 매끄러운 다리는 치명적이었다.

그만해야겠다는 생각과 달리 그의 손은 의지를 가진 것처럼 말을 듣지 않았다. 정윤의 부드러운 무릎을 쓰다듬었다. 그에 만족하지 못하고 스커트 속의 허벅지를 만지려다가 정신을 차리고 힘겹게 손을 떼어 냈다. 몸과 마음이 정윤에게 점점 더 강렬하게 반응했다. 하이힐을 신는 그녀의 모습에 에이든은 속으로 신음을 흘렸다.

얼굴을 붉히며 자세를 바로 한 정윤이 거친 숨을 삭이고 있는 에이든에게 말했다.

"피곤해서 들어가 쉬어야겠어요."

그녀를 따라 차에서 내린 에이든은 정윤과 오피스텔 앞까지 함께 걸어갔다. 들어가려는 그녀의 어깨를 잡아 돌려세우고 물었다.

"내일 한가해요?"

"오후부터는 괜찮아요."

"그럼 저녁 만들어 줄게요."

"어디서요?"

"우리 집으로 와요. 시간에 맞춰 기사를 보낼 테니까요."

저녁 초대의 의미에 대해 고민하는 것 같은 정윤의 얼굴을 에이든이 부드럽게 손으로 감싸며 물었다.

"어떤 걸 좋아해요? 파스타? 아님 한식? 저번처럼 스테이크? 뭐든 말만 해요."

"다 잘 먹어요."

"그럼 여러 가지를 해야겠어요. 와인도 준비하고요."

"와인은 제가 가져갈게요."

그녀가 건물 안으로 들어가자 에이든은 발길을 돌리며 속으로 중얼거렸다.

정윤 씨를 닮은 와인으로 가져와요. DRC의 리쉬부르(Richebourg)처럼 백 가지 꽃향기를 품고 있는 정윤 씨와 같은 와인으로요.

샤워를 하고 나온 정윤은 에이든의 손이 닿았던 종아리를 물끄러미 바라보다가 일어났다. 레스토랑에서 저녁을 간단히 먹어서인지 허기가 졌다.

주방으로 가 블루베리 베이글을 데우고 와인셀러에서 즐겨 마시는 화이트 와인을 꺼내 왔다.

따뜻한 베이글을 베어 물면서 상큼한 화이트 와인을 마시던 그녀는 문득 인상을 썼다. 에이든의 작은 스킨십에도 무너지는 제 모습이 마음에 들지 않았다. 남자를 들었다 놨다 하라던 주영의 말이 떠오르자 한숨이 나왔다. 실상은 그 반대였으니.

정윤은 다시 한번 베이글을 크게 베어 물면서 중얼거렸다.

"가르쳐 주려면 제대로 가르쳐 주든가."

그녀의 말이 들리기라도 했는지 주영에게 전화가 왔다. 주영은 거의 매일 전화로 데이트 팁이라며 여러 가지를 알려 주고 있었다. 베이글을 씹는 소리가 휴대폰 너머로 들렸나 보다.

—뭐 먹고 있어?

"베이글이랑 화이트 와인."

—원래 늦은 시간엔 잘 안 먹잖아?

"일하느라 힘들었는지 배가 고파서."

—오늘도 에이든이 데려다줬어?

정윤은 무심한 척하며 에이든에게 저녁 초대를 받았다는 사실을 털어놨다. 진척이 있다며 좋아하는 주영과 이런저런 얘기를 나누는 사이, 그녀는 어느새 텅 빈 접시를 보곤 베이글을 하나 더 데워 왔다.

계속되는 주영의 수다를 한 귀로 흘려들으면서 막 베이글을 뜯으려다가 멈칫했다. 한 개를 다 먹었는데 왜 허기가 지는지 의아한 것이다. 베이글 한 개가 밥 두 공기와 맞먹는다는 무시무시한 말까지 떠오르자 정윤은 슬쩍 허리를 만져 봤다. 대화에 집중하지 못하는 게 느껴졌는지 주영의 목소리가 높아졌다.

—박정윤, 너 지금 무슨 생각하는 거야? 물어보면 대답을 해야지.

"뭐라고 했는데? 베이글을 데우느라 못 들었어."

—또 먹으려고? 이상하네. 이건 박정윤의 모습이 아닌데. 어쨌든 밤늦게 너무 많이 먹지는 마.

통화를 마친 정윤이 베이글을 먹으며 화이트 와인을 마시고 있을 때 주영에게 메시지가 왔다.

〈박정윤, 너 그거 진짜 배고파서 그런 게 아니야. 다년간의 경험으로 보자면 그건 욕구 불만이야.〉

정윤이 어이없다는 표정을 짓다가 바로 답장을 보냈다.

〈실없는 소리 그만하고 영업에나 집중하셔.〉
〈친구야. 남자만 욕구 불만이 있는 게 아니야. 부디 내일은 그
욕구 불만이 해결되길 바란다.〉

정윤은 휴대폰을 옆으로 밀쳐놓고 화이트 와인을 한 잔 더
마셨다.

남은 화이트 와인을 셀러에 넣은 후 소파에서 잠시 책을 읽
다가 침대에 누웠다. 베이글 때문인지 와인 탓인지 한참 지나
도 잠이 오지 않았다. 가볍게 스트레칭을 하고 있을 때 휴대폰
이 울렸다. 또 주영인가 싶어서 확인해 보니 선후였다. 재빨리
전화를 받자 그의 갈라진 목소리가 흘러나왔다.

—정윤아.

"오빠, 술 마셨어?"

—조금 마셨어.

조금 마신 목소리가 아니었다. 무슨 일이 있나 싶어 걱정이
됐다.

"지금 어디야? 집에 들어가는 길이야?"

—아니야. 정윤아……, 내 예쁜 동생 정윤아.

"오빠! 무슨 일이야? 바로 나갈 테니까 어디인지 말해."

서둘러 옷을 갈아입은 정윤은 지갑과 휴대폰을 들고 부리나

케 밖으로 나왔다. 택시를 잡아타고 선후가 알려 준 술집을 찾아갔다.

그는 홀로 룸에 앉아 있었다. 테이블에는 양주병이 굴러다니고 선후는 팔로 머리를 감싸고 있었다.

"오빠, 무슨 일이야?"

정윤이 그를 흔들자 선후가 천천히 고개를 들었다. 무슨 일이 있었음이 틀림없었다. 늘 온화한 미소를 잃지 않던 그의 눈이 고통스러워 보였다. 울었던 걸까. 눈자위가 붉었다.

안타까워하는 정윤의 앞머리를 쓸어 올려 주며 선후가 말했다.

"정윤아, 오빠가…… 너무 힘들다."

처음부터 알고 있었다. 결국 이렇게 되리란 걸. 그런데 왜 이리 서럽고 가슴이 무너져 내리는 걸까.

그가 바라는 건 정윤이 행복하게 웃으며 살아가는 것, 그뿐이었다. 할머니와 아버지의 냉대가 가득한 집안에 그녀를 데려올 욕심은 낼 수조차 없었다. 동생을 사랑하는 오빠로 살아가려고 했다. 힘들 때 어깨를 빌려주고 눈물을 닦아 주고 정윤이 행복하면 함께 웃어 줄 수 있는 오빠로.

그 결심이 이렇게 허망하게 흔들릴 줄이야. 정윤에게 남자가 생겼다는 걸 오늘에야 알았다.

오피스텔 근처에 볼일이 있어 갔다가 정윤의 얼굴이라도 잠깐 보려고 기다렸다. 일 때문에 휴대폰을 꺼 놨는지 연락이 되지 않았다. 한참 동안 서성거리다가 목이 말라 옆 건물에 있는 편의점에 들렀다. 생수병의 물을 마시며 나오다가 그 남자를 봤다. 정윤과 차 뒷좌석으로 옮겨 탄 남자를.

그 순간 머릿속이 하얘졌다. 아무 생각도 할 수 없었다. 대신 심장이 비명을 질렀다. 너무 고통스러워 가슴을 움켜잡은 채 편의점 플라스틱 의자에 주저앉았다.

얼마 후에 차에서 내린 두 사람이 다정하게 오피스텔 앞까지 걸어가는 모습도, 남자가 정윤의 얼굴을 손으로 감싸며 얘기를 하는 것도, 영화의 한 장면처럼 느리고 흐릿하게 시야에 들어왔다.

무슨 정신으로 술집까지 왔는지 모르겠다. 독한 양주를 들이켜며 처음으로 울었다. 숨겨 둔 사랑이 아파서, 그 남자를 보며 웃던 정윤의 모습이 사라지지 않아서, 한참을 울었다.

언젠가 정윤에게 사랑하는 사람이 생기면 제 감정을 내려놓을 수 있을 거라 생각했다. 오빠로 살아가는 걸로도 충분하다고 여겼다.

하지만······.

선후는 힘줄이 튀어나올 정도로 주먹을 세게 쥐었다.

권선후, 무너지면 안 돼. 정윤일 아프게 하면 안 돼.

이를 악물며 되뇌고 또 되뇌었다. 성이 다르고 피 한 방울 안 섞였지만 동생이라고, 수많은 생에서부터 인연의 끈이 닿았던 건지 처음 봤을 때부터 지켜 주고 행복하게 해 주고 싶었던, 사랑스러운 동생일 뿐이라고.

그를 바라보는 정윤의 표정이 심각해졌다.

"오빠, 말해 봐. 무슨 일이야?"

"……."

"왜 이렇게 술을 많이 마셨어? 누가 오빠를 괴롭힌 거야? 이름만 대. 가서 혼내 줄 테니까."

그녀의 목소리가 다정해서 더 슬프다.

"어떻게 혼내 줄 건대?"

"자근자근 밟아 줘야지."

"그 사람이 잘못한 게 아니면?"

"그러든 말든 상관없어. 오빠를 힘들게 했다면 그 사람이 무조건 잘못한 거니까."

"무조건 내 편이라고? 왜?"

"오빠는 착하고 좋은 사람이니까."

착하고 좋은 사람이라.

습기가 차오른 눈과 달리 그의 입가엔 슬픈 미소가 어렸다.

그래, 오빠로 남아 줄게. 착하고 좋은 오빠로. 순수하게 여동생을 사랑하는 오빠가 되도록 죽도록 노력할게. 그러니 정윤아, 행복해져라. 네가 행복해야 나도 행복할 테니까.

정윤이 생각에 잠긴 선후에게 생수병을 건네며 어서 마시라고 재촉했다. 그가 아무 말 없이 물을 마시자 잔소리를 시작했다.

"오빠, 아무리 안 좋은 일이 있어도 이렇게 술을 마시면 어떡해? 울었는지 눈도 빨갛고. 잘생긴 얼굴이 엉망이 된 건 알아?"

정윤의 잔소리가 길어질수록 선후의 얼굴엔 미소가 번져 나갔다. 정윤이 그의 얼굴을 유심히 들여다보더니 티슈를 내밀었다. 티슈로 눈가를 닦던 선후는 못생겨졌다며 조잘거리는 정윤의 이마에 꿀밤을 때렸다.

"오빠한테 그렇게 잔소리하면 되겠어?"

"깜짝 놀라서 달려왔잖아. 그러니 잔소리 들어도 싸지 뭐."

"……앞으론 이런 일 없을 테니 걱정하지 마. 잔소리도 하지 말고."

"정말 괜찮은 거야?"

고개를 끄덕인 선후는 이유를 묻는 정윤에게 적당한 상황을 만들어 얘기했다. 사귀던 여자가 내일 결혼한다는 터무니없는 거짓말이었다. 그의 말에 정윤이 어이없다는 표정을 지었다.

"오빠, 선보기로 하지 않았어? 설마 사귀는 사람이 있으면서 할머니에게 거짓말한 거야?"

"아니야, 그땐 그런 관계가 아니었어. 그 후에 가까워진 거야. 그런데 이 여자가 더 나은 조건의 남자와 선을 본 거지. 보다시피 난 뻥 차인 걸 오늘에야 안 거고."

"말도 안 돼! 오빠보다 더 좋은 남편감이 어디 있다고? 그 여자 눈이 삐었네, 삐었어!"

자신보다 더 열을 내는 정윤의 모습에 쓰라리던 가슴이 점점 나아졌다. 예전부터 그랬다. 서로에게 속상한 일이 생기면 더 속상해하고 아파해 줬다.

물론 선후는 속상해하는 걸로 끝내지 않았다. 정윤에게 해

코지를 한 사람에겐 반드시 몇 배로 갚아 줬다. 가족이란 이름으로 묶인 할머니와 아버지의 냉대도 어떻게든 막아 보려고 무던히 애를 썼었다.

입가에 옅은 미소를 띤 선후가 정윤의 어깨에 머리를 기대며 말했다.

"실연당한 불쌍한 오빠에게 5분만 어깨 좀 빌려주라."

"인연이 아니었던 걸로 생각하고 다 잊어버려."

"……그럴게. 다 잊을게."

그녀의 가냘픈 어깨에 머리를 기댄 선후는 눈을 감았다. 정윤이 울 때마다 어깨를 빌려주던 사람은 그였다. 처음으로 정윤의 어깨에 기대니 회오리치던 마음이 잠잠해졌다.

그가 낮은 목소리로 말했다.

"정윤아, 연애도 하면서 행복하게 살아. 남자 친구가 생기면 오빠에게 소개해 주고. 원래 남자는 남자가 봐야 제대로 알 수 있는 거니까."

그러겠다고 대답을 한 정윤은 처음보다 편안해진 선후의 얼굴을 한참 동안 바라봤다.


✦          ✦          ✦


다음 날, 정윤은 시끄럽게 울리는 알람 소리에 시트 밖으로 팔을 뻗어 더듬거렸다. 한참을 찾아도 휴대폰이 잡히지 않자 하품을 하며 상체를 일으켰다. 부스스한 머리를 쓸어 넘기고 침대 밑에 떨어진 휴대폰을 집어 알람을 껐다.

평소보다 늦게 일어났지만 몸은 개운하지 않았다. 새벽 2시가 넘어 들어온 게 영향을 미쳤나 보다. 그 후에도 선후에 대한 걱정으로 잠들지 못하고 뒤척였으니 몸이 찌뿌둥할 수밖에.

정윤은 더 자려고 누웠다가 벌떡 일어났다.

"이럴 때가 아니지. 씻고 준비해야지. 옷은 입을 만한 게 있으려나?"

대충 머리를 묶은 정윤은 목욕 가방을 챙겨 곧장 내려와 차를 타고 주차장을 빠져나왔다. 모처럼 목욕탕에 가서 제대로 씻을 생각이었다.

일어났을까. 아니면 계속 자고 있을까.

침대에서 자고 있을 에이든의 모습을 상상하자 심장의 두근 거림이 점점 심해졌다. 제멋대로 그의 잠버릇을 머릿속에 그려 보면서 소리 죽여 웃었다. 그러다가 거울 속에 비친 제 모습을 보고 흠칫했다. 이런 부스스한 모습을 에이든이 모르는 게 다행이란 생각을 하면서.

정윤은 손가락으로 운전대를 톡톡 두드리며 생각에 잠겼다. 선후의 슬퍼 보이던 눈이 마음에 걸렸다. 그가 한 말을 다 믿진 않았다.

정말 괜찮은 걸까.

확인해 보고 싶은 마음이 굴뚝같았지만 애써 그 생각을 눌렀다. 시간이 필요할지도 모른다는 생각에서였다.

목욕탕에서 느긋하게 씻고 돌아온 정윤은 내내 바쁘게 움직였다. 머리카락을 말려 정성스럽게 매만졌다. 침대와 소파 위에 여러 벌의 옷을 펼쳐 놓고 고민을 거듭했다.

흰색 터틀넥 스웨터를 입었다가 고개를 저으며 루즈 핏의 블라우스와 타이트한 슬랙스로 갈아입었다.

거울 속의 모습을 점검하다 흰 목덜미를 손으로 쓸었다. 에이든이 좋아하는 곳이니 터틀넥 스웨터보단 잘 보이는 옷이 훨씬 낫다며 흐뭇한 표정을 짓기까지 했다.

모든 준비를 마치고 와인을 챙겨 에이든이 보낸 차를 타고 그의 집으로 갔다. 깔끔한 외관을 가진 집이었다. 안으로 들어가자 생각보다 부지가 훨씬 넓었다. 자연석을 그대로 이용한 계단을 지나 정원에 들어서니 에이든이 그녀를 기다리고 있었다.

그녀가 걸어오는 모습을 바라보는 에이든의 입가에 미소가 번져 나갔다. 수줍은 듯 발그레해진 빰과 새까만 눈동자가 가슴 속으로 파고들었다. 만날수록 점점 더 예뻐 보이는 여자다. 일할 때의 열정적인 모습 또한 얼마나 매력적인가.

에이든은 가까이 다가온 정윤의 날씬한 허리를 끌어당겨 이마에 입술을 꾹 눌렀다.

"잘 왔어요."

"집이 참 깨끗하고 예뻐요."

"중정이 마음에 들어서 리모델링했어요."

"보고 싶어요."

"나중에 식사하면서 보면 더 멋있을 거예요. 와인은 이리 줘요."

정윤은 에이든이 내민 손을 잡고 안으로 들어갔다. 거실에 들어서니 확 트인 개방감이 느껴졌다. 정윤은 천장을 올려다봤다. 박공지붕 모양의 양쪽 천장에 그림처럼 아름다운 채광창이 나 있었다. 그곳에 석양에 물든 하늘이 펼쳐져 있었다.

에이든은 탄성을 지르는 정윤의 손을 잡아끌고 주방으로 데려갔다. 그녀를 조심스럽게 식탁 의자에 앉히고 말했다.

"마무리만 하면 되니까 잠시만 기다려요."

"나도 도울게요."

"보기만 해요. 그게 도와주는 거예요."

정윤은 에이든이 따라 준 음료를 마시며 화이트와 블랙톤으로 깔끔하게 꾸며진 주방을 둘러봤다. 이렇게 넓은 집에 혼자 사는 건 아닐 텐데 일하는 사람들이 보이지 않았다. 그녀를 데려다준 기사도 함께 들어오지 않는 걸 보니 아마 오늘 이 집엔 둘만 있을 것 같았다.

그녀의 시선이 요리에 열중하고 있는 에이든의 뒷모습으로 향했다. 그는 검은색 슬랙스에 더 농도가 짙은 색의 드레스셔츠를 입었다.

정윤은 넋을 놓고 그의 넓은 등과 날렵한 허리를 지나 허벅지로 시선을 옮기며 감상했다. 슬림한 드레스셔츠 속의 강인해 보이는 어깨와 등 근육의 움직임이 그대로 느껴졌다. 요리하는 남자가 섹시하다는 말은 들어봤지만 이 정도일 줄은 몰랐다. 걷어 올린 셔츠 소매 아래의 팔에서도 남성미가 물씬 풍겼다.

그녀의 집요한 시선을 느낀 건지 와인 잔을 꺼내던 에이든이 슬며시 웃으며 말했다.

"정윤 씨, 다 됐어요."

정윤은 중정이 한눈에 내다보이는 창가의 테이블에 그와 마주 앉았다. 오븐에 구운 닭 가슴살 스테이크와 해물 파스타, 구운 야채가 먹음직스럽게 플레이팅 되어 있었다. 정윤은 향긋하게 퍼지는 냄새를 맡았다. 닭 가슴살과 어우러진 후춧가루와 마늘, 올리브유, 거기에 고가 향신료 중의 하나인 사프란 향이 배어 있었다.

"사프란 향이 나요."

"건조한 사프란을 조금 넣었어요. 생선 냄새를 잡는 데도 좋지만 닭고기의 냄새를 없애는 데도 좋거든요."

"원래 요리를 잘해요?"

"대학을 졸업하고 여러 나라를 돌아다녔어요. 마음에 드는 곳이 있으면 그곳에서 얼마 동안 살았죠. 그러다 보니 그 나라의 음식에도 관심을 가지게 됐고요."

"어디가 가장 기억에 남아요?"

"좀 오래 머물러서인지 스페인이 가장 기억에 남아요. 나중에 스페인 요리를 만들어 줄게요."

에이든은 자연스럽게 입꼬리가 올라가는 정윤을 바라보며

와인 오프너로 와인을 열었다. 프랑스 남부 프로방스의 대표 로제 와인인 '레끌랑(Les Clans)'의 오렌지 색깔이 신비감을 드러냈다. 부드럽고 상큼해서 여자들이 선호하는 와인이다.

로제 와인, 장미 향을 품은 봄의 와인. 상큼하고 부드럽고 신비감을 품고 있는 정윤을 닮은 와인이다. 한 모금 머금으면 온통 꽃향기에 취할 것 같은 맛과 향을 지닌 그녀를 닮았다.

두 사람은 조용히 식사를 했다. 오븐에 구운 닭 가슴살 스테이크는 부드러웠고 구운 버섯과 야채는 풍미를 더해 줬다.

에이든은 맛있게 먹는 그녀의 모습을 물끄러미 바라봤다. 뉴욕을 떠난 후 여자를 만나지 않았다. 여자에 대한 믿음이 사라져 버린 이유도 있었지만 가슴에 들어온 여자도 없었다. 그런데 이 여자에게 몹시 끌렸다. 만지고 싶고 안고 싶었다.

일하는 모습이 예뻤다. 웃는 모습은 더더욱 예뻤다. 파스타를 포크에 돌돌 말아 입에 넣는 모습마저도 몹시 매력적이다.

에이든은 다시 와인을 따라 마시며 창밖의 중정을 바라봤다. 이 집의 매력이 돋보이는 부분이다. 기역 모양으로 된 2층 높이의 건물과 높은 담이 둘러싸고 있어서 중정은 완벽히 사적인 공간이 됐다.

일부러 키 작은 나무 두 그루만 심었다. 그 외에는 하늘을 감상할 수 있는 의자와 포석이 깔린 길, 자연석 바위, 낮은 조명, 둥근 모양의 스파가 있다. 비 오는 날이나 눈 내리는 날에 자동 개폐가 가능한 지붕 차양을 중정의 절반까지 내리고 감상을 하기에 제격이다. 한편엔 야외 벽난로가 있어 추울 때는 더 운치 있었다.

그의 시선을 따라간 정윤이 밖을 내다보다가 말했다.

"너무 아름다워요."

"비 오는 날이 특히 아름다워요. 차양과 포석에 똑똑 떨어지는 빗소리를 듣고 있으면 걱정이 없어지죠."

"사무실의 테라스와 비슷하네요."

"리모델링할 때 여길 본떠서 만들었어요."


어느덧 저녁 식사가 끝났다. 욕실에서 양치를 하고 나온 두 사람은 중정으로 나갔다. 밤공기가 생각보다 차가웠다.

정윤은 에이든이 모포를 깔아 놓은 폭신한 의자에 비스듬히 누워 하늘을 올려다봤다. 흐릿한 별빛이 화려한 도시의 인공 불빛에 대항하듯 힘겹게 빛을 내보내고 있었다.

정윤은 에이든이 내민 와인을 받다가 놀라서 물었다.

"샤토 디켐이네요."

"식사를 했으니 디저트 와인을 마셔야죠. 정윤 씨, 와인 바에서 날 봤던 거 기억해요?"

"기억해요. 그날 고마웠어요."

"침을 꼴깍 넘기면서 와인만 뚫어지게 쳐다보고 있던데요. 그럼 레스토랑에서도 날 바로 알아봤어요?"

"사진으로 봤을 때는 긴가민가했는데 직접 보곤 금방 알았어요."

시선이 맞닿은 둘은 동시에 웃었다. 와인이 맺어 준 인연이었다. 그것도 여러 번이나. 정윤이 와인 수입 판매 회사에서 일하지 않았다면 바에서의 우연은 한 번의 바람처럼 사라졌을지도 모른다.

에이든은 정윤과 나란히 의자에 기대 따뜻한 모포로 몸을 감쌌다. 싸늘한 가을바람이 스쳐 지나갔지만 맞닿은 몸은 따뜻했다. 입안에 감도는 달달한 와인과 부드럽게 와 닿은 정윤이 있으니 그는 더 이상 바랄 게 없다는 생각이 들었다. 와인 잔을 테이블에 내려놓은 에이든은 모포 속에 있는 그녀를 끌어당기며 가족 얘기를 꺼냈다.

"어머니가 한국분이세요. 외교관이셨던 외할아버지를 따라 여러 나라에서 살다가 미국에 정착하셨죠. 대학에서 아버지와 만났고요."

"그럼 한국에 친척들이 계세요?"

"대부분 미국에 살고 몇 분은 호주에 있어요."

"그런데 어떻게 한국에 올 생각을 했어요?"

"어머니의 나라가 궁금했어요. 어렸을 때부터 늘 듣고 자란 곳이라 그런지 낯설게 느껴지지도 않았고요."

에이든은 귀를 기울이고 있는 정윤의 뺨을 쓰다듬으며 말을 이어 나갔다. 그의 집안은 대대로 요식업계에 종사해 왔다. 현재는 미국 전역에 있는 레스토랑을 기반으로 삼아 유럽과 아시아로 영역을 넓히는 중이었다. 유럽을 선택한 둘째 형과는 달리 그는 어머니의 나라였던 한국을 중심으로 한 일본과 중국을 맡았다.

에이든은 정윤에게 휴대폰 속의 가족사진을 보여 주며 한 명씩 설명해 줬다. 사진을 들여다보던 정윤은 그의 사진에 초점을 맞췄다.

세 아들 중에서 에이든이 어머니의 갈색 눈과 머리카락을 물려받았다. 그게 참 다행이란 생각을 했다. 금발이었다면 이렇게 친밀감이 들지 않았을 것이다. 동양인에게서 보기 힘든 건장한 체격은 아버지를 그대로 닮았다.

정윤은 부드럽게 입술을 쓰다듬고 있는 에이든에게 말했다.

"가족 얘기를 해 줘서 고마워요."

"정윤 씨 가족 얘기도 듣고 싶어요."

"우리 가족이요?"

정윤의 얼굴이 어두워졌다. 어디까지가 가족일까. 유일한 핏줄인 그녀를 기억하지 못하는 할머니가 가족일까. 외로운 시간을 함께 부대끼며 살아온 사람들이 가족이라면 엄마는, 선후 오빠는 가족일까.

정윤은 에이든의 어깨에 머리를 기댄 채 가족 얘기를 했다. 돌아가신 아버지와 재혼한 엄마, 그리고 치매를 앓고 계시는 할머니, 선후와 지연의 이야기까지.

조용히 얘기를 듣던 에이든이 위로하듯 그녀의 등을 쓰다듬었다.

"힘든 얘기를 해 줘서 고마워요. 이젠 내가 있으니까 슬퍼하지도 외로워하지도 말아요."

"에이든……."

그의 진심 어린 말에 정윤은 눈물을 쏟았다.

아버지의 기일 때 절이 있는 계곡에서 생각했었다. 쓸쓸한 등을 기대고 온기를 나눌 사람이 있으면 참 좋겠다고. 하늘에서 아버지가 들은 것일까. 그래서 에이든을 만나게 해 준 것일까.

"정윤 씨."

염려가 가득한 에이든의 목소리에 정윤은 눈물을 닦으며 말했다.

"이런 날에는 디저트 와인이 필요해요."

"그래요. 달달한 샤토 디켐을 마시면 기분이 좋아질 거예요."

정윤은 그가 따라 준 샤토 디켐을 천천히 음미하듯 마셨다. 역시나 달달함이 쓰라림을 중화시켰는지 기분이 한결 나아졌다. 소곤소곤 얘기를 나누던 둘은 누가 먼저랄 것도 없이 서로를 끌어안았다. 에이든이 정윤의 얼굴에 입을 맞추며 말했다.

"이제 모두 내 거예요. 여기도, 여기도……."

점점 뜨거워지는 그의 입술이 정윤의 온 얼굴에 와 닿았다. 둥그스름한 이마에, 스르르 감긴 눈에, 쭉 뻗은 콧대와 붉어진 뺨을 따라 내려오더니 턱을 지나 귓불에 닿았다. 뜨거운 숨이 귓속으로 훅 끼쳐 오자 정윤은 신음을 흘렸다. 그 와중에도 입술은 왜 그냥 지나갔는지 항의하고 싶어졌다.

정윤은 목덜미로 파고드는 그를 끌어안으며 몸을 부르르 떨었다.

그의 행동 하나하나에 견디기 힘들다고 얘기하고 싶은데 몸은 에이든에게 더 가까이 닿고 싶어 했다. 목덜미도 제 거라고 흔적을 남긴 에이든이 혀로 쇄골을 공략하자 정윤의 온몸에서 힘이 빠져나갔다.

그의 애무 범위가 넓어졌나 보다. 그의 입술이 점점 가슴으로 내려왔다. 블라우스의 버튼을 푸는 에이든의 손을 반사적으로 잡았다. 그녀의 손을 부드럽게 떼어 낸 그가 말했다.

"여기까지만 표시할게요."

달빛 속에 정윤의 탐스러운 가슴이 드러났다. 애써 침착함을 유지하던 에이든이 거친 숨을 몰아쉬며 가슴에 얼굴을 묻었다. 그의 입술이 지나간 자리에 붉은 꽃이 피어났다. 에이든의 입으로 빨려 들어간 가슴에서 타는 듯한 쾌감이 올라왔다.

어두운 하늘을 바라보며 신음을 흘리던 정윤은 주영이 말한 욕구 불만이 뭔지를 깨달았다. 뜨겁게 타오르는 몸이 그를 원했다. 정윤은 급하게 다른 쪽 가슴에 이를 박는 그의 얼굴을 끌어당겼다.

눈이 붉게 충혈된 에이든이 거칠게 그녀의 입술을 열고 들어왔다. 와인의 달콤함을 품은 혀가 얽히면서 두 사람은 더 뜨겁게 달아올랐다.

정윤의 달콤한 혀를 차지한 에이든은 미칠 듯 타오르는 몸의 반응을 가라앉히려고 속으로 소리 질렀다.

키스야, 그냥 키스일 뿐이라고.

가쁜 숨을 내쉬며 입술을 떼는 정윤의 얼굴을 다시 잡아당겼다. 겹쳐진 입술 사이로 둘의 신음이 섞여 들었다. 그녀의 탐스러운 가슴에 입을 댄 순간 이미 자제력이 무너졌는지 숨이 끊어질 듯 가빠져 와 마지못해 입술을 떼어 냈다.

숨을 몰아쉬던 정윤이 그를 올려다봤다. 열기 어린 눈과 붉어진 뺨이 사랑스럽다. 키스로 부풀어 오른 입술이 너무 매혹적이다. 그의 뜨거운 눈길에 살짝 고개를 숙인 정윤이 상체를 일으키자 모포가 스르륵 미끄러지며 희고 불룩한 가슴이 조명 속에서 눈부시게 빛났다. 재빨리 모포를 잡아 끌어당긴 정윤이 당황한 목소리로 말했다.

"에이든, 이제 그만 가 봐야……. 하윽!"

"정윤 씨!"

그녀의 이름을 쥐어짜듯 내뱉은 에이든이 정윤의 가슴을 입안에 넣고 빨아 당겼다. 어느새 블라우스의 버튼을 다 풀어 버린 그의 손은 분주히 정윤의 잘록한 허리와 매끄러운 복부를 쓰다듬고 있었다.

"에이든! 에이든!"

가슴을 빨고 깨무는 그의 거친 숨소리와 타는 듯한 열기에 죽을 것만 같았다. 허리와 복부를 쓰다듬는 그의 뜨거운 손을 타고 전해지는 감각이 그녀를 혼미하게 했다. 에이든의 손길에 입을 벌리고 신음을 쏟아 내던 정윤은 그의 손이 바지 버튼에 닿자 정신이 돌아왔다. 힘들게 입을 열었다.

"에이든, 다음에, 하아……. 다음에요."

버튼을 풀던 에이든의 손이 느리게 멈췄다. 간신히 가슴에

서 입을 뗀 그가 정윤에게 눈을 맞췄다. 그의 충혈된 눈에 욕
망이 넘실거리고 있었다. 욕망을 몰아내듯 거친 숨을 몇 번이
나 내쉰 그는 정윤을 꽉 끌어안았다. 그녀의 머리에 얼굴을 묻
으며 말했다.

"원하지 않으면……."

"원하지 않는 게 아니라……."

"괜찮아요. 내가 너무 서둘렀어요. 기다릴게요."

"고마워요."

에이든의 넓은 가슴에 얼굴을 묻은 정윤은 팔로 그를 안았
다.

차가운 바람에 정윤이 몸을 떨자 에이든이 모포를 끌어당겨
둘의 몸을 덮었다. 에이든의 강한 팔에 안긴 정윤은 소리 없이
웃었다. 몸을 타고 전해지는 그의 따뜻한 온기가 좋았다. 그의
긴 다리에 붙잡혀 있는 것도 몹시 좋았다. 마치 제 여자라고
선포하듯 그는 팔과 다리로 정윤을 꼼짝 못 하게 가두고 있었
다.

포근한 둥지 속에 있는 것처럼 아늑했다. 쿵쾅거리는 에이
든의 심장에 귀를 대고 있던 정윤이 고개를 들었다. 그녀를 내
려다보고 있던 에이든이 다정하게 미소를 지었다. 그녀의 형
클어진 앞머리를 쓸어 넘겨 주다가 귓가에 속삭였다.

"이젠 내 여자니까 아무 데도 못 가요."

정윤의 입꼬리가 쑥 올라갔다. 그녀를 내려다보는 에이든의
입가도 한없이 올라갔다. 정윤은 제 마음을 전하듯 그의 목덜

미에 몇 번이나 입을 맞췄다.

정윤은 12시가 넘은 시간에 에이든의 차를 타고 오피스텔로
돌아왔다.

노래를 흥얼거리며 샤워를 하고 거울 앞에서 그의 흔적이
남아 있는 몸을 쓰다듬었다. 목덜미의 흔적은 그나마 적은 편
이었다. 가슴엔 보이는 곳마다 온통 열꽃이 피어 있었다. 그의
입술 자국과 잇자국이 선명한.

편한 옷으로 갈아입고 냉장고에서 생수병을 꺼내 와 소파에
앉아 마셨다. 어쩐지 오피스텔 안의 공기가 달라진 것 같았다.
부드러워지고 포근하게 느껴졌다.

만족스러운 얼굴로 소파에 누운 정윤은 알림이 깜빡이는 휴
대폰을 집어 들었다. 주영에게 메시지가 몇 개나 와 있었다.
에이든의 집에 초대를 받아 간 걸 알고 있으니 지금쯤 궁금증
을 참지 못하고 서성거리고 있을 거란 생각이 들었다. 그녀는
미소를 지으며 연달아 와 있는 메시지들을 확인했다.

〈정윤아, 궁금해서 돌아가시기 일보 직전이야. 내가 알려 준 대
로 한 거야?〉
〈박정윤, 아직도 둘이 같이 있어? 집에 돌아오는 대로 답장해
라.〉

나머지 메시지까지 확인한 정윤은 느긋하게 답장을 보냈다.

〈이제 들어왔어.〉

눈 빠지게 기다리고 있었는지 바로 요점을 확인하는 메시지
가 왔다.

〈에이든 말이야, 속도 건강하든?〉
〈남의 남자 속이 건강하든 말든 신경 쓰지 말지 그래. 그리고
너 장사 안 하냐? 바에 손님들 없어?〉
〈민철이가 잘하고 있으니까 걱정하지 말고, 정말 안 알려 줄
거야?〉
〈일급비밀이야. 나중에 보자.〉
〈내가 알려 준 건? 그대로 했어?〉
〈그것도 나중에 얘기해 줄게.〉

정윤은 자신도 모르게 휘파람을 불며 침대로 가서 누웠다.
오늘따라 침대가 넓게 느껴졌다. 에이든의 품에 안겨 따스하
게 잠들면 좋겠다는 생각이 들었다. 쿵쿵 울리던 그의 심장 소
리가 듣고 싶어졌다. 그녀를 내려다보던 다정한 눈동자가 벌
써 그리워졌다.
보고 싶다.
정윤은 천장을 바라보며 생각에 잠겼다. 정신을 차릴 수 없
을 만큼 뜨거웠던 키스와 가슴을 거쳐 복부까지 이어졌던 애

무만으로도 둘은 급격하게 가까워졌다. 데이트를 하면서 느꼈던 설렘과 긴장감도 말할 수 없이 좋았지만 오늘에 비할 바가 아니었다.

하아, 정윤은 한숨을 길게 내쉬었다. 제 안에 이런 모습이 있을 줄 몰랐다. 늘 차분하고 이성적이라고 생각했는데.

에이든의 집에 초대를 받았다는 얘기를 들은 주영이 구구절절 잔소리했던 게 떠올랐다. 나름 남자에 대해 전혀 모르는 친구에 대한 배려에서 나온 충고였다. 열띠게 남자를 사로잡는 법을 설명하던 주영의 말을 한 귀로 흘려들으며 웃었지만 그런 건 배울 필요가 없다는 걸 오늘 알았다.

본능이 알아서 이끌어 갔다. 에이든과의 키스와 애무로 터질 듯이 부풀어 오른 욕망에 신음하며 그의 셔츠를 거칠게 잡아당겼었다. 나중에야 알았다. 에이든의 셔츠 버튼 몇 개가 뜯어져 나간 것을.

정윤은 시트를 머리 위까지 뒤집어썼다. 시트 속에서도 그 장면이 머릿속을 맴도는 바람에 그녀의 얼굴이 점점 빨개졌다.

## 4장
### 증정과 파에야

다음 날, 느긋하게 일어난 정윤은 요양원에 갈 준비를 했다. 오피스텔 근처의 베이커리에 들렀다가 차에 시동을 걸면서 방긋 웃었다. 셔츠를 사 달라던 에이든의 말이 생각나서였다.

나중에 사 줘야지. 같이 쇼핑하면서 넥타이도 사고 슈트도 사고. 구두는 사지 말아야겠다. 혹시 도망갈지도 모르니까.

오늘은 데이트를 하지 못한다는 말에 아쉬워하던 그의 모습이 떠오르자 입가에 웃음이 한층 깊어졌다.

도심을 벗어난 차는 한참을 더 달려 요양원에 도착했다. 건물로 들어서자 기다리고 있던 담당 요양사가 그녀를 휴게실로 데려가면서 심란한 얼굴을 했다.

"밤에 뒤척이시더니 지금 곤히 주무시고 계세요."

"요즘 더 안 좋아지신 거예요?"

"아니요, 오히려 더 잘 드시고 정신도 총총해지신 것 같아요. 그래서……."

"말씀해 주세요."

"이 일을 오래 해 와서 여러 번 경험한 일이긴 한데 이런 말을 해도 될지 모르겠네요."

난처한 듯 고개를 돌리는 그녀의 말에 조바심이 난 정윤은 망설이는 요양사를 재촉했다.

"편하게 말씀해 주세요."

"할머니께서 어제저녁부터 정신이 돌아오셨어요."

"정말요? 그럼 저도 알아보시겠네요."

담당 요양사는 당장이라도 휴게실을 뛰쳐나가려는 정윤의 팔을 붙잡으며 얘기를 이어 나갔다. 그녀가 맡았던 환자들에게 이런 상황을 몇 번이나 본 적이 있다고. 생을 마감하기 전에 잠깐 정신이 돌아오는 경우였다는 말에 정윤의 얼굴이 창백해졌다.

"돌아가시기 전에요?"

"이상하게 돌아가시기 며칠 전에 가족을 알아보는 환자들이 있었어요. 전 그게 신이 가족들에게 마지막 인사를 하라고 내려 주신 기회가 아닐까 생각했어요. 그래서 말인데요. 가능하다면 할머니께서 보고 싶어 하는 사람들을 보고 가시게 하는 게 어떨까 해서요."

정윤의 뺨 위로 차가운 눈물이 흘러내렸다. 정말 할머니의 삶이 얼마 남지 않은 것일까. 그녀는 홀로 남겨질까.

안타까운 얼굴을 한 요양사에게 직원이 와서 할머니가 깨어났다는 말을 전했다. 정윤은 할머니를 모시고 나오겠다는 요양사의 말에 힘없이 고개를 끄덕이고 창가의 소파에 털썩 주저앉았다.

멍한 눈으로 창밖을 바라보고 있던 정윤은 휠체어 소리에 자리에서 일어났다. 휴게실로 들어온 강 여사가 그녀를 불렀다.

"정윤아."

"할머니!"

"우리 손녀, 얼굴 좀 자세히 보자꾸나. 먼저 날 좀 소파에 앉혀다오."

정윤과 요양사의 도움으로 소파로 옮겨 앉은 강 여사는 정윤의 등을 쓰다듬어 주었다.

"밥은? 밥은 잘 먹고 다니고?"

"잘 먹고 다녀요."

"그래. 끼니를 굶으면 안 된다."

"흐흑, 할머니."

"아가, 울지 마라."

정윤은 억지로 눈물을 삼키고 밝은 표정을 지으려 했다. 하지만 연신 그녀의 얼굴을 쓰다듬어 주고 등을 토닥이는 강 여사의 손길에 소리 없이 눈물을 흘렸다. 분위기를 본 요양사가 자리를 비워 주자 강 여사가 안쓰러운 눈으로 정윤을 봤다.

"혼자 많이 힘들었지? 할미가 미안하구나."

"아니에요, 할머니. 전 잘 지냈어요."

강 여사는 눈물에 젖은 정윤의 뺨을 어루만졌다. 이게 마지막일 거란 직감에 그동안 마음속에 쌓아 두었던 얘기를 하나씩 꺼냈다.

자식을 앞세우고 살 의욕을 잃었던 그녀가 생명줄을 질기게 잡고 있어야 했던 이유는 어린 정윤 때문이었다. 아들이 떠난 자리에 여자 셋이 덩그러니 남아 있었다. 그녀와 젊은 며느리, 눈에 넣어도 아프지 않을 사랑스러운 손녀가.

아들을 그리워하며 몇 달 동안 남몰래 울던 그녀는 앞날이 창창한 며느리를 보내 주기로 결심했다.

한동네에서 자란 신애는 어렸을 때부터 재윤과 사이가 좋았다. 쌍둥이처럼 붙어 다니던 두 사람은 성인이 된 후 결혼했다.

아들 내외는 몹시 사이가 좋았다. 게다가 정윤이 태어나고 나서는 더 깨가 쏟아지게 살았다. 그러니 남편과 아빠를 잃은 모녀의 슬픔이 얼마나 큰지 짐작할 수 있었다. 정윤을 키우며 살겠다는 신애의 등을 떠밀어 재혼하라고 한 사람은 그녀였다.

강 여사는 기침을 하더니 다시 말을 이어 나갔다.

"정윤아, 네 엄마를 너무 원망하지 마라. 젊은 여자가 혼자 살기에는 인생이 얼마나 길고 힘든지 할미는 안다. 나도 일찍 네 할아버지를 잃고 그렇게 살았으니까. 그래서 더 네 엄마가 재혼해서 행복하게 살기를 원했다. 그게 하늘에 있는 재윤이도 바라는 일이라고 생각했어."

"……."

"네 엄마는 널 데려가려고 했어. 그렇지 않으면 재혼하지 않겠다고 했었지."

"네."

"하지만 세상일이란 알 수가 없어서 일이 이렇게 돼 버렸구나."

"할머니, 전 괜찮아요. 할머니와 잘 살았잖아요."

강 여사는 앙상한 손으로 정윤의 손을 꼭 잡았다. 그 집에서 자라는 것이 정윤의 앞날을 위해서 좋을 거라고 여겼다.

하지만 다시 제집으로 돌아온 어린 정윤 덕분에 그녀는 사람처럼 살 수 있었다. 홀로 집을 지키며 아들에게 가기만을 기다렸던 그녀에게 정윤은 살아갈 희망이 됐다.

학교에서 돌아와 큰 소리로 그녀를 부르며 대문을 들어서는 손녀가 얼마나 예뻤는지 모른다. 하루 종일 심심했을 그녀를 위해 학교에서 일어난 일을 재잘재잘 얘기해 주는 속 깊은 손녀가 대견하면서도 안쓰러워 눈물도 참 많이 흘렸었다. 아무리 잘해 준다 한들 엄마의 역할을 할 순 없을 텐데도 내색하지 않던 착한 아이였다. 어려운 환경에서도 정윤은 참 반듯하고 착하게 자라 주었다.

연달아 떠오르는 예전 생각에 강 여사는 눈물을 흘렸다.

"고맙다, 정윤아. 이렇게 예쁘게, 훌륭하게 자라 주어 고마워."

"할머니."

정윤이 강 여사를 끌어안았다. 뼈만 남은 어깨가 가슴을 아프게 했다. 굵은 손가락의 매듭이 그녀를 키우느라 노심초사한 흔적 같아서 더 마음이 아려 왔다.

정윤의 등을 어루만지던 강 여사가 말했다.

"네가 결혼하는 것을 보고 가려고 했는데……."

"할머니, 그때까지 꼭 사셔야 해요. 증손주도 보셔야죠."

"증손주라. 정윤아, 사귀는 사람이 있는 거냐?"

"있어요. 나중에 데려올게요. 그러니까 단단히 정신을 붙잡고 계셔야 해요."

"선후는? 요즘도 선후가 잘 챙겨 줘?"

"네, 오빠랑 잘 지내요."

정윤의 말에 강 여사의 얼굴에 웃음이 번졌다. 선후는 어릴 때부터 손자처럼 생각했던 아이였다. 정윤이 다시 그 집으로 돌아가지 못했지만 대신 선후가 그녀의 집에 놀러 오곤 했다. 어린 시절, 재윤과 신애처럼 사이가 좋더니 어른이 되고 나서도 친하게 지내는 것 같아 마음이 놓였다.

문을 열고 들어선 요양사가 휠체어를 챙기며 말했다.

"점심시간이에요. 아가씨도 같이 먹어요."

"전 사 온 게 있어서요. 할머니와 함께 드세요."

정윤은 강 여사를 휠체어에 앉혀 주면서 말했다.

"할머니, 점심 맛있게 드세요. 단팥빵은 나중에 간식으로 드시고요."

"정윤아, 어디 가지 말고 있어야 한다."

"어디 안 가요."

강 여사와 요양사가 나가자 정윤은 캔 커피를 꺼내 한 모금 마시며 창가로 갔다. 밖에는 바람이 불었다. 단풍이 든 나뭇잎들이 바람에 속절없이 휘날리며 우수수 떨어져 내리고 있었다.

한참 동안 창밖을 바라보고 있던 정윤은 신애에게 전화를 걸었다. 바쁜 모양인지 휴대폰을 받지 않자 선후에게 전화를 걸었다. 신호음이 가자마자 그의 목소리가 들렸다.

—정윤아.

"오빠, 부탁이 있어."

—뭐든 말만 해.

정윤은 조용히 할머니의 상황을 설명하고 엄마와 함께 와 달라고 부탁했다.

"할머니가 엄마랑 오빠를 보고 싶어 하셔."

—알았어. 어머니 모시고 바로 갈게.

"고마워."

—고맙긴, 당연한 일인데. 이따가 보자.

"응."

통화를 마친 정윤은 가방에서 단팥빵을 꺼내 베어 물었다. 팥이 부드럽고 달았다. 기억을 잃었어도 할머니는 단팥빵의 맛을 잊지 않았다. 그럴 수밖에 없으리라. 아버지가 어렸을 때부터 가장 좋아하는 간식거리였으니, 아마 할머니의 무의식이 그걸 기억하고 있었을 것이다. 달고 부드러운 단팥빵을 먹으면서 가물거리는 기억 속의 아버지를 그리워했으리라.

어느새 다 먹은 정윤이 다시 빵 하나를 꺼냈다. 미어지도록 입에 밀어 넣어 씹으면서 하늘을 올려다봤다. 입안에 달콤한 팥이 가득함에도 불구하고 눈물이 툭툭 떨어져 내렸다.

아버지가 좋아하시던 이 빵을 그녀 또한 무척이나 좋아했었다. 하지만 아버지가 돌아가시고 나선 먹을 수가 없었다. 아버지가 너무 그립고 보고 싶어서 입에 댈 수가 없었다.

정윤은 흐린 하늘을 올려다봤다. 곧 할머니가 그토록 그리워하던 아버지를 만나러 갈 거란 예감을 하면서.


점심시간이 지난 후 정윤은 요양사의 도움을 받아 할머니를 목욕시켜 드렸다. 앙상하게 마른 할머니의 몸을 정성 들여 씻겨 드리고 머리를 말려서 예쁘게 빗겨 드렸다.

마음에 든다며 활짝 웃는 주름진 할머니의 얼굴을 바라보던 정윤의 입가에도 웃음이 맺혔다. 할머니가 어린 그녀에게 늘 해 주던 일이었다. 먹이고 입히고 씻겨 주고 예쁘게 머리를 묶어 줬던 할머니. 그 세월이 야속하게 빨리 흘러서 이젠 추억으로 묻혀 버렸다.

정윤은 가방에서 기초 화장품 샘플을 꺼내 할머니의 얼굴에 발랐다. 내심 기분이 좋은지 할머니의 목소리에 웃음기가 묻어났다.

"쭈글쭈글한 얼굴에 그런 걸 발라서 뭘 하려고?"

"할머니 주름은 예뻐요."

"호호, 예쁜 주름도 있어?"

"그럼요, 착하고 성실하게 살아온 할머니의 얼굴 주름이라 너무 예쁜걸요."

"우리 손녀는 늘 예쁜 말만 하지."

흡족해하는 할머니에게 깨끗한 옷을 입히면서 정윤은 시간을 확인했다. 얼추 선후와 신애가 올 시간이 다 돼 가고 있었다. 말끔해진 할머니의 모습을 다시 점검한 그녀는 휠체어를 밀어서 휴게실로 갔다.

소파에 앉아 할머니와 도란도란 얘기를 나누다가 창밖으로 시선을 돌렸다. 차에서 내린 선후와 신애가 급한 걸음으로 건물을 향해 오는 게 보였다.

정윤은 할머니의 손가락을 하나씩 만져 주면서 말했다.

"할머니, 엄마와 선후 오빠가 올 거예요."

"신애가 온다고? 선후도?"

"네, 좋으시죠?"

"좋구나. 못 보고 떠날 줄 알았는데 이렇게 만나다니……."

휴게실 문이 열리며 눈가가 붉어진 신애가 들어섰다.

"어머니!"

"세상에! 정말 신애구나. 우리 선후도 왔네."

"할머니."

정윤은 창가로 물러났다. 양옆에 앉은 신애와 선후의 얼굴을 보고 또 보던 강 여사는 여전히 믿기지 않는다는 표정으로 입을 열었다.

"이렇게 와 줘서 고맙다."

"어머니, 죄송해요."

강 여사는 신애의 어깨를 다독여 주며 물었다.

"아가, 잘 살고 있는 거지?"

"네, 어머니. 흐흑."

"잘됐구나, 잘됐어. 혹시나 힘든 일이 있어도 꼭 행복하게 살아야 한다."

"어머니……. 죄송해요. 정말 죄송해요."

강 여사는 어깨를 들썩이며 흐느끼는 신애의 손을 잡아 주며 말했다. 잘 살고 있으니 다행이라고. 재윤이도 하늘나라에서 기뻐할 거라고.

두 사람의 애틋한 모습을 바라보던 선후는 창가에 서 있는 정윤의 옆으로 갔다.

"정윤아, 괜찮아?"

선후는 한숨을 내쉬며 눈물에 젖은 정윤의 뺨을 손수건으로 닦아 주었다.

"할머니께서 널 알아보셔서 정말 다행이다."

"오빠, 혹시 할머니께서……."

"어쩔 수 없는 일이야. 더 이상 고생하지 않고 그리워하던 아들 곁으로 가시는 거니까 우리도 좋게 생각하자."

"오빠."

선후는 정윤의 등을 토닥여 주며 괜찮다고 속삭였다. 신애

118

와 한참 얘기를 나눈 강 여사가 선후를 불렀다. 정윤은 나가자는 눈짓을 하는 신애를 따라 밖으로 나왔다.

두 사람은 큰 그늘을 드리운 느티나무 아래의 의자에 앉았다. 신애가 먼저 입을 열었다.

"정윤아, 미안하다. 엄마가 못나서 널 힘들게 한 걸로 부족해 할머니까지 책임지게 했어."

"엄마."

"엄마 노릇도 제대로 못 했는데……."

"아니에요. 엄마도 어쩔 수 없었다는 걸 알고 있어요. 그러니 미안해하지 마세요."

"널 생각하면 가슴이 미어진다."

"그러지 마세요. 전 잘 지내고 있어요."

신애는 잘 지내고 있다며 강조하는 정윤의 모습에 속으로 연달아 한숨을 쉬었다. 차라리 이런 엄마가 어디에 있냐고 소리를 지르고 원망하면 좋을 텐데. 딸이 가슴에 쌓인 응어리를 억누르기만 하는 것 같아 더 마음이 아팠다.

신애는 정윤의 손을 잡으며 망설이다가 물었다.

"아빠 기일에 절에 갔었니?"

"……다녀왔어요."

간단히 대답을 한 정윤이 입을 다물자 신애는 하늘을 올려다봤다. 먹구름이 짙어지는 그곳에서 재윤이 내려다보고 있을 것만 같았다.

많이 원망했었다. 생명처럼 사랑했던 가족을 두고 어떻게

119

혼자 갈 수 있냐고. 따라가고 싶었다. 어린 딸만 없었다면 정말 그를 따라갔을지도 모른다. 신애의 붉어진 눈에서 눈물이 후드득 떨어져 내렸다.

당신, 그곳에서 우릴 보고 있죠? 부탁 하나 할게요. 어머님까지 당신 곁으로 가면 우리 딸이 너무 힘들 거예요. 전 이미 자격이 없는 엄마가 됐어요. 우리 딸이 아무리 아파도 이젠 내게 속마음을 털어놓지 않아요. 나도 노력할 테니까 당신도 도와주세요. 우리 정윤이가 정말로 행복하게 살아갈 수 있게요.

정윤은 눈물을 흘리는 신애에게 손수건을 쥐여 주며 일어섰다.

"선후 오빠가 오라고 손짓하네요. 어서 가요."

휴게실에 들어서니 피곤했는지 강 여사가 졸고 있었다. 정윤은 살며시 그녀의 어깨를 흔들었다.

"할머니."

"응? 우리 정윤이구나."

"할머니, 들어가서 주무세요."

"가려고?"

"나중에 다시 올게요."

강 여사가 세 사람을 보며 말했다.

"꼭 다시 와야 한다."

"네."

강 여사는 신애와 정윤의 손을 잡으며 활짝 웃었다. 휠체어를 옆으로 가져온 선후에게 방까지 데려다 달라고 했다. 함께 가려는 두 사람에게 강 여사가 손을 내저었다.

휠체어를 밀고 방까지 간 선후는 강 여사를 안아서 침대에 눕혀 주었다.

"할머니, 주무세요. 다음에 또 올게요."

"고맙다. 선후야……. 네게 부탁이 있어."

"말씀하세요."

"우리 정윤이 부탁한다. 힘들지 않는지 종종 들여다봐 주고 맛있는 것도 사 주고."

"걱정 마세요. 제가 잘 돌볼게요."

"고맙구나. 이젠 그만 자야겠다. 왜 이리 잠이 쏟아지는지 모르겠구나."

"푹 주무세요."

세 사람이 요양원을 나섰을 땐 이미 먹구름이 비를 쏟아 내고 있었다. 신애를 태운 선후의 차가 출발하고 나서도 정윤은 차 안에서 똑똑 떨어지는 빗방울 소리를 들으며 요양원을 바라보고 있었다. 너무나 오랜만에 그녀를 알아본 할머니가 고마우면서도 불안했다.

빗방울이 점점 굵어지자 서울을 향해 차를 몰았다. 도심 안으로 들어오니 빗줄기는 가늘어져 있었다. 어디로 갈까 잠시 망설이던 그녀는 갓길에 차를 세우고 휴대폰을 켰다. 선후의 메시지가 와 있었다.

〈도착하면 전화해. 저녁 사 줄게.〉

〈오빠, 그냥 엄마 모시고 집에 들어가. 난 친구랑 저녁 약속이 있어.〉

바로 답장이 왔다.

〈너무 늦지 않게 집에 들어가라. 그리고 어머닌 걱정하지 마.〉
〈고마워.〉

말하지 않아도 그녀의 마음을 알아주는 선후가 고마웠다. 요양원에 간 것 때문에 엄마가 혹시나 안 좋은 소리를 들을까 봐 내심 걱정하고 있었으니까.

정윤은 선뜻 출발하지 못하고 어디로 갈까 고민했다. 마음은 에이든과 함께 있고 싶은데 개업 초기라 주말에도 쉬지 못하는 그를 알기에 행선지를 쉽게 결정할 수 없었다.

정윤이 휴대폰을 만지작거리면서 망설이고 있을 때 마음이 통했는지 에이든에게서 메시지가 왔다.

〈정윤 씨, 서울에 도착하면 알려 줘요. 보고 싶어요.〉

에이든의 메시지에 코끝이 시큰해졌다. 답장을 보낸 정윤은 연달아 온 그의 메시지를 읽으며 미소를 지었다.

오피스텔에 돌아오자마자 바쁘게 움직였다. 구겨진 침대 시트를 갈고 탁자에 널린 책들은 책꽂이에 가지런히 정리했다.

빨래 바구니에 담긴 속옷과 옷은 세탁기에 넣어 감추고 욕실 바닥에 떨어져 있는 머리카락을 모아 쓰레기통에 넣었다.

주방까지 꼼꼼히 정리한 정윤은 아차, 하는 표정으로 화장대로 갔다. 거울 속에 비친 제 모습을 들여다보다가 소리 내어 웃었다. 조금 전까진 축 늘어졌던 몸에 에너지가 넘쳤다. 얼굴 역시 생기가 있었다.

재빨리 샤워를 마친 그녀는 머리카락을 손질하고 엷게 화장을 하면서 싱긋 웃었다. 역시 연애는 하고 볼 일라고 중얼거리면서.

핑크 계열의 립스틱을 바르니 청순해 보여서 마음에 들었다. 드레스룸을 활짝 열어젖히고 옷을 찾다가 흰색 스웨터와 다리와 골반 라인을 잘 살려 주는 타이트한 슬랙스를 꺼내 입었다.

마지막으로 와인셀러를 확인하다가 화이트 와인에 시선이 닿자 저도 모르게 눈물이 차올랐다. 아버지가 좋아하시던 화이트 와인. 그러나 할머니는 손을 홰홰 젓곤 했었다. 영 입맛에 맞지 않다고.

아빠, 할머니가 내 곁을 떠나시려나 봐.

주르륵 흘러내린 눈물을 닦아 낸 정윤은 떨리는 목소리로 말했다.

"할머니, 조금만 기다려 주세요. 에이든과 같이 갈게요. 할머니도 그 사람이 정말 마음에 드실 거예요."

에이든은 정윤의 답장을 들여다보며 싱긋 웃었다. 그녀에게 스페인에서 자주 먹었던 해산물 파에야를 만들어 줄 생각이었다.

윤성에게 파에야 재료를 준비해 달란 지시를 하고 테라스로 나갔다. 가는 빗줄기가 바람에 날리는 광경을 바라보다가 중얼거렸다.

"또 비가 내리네."

정윤과 와인 바에서 만났던 날도 비가 내렸다. 처음으로 그녀의 목덜미에 얼굴을 묻었던 날에도 비가 내리고 있었다. 에이든은 정윤이 했던 것처럼 테라스의 끝으로 걸어가 손을 내밀었다. 차양을 타고 떨어진 비가 그의 손을 타고 흘러 내려갔다.

그의 시선이 어스름이 깔린 도로를 달리고 있는 차량의 불빛으로 향했다. 저 길을 어서 달려가 정윤을 보고 싶다는 생각을 하자 가슴속에서 뜨거운 뭔가가 요동을 쳤다.

보고 싶다, 박정윤.

그의 심장을 뛰게 하는 여자를 서울에서 만날 줄 몰랐다. 키스와 애무뿐이었지만 그녀와 함께한 어젯밤은 평생 잊을 수 없을 것이다. 팔과 다리로 틈 하나 없이 정윤을 끌어안고 있을 때의 행복감이 너무 컸다. 그녀를 안고 있으니 완전해진 느낌이었다. 또 제 목덜미에 입을 맞추던 정윤의 모습이 얼마나 사랑스러웠는지 모른다.

정윤이 뜯어 버린 드레스셔츠의 버튼을 생각하자 자꾸 웃음이 났다. 정윤 또한 자신을 원한다는 의미였으니. 그래서 더 아껴 주고 싶었다.

준비를 마쳤다는 윤성의 목소리에 에이든은 생각에서 벗어 났다. 재료가 담긴 가방을 차에 넣고 근처의 꽃가게에서 담홍 색으로 물들인 안개꽃과 붉은 장미를 한 다발 샀다.

빗물에 젖은 도로를 달려 정윤의 오피스텔로 갔다. 주차장 에 차를 세우고 엘리베이터를 타 그녀의 집 앞에 섰다. 정윤이 문을 열어 주자 현관으로 성큼 들어서며 꽃다발을 내밀었다. 뺨이 상기된 그녀가 꽃다발을 받으며 말했다.

"고마워요."

"요양원엔 잘 갔다 왔어요?"

"네."

"계속 이렇게 세워 놓을 건가요?"

"들어오세요."

정윤은 에이든에게 가방을 받아 주방으로 가져갔다. 제집인 양 재킷을 벗어 소파에 걸쳐 놓은 에이든이 욕실에서 손을 씻 고 나와 재료를 꺼내고 있는 그녀에게 다가와 물었다.

"파에야 좋아해요?"

"안 먹어 봤어요."

"맛있게 해 줄게요. 정윤 씬 쉬고 있어요."

"옆에 있을래요."

에이든은 소매를 걷어 올리고 정윤이 꺼내 놓은 팬을 인덕 션에 올렸다. 달구어진 팬에 올리브유를 넉넉하게 붓고 마늘을 볶았다. 마늘의 향이 올라오자 잘게 썬 양파와 여러 종류의 버섯, 오징어를 넣어 중간 불로 볶다가 사프란과 불린 쌀을 넣고 저어 가며 반투명해질 때까지 볶았다.

요리하는 모습을 지켜보던 정윤이 감탄했다.

"쌀 색깔이 너무 예뻐요. 황금색이 됐어요."

"사프란 때문이죠. 정윤 씨, 거기 나머지 해산물 손질해 놓은 거 이리 줘요."

에이든은 정윤이 건넨 봉지에서 손질된 조개와 홍합, 새우를 꺼내 팬에 넣어 볶다가 물을 넣고 토마토소스와 화이트 와인을 부었다. 마지막으로 소금과 후추를 뿌려 섞은 후 약불로 줄이고 뚜껑을 닫았다.

"이제 15분 정도 익혔다가 뜸을 들이면 돼요. 바닥에 눋지 않게 몇 번 저어 주면 더 좋고요. 마지막에 여러 색깔의 피망으로 장식하면 더 먹음직스럽죠."

"맛있을 거 같아요."

"들어가는 재료에 따라 그때그때 맛이 달라져요. 잘 익은 토마토를 데쳐 껍질을 벗겨 넣으면 더 풍미가 살아요. 오징어를 싫어하는 사람은 닭고기나 다른 재료로 대체해도 되고요."

에이든의 말에 정윤은 그를 올려다보며 웃었다. 웃음이 퍼지는 그의 얼굴이 몹시 매력적이었다. 요리하는 것만으로도 매력이 철철 넘치는데 눈을 뗄 수 없을 정도로 잘생긴 얼굴로 웃고 있으니.

하아.

저도 모르게 흘러나오려는 한숨을 재빨리 삼킨 그녀는 어느 새 에이든의 팔에 안겨 있었다. 정윤을 안아 소파에 내려놓은 그가 귓가에 속삭였다.

"그런 눈으로 보면 내가 어떻게 돌변할지 모르니까 여기서 쉬고 있어요."

"그래도 내 집인데 내가……."

"다 준비해 왔어요. 샐러드와 그릇까지요."

"그럼 마실 와인을 고르고 있을게요."

"그렇게 해요."

에이든은 일어서는 정윤의 입술에 재빨리 입을 맞추고 주방 으로 가 버렸다. 아쉬운 얼굴로 그의 뒷모습을 바라보던 정윤 이 속으로 중얼거렸다.

하려면 키스를 해 주지.

정윤은 와인셀러에서 파에야와 어울릴 화이트 와인을 꺼냈 다. 사실 육류 요리엔 적포도주를 즐기는 사람들이 많지만 화 이트 와인이야말로 고기뿐만 아니라 해물과 생선, 채소, 파스 타, 쌀 요리 등 모든 음식에 잘 어울린다.

맛이 진하고 타닌이 많아 미각에 영향을 끼치는 적포도주보 다 화이트 와인의 생산량이 많아 가격대가 저렴해서 아무 때 나 곁들여 마시기에 부담이 없다는 이점도 있다. 하지만 와인 에 있어 일본의 영향을 많이 받은 한국에서는 제대로 인정을 받지 못하고 있는 와인이기도 하다.

정윤은 팬의 뚜껑을 열어 붙지 않도록 뒤집어 주는 에이든의 넓은 등을 바라보며 미소 지었다. 그가 제 남자라는 생각에 가슴의 두근거림이 점점 커져 갔다. 와인 오프너와 잔을 꺼낸 정윤은 상큼한 화이트 와인을 빨리 마셔서 이 두근거림을 가라앉혀야겠다고 생각했다.

둘은 맛있는 냄새를 솔솔 풍기는 식탁에 마주 앉았다. 많이 먹으라며 에이든이 접시에 수북하게 담아 준 파에야를 한입 떠먹은 정윤의 입꼬리가 한없이 올라갔다. 그와 같이 밥을 먹는 이 시간이 너무 행복했다. 고슬고슬한 노란 색깔의 예쁜 밥알을 꼭꼭 씹었다. 새우와 오징어 맛도 일품이었다.

그녀의 먹는 모습을 지켜보던 에이든이 물었다.

"맛있어요?"

"정말 맛있어요."

"먹고 싶을 땐 언제든지 말해요."

"또 만들어 주려고요?"

"뭐든지 해 줄게요."

입이 함박만 하게 벌어진 정윤은 에이든에게 화이트 와인을 따라 주고 함께 잔을 들었다. 와인이 해산물과 고슬고슬한 밥맛을 더 살려 주었다. 두 사람은 도란도란 얘기를 나누며 팬에 눌은밥까지 남기지 않고 해치웠다.

에이든과 욕실에서 양치를 하고 나온 정윤은 와인셀러를 들여다보다가 샴페인으로 손을 뻗었다. 그가 자신의 집에 방문한 날을 기념하고 싶어서였다. 라벨에 표시된 당분 첨가율을 들여다보다가 소파에 느긋하게 앉아 있는 에이든에게 물었다.

"브뤼(Brut)*로 마실래요? 아니면 섹(Sec)*이나 드미 섹(Demi Sec)*으로 마실래요?"

"정윤 씨가 마시고 싶은 걸로요."

입가에 미소를 띤 정윤은 드미 섹 라벨의 샴페인을 꺼냈다. 다른 때 같으면 드라이한 샴페인을 마실 텐데 왠지 오늘은 분위기에 취해 달달한 샴페인이 당겼다.

에이든은 정윤이 가져온 샴페인을 잔에 따랐다. 잔에서 끊임없이 솟아오르는 기포를 바라보며 정윤을 닮았다고 생각했다. 시간이 지나도 보글보글 가늘게 피어오르는 기포처럼 상큼하면서도 부드럽고 사랑스러운 여자라고.

그는 샴페인을 마시는 정윤의 허리를 끌어당겼다. 자신을 올려다보는 그녀의 이마와 콧잔등에 입을 맞췄다. 도톰한 입술과 귓불을 쓰다듬었다. 키스를 하면 이번엔 멈출 수 없을 거라는 생각이 들자 속으로 한숨을 내쉬며 그녀의 얼굴에서 손을 뗐다.

그런 에이든을 한참 동안 바라보고 있던 정윤이 망설이다가 입을 열었다.

"에이든……."

"할 말 있어요?"

"혹시 언제 시간이 나면 우리 할머니……."

---

*Brut:당분이 1%미만으로 달지 않음.
*Sec:당분 4~6%
*Demi Sec:당분 6~8%

그녀의 다음 말을 짐작한 에이든이 물었다. 할머니께서 위독하시냐고. 고개를 가로저은 정윤은 솔직하게 얘기했다.

몇 년 동안 그녀를 알아보지 못하던 할머니께서 어젯밤에 갑자기 정신이 돌아오신 것과 요양사가 한 말을 전하며 불안한 듯 양손을 맞잡았다.

잘게 떨리는 정윤의 손을 에이든이 큰 손으로 감싸며 말했다.

"내일 저녁에 같이 뵈러 가요."

5장
흐르는 눈물

밤새 꿈에 시달린 정윤은 피곤한 얼굴로 일어나 출근 준비를 했다. 씻은 후 머리에 수건을 두른 채 냉장고를 열었다. 가볍게 먹을 만한 걸 찾다가 우유와 딸기잼을 꺼냈다. 찬장에서 식빵을 꺼내 토스터에 바삭하게 구웠다.

따듯하게 데운 우유를 한 모금 마시고 식빵에 잼을 발라 베어 먹었다. 빵의 바삭한 식감과 잼의 단맛에도 왠지 입맛이 썼다. 정윤은 우유를 마시며 고개를 갸웃했다.

꿈 때문인가. 내용이 정확히 기억나지 않았지만 몹시 힘들고 슬펐던 느낌이 남아 있었다. 정윤은 남은 식빵을 씹으면서 애써 다른 데로 주의를 돌렸다. 에이든과 저녁에 할머니를 뵈러 가기로 한 데 생각이 미치자 기분이 나아졌다.

사실 사귄 지 얼마 되지 않은 상태에서 그런 말을 꺼내는 건 쉽지 않았다. 할머니가 편안하게 눈을 감을 수 있도록 해 주고 싶었기에 용기를 내어 꺼낸 말이었다. 거절해도 어쩔 수 없다고 여겼다. 그래서 기꺼이 응해 준 그에게 몹시 고마웠다.

듬직한 에이든을 보며 좋아하실 할머니의 모습을 상상하니 절로 입이 방긋 벌어졌다. 식사를 마친 정윤은 우유와 잼을 냉장고에 넣고 머그잔과 접시를 씻기 위해 물을 틀었다.

쨍그랑. 갑자기 손에서 미끄러진 머그잔이 싱크대에 부딪쳐 깨졌다. 작은 파편에 손가락이 베였는지 피가 스며 나왔다. 서둘러 구급상자에서 약을 꺼내 바르고 밴드를 붙였다.

정윤은 뭔가 불길하다는 생각을 떨쳐 내려고 세차게 고개를 저으며 화장대로 향했다.

아무 일도 아닐 거야. 원래 꿈은 반대라잖아.

헤어드라이어를 꺼내 천천히 머리카락을 말렸다. 기계가 만들어 내는 바람 소리 사이로 휴대폰이 울리는 소리가 들렸다. 그 순간 자신도 모르게 등에 소름이 돋았다. 애써 못 들은 척하며 헤어드라이어 단계를 더 올렸다. 그럼에도 전화 소리는 듣기가 고통스러울 정도로 점점 더 커지는 것 같았다.

결국 느리게 거실로 걸어가 탁자 위에 놓인 휴대폰을 집어 들었다. 요양원의 번호가 떠 있었다. 정윤은 불안한 목소리로 전화를 받았다.

"박정윤입니다."

─햇빛요양원 원장입니다. 할머님……께서 임종하셨습니다. 주무시다가 편안하게 가셨으니 너무 슬퍼하지 마세요. 어

제 오신 오빠분에게도 연락하겠습니다. 저희에게 부탁하셨거든요. 무슨 일이 생기면 바로 연락을 달라고요. 장례는 전에 말씀하신 대로 진행하겠습니다.

"네, 네."

이어지는 원장의 말이 허공에서 빙빙 맴돌았다. 무슨 말을 하는 건지 이해가 되지 않아 정윤은 바보처럼 '네'라는 대답만 중얼거리고 있었다. 그럼에도 할머니가 돌아가셨다는 사실은 부정할 수가 없었다. 통화를 마치자 소파에 털썩 주저앉아 손으로 얼굴을 가렸다.

하루라도 아니, 에이든과 함께 갈 때까지라도 기다려 줄 수 없었을까. 아무리 아버지가 보고 싶어도 조금만, 몇 시간만 참아 주지. 그랬으면 더 편안하게 가셨을 텐데.

울음소리를 내지 않으려고 입을 앙다물어도 손가락 사이로 눈물이 하염없이 흘러내렸다. 할머니에게 빨리 가야 한다고 되뇌다가 정신을 놓았던 걸까. 정윤은 쾅쾅 울리는 문소리에 정신을 차렸다.

"정윤아, 오빠야. 어서 문 열어."

문을 열어 주자 급하게 들어온 선후가 쓰러질 듯 휘청거리는 정윤을 안아 소파에 앉혔다. 그녀의 얼굴을 들여다본 그가 깊게 한숨을 쉬었다. 빨개진 눈, 얼마나 세게 깨물었는지 이빨 자국이 선명한 입술, 핏기 하나 없이 창백한 얼굴에 가슴이 무너졌다.

애써 침착함을 유지한 선후는 드레스룸에서 검은색 옷을 골라 놓고 멍하니 앉아 있는 정윤의 옆으로 왔다.

"어서 옷 입고 할머니께 가자."

정윤은 비실거리며 드레스룸으로 걸어갔다. 머리와 귓속에서 윙윙거리는 소리가 끊임없이 울렸다. 거울 속에 비친 창백한 얼굴이 제 얼굴이 아닌 것 같았다. 주섬주섬 옷을 갈아입고 머리카락을 묶었다. 탁자 위의 휴대폰을 가방에 넣으며 말했다.

"오빠, 할머니에게 가자."

선후의 차를 타고 요양원 근처의 장례식장으로 간 정윤은 거의 준비가 끝나가는 제단을 바라보다가 들고 있던 할머니의 영정 사진을 어루만졌다.

영정 사진 속의 할머니는 환하게 웃고 있었다. 근심이나 걱정이 전혀 없는 해맑은 얼굴로. 할머니는 무슨 생각을 하고 있었을까. 할아버지를 만났던 젊은 시절을 떠올렸던 걸까. 아니면 초등학생이던 장난꾸러기 아버지가 생각났던 걸까.

주름이 자글자글한 할머니의 눈가를 쓰다듬던 정윤은 영정 사진을 가슴에 끌어안았다. 시간이 멈춘 것처럼 모든 것이 느리게 흘러가는 것 같았다.

얼마 후 모든 준비가 끝난 장례식장엔 창백한 얼굴의 정윤이 상주 자리를 지켰다.

선후는 안타까운 얼굴로 홀로 자리를 지키고 있는 정윤을 바라봤다. 할 수만 있다면 모든 것을 대신해 주고 싶었다. 상주 역할도, 하염없이 눈물을 흘리는 것도. 하지만 제겐 자격이 없었다. 비록 할머니라고 부르지만 법적으로 아무런 관계도 아니니, 그저 이렇게 지켜보며 쓰라린 가슴을 쓸어내릴 수밖에.

돌만이 있는 장례식장에 제일 먼저 신애가 달려왔다. 강 여사의 영정에 헌화를 하고 절을 하면서 흐느꼈다. '이렇게 가시려고 어제 정신이 돌아오셨구나'라는 생각에 가슴이 미어졌다.

강 여사는 시어머니이기 이전에 그녀가 어렸을 때부터 알고 지내던 분이었다. 두 집안의 어머니들이 친한 사이였고 유난히 그녀를 예뻐했었다. 재윤과 결혼 말이 오갈 때 얼마나 기뻐하셨는지 모른다.

"어머니! 이렇게 가시면 어떡해요? 마음만 아프게 해 드렸는데 이렇게 가시면……."

신애는 한참을 울다가 일어나 상주인 정윤에게 묵례를 했다. 눈이 붉게 충혈된 딸을 안아 주고 다독여 줬다. 곧 쓰러질 것 같은 딸은 눈물을 흘리면서도 소리를 내지 않았다. 그 모습이 가슴을 더 아프게 했다. 딸에게 시어머니는 할머니이자 그녀를 대신한 엄마였을 것이다. 신애는 정윤의 등을 쓸어 주며 말했다.

"정윤아, 넌 혼자가 아니야. 비록 이런 엄마지만 엄마가 있고 듬직한 선후도 있어. 그러니 힘을 내야 한다."

그녀의 위로에도 정윤은 대답을 하지 않았다. 아무 소리도 들리지 않은 듯 허망한 눈으로 신애를 바라볼 뿐이었다.

착잡한 얼굴로 모녀를 바라보고 있던 선후는 급한 발걸음 소리에 입구로 고개를 돌렸다.

눈이 번쩍 뜨일 만큼 훤칠하고 잘생긴 남자와 그 뒤를 따라 중년 남자가 급하게 입구로 들어서는 게 보였다. 한국계 외국인인 것 같은 남자의 시선이 그를 스쳐 망연히 서 있는 정윤에게 향했다. 멀리서 언뜻 봤을 뿐이었지만 알 수 있었다. 정윤이 만나는 남자라는 걸.

남자는 뒤따라온 사람이 하는 대로 헌화를 하고 잠시 묵념으로 명복을 비는 듯했다. 몸을 돌려 상주인 정윤에게 고개를 숙여 예를 표한 후에 고통스러운 얼굴로 정윤의 손을 잡았다.

"정윤 씨."

"에이든!"

정윤은 자신의 손을 감싸 쥔 에이든을 보며 흐느껴 울었다. 쉴 새 없이 눈물을 흘리면서도 목에 돌덩이라도 얹힌 듯 소리가 나지 않더니 그를 보자 울음이 터졌다. 옆에서 지켜보던 신애와 선후는 잠시 자리를 비켜 줬다.

에이든은 정윤을 다정히 안아 주었다. 그의 가슴을 적시며 우는 그녀의 아픔이 제 심장으로 고스란히 전해졌다. 어떤 말로도 위로가 되지 않을 것 같아 등을 토닥여 줄 수밖에 없었다.

한참 만에 흐느낌을 멈춘 정윤이 그를 올려다봤다. 붉게 충혈되고 퉁퉁 부어오른 눈이 너무 안쓰러워 심장이 찢어질 것 같았다.

눈물을 닦아 주는 에이든의 손을 잡아끈 정윤이 영정 사진 앞에 섰다.

"할머니, 이 사람이에요. 제가 데려오겠다고 한 사람이요. 오늘 같이 할머니를 뵈러 가기로 했는데…… 조금만 기다려 주시지. 이렇게 가시면…… 흐흑."

에이든은 영정 사진 속에서 웃고 있는 강 여사에게 낮은 목소리로 말했다.

"에이든입니다. 인사가 늦어서 죄송합니다. 정윤 씬 걱정하지 마십시오. 제가 곁에 있겠습니다."

윤성은 에이든과 정윤의 모습을 바라보다가 창백한 얼굴로 호상소에 앉아 있는 선후에게 순서가 바뀌어서 미안하다며 부의록을 작성하고 부의금을 내밀었다. 윤성을 멍하니 바라보던 선후가 정신을 차리며 정중하게 말했다.

"부의금은 받지 않기로 했습니다. 마음만 받겠습니다."

"그래도 저희 대표님은 정윤 씨와……."

"정윤이와 미리 의논한 내용입니다. 와 주셔서 정말 감사드립니다. 정윤이에게 힘이 됐을 겁니다."

신애에게 인사를 한 에이든이 다가오자 선후는 자리에서 일어나 인사를 나눴다.

저녁이 다 되어 갈 때쯤에 조문객들이 본격적으로 들어오기 시작했다. 신애가 돌아간 후에도 내내 자리를 지키고 있던 에이든과 윤성은 선후의 친구들과 함께 일을 돕고 있었다.

퇴근 시간이 지나서인지 정윤의 회사 사람들과 에이든의 레스토랑 직원들, 소믈리에들이 와서 자리를 지켜 준 덕분에 썰렁하던 장례식장의 분위기가 달라졌다.

정윤은 조문객들을 맞이하면서 위로를 받았다. 이들 중에 직접적으로 할머니를 아는 사람들은 거의 없었다. 정윤과 선후, 에이든과 닿아 있는 인연으로 온 사람들이었다. 할머니가 그들의 모습을 흐뭇하게 바라보고 계실 것만 같아 울컥 눈물이 차올랐다.

아마 할머니의 옆에는 젊은 아버지가 서 있으리라. 어린 딸이 이렇게 커서 할머니를 잘 보내 주고 있는 것을 흐뭇해하면서.

정윤은 제 일처럼 조문객들을 대접하고 있는 에이든을 바라보다가 마치 아버지가 옆에 있는 것처럼 속으로 제 마음을 전했다.

아빠, 마음에 드시죠? 좋은 사람이에요. 이젠 할머니도 아빠도 제 걱정 마시고 하늘나라에서 편하게 쉬세요. 전 이곳에서 잘 살아갈게요. 잘 먹고, 잘 자고, 열심히 일하면서 살아갈게요.

정윤은 눈가로 흐르는 눈물을 손등으로 닦으며 무리 지어 들어오는 조문객들을 맞았다.


밤이 깊어지자 조문객들이 끊어졌다. 선후는 지친 얼굴의 정윤을 보더니 에이든에게 말했다.

"피곤하실 텐데 들어가세요."

"여기 있겠습니다. 정윤 씨가 혼자 있는데 어떻게 가겠습니까?"

"제가 지키고 있을 테니 오실 수 있으면 내일 다시 와 주세요."

"에이든, 그만 가서 쉬어요. 오늘 많이 힘들었잖아요."

정윤까지 나서서 거드는 바람에 어쩔 수 없이 장례식장을 나오던 에이든은 걱정이 가득한 얼굴로 뒤를 돌아봤다. 그에게 윤성이 다가왔다.

"우리가 가야 정윤 씨가 더 마음 편하게 쉴 수 있을 겁니다."

"그런가요? 하지만 두 사람만 남아 있는데……."

"오빠 되시는 분이 잘 지켜 줄 겁니다."

에이든은 정윤이 쉬기를 바라는 마음에서 무거운 발걸음을 옮겨 차에 올랐다.

정윤이 피곤한 몸을 이끌며 상주 자리 뒤에 붙어 있는 방으로 들어가자 선후는 그 문에 등을 기대고 앉았다. 그 역시 몹시 피곤했다. 하지만 정윤에 대한 걱정이 더 컸다.

정윤이 잠들었는지 방 안이 조용해지자 그는 슬며시 눈을 감았다.

감긴 눈 속에 정윤과 에이든이 나타났다. 에이든의 가슴에 안겨 울음을 터트리던 그녀의 모습이 선명해지자 선후는 소리 없이 주먹으로 가슴을 쳤다.

오빠야, 넌 정윤이 오빠일 뿐이라고! 그러니 축하해 줘야지. 우리 정윤이가 마음껏 행복해지도록.

그의 의지에 반항하듯 심장의 욱신거림이 커지자 고개를 푹 숙인 선후의 눈가로 눈물이 주르륵 흘러내렸다.


다음 날 오전에 입관식이 진행됐다. 신애와 선후, 에이든, 요양원의 원장과 담당 요양사가 유리창 너머에서 장례 지도사가 주관하는 입관 절차를 지켜보고 있었고, 간곡히 부탁한 끝에 정윤은 관 옆에 서 있었다.

차례차례 진행되는 절차를 바라보던 정윤은 소리 없이 눈물을 흘렸다. 잘 보내 드리겠다고 다짐을 했는데도 마지막 절차로 입관을 하자 참을 수가 없었다. 관 속에 자리한 할머니를 만지며 말했다.

"할머니, 고마워요. 제 곁에 계셔 주셔서, 제 할머니이셔서 너무 감사했어요. 이제 그곳에서 아빠랑 행복하게 살아가세요. 아빠에게 자전거도 사 주시고 둘이 손잡고 소풍도 가시고요. 단팥빵도, 흐흑…… 아빠랑 단팥빵도 실컷 드시고요."


✦　　　✦　　　✦


느리게 가던 시간이 흘러 위령제까지 무사히 마쳤다. 유골함은 아버지가 돌아가신 후 할머니가 직접 사 놓은 가족 납골당에 안치했다.

모든 절차가 끝나자 휴가를 낸 정윤은 할머니의 위패를 봉안한 절에서 삼우제를 지낸 후 며칠을 더 머물렀다. 할머니의 극락왕생을 빌며 절을 올리거나 스님의 법문을 들으면서 시간을 보냈다.

스님의 청아한 목탁 소리와 법문을 읽는 소리에 점점 마음의 안정을 찾았다. 아버지와 할머니의 위패가 나란히 있는 모습이 더 위로가 됐다.

집으로 돌아가는 길에 정윤은 가족이 행복한 시간을 보냈었던 계곡으로 내려갔다. 떨어진 단풍잎의 노랗고 빨간색을 품고 있는 계곡물과 매끈한 바위를 지나 아버지가 앉아 있곤 했던 나무에 기대 화이트 와인과 단팥빵을 꺼냈다.

"아빠, 할머니와 맛있게 드세요."

정윤은 단팥빵을 먹기 좋게 잘라 나무 주위에 놓고 아버지가 좋아하시던 화이트 와인을 뿌렸다. 와인의 상큼한 향이 코끝으로 스며들자 빙그레 웃었다. 와인으로 연결된 부녀였다.

어렸을 때부터 와인 향을 맡게 했던 아버지와 아이한테 그러면 안 된다며 말리던 엄마, 마시는 게 아니라 향만 알게 해주는 거라며 껄껄 웃던 아버지의 말에 맞장구를 치던 할머니가 떠올랐다.

하지만 행복했던 시간들과 추억들을 소중히 간직하고 이젠 일상으로 돌아갈 때였다.

좁은 산길을 돌아 나오던 정윤이 잠시 차를 세웠다. 걱정하고 있을 에이든과 선후에게 메시지를 보냈다. 자신의 자리로 돌아가겠다고. 혼자 있을 시간을 줘서 고맙다는 말도 함께 전했다. 차창 밖으로 황홀하게 빛나는 가을 산의 풍경을 바라보던 그녀는 다시 에이든에게 보고 싶다는 메시지를 보내고 구불구불한 산길을 달려 서울로 향했다.

✤　　　✤　　　✤

에이든은 윤성이 건네준 레스토랑 매출과 수익 분석 자료를 신중하게 들여다봤다. 개업 초라 몇 달 정도는 영업 손실을 예상했던 터였다. 그런데 예상과 달리 수익이 난 상태였다. 윤성이 얼굴이 밝아진 에이든을 보며 빙그레 웃었다.

"다음 달에는 수익이 더 많아질 것 같습니다."

"와인 파티 예약률은 어떻습니까?"

"이미 다음 달 중순까지 예약이 차 있습니다. 그것도 고가의 와인으로 파티 기획이 가능한 모임들입니다."

"정윤 씨가 잘해 주고 있군요."

"동일한 샤토나 도멘의 빈티지 와인이라도 박 대리님이 준비한 와인이 최고의 품질을 자랑한답니다. 또 그만큼 세우와인이 수입과 보관 관리 면에서 철저하다는 얘기이기도 하고요."

그의 말에 에이든은 고개를 끄덕이며 싱긋 웃었다. 윤성이 나가자 시간을 확인한 그는 자료를 정리한 후 슈트 상의를 입고 외투를 걸쳤다. 정윤을 데리러 갈 생각이었다.

정윤이 할머니를 떠나보낸 지 벌써 한 달이 다 되어 간다. 겉으론 웃고 지내지만 아파하고 있다는 걸 알고 있었다. 그래서 아예 그녀의 일정에 따라 자신의 퇴근 시간을 조정했다. 저녁을 먹이고 집에 데려다줘야지만 비로소 안심하고 돌아설 수 있었다.

차를 몰고 도로로 나오니 12월의 매서운 바람이 거리를 휩쓸고 있었다. 두툼한 목도리로 목과 얼굴을 감싼 사람들이 눈만 내놓은 채 종종걸음으로 걸어가는 게 보였다. 그의 눈에 비친 서울의 겨울은 가을만큼은 아니지만 그런대로 운치가 있었다.

가끔 서울의 전경을 볼 때면 새삼스럽게 예전 일이 떠오르곤 했다. 어머니가 한국계 미국인이라 해도 그는 서울에 먼 친척 하나 없었다. 아는 사람 하나 없는 이곳을 선택했을 때 가족들은 의외란 표정을 지었다.

그때는 자신도 모르게 내린 결정에 후회하진 않을까 많은 걱정을 했지만 지금 생각하면 정윤을 만나게 해 주려는 하늘의 계시가 아니었을까.

에이든은 정윤의 회사 방향으로 운전대를 돌리며 미소를 지었다. 첫 매장으로 중국 상하이나 일본의 도쿄가 아닌 서울을 선택하길 정말 잘했다고 생각하면서.

한참을 달려 회사 앞에 주차를 한 후 정윤에게 메시지를 보냈다. 느긋하게 차 안에서 기다리다가 운전대를 톡톡 두드리며 생각에 잠겼다. 상실감 때문인지 정윤은 예전처럼 잘 먹지 못했다.

전보다 말랐어. 얼굴도 좀 창백하고 허리도 가늘어지고. 잘 먹고 건강해져야 할 텐데.

정윤에 대한 걱정이 늘어가고 있던 그의 얼굴이 빌딩 밖으로 나오는 그녀를 발견하자 환해졌다. 차에서 내린 그는 추운지 코트 깃을 여미며 걸어오는 정윤을 향해 빠른 걸음으로 다가갔다. 바람에 휘날리는 머리카락 속의 창백한 얼굴에서 시선을 뗄 수 없었다.

"정윤 씨."

"에이든."

그녀의 목소리에 반가움이 가득하다. 기분이 좋아진 에이든은 바짝 다가온 정윤을 외투로 감쌌다. 외투 속에서 그의 허리를 안은 정윤의 얼굴이 발그레해지자 머리에 입을 맞췄다.

"오늘도 열심히 일했어요?"

고개를 끄덕인 정윤이 그의 가슴에 얼굴을 묻었다. 근처의 지하철역으로 삼삼오오 몰려가던 직원들 중 몇 명이 뒤를 돌아봤다.

이미 회사에서도 소문이 났다. 장례식장에서 정윤의 곁을 떠나지 않던 에이든을 목격했으니 두 사람이 연인이라는 소문이 삽시간에 회사 전체를 휩쓴 것은 당연하리라. 등에 와 닿는 따가운 시선을 느낀 건지 정윤이 에이든의 품에서 떨어졌다.

차에 오른 에이든은 정윤의 차가운 뺨을 손바닥으로 감쌌다. 그런 그를 바라보는 정윤의 새까만 눈동자에 기쁨이 차오르는 게 보였다.

그는 살며시 벌어지는 붉은 입술에 재빨리 입을 맞추고 떨어졌다. 얼마 동안 애도 기간을 갖고 싶다는 정윤의 마음을 지켜 주고 싶었다. 정윤의 가느다란 손가락에 깍지를 낀 그는 예약해 놓은 식당으로 차를 몰았다.

두 사람은 한적한 식당의 룸으로 들어섰다. 창밖엔 희미한 조명 속에 잎을 다 떨궈 버린 은행나무가 사나운 바람에 흔들리고 있었다. 그 광경을 말없이 바라보고 있던 정윤이 에이든에게 시선을 돌렸다.

"매일 데리러 오는 거요. 그거 일에 지장이 있을 텐데……."

"조금 더 일찍 출근해서 일처리를 하니까 괜찮아요. 무엇보다 정윤 씨와의 행복한 시간을 놓치고 싶지 않고요."

"그래도 매일 말고 가끔 데려다줘요."

"나랑 매일 만나는 게 싫어요?"

"그건 아닌데 괜히 힘들게 하는 것 같아서요."

"날 힘들게 하고 싶지 않으면 밥을 잘 먹으면 돼요. 잘 먹고 건강하면 좋겠어요."

"그럴게요."

그녀가 순순히 대답하자 에이든은 생각해 뒀던 말을 꺼냈다. 일주일에 적어도 몇 번은 자신과 함께 헬스장이든 그의 집에 있는 체력 단련실에서든 함께 운동을 하자고. 그는 망설임 없이 그러겠다고 하는 정윤을 사랑스러운 눈으로 바라봤다.

먹음직스러운 스테이크와 와인이 세팅되자 정윤은 와인부

터 한 모금 마셨다. 입맛이 없어서인지 역시나 와인의 향이 완벽하게 느껴지지 않았다.

이러면 안 되는데. 빨리 입맛도 돌아오고 미각도 완벽해져야 해.

미각을 완전히 되찾기 위해서는 먹기 싫어도 먹고 마셔야 할 상황이었다. 다른 소믈리에들은 알아차리지 못하는 미세한 차이까지 잡아내던 그녀였다. 그런데 오늘 와인 스쿨 강의에서 무뎌진 것 같은 미각 때문에 남몰래 식은땀을 흘렸었다.

할머니가 돌아가신 후 일상으로 돌아왔다고 생각했던 건 착각이었다. 식욕이 없어지니 자연히 체력이 떨어졌다.

게다가 그녀가 기획한 파티나 와인 스쿨 강의에서 시음을 하는 것 외에는 와인이든 칵테일이든 술을 입에 대지 않았다. 돌아가신 할머니를 애도하는 의미에서였다. 하지만 계속 이러다간 일에 지장을 초래할 것 같았다.

정윤은 잔 속의 와인을 바라보다가 한 모금 더 마셨다. 늘 자신의 편이었던 할머니가 이해해 줄 거라 생각하면서.

"정윤 씨, 스테이크도 먹어요."

"에이든도 배고플 텐데 어서 먹어요."

정윤은 육즙의 풍미가 느껴지는 스테이크를 한 점 입에 넣었다. 천천히 씹으면서 맛을 음미하다가 걱정스러운 얼굴로 바라보고 있는 에이든을 보며 한 점을 더 먹었다.

"맛있어요."

"다행이에요."

얼굴이 환해진 그를 보니 눈시울이 뜨거워졌다. 에이든이 없었다면 어떻게 됐을지 상상할 수 없었다. 몇 번이나 그의 품에 안겨 울다가 잠이 들었다. 며칠 전의 일이 떠오르자 그녀의 뺨에 홍조가 피어났다.

피곤하다는 그녀를 집까지 데려다준 에이든이 잠드는 것을 보고 가겠다고 남아 있었다. 정윤은 그의 허벅지를 베고 소파에 누웠다. 머리카락과 얼굴을 부드럽게 쓰다듬어 주는 손길에 가슴속이 따듯해졌다. 이렇게 행복해도 될까 하는 생각을 했다. 그러면서 마음속으로 간절하게 빌었다. 자신도 그에게 그런 존재이기를. 바라만 봐도 그를 행복하게 해 주는 사람이 될 수 있기를.

그의 따뜻한 품에 누웠지만 그날 밤 정윤은 호되게 앓았다. 감기 몸살인가 싶어 상비약을 먹었지만 효과가 없었다. 열이 가라앉지 않자 에이든은 그녀를 태우고 응급실로 갔다.

자정이 넘어서야 열이 떨어져 오피스텔로 돌아올 수 있었다. 하지만 이번엔 한기가 몰려와 뼈까지 시렸다.

오들오들 떠는 그녀를 시트와 외투로 감싼 에이든은 얼음처럼 차가운 정윤의 손발을 비벼 주고 두꺼운 겨울옷을 찾아와 덮어 주었다. 차도가 없자 병원에 전화를 했다. 체온을 올려 주는 게 가장 좋다는 얘기에 욕조에 따뜻한 물을 받았다. 그리고 정윤의 체온이 올라올 때까지 욕조에서 물 온도를 조절하면서 그녀를 안고 있었다. 비록 둘 다 속옷은 입고 있었지만 서로 닿아 있는 몸 때문에 체온이 올라갔을지도 모른다.

정윤의 입가에 맺힌 미소를 바라보던 에이든이 궁금한 얼굴로 물었다.

"무슨 생각해요? 얼굴이 빨개졌는데요."

"아무것도…… 에이든 고마워요."

"정말 고마우면 그 스테이크를 다 먹는 게 어때요?"

"하나도 남김없이 다 먹을게요."

에이든은 열심히 먹고 있는 정윤을 바라보며 흐뭇한 미소를 지었다. 제 입보다 다른 사람의 입에 음식이 들어가는 게 이렇게 행복한 일인 줄 몰랐었다. 어서 먹으라는 그녀의 재촉에 그도 스테이크를 부지런히 먹었다.

창밖엔 바람이 더 심하게 불었다. 은행나무의 앙상한 가지들이 바람에 부러질 듯 휘청거렸다. 남은 와인을 마시다가 그 모습을 본 에이든은 어두운 하늘을 쳐다보며 생각했다. 눈이 내리면 참 좋겠다고.

바람에 흩날리는 눈 속을 정윤과 걷고 싶은 욕심이 생겼다. 눈만 내놓고 목도리로 얼굴을 칭칭 감은 정윤의 옆에 딱 붙어서 그녀의 손을 자신의 외투 주머니에 넣고 함께 걷고 싶었다. 걷다가 발이 시리면 가까운 카페에 들어가 뜨거운 커피를 마시면 얼마나 좋을까.

크리스마스이브에 눈이 올까.

크리스마스이브를 정윤과 함께 보내기로 했던 것이 생각나 가슴이 간질간질하다 못해 손바닥까지 따끔따끔해졌다.

에이든은 스파클링 와인을 추가로 주문한 정윤의 옆으로 가서 앉았다.

"더 마시고 싶어요?"

"입맛을 찾는 데 도움이 될 것 같아서요."

웨이터가 와인을 가져와 따라 주고 나가자 정윤은 그의 어깨에 기대 와인 거품을 음미했다.

거품이 있는 와인은 생산 지역에 따라 다른 이름으로 불린다. 프랑스 샹파뉴 지방에서 생산되는 것은 샴페인, 이탈리아의 거품 와인은 스푸만테, 스페인은 카바, 그리고 신흥 와인 제조국인 칠레, 미국, 호주 등지는 스파클링 와인이란 용어를 쓴다. 이름은 다르지만 모두 기포가 있는 와인이다.

정윤은 혀에서 감도는 기포를 음미했다. 가느다란 기포를 타고 올라오는 부드럽고 상큼한 맛이 일품이다. 정윤이 음미하는 모습을 바라보던 에이든은 그녀의 동그스름한 이마에 입술을 꾹 눌렀다.

와인을 한 모금 더 마시고 어디에 입을 맞출까 생각하는 그에게 정윤이 입술을 쭉 내밀었다. 쪽 소리가 나게 입을 맞춘 두 사람은 소리 내어 웃었다.

다시 와인을 마신 정윤이 그의 목덜미에 입을 맞추자 에이든은 살짝 옆으로 비켜 앉으며 그녀의 귓가에 속삭였다.

"크리스마스이브까진 키스도 금지예요."

"하면 안 돼요?"

"안 돼요."

아쉬운 표정을 짓는 정윤의 허리를 끌어안은 그가 말했다.

"정윤 씨가 말했죠. 정윤 씨 회사의 모토가 책임과 신용이라고요."

　"그건 맞는데, 그게 왜요?"

　"내 모토도 그래요."

　"그게 키스와 무슨 상관인데요?"

　"키스를 하면 끝까지 날 책임져야 한다는 뜻이에요."

　"우린 이미…… 키스했는데요."

　정윤이 얼굴을 붉히며 말하자 에이든은 소리 내어 웃었다. 기분이 좋아진 것 같은 그녀의 모습에 자꾸 웃음이 나왔다. 그녀와의 작은 접촉마저 정말 좋다. 손을 잡는 것도, 이렇게 허리를 안거나 이마에 입을 맞추는 것도 말할 수 없이 가슴을 설레게 한다.

　에이든은 정윤의 귓불을 살짝 깨물며 속삭였다.

　"이미 키스를 했으니 어쩔 수 없네요. 정윤 씨가 날 책임질 수밖에 없어요."

　"그런 게 어디 있어요?"

　"책임과 신용이 모토라면서요."

　"그건 그렇지만……."

　에이든은 그의 가슴에 얼굴을 묻는 정윤의 머리에 입을 맞췄다.

　이미 그에게 정윤은 육체적인 욕망으로 성급하게 안고 싶지 않은 여자가 되어 있었다. 마음과 몸이 그녀에게 완전히 닿고 싶었다. 정윤의 가장 깊은 곳에 닿기를 갈망하는 제 육체가 밤마다 잠을 이루지 못하듯 그의 마음 역시 아무도 닿지 않은 그녀의 마음속 가장 깊은 곳에 닿고 싶었다.

무엇보다 그 전에 그녀에게 해야 할 얘기가 있었다.

오피스텔로 돌아온 정윤은 테이블에 놓인 메모지를 확인했다.

정윤아, 반찬은 냉장고에 넣어 놨다. 햇반도 사다 놨으니까 밥 먹기 싫다고 편의점으로 회사 가지 말고 꼭 먹고 다녀. 어머니도 걱정이 많으셔. 건강 잘 챙겨야 한다.

단정한 선후의 필체였다. 그녀의 마른 모습에 속상해하던 선후의 얼굴이 떠올랐다.

"선후 오빠."

정윤은 가만히 그의 이름을 불러봤다. 얼굴을 못 본 지 꽤 된 것 같다. 에이든과 데이트하는 걸 알기에 일부러 이른 시간에 오피스텔에 반찬을 가져다 놓거나 청소를 해 주고 간다. 마치 우렁각시처럼 그녀에게 한없이 베푸는 이였다.

냉장고를 여니 안 먹었던 반찬통은 사라지고 새로운 반찬통들이 가지런히 줄지어 서 있었다. 신애가 그녀를 위해 만든 반찬들이었다. 장례식장에서 신애가 그녀를 위로하며 해 주던 말이 귓가에 맴돌았다.

"정윤아, 넌 혼자가 아니야. 이런 엄마지만 엄마가 있고 듬직한 선후도 있어."

정윤은 반찬통 하나를 꺼내 열어 봤다. 어릴 때부터 그녀가 좋아하던 매콤한 오징어포볶음이 들어 있었다. 젓가락으로 조금 집어 맛을 보았다. 고추장과 간장, 매실액에 올리고당이 들어갔는지 매콤하면서도 감칠맛이 느껴졌다. 마지막에 약간 고소한 맛이 나는 건 정윤이 좋아하는 걸 알고 넣은 마요네즈 때문이리라.

다른 반찬통을 열어 보니 메추리알 장조림과 큼지막하게 썬 깍두기, 군침이 도는 묵은지, 국수를 해 먹으면 딱 좋게 익은 열무김치가 들어 있었다.

모두 그녀의 가족이 좋아하던 반찬이었다. 내일 아침엔 꼭 밥을 먹고 가야겠다고 다짐하던 정윤은 불현듯 엄마가 정말 행복할까 하는 생각이 떠올랐다. 엄마가 그토록 사랑했던 아버지와 친정어머니처럼 여겼던 시어머니, 어린 딸이 있던 단란한 가정과 지금의 가정 사이에서 혹시 방황하는 건 아닐까.

무심코 떠오른 생각에 그녀의 눈가가 붉어졌다. 엄마는 재혼한 가정에서 얻은 딸과 자신 사이에서 이러지도 저러지도 못한 것은 아닌지. 자신에게 냉정한 선후 할머니가 엄마를 힘들게 하는 건 아닌지.

끝없이 떠오른 생각에 정윤은 마음을 다잡듯 중얼거렸다. 선후가 있으니 안심해도 된다고.

게다가 그것은 재혼한 엄마가 어쩔 수 없이 짊어져야 하는 인생의 무게라고. 하지만 심란했다. 할머니의 삼우제 때 절에 왔던 엄마의 흐느끼던 모습이 눈에 밟혔다. 제를 마치고 모두 밖으로 나간 후에도 엄마는 발이 묶인 듯 떼지 못했다.

스님과 얘기를 나누던 그녀가 다시 그곳으로 갔을 때 엄마는 서럽게 울고 있었다. 아버지와 할머니를 번갈아 부르면서.

하아.

한숨을 내쉰 정윤은 선후에게 전화를 했다. 몇 번 신호가 가자 바로 그의 목소리가 흘러나왔다.

—정윤아, 들어왔어?

"응."

—반찬 가져다 놨으니까 꼭 아침 챙겨 먹고 다녀.

"그럴게. 오빠, 어디야? 집이야?"

—이제 막 집에 들어왔어.

"저기 오빠, 엄마는…… 잘 지내?"

—할머니 성격 때문에 어쩔 수 없이 마음고생은 하시겠지만 다른 것은 괜찮아. 내가 더 신경 쓸 테니까 넌 네 건강 걱정만 해라.

"고마워."

—당연한 일인데 뭐. 어서 씻고 자.

"응, 오빠도 잘 자."

통화를 마친 정윤은 옷을 벗고 욕실에 들어갔다가 반질반질한 바닥과 반짝이는 거울을 발견했다. 휴지통까지 깨끗하게 비어진 걸 보니 선후가 청소를 하고 갔으리라. 물청소를 하고 혹시나 미끄러워 그녀가 넘어지기라도 할까 봐 마른걸레질까지 되어 있었다.

정윤은 벗은 채로 돌아다니면서 거실과 주방을 자세히 살폈다. 곳곳에 선후의 손길이 닿아 있었다. 싱크대도 새것처럼 반질거리고 거실 바닥엔 머리카락이 한 올도 보이지 않았다.

할머니가 돌아가신 후 집안일에 신경조차 쓰지 못하는 그녀에게 근심 어린 얼굴로 현관 비밀번호를 알려 달라더니 이러려고 그랬나 보다. 그녀가 없는 시간을 틈 타 이렇게 윤이 나도록 오피스텔을 쓸고 닦는 선후의 모습이 그려지자 가슴이 뭉클해졌다.

"오빠, 왜 이렇게 나한테 잘해 줘?"

마치 선후가 옆에 있는 것처럼 중얼거린 정윤은 주르륵 눈물을 흘렸다. 참 쓸쓸한 인생이라고 생각했는데 자신을 사랑하는 사람들이 주위에 많다는 걸 새삼 깨달았다.

에이든과 선후, 친구들, 직장 동료들, 그리고 거래처 사람들과 소믈리에들까지 그녀를 진심으로 위로해 주었다.

더 이상 쓸쓸한 인생도, 아픈 인생도 아니라는 생각에 정윤은 흐르는 눈물을 손으로 닦아 내고 억지로 미소를 지었다.

6장
크리스마스이브와 아이스 와인

금요일 저녁, 씻고 내려온 선후는 신애와 가사도우미가 부지런히 저녁을 차리고 있는 주방으로 들어갔다. 묵은지를 넣고 고기를 삶았는지 푹 익은 김치 특유의 냄새가 식욕을 자극했다. 군침을 삼킨 그는 신애를 도우려다가 못마땅한 눈초리를 하고 있는 김 여사의 모습에 바로 자리에 앉았다. 경험상 할머니의 기분이 좋지 않을 때는 조용히 있는 게 상책이란 걸 알고 있었다.

2층에서 내려오던 지연이 맛있는 냄새를 맡았는지 단숨에 신애에게 달려왔다.

"엄마, 묵은지 김치찜이야?"

"그래, 어서 앉아."

"맛있겠다."

현석이 뜨거운 김이 모락모락 올라오는 밥을 식탁에 놓고 있는 신애에게 말했다.

"당신도 어서 앉아."

"이것만 놓고요."

신애가 그릇을 식탁에 올려 두고 자리에 앉는 것을 확인한 선후는 푹 익은 김치를 앞 접시에 덜어 와 젓가락으로 길게 찢었다. 먹음직스럽게 썰어 놓은 돼지고기를 김치에 돌돌 말아 입에 넣으며 신애에게 엄지를 추어올렸다. 신애의 김치는 어디에 내놔도 손색이 없을 만큼 맛있었다. 특히 이렇게 묵은지가 되면 그 맛은 배가 된다.

"어머니, 정말 맛있어요."

"우리 엄마, 최고!"

아들과 딸의 칭찬에 젓가락질을 하던 신애의 얼굴에 화색이 돌았다. 옆자리에 앉은 현석이 동의하듯 식탁 밑에서 그녀의 손을 살짝 잡았다 놓자 신애가 발그스름해진 얼굴을 들키지 않으려 고개를 숙였다.

그녀의 모습에 김 여사가 얼굴을 찡그렸다. 처음부터 마음에 차지 않던 며느리였다. 탄탄한 중견기업의 사장인 아들이 재혼을 하겠다고 했을 땐 당연히 처녀장가를 갈 거라고 생각했다.

그런데 애 딸린 과부라는 얘기에 기함했다. 아무리 반대를 해도 아들은 꼼짝하지 않았다. 더군다나 여자 쪽에서 재혼을 망설인다는 얘기에 더 어처구니가 없었다.

아들의 고집을 이기지 못해 어쩔 수 없이 받아들인 며느리였지만 좀처럼 정이 가지 않았다. 그뿐인가. 제 엄마와 판박이인 그 딸은 더 마음에 들지 않았다.

아들이 며느리를 위할수록 심술이 났다. 반반한 외모밖에 봐 줄 것이 없는 며느리가 아들을 홀린 게 틀림없다고 생각했다. 게다가 어렵게 떼어 내긴 했지만 혹까지 달린 주제였으니 더더욱 마음에 차지 않았다.

조용히 밥을 먹는 신애를 흘끗 쳐다본 김 여사의 눈빛이 더 차가워졌다. 허락을 받지도 않고 강 여사의 장례식장에 다녀온 게 생각났다. 또 거기서 얼마나 울었는지 눈이 퉁퉁 부어 있던 모습이 떠오르자 부아가 치밀었다. 자신이 죽으면 눈물 한 방울 흘리겠나 싶은 마음에 더 괘씸한 생각이 들었는지도 모른다.

하지만 어쩌겠는가. 금쪽같은 손녀를 낳아 줬으니 마음에 차지 않아도 내보낼 수가 없었다. 게다가 며느리에 대한 아들의 마음을 알고 있으니 참는 수밖에.

연달아 떠오르는 생각에 밥맛이 싹 달아난 김 여사는 탁 소리가 나게 젓가락을 내려놨다. 눈치가 빠른 지연이 애교가 가득한 목소리로 말했다.

"할머니, 잘 드셔야 건강하게 오래오래 살지."

"호호, 오래 살라고?"

"오빠가 결혼해서 아기를 낳으면 할머니가 봐 준다면서. 그런 의미에서 할머니, 아!"

지연이 김치에 고기를 싸서 입에 넣어 주자 김 여사의 얼굴 가득 웃음이 번졌다. 눈에 넣어도 아프지 않을 손녀가 먹여 주니 더 맛있었다.

"우리 손녀가 갈수록 예쁜 짓만 하네. 너도 어서 먹어."

"네, 이번엔 아빠와 엄마 차례야."

현석과 신애에게 고기를 먹여 준 지연이 생긋 웃으며 선후를 봤다. '나 잘했지'라는 표정으로. 선후가 입 모양으로 용돈을 두둑이 주겠다고 하자 지연은 일부러 김 여사의 시선을 더 끌며 분위기를 부드럽게 만들었다.

말없이 밥을 먹던 신애는 식탁에 둘러앉은 가족을 보다가 속으로 한숨을 쉬었다. 혼자 저녁을 먹고 있을 정윤을 생각하니 입안의 밥알이 모래알처럼 까끌까끌하게 느껴졌다.

밥을 다 먹어 갈 때쯤 김 여사가 생각났다는 듯이 선후에게 물었다.

"선후야, 내일 선보기로 한 거, 잊지 않았지?"

"……네."

"집안도 우리와 비슷하고 아가씨도 얌전하다니 더할 나위 없지. 게다가……."

선후는 계속되는 김 여사의 말을 묵묵히 들었다. 밥을 다 먹은 후 거실에서 차를 마시면서도 김 여사는 선 자리를 몇 번이나 강조했다. 할머니들끼리 서로 아는 사이이니 더 예의 있게 행동해야 한다고.

말을 마친 김 여사가 방으로 들어가자 선후는 말없이 2층으

로 올라왔다. 잽싸게 따라 올라와 손을 내민 지연에게 용돈을
쥐여 주고 방으로 들어갔다.

양치를 한 후 차가운 물로 연거푸 세수를 하고 나와 거울
을 들여다봤다. 거울 속의 남자는 고통스러운 눈빛을 하고 있
었다. 그의 눈자위가 점점 붉어졌다. 숨길 수밖에 없는 사랑이
소리 없는 눈물이 되어 뺨을 타고 흘러내렸다. 선후는 망연한
얼굴로 화장대에 툭툭 떨어지는 눈물을 바라봤다.

정윤아, 보고 싶어.

입 밖으로 내지 못한 말이 심장을 가닥가닥 찢었다. 휘청거
리며 침대로 간 그는 쓰러지듯 드러누웠다. 한참 천장을 바라
보다가 사이드 테이블로 손을 뻗어 휴대폰을 가져왔다. 시간
을 확인하고 정윤에게 메시지를 보냈다.


〈정윤아, 데이트 중이야?〉


한참을 기다려도 답장이 없더니 전화가 왔다.

—오빠, 오늘은 와인 파티가 있어.

"많이 늦어?"

—10시 정도면 끝나.

"내 동생, 고생하네."

—고생이라고 생각 안 해. 오빠는 어디야?

"집."

애써 밝은 목소리를 내려 했는데도 미세한 차이를 알아차렸

나 보다. 정윤의 목소리에 걱정이 어렸다.

—무슨 일 있어?

"아니, 오늘 운동을 좀 많이 했더니 몸이 찌뿌둥해서 그래."

그의 말에 정윤이 잔소리를 했다. 왜 심하게 운동을 했냐며 다그치더니 혹시 감기 몸살일지 모르니 약을 먹으란다. 정윤의 얘기에 그러겠다고 대답한 선후는 잠시 뜸을 들였다가 입을 뗐다.

"정윤아, 오빠가 말이지. 내일…… 선보러 간다."

—선? 좋은 분이 나오면 좋을 텐데.

전화 너머 정윤을 부르는 소리가 들렸다.

"……그래, 그래야 할 텐데. 일하는 중인데 내가 방해했네. 어서 들어가 봐."

—응. 오빠, 다음에 통화하자.

"정윤아, 잠깐만!"

—왜?

"오피스텔 비밀번호 바꿔라."

—갑자기?

"안전을 위해서 바꾸는 게 좋겠어."

—알았어.

통화를 마친 선후는 베개로 얼굴을 가렸다. 여자라고는 정윤밖에 몰랐다. 처음엔 그 감정이 뭔지 몰랐었다. 예쁘고 사랑스러운 동생이라고 생각했었다. 그래서 늘 옆에 있고 싶은 거라고. 밥은 먹었는지, 아픈 데는 없는지 항상 신경이 쓰였고 정윤이 웃으면 온 세상이 환해지곤 했는데도 말이다. 그게 사랑이란 걸 알고 난 후에도 그가 할 수 있는 것은 없었다. 심장에 바위처럼 박혀 버린 제 감정을 깊숙이 숨기는 것밖에는. 그저 옆에서 정윤이 행복하게 사는 모습을 바라보는 것으로도 만족했다.

하지만 에이든이 나타났다. 정윤을 행복하게 해 주는 남자가. 장례식장에서 묵묵히 정윤의 곁을 지키던 그의 모습이 생각났다. 화장터에 따라오고 삼우제에도 왔었다.

정윤은 에이든의 옆에서 차츰 안정을 찾아갔다. 둘이 마주 보던 시선이 떠오르자 베개를 옆으로 치운 선후는 숨을 몰아쉬며 생각했다.

정윤을 사랑하는 마음을 매일 심장에서 조금씩 뜯어내다 보면 오빠로서의 마음만 남게 될 거라고. 그러면 모두가 행복해지는 거라고.

✤      ✤      ✤

다음 날, 선후는 예정대로 선을 봤다. 여자는 할머니의 말처럼 얌전하고 차분해 보였다. 함께 점심을 먹은 후 집까지 데려다줬다.

그 후 목적지 없이 시내를 빙빙 돌던 선후는 눈에 띄는 극장에 들어가 몇 시간 동안 앉아 있었다. 옆에 앉은 연인들의 다정한 소곤거림도 영화 소리도 의미 없이 스쳐 지나갔다. 그에게 필요한 건 흘러가는 시간이었다.

하루가 1년처럼 흘러 빨리 지나갔으면 좋겠다는 생각을 하며 영화관을 나와 주영의 바로 향했다. 정윤의 생각이 나지 않을 때까지 술에 흠뻑 취하고 싶었다.

주영이 걱정스러운 얼굴로 술을 마시는 선후를 흘끔거렸다. 가끔 정윤과 칵테일이나 와인을 마시던 모습이 아니었다. 말 없이 술잔을 기울이는 그의 모습이 몹시 쓸쓸해 보였다. 안주라도 만들어 줘야겠다는 생각에 만들고 있던 칵테일을 민철에게 맡기고 재빠르게 손을 놀렸다. 완성된 안주를 바 테이블에 놓으며 말했다.

"안주랑 같이 드세요."

"고맙습니다."

"저기, 정윤이한테 연락할까요?"

"아닙니다. 곧 나갈 겁니다."

잠시 후, 휘청거리며 일어난 선후가 계산을 마치고 바를 나갔다. 그의 뒷모습을 바라보고 있던 주영은 급하게 그를 따라 나가는 여자의 모습에 고개를 갸웃했다.

밖으로 나온 선후는 취기가 오른 몸을 건물 벽에 기댄 채 차가운 바람을 맞고 있었다. 크리스마스가 가까워져서인지 추운 날씨에도 거리는 연인들로 넘쳐났다. 모두 행복해 보였다. 무심한 눈으로 도로를 가득 메운 차들을 바라보던 그는 인기척에 고개를 돌렸다.

"선후 씨."

부드러운 목소리에 이끌리듯 다가온 여자의 얼굴을 내려다 봤다. 선을 봤던 여자였다. 물끄러미 바라보는 그의 모습에 당황했는지 여자가 말끝을 흐렸다.

"친구 생일이라 바에 왔다가 선후 씨를 봤어요."

"그렇군요."

짧은 대답에 여자가 용기를 내어 말했다.

"사실 아까는 얘기하지 않았는데 혹시 저 모르시겠어요? 대학교 때 동아리 후배였는데요."

"동아리요?"

"네. 선후 씨가, 아니 선배님은 복학하신 후였고요."

선후는 가물거리는 기억 속에서 조은영이라는 이름을 더듬어 봤다. 기억이 점점 선명해지자 선후는 고개를 갸웃했다. 분명 통통하고 귀염성이 있는 얼굴이었던 것 같은데 앞의 여자와는 이미지가 맞지 않았다.

"이름은 생각이 나는데……."

그의 뒷말을 짐작한 은영이 얼굴을 붉혔다.

"그때와 좀 다르죠. 졸업 후 계속 운동을 했어요."

"아, 제가 실례를 했네요."

"아니에요. 친구들도 다 그렇게 말하는걸요. 살을 빼더니 완전히 다른 사람이 됐다고요."

은영은 혹시 선후가 오해를 하면 어쩌나 싶어 조바심이 났다. 언뜻 그의 얼굴에 미소가 스쳐 지나가자 어깨가 축 처졌다. 분명 다른 사람들처럼 성형으로 고친 얼굴이라고 생각하는 것 같아서였다.

잠시 얘기를 나눈 선후가 자리를 뜨려하자 은영이 그의 팔을 붙잡았다.

"선배님, 잠시만요. 대리운전 불러드릴게요."

"그건 내가 알아서……."

휴대폰을 꺼내려는 선후를 저지한 은영이 재빨리 제 휴대폰으로 대리 기사를 불렀다. 근처에서 콜을 받았는지 5분도 안 돼서 대리 기사가 나타났다.

얼떨결에 차에 오른 선후는 손을 흔들고 있는 은영을 보다가 피식 웃었다. 선을 본 여자가 아니라 동아리 후배라 생각하니 낯설게 느껴지지 않았다. 게다가 반달눈으로 웃는 모습이 예전 그대로란 생각에 거부감도 들지 않았다.

"다음에 만나면 간단한 차나 밥 한 끼 정도는 나쁘지 않겠지……."

✛      ✛      ✛

레스토랑 주방의 위생 상태를 점검하고 사무실로 돌아온 에이든은 소파에 앉아 느긋하게 커피 잔을 들었다. 버릇처럼 커피를 입안에 굴려 와인처럼 음미하다가 저도 모르게 웃었다. 정윤이 커피를 마시던 모습도 똑같다는 생각 때문이었다.

정윤을 생각하자 자연스레 크리스마스로 생각이 흘러갔다. 몇 번이나 부모님에게 연락이 왔다. 크리스마스엔 온 가족이 늘 함께했던 터라 당연히 그가 올 줄 알고 있었던 부모님으로선 실망이 클 것이다. 유럽 매장을 개척하고 있는 둘째 형 다니엘은 가족과 새해까지 있을 생각으로 이미 뉴욕으로 출발했다는 소식을 전해 왔다.

어쩔 수 없지. 지금은 정윤 씨가 우선이니까.

남은 커피를 마저 마시고 잔을 내려놓은 에이든은 습관적으로 시간을 확인했다. 백화점에 들러 정윤에게 줄 선물을 살 생각이었다. 차 키를 집어 든 그는 빠른 걸음으로 사무실을 나갔다.


퇴근을 한 정윤은 속옷 가게에서 신중한 얼굴로 다음 날 입을 속옷을 고르는 중이었다.

너무 화려해도 안 되고 너무 야해도 안 되고…….

고민을 거듭하다가 결국 평상시에 입는 스타일로 고르고 말았다. 너무 초짜인 티를 내는 자신이 어쩐지 한심스럽게 느껴졌다.

잠시 카페에 들러 음료수를 마시다가 생각에 잠겼다. 당연히 여자가 있었겠지. 몇 명이나 사귀었을까. 깊은 관계였을까. 다른 여자들에게도 그렇게 다정했을까.

서른셋인 남자가 지금까지 여자 친구가 없었을 리가 만무한데도 그 생각을 하니 우울해졌다. 정윤은 일부러 어깨를 으쓱하며 내일 데리러 오겠다던 에이든을 떠올렸다. 다정한 목소리가 귓가에 울리는 듯하자 제 자신을 책망했다.

박정윤, 바보같이 왜 그런 생각을 하는 거야. 당연한 거잖아. 다 너처럼 살지는 않아.

정윤은 가방에서 휴대폰을 꺼내 사진을 휙휙 넘기며 기분 전환을 했다. 작년 크리스마스 사진을 찾아 들여다보던 그녀의 입가에 웃음이 맺혔다. 영업이 끝난 주영의 바에서 친구 몇 명과 모여 조촐한 파티를 열었었다. 크리스마스 직전에 남자 친구와 헤어진 주영을 위로한다는 핑계로 평소보다 술을 많이 마시고 떠들었다.

사진 속엔 술에 취해 엉망인 주영과 뭐가 좋은지 깔깔 웃는 친구들의 모습이 있었다. 지나간 시간은 추억이 되어 아름답게 느껴지기 마련인지 벌써 그때가 그리워졌다.

어두운 창밖으로 시선을 돌린 정윤은 며칠만 지나면 서른이 될 거란 데 생각이 미쳤다. 이렇게 서른이 되는 걸까. 그래도 다행이야. 서른 전에 남자 친구가 생겼으니.

휴대폰을 끄려다가 다시 한번 파티 사진을 쭉 훑었다. 우연히 찍힌 건지 선후가 바에 들어서는 모습이 있었다. 많이 취한 그녀를 보며 혀를 끌끌 찼던 것도 기억이 났다. 그러고 보니 어느 순간부터 크리스마스엔 늘 선후와 함께 있었던 거 같다.

같이 저녁을 먹고 그녀의 집에서 케이크를 먹었다. 문득 선후가 혼자인 그녀를 배려한 거란 데 생각이 미쳤다. 친구들이나 여자 친구와 어울리고 싶었을 텐데.

괜스레 미안해졌다. 아마 이번에도 선후는 그녀를 위해 그런 메시지를 보낸 것이리라. 정윤은 휴대폰을 꺼내 선후가 보낸 메시지를 다시 확인했다.

〈정윤아, 오빠는 모임이 있어서 이번엔 같이 못 있겠다.〉

오피스텔로 돌아온 정윤은 현관에 붙여진 메모를 읽었다. 경비실에 물건이 있으니 가져가란 쪽지였다. 경비실로 내려가자 케이크와 와인 한 병이 있었다. 케이크에 붙어 있는 메모를 읽다가 눈시울을 붉혔다.

올해부턴 에이든과 함께 행복하게 보내라.

—오빠가

정윤은 바로 선후에게 전화를 걸었다. 몇 번이나 신호가 가도 받지 않자 무슨 일이 있나 싶어 걱정이 됐다. 아무리 바빠도 전화는 바로 받던 그였다. 연달아 전화하자 겨우 그의 목소리가 들렸다.

"오빠! 왜 그냥 갔어?"

—모임에 가려고. 무슨 일이 있는 건 아니지?

"그냥 오빠 시간 되면 예전처럼 같이 케이크 먹을까 했어."

—네 남자 친구는 어떡하고?

"바쁜 일이 있다며 내일 만나자고 해서."

그는 한참이나 말이 없었다. 정윤은 선후가 말이 없자 다시 입을 열었다.

"올 거야?"

—오늘만이다. 앞으론 네 남자 친구와 놀아.

집으로 들어온 정윤은 간단히 씻고 식탁에 케이크와 와인 잔을 세팅했다.

얼마 후에 초인종을 누른 선후에게 문을 열어 줬다.

손을 씻고 나온 선후가 케이크를 잘라 정윤의 접시에 담아 주었다.

와인을 잔에 따르던 그녀는 창백한 선후의 얼굴이 마음에 걸려 물었다.

"오빠, 어디 아픈 거 아니야?"

"그냥 좀 피곤한가 봐."

"저녁은 먹었어?"

"아직."

"그럼 밥 차려 줄 테니까 조금이라도 먹어. 저번에 오빠가 사 놓은 햇반이 남았을 거야."

정윤은 재빨리 일어나 케이크 상자와 와인을 옆으로 치웠다. 늘 선후에게 받기만 했는데 한 번이라도 밥을 차려 줄 수 있어 기뻤다.

다른 때라면 그녀를 앉히고 대신 일어났을 선후가 어쩐 일인지 가만히 있었다. 밥 먹는 그의 모습을 바라보며 케이크를 먹던 정윤이 궁금한 얼굴로 물었다.

"선봤던 건 어떻게 됐어?"

"알고 보니 동아리 후배더라."

"인연이네. 계속 만날 거야?"

"……만나 볼까 생각 중이야."

"정말 잘됐다."

제 일처럼 기뻐하는 그녀의 모습에 선후는 희미하게 웃었다. 밥을 다 먹자마자 일어선 그는 모임에 늦을 것 같다며 현관으로 향했다. 크리스마스를 구실로 삼아 선을 본 여자에게 데이트 신청을 하라는 정윤에게 물었다.

"비밀번호는 바꿨어?"

"응."

정윤이 고개를 끄덕이자 선후는 안심한 얼굴로 밖으로 나갔다.

반찬통을 냉장고에 넣고 정리한 후 설거지를 하던 정윤은 초인종 소리에 고무장갑을 낀 채로 달려가 문을 열었다.

"오빠, 뭐 두고 갔어?"

"오빠요? 누가 왔었어요?"

성큼 안으로 들어선 에이든이 의아한 얼굴로 물었다. 정윤에게 설명을 듣던 그의 시선이 식탁 한 귀퉁이에 자리한 케이크와 와인으로 향했다. 유난히 사이가 좋은 남매라고 생각했지만 왠지 기분이 나빠졌다. 홍차를 가지고 온 정윤의 얼굴을 바라보다 문득 이상한 생각이 들었다.

박정윤, 권선후. 성이 다르고 부모가 다르다. 결국 남남이나 마찬가지란 얘기다.

찻잔을 쥔 에이든은 장례식장에서 모든 절차를 책임지고 맡아서 하던 선후를 떠올렸다. 밤에 혼자 남은 정윤을 지킨 것도 그였다. 아닐 거라며 고개를 가로젓는 에이든에게 정윤이 물었다.

"에이든, 무슨 생각 해요?"

"남매가 참 사이가 좋다는 생각을 했어요."

"정말 좋은 오빠예요."

"선후 씨가 여기에 자주 와요?"

"가끔요. 엄마가 만들어 주신 반찬도 가져다주고 가끔 청소도 해 주고……."

"정윤 씨가 없을 때도요?"

고개를 끄덕이는 정윤의 모습에 에이든의 표정이 굳어졌다.

"혹시 크리스마스 때마다 함께……."

"혼자 지내는 내가 외로울까 봐 오빠가 와 줬어요."

"내가 두 사람을 방해한 건가요?"

"그런 거 아니에요. 오빠는 잠시 들렀다 간 것뿐이에요."

"두 사람은 마치……."

고통이 배어 있는 에이든의 목소리에 정윤은 본능적으로 그의 갈색 눈동자에 어린 혼란스러운 감정을 알아챘다. 의심하고 있는 거다. 피 한 방울 섞이지 않는 자신과 선후 사이를. 어쩌면 한 번은 부딪칠 문제일지도 모른다. 유난히 사이가 좋은 남매이기에 혹시나 오해를 불러일으킬 수도 있을 테니까.

정윤은 숨을 크게 들이마셨다. 선후에 대한 제 감정을 그에게 솔직히 털어놓을 생각이었다.

"에이든, 선후 오빠는…… 내겐 친오빠와 같아요."

에이든은 차분하게 이어지는 그녀의 설명에 귀를 기울였다. 그도 알고 있다. 의지할 데 없는 정윤의 쓸쓸한 인생의 한 귀퉁이에 그가 있었다는 것을. 그럼에도 두 사람의 다정한 모습이 싫다.

하아.

에이든은 속으로 한숨을 삭였다. 나란히 놓여 있는 와인 잔과 케이크를 본 순간 스멀거리며 올라온 것은 질투심이었을까, 의심이었을까. 알 수 없는 감정이 심장을 콕콕 쑤셨다.

저도 모르게 다정하게 와인을 마시고 있었을 두 사람의 모습이 그려지자 세차게 고개를 저었다.

왜 네 여자를 의심하는 거야?

"에이든."

부드러운 그녀의 목소리가 귓가로 스며들자 에이든은 사방으로 뻗어 나가는 생각을 끊어 냈다. 정윤의 얼굴을 양손으로 감싼 그가 둥그스름한 이마에 입을 맞추며 말했다.

"정윤 씨, 내가 잠시 어떻게 됐나 봐요."

"에이든, 선후 오빠를 남이 아닌 내 가족으로 생각해 줘요."

"그렇게 할게요."

에이든은 정윤을 품에 끌어안으며 말했다.

"선후 씨는 정윤 씨의 오빠예요."

"고마워요. 이해해 줘서."

정윤의 탐스러운 머리를 쓸어내리던 에이든은 내처 전부터 궁금했던 것을 물었다.

"선후 씨는 사귀는 사람이 없어요?"

에이든의 질문에 정윤은 아는 대로 얘기를 했다.

"선을 봤는데 그 여자분이 대학교 동아리 후배였대요."

"계속 만날 거래요?"

"그런다고 했어요."

"잘됐네요."

"그 여자분도 정말 잘됐어요. 오빠가 정말 괜찮은 사람이거든요. 사귈수록 그 진가를 알게 될 거예요."

"어쩐지 내가 밀리는 것 같은데요."

찻잔을 내려놓은 정윤은 에이든의 날렵한 허리에 팔을 두르며 말했다.

"내가 전생에 나라를 구했나 봐요."

"그게 무슨 뜻이에요?"

"이렇게 세상에서 가장 멋있는 남자를 만났잖아요."

정윤의 말에 에이든은 그녀를 와락 끌어안았다.


✦　　　　✦　　　　✦


개운한 얼굴로 목욕탕을 나선 정윤은 하늘을 올려다봤다. 시커먼 구름이 몰려 있던 하늘에서 새하얀 눈송이가 꽃잎처럼 떨어지고 있었다.

목덜미를 훑고 지나가는 매서운 바람에 정윤은 재빨리 두툼한 목도리를 목에 칭칭 감았다. 오피스텔 근처의 목욕탕이라 보도블록에 조금씩 쌓이기 시작한 눈을 밟으며 천천히 걸었다. 크리스마스이브, 토요일, 게다가 함박눈. 아마도 거리는 연인들로 넘쳐 날 것 같았다.

오피스텔로 돌아온 정윤은 정성 들여 머리를 매만졌다. 굵은 웨이브를 그리며 탐스럽게 흘러내리는 머리카락을 만족스럽게 바라보던 그녀는 꼼꼼히 화장했다.

화장을 마치고 옷을 갈아입자마자 휴대폰의 알림이 깜박였다. 도착했다는 에이든의 메시지에 답장을 한 그녀는 발그레해진 얼굴로 밖으로 나갔다.

두 사람은 다른 연인들처럼 크리스마스이브를 즐기기로 했다. 수많은 연인들 틈 속에서 번화가를 걸어 다니고, 추우면 카페에 들어가 느긋하게 차를 마시기로 했다.

데이트할 생각에 벌써부터 기분이 좋은지 에이든이 싱그러운 미소를 지으며 말했다.

"정윤 씨, 갈까요?"

"네."

에이든은 차를 몰면서 정윤의 손을 잡았다. 부드럽고 가느다란 손가락을 타고 올라온 떨림이 그의 가슴속으로 스며들어 왔다. 이성에게 이런 감정을 느낀 것은 처음이었다. 생각해 보니 처음인 게 많았다. 가슴을 간질간질하게 하는 설렘과 그리움, 애틋함도 처음이다. 안고 싶은 욕망을 누르면서 이렇게 기다린 것도 이 여자가 처음이다.

그리고 정윤 또한 자신과 같은 마음이었으면 좋겠다는 욕심
이 생겼다.

그의 마음을 알아차린 걸까. 그의 옆모습을 바라보던 정윤
이 손에 살짝 입을 맞추고 떨어졌다. 에이든도 그녀의 손을 잡
아당겨 입을 맞췄다. 이 일이 몇 번이나 되풀이되자 두 사람의
입에서 웃음소리가 쏟아졌다.

그사이에 차는 번화가에 접어들었다. 번화가에 가까워질수
록 차량의 정체가 심해졌다. 에이든은 어렵게 차들 사이를 빠
져나와 유료 주차장으로 들어갔다.

주차를 하고 먼저 내린 그는 서둘러 걸어가 조수석 문을 열
어 주었다. 차 밖으로 나오자마자 추위에 어깨를 움츠리는 정
윤에게 다정하게 물었다.

"많이 추워요? 집으로 갈까요?"

"아니요. 걷고 싶어요. 차 마시면서 얘기도 나누다가 천천
히 들어가요."

"그럼 따뜻하게 해야죠."

에이든은 정윤의 목도리를 꼼꼼히 둘러 주고 펑펑 쏟아지는
눈발을 바라보다가 차에서 우산을 꺼냈다.

거리는 예상했던 대로 연인들의 천국이었다. 휘날리는 눈발
속에서 꼭 붙어 걸어가는 연인들의 얼굴엔 즐거움이 가득했
다.

그들 또한 마찬가지였다. 정윤의 어깨를 꽉 끌어안은 에이
든은 큰 키와 건장한 체격을 무기 삼아 사람들 사이를 헤치고

여유롭게 걸었다.

춥긴 했지만 기분이 좋았다. 정윤을 내려다보다 눈이 마주치면 머리와 이마에 입을 맞췄다. 예전엔 생각지도 못한 일이었다. 여자에게 딱히 설렘을 느낀 적도, 가슴이 뛰어 본 적도 없다. 그래서일까. 갈수록 정윤과 하고 싶은 일이 많아졌다. 그러면서 점점 정윤에게 가까이, 그녀의 몸과 마음에 완전하게 닿고 싶었다.

"에이든."

정윤의 목소리에 그는 걸음을 멈췄다. 그녀의 얼굴을 보니 추위에 하얗게 질려 있었다. 에이든은 정윤의 차가운 볼을 양손으로 감싸 녹여 주며 입을 열었다.

"추우면 카페에서 눈 내리는 걸 보는 게 좋겠어요."

"좋아요."

두 사람은 카페 룸으로 들어가 창가에 앉았다. 커피를 기다리는 동안 서로의 손을 만지작거리며 얼굴을 맞대고 웃기도 했다. 주문한 커피가 나오자 밖을 내다보며 느긋하게 마셨다. 창밖에는 하늘을 가득 덮으며 떨어지는 눈이 바람에 휘날리고 있었다.

정윤은 양손으로 따뜻한 머그잔을 잡은 채 넋을 잃고 눈 내리는 광경을 바라보고 있었고 에이든은 그런 그녀의 모습을 한참 동안 지켜봤다. 추위로 뺨이 붉어진 정윤이 그의 시선을 따라왔다. 희고 윤기가 흐르는 피부, 흑요석처럼 새까만 눈동자를 품고 있는 크고 맑은 눈, 붉은 입술이 그를 향해 있었다.

어쨌든 얘기를 해야겠지. 에이든은 속으로 한숨을 쉬며 입을 열었다.

"정윤 씨에게 할 말이 있어요."

"무슨 말인데요?"

"뉴욕에서 있었던 일이에요."

"얘기해요."

"……약혼자가 있었어요."

"네?"

정윤의 옆으로 다가가 앉은 에이든은 흔들리는 눈빛을 한 그녀의 손을 잡으며 확인하듯 말했다.

"파혼했으니까 오해 말고 들어 줘요. 혹시 나중에라도 다른 사람에게 들으면 기분 나쁠 테니 솔직하게 말할게요."

에이든은 천천히 얘기하기 시작했다.

"아버지가 사업 파트너의 가족들을 초대한 파티에서 레이나를 만났어요. 차분하면서도 솔직한 모습에 호감이 갔어요. 그래서 정식으로 만나기 시작했어요. 양가에서도 적극적이었고 나 역시 이 정도의 여자면 결혼 상대로 적당하지 않을까 생각한 거죠."

에이든은 자신의 말에 귀를 기울이는 정윤의 얼굴을 양손으로 감쌌다. 비록 그녀를 알기 이전이었지만 다른 여자와 약혼을 했다는 것이 미안했다. 제게 올곧게 뻗어 있는 정윤의 시선을 피하지 않고 그녀의 이마에 입을 맞췄다.

문득 그래도 잘됐다는 생각이 들었다. 레이나와 파혼을 하지 않았다면 어떻게 정윤을 만날 수 있었을까. 이렇게 바라보고만 있어도 좋은 사람을 영영 만나지 못했을 수도 있었다. 생각만으로도 그 사실을 견디기 힘들어졌다.

에이든은 차분히 자신의 얘기를 기다리는 정윤의 모습을 바라보며 망설였다. 기억에서 지워 버리고 싶은 일을 입에 올린다는 게 쉽지 않았다. 그러나 망설임은 길지 않았다. 정윤이 사실대로 알아야 자신에 대해서도 더 알 수 있지 않을까 싶어서였다.

그는 끔찍했던 그날 밤을 떠올리며 얘기를 시작했다.

"그날은 비가 많이 내렸어요. 출장에서 일정보다 일찍 돌아왔는데, 하염없이 내리는 비를 보고 있자니 술 생각이 간절해졌어요. 레이나에겐 연락하지 않고 출장 중에 어렵게 구한 양주를 들고 제일 친했던 친구, 제이를 찾아갔어요."

에이든은 잠시 말을 멈췄다. 정윤이 괜찮다는 표정으로 손을 잡아 주자 다시 입을 열었다.

"제이가 묵고 있는 펜트하우스에서는 파티가 한창이었어요. 친구들과 술을 몇 잔 마신 후에도 제이가 보이지 않아서 넓은 펜트하우스를 돌면서 그를 찾았어요. 그러다가……."

그 순간이 떠오른 에이든은 갈증이 이는 듯 물을 한 모금 마시고 마저 얘기를 이어 나갔다.

마지막에 들어간 방에서 두 사람을 목격했다. 그의 가장 친한 친구와 약혼녀가 짐승처럼 얽혀 신음하는 모습을. 술에 취한 둘은 그가 들어온 것도 눈치채지 못하고 서로의 몸을 파고

들고 있었다.

담담하게 이어지는 에이든의 말에 정윤은 그를 안아 줬다.

"에이든, 세상에 어떻게 그런……."

"괜찮아요. 정윤 씨, 난 정말 괜찮아요."

정윤을 품에 끌어안은 에이든은 오히려 그녀를 위로하듯 등을 쓰다듬어 주었다. 정말 이상한 일이었다. 총이 있다면 두 사람을 쏴 버리고 싶을 만큼 분노가 극에 달해야 할 텐데 오히려 헛웃음이 나왔으니.

그의 웃음소리에 놀란 두 사람이 후다닥 떨어져 다급하게 서로를 탓하며 변명을 늘어놓았다. 상대방이 먼저 유혹한 거라 어쩔 수 없었다고. 시트로 벗은 몸을 둘둘 감은 레이나가 제이의 유혹에 넘어간 거라며 용서해 달라고 애원했다. 그제야 그는 깨달았다. 그 여자를 사랑하지 않았음을.

처음 만났을 때의 호감에서 제 감정이 한 발자국도 나아가지 못했다는 것도. 그래서 분노보다 오히려 보이지 않던 무거운 짐을 털어 내듯 허한 웃음이 나왔다는 것을.

무엇보다 요조숙녀처럼 가식을 떨던 레이나의 추악한 모습을 알게 돼서 천행이라고 여겼다. 하지만 어렸을 때부터 이어 온 우정을 배신한 제이에게는 그만한 대가를 치르게 했다.

위로하듯 그의 가슴을 쓸어 주던 정윤이 물었다.

"때렸어요?"

"처음으로 심하게 주먹을 썼어요. 그 소란에 몰려온 친구들에게 적나라한 모습을 보여 준 게 제이에게는 가장 큰 수모였을 거예요. 레이나 역시 그랬고요. 물론 우리 회사와의 파트너 관계도 무너졌으니 경제적으로 타격이 컸죠."

"……그 후 두 사람은 어떻게 됐어요?"

"사람의 본성은 아무리 감추려고 해도 어쩔 수 없나 봐요. 나중에야 알았어요. 레이나가 원래 그런 여자였다는 것을요. 전 남자 친구들과의 사이에서도 이미 그런 일이 여러 번 있었더군요."

"에이든……."

에이든은 허리를 꽉 끌어안아 주는 그녀의 머리에 턱을 올렸다. 약혼한 적이 있다는 그의 말에 상처를 받을 줄 알았는데 오히려 정윤은 그가 아팠을까 봐 어쩔 줄을 몰라 하는 표정이었다.

그는 정윤의 머리카락에 손가락을 넣어 쓸어내렸다. 손가락 사이로 부드럽게 흩어지는 머리카락마저 사랑스럽다. 이 여자의 모든 것이 좋다. 숨소리, 향기, 머리에서 발끝까지 자신을 끌어당긴다. 에이든은 정윤의 목덜미에 얼굴을 묻으며 말했다.

"그 일 이후에 여자에 대한 믿음이 없어졌어요. 아니, 어쩌면 사람에 대한 믿음이었겠지요. 겉모습 속에 감춰진 본모습이 얼마나 더러울지, 추악할지 알 수 없으니 더 그랬을 거예요. 그 후 여자를 만나지 않았어요. 정확히 말하면 관심이 생기지 않았어요. 그러다가 정윤 씨를 만나게 됐어요."

에이든은 사랑을 고백하듯 자신의 마음을 전했다. 여태까지 경험하지 못했던 감정이 그를 옭아맸었다. 갈수록 정윤과 함께 있고 싶어졌다. 그립고 애가 탔다. 격렬해지는 감정을 누그러뜨리려 했지만 소용없었다.

그뿐인가. 그녀라면 뭐든 믿을 수 있을 것 같았다. 설령 남자와 둘이 알몸으로 있는 모습을 보게 되더라고 정윤이 부인한다면 그 말을 믿을 수 있을 만큼.

에이든은 정윤을 으스러지게 끌어안았다.

"나한테 정윤 씬 그런 사람이에요. 이렇게 여자에게 빠진 것도 속절없이 끌리는 것도 당신이 처음이에요. 전에는 건조한 관계였어요. 그래서 원래 내 모습이 그런 줄 알았어요."

"에이든."

정윤은 고맙다고 속삭여 주는 그의 목덜미를 끌어안았다. 그녀 역시 처음이었다. 이렇게 끌린 것도, 함께 있고 싶은 것도.

정윤은 부드럽게 에이든의 입술에 제 입술을 겹쳤다. 아랫입술을 빨자 그가 신음 소리를 내며 떨어졌다.

"빨리 집으로 가요."

정윤은 급하게 일어서는 에이든의 손을 잡고 눈 내리는 거리를 달려 주차장으로 갔다.

집 안은 따뜻하고 조용했다. 거실 벽난로에는 장작이 타닥타닥 기분 좋은 소리를 내며 타고 있었다. 하지만 정윤은 제대로 감상할 수가 없었다. 벽난로로 고개를 돌리는 정윤을 붙잡은 에이든이 그녀를 안고 그대로 침실로 들어갔기 때문이었다.

정윤을 조심스레 침대에 눕힌 에이든은 온몸에서 솟구치는 욕망을 자제하려 애를 썼다. 차를 타고 오는 동안 타오른 몸이 그녀의 안으로 들어가고 싶어 요동쳤다.

"정윤 씨."

갈망에 젖은 목소리가 갈라졌다. 정윤이 그런 그에게 팔을 내밀었다. 어서 안아 달라는 듯이. 정윤은 망설임 없이 들어오는 에이든의 혀를 받아들였다. 갈급하게 얽힌 혀 사이로 뜨거운 숨이 넘나들었다.

그녀는 신음을 흘리며 에이든의 머리카락 속에 손가락을 집어넣었다. 그의 모든 것을 갖고 싶었다. 제 남자로 만들고 싶었다. 다른 여자들은 쳐다보지 못하게 만들고 싶었다. 숨을 쉬려고 잠시 떨어졌던 입술이 다시 겹쳐졌다.

에이든은 마음껏 정윤의 입술을 깨물고 빨아 당겼다. 부끄러운 듯 그의 입술을 열고 들어오는 정윤의 혀를 차지하고 마음껏 맛을 봤다. 말랑하고 달콤해서 미칠 것 같았다.

간신히 입술을 떼어 내고 스웨터와 브래지어를 벗겼다. 눈처럼 새하얀 가슴이 보이자 손을 더 바삐 놀려 바지를 벗겨 내고 제 스웨터와 하의를 순식간에 벗어 던져 버렸다. 그리곤 둥글고 탐스러운 가슴에 뜨거운 입술을 댔다.

"아웃."

생경한 감각에 정윤이 신음 소리를 내자 그의 입술과 혀가 갈증이 난 듯 아래로 내려갔다. 날씬한 복부를 지나 마지막 남아 있는 속옷으로 향했다. 눈이 충혈된 에이든이 괴로운 얼굴로 정윤을 봤다. 충분히 애무를 해 주고 들어갈 생각이었는데 도저히 참을 수가 없었다.

"정윤 씨, 도저히 못 견디겠어요."

"괜찮아요. 에이든, 해도 돼요."

마지막 남아 있던 속옷이 그의 손에 이끌려 벗겨졌다. 에이든은 제 속옷을 벗으며 촉촉한 정윤의 샘을 만졌다. 자신을 받아들이기엔 작고 연약해 보인다. 늘씬하게 쭉 뻗은 다리를 벌리며 에이든은 정윤의 눈을 마주 보았다. 그녀의 눈엔 망설임도 두려움도 없었다. 그와 같은 열기로 가득했다.

에이든은 정윤의 아래를 만지며 말했다.

"아플 거예요."

"괜찮아요."

"안전한 시기예요?"

"안전해요."

에이든은 터질 듯이 부풀어 오른 그의 남성을 점점 더 촉촉해지는 아래에 문질렀다.

작은 접촉만으로도 좋아서 미칠 것 같았다. 그는 조금씩 안으로 남성을 밀어 넣었다. 조금밖에 들어가지 않았는데도 정윤이 고통스러워했다.

"아앗, 아파요."

"미안해요. 아프게 해서 미안해요."

그런데도 멈출 수가 없었다.

에이든은 골반을 단단히 잡고 살짝 밀어 넣었다. 정윤이 입술을 깨물며 신음을 참는 게 보였다. 끝까지 들어가자 처음 느껴 보는 쾌감이 척추를 타고 온몸으로 찌르르 흘렀다. 좁은 속이 본능처럼 남성을 꽉 감싸며 놓지 않자 그는 거친 신음을 뱉어 냈다.

"하아, 하아."

천천히 움직이는데도 쾌감이 온몸을 강타했다. 그의 입에선 쉴 새 없이 정윤의 이름이 흘러나왔다.

"정윤 씨, 정윤 씨."

"아웃, 에이든 너무 아파요."

정윤의 끝까지 들어갔다 나온 남성에 붉은 피가 묻어나온 걸 본 그의 눈자위가 더 붉어졌다. 제 여자의 처음을 가졌다는 걸 알았다. 에이든은 천천히 움직이며 아파하는 그녀의 귓가에 속삭였다.

"조금만 참아요. 빨리 끝낼 테니까 조금만, 조금만."

그는 허리를 느리게 움직이며 아래의 고통을 조금이나마 잊게 해 주려고 정윤에게 부드럽게 키스했다. 하지만 정윤의 혀를 빨아 당길 때마다 그녀의 속이 공명하듯 그를 붙잡아 당겼다.

좁은 속에서 힘들게 움직이던 에이든은 점점 이성을 잃어 갔다. 자신의 등을 꽉 끌어안은 정윤에게 격렬하게 키스하며 허리를 빠르게 움직였다. 둘의 아래가 강하게 부딪칠수록 짐승처럼 신음했다. 이러면 안 된다는 생각은 온몸에 몰아치는 쾌락에 묻혀 점점 희미해져 갔다.

"하읏. 정윤, 정윤!"

거친 신음 소리만큼이나 그의 몸짓이 격렬해졌다. 정윤은 그의 목덜미를 끌어안으며 격렬한 몸짓을 받아 냈다. 어차피 처음은 피할 수 없다는 걸 알기에 속이 터질 것 같은 고통을 참아 냈다.

에이든이니까. 이 남자니까 참을 수 있어.

고통스러운데도 에이든의 얼굴에 퍼지는 황홀감이 너무 좋아서 눈물이 나왔다. 그가 미친 듯이 신음하며 가슴을 핥고 빠는 것도 좋다.

허리를 힘차게 움직이던 그가 갑자기 멈추더니 크게 숨을 몰아쉬었다. 에이든의 시선이 틈 하나 없이 맞물린 아래에서 이마에 땀이 배어 있는 그녀의 얼굴로 향했다. 가만히 있는데도 신음이 흘러나왔다.

정윤의 좁고 뜨거운 속이 그의 남성을 움직일 수 없게 꽉 물고 있었다.

"하아. 정윤 씨, 잠시만 가만히 있어요."

에이든은 몸을 숙여 정윤에게 부드럽게 키스하며 제 마음을 고백했다.

"정윤 씨, 사랑해요."

"나도요, 에이든."

정윤의 눈가로 기쁨의 눈물이 흘러내렸다. 에이든이 혀로 그녀의 눈물을 핥으며 말했다.

"바에서 처음 봤을 때부터 당신에게 눈을 뗄 수가 없었어요."

"흐흑."

에이든은 목덜미를 끌어당기는 그녀를 꽉 안으며 다시 허리를 힘차게 움직이기 시작했다. 고통스러워하던 정윤의 신음이 조금씩 쾌락에 젖어 갈수록 그의 신음 소리가 방 안에 가득 퍼져 나갔다.

"하윽, 죽을 것 같아, 흣!"

정윤은 다리로 에이든의 허리를 감아 그를 더 깊이 받아들였다.


정윤은 보글보글 올라오는 스파 속에서 주위를 둘러보다가 뒤에서 그녀를 안고 있는 에이든에게 물었다.

"언제 공사했어요?"

"저번에 정윤 씨가 온 후로요."

"너무 예뻐요. 마치 동화 속에 있는 나라에 온 것 같아요."

"마음에 들어서 다행이에요."

중정은 대대적인 공사를 한 상태였다. 지붕 차양과 밖이 훤히 보이는 폴딩 도어를 사용해 온실처럼 꾸며져 있었다. 중정 안의 벽난로에서도 자작나무 장작이 은은한 향기를 내며 타고 있었다.

정윤은 어두운 하늘에서 쏟아져 내리는 눈을 바라봤다. 혼자서 봤던 눈 내리는 밤과는 완전히 달랐다. 포근하고 안락하고 행복했다.

사랑을 나눈 후 에이든은 미리 준비해 놓은 스파에 그녀를 앉혔다. 따뜻한 기포가 욱신거리는 몸을 마사지하듯 부드럽게 쓰다듬어 줬다. 정윤은 물속에서 에이든에게 빌려 입은 티셔츠 끝자락을 잡았다. 고개를 뒤로 돌려 티셔츠 속에서 양손으로 가슴을 만지고 있는 그에게 말했다.

"반바지도 줘요. 티셔츠를 속에 넣어 입게요."

"하하, 싫어요."

"그럼 그만 만지든가요."

"그것도 싫은데요."

정윤은 웃으면서 그의 턱에 입을 맞췄다. 뒤에서 따스하게 안아 주는 그가 좋다. 티셔츠 속에서 부지런히 움직이는 그의 손길은 더 좋았다. 좋은데도 그의 반응을 보고 싶어 자꾸 시비를 걸고 싶었다.

입가에 미소를 머금은 정윤은 그의 탄탄한 가슴에 등을 기댔다. 그에게 폭삭 안겨 하늘을 올려다봤다. 정말 폭설이라도 내리려나 보다. 밖에선 매서운 바람이 부는데 에이든과 있는 이곳은 너무 따뜻했다. 그의 품도 말할 수 없이 포근했다.

갑자기 주영에게 들었던 말이 생각났다. 남자들의 최종 목표는 침대라고 했던 게. 데이트는 그 과정으로 가기 위한 미끼나 단계라고 했었다. 남자는 자 봐야 알 수 있다던 주영의 말이 사실이라면 그녀는 행운을 거머쥐었다. 정말 전생에 나라를 구했나 보다. 이런 대단한 남자를 차지했으니.

정윤은 스파 옆에 놔둔 아이스 와인으로 손을 뻗었다. 그녀의 손길을 따라가던 에이든이 물었다.

"와인 마시고 싶어요?"

"같이 마셔요."

정윤은 에이든이 건네준 잔을 입에 댔다. 이런 날에 마시는 아이스 와인의 맛은 기가 막힐 정도로 좋다. 따뜻한 온천 속에서 이마에 송골송골 땀이 맺히는데 시원하게 목젖을 타고 내려간 와인은 청량감으로 온몸을 개운하게 만들어 줬다.

아이스 와인은 포도가 얼 때까지 뒀다가 얼린 상태로 압착을 하기 때문에 수분은 그대로 얼어 있고 상대적으로 동결점이 낮은 포도즙만 빠져나온다. 이것을 발효하거나 양조해서 만드는 와인인 만큼 달콤함은 말할 것도 없다.

한 모금을 더 마신 정윤이 에이든에게 잔을 내밀었다.

"한 잔 더 마실래요."

"나도 더 마셔야겠어요."

와인을 잔에 따른 에이든이 정윤을 부드럽게 돌려 앉혔다. 이상한 자세가 된 바람에 그녀의 얼굴이 빨개지자 너무 사랑스러워 견딜 수가 없었다. 잔을 부딪친 두 사람은 마주 보며 조용히 와인을 마셨다. 와인 잔을 내려놓은 그는 정윤의 허리를 살짝 안아 올리더니 제 수영복 바지를 벗었다.

"왜 벗어요?"

"제대로 스파를 하려고요."

에이든이 싱그럽게 웃다가 그녀의 허리를 끌어당기며 물었다.

"아직도 아파요?"

"아파요."

새침한 대답에 그의 얼굴에 웃음이 번졌다.

"일단 와인부터 마저 마셔요."

정윤이 일부러 시음하듯 느리게 와인을 마시자 한참 기다리던 에이든은 잔을 빼앗아 치워 버렸다. 그녀를 끌어당겨 입을 맞췄다. 아이스와인의 청량함과 달콤함이 겹쳐진 두 사람의 입안에 가득해졌다.

정윤이 키스에 정신을 팔고 있는 사이 에이든은 그녀의 골반을 살짝 들어 꼿꼿이 서 있는 남성을 천천히 밀어 넣었다.

이런 자세는 힘들다고 항의하려던 정윤은 아래서 힘 있게 쳐올려 주는 그의 귓불을 꽉 깨물어 작은 복수를 했다. 출렁이는 물과 함께 그녀의 몸이 흔들렸다. 본능적으로 박자를 맞춰 허리를 움직이던 정윤은 중정에 퍼지는 에이든의 쾌락에 젖은 신음 소리를 들으며 입꼬리를 올렸다.

원하던 남자를 찾았다.

이 남자는 확실히 속도 건강하다.

건강하고 오래 살 사람을 찾는 그녀에게는 천생연분이었다.

7장
몸살을 앓다

하염없이 내리는 함박눈도, 거실을 타고 흐르는 감미로운 음악도 우아하게 식사 중인 여자에게서 그의 눈길을 빼앗지 못했다.

타닥타닥. 거실의 벽난로에서 장작이 타는 소리가 났다. 은은한 자작나무의 향이 코끝으로 스며들었다.

한 모금 마신 DRC의 리쉬부르의 향이 자작나무의 향과 어우러지자 에이든의 입가가 소리 없이 올라갔다. 완벽한 크리스마스이브란 생각을 하면서.

에이든은 행복한 얼굴로 와인을 음미하는 정윤을 바라보다가 슬쩍 입꼬리를 올리며 낮게 웃었다.

"왜요? 얼굴에 뭐 묻었어요?"

"먹는 모습이 너무 예뻐서요."

"스테이크 식겠어요. 어서 먹어요."

"먹어야죠."

에이든은 파스타를 먹으면서 은근슬쩍 가운의 끈을 더 바짝 죄고 있는 정윤의 모습을 흘끗 바라봤다. 자신의 시선에 얼굴이 빨개진 그녀가 사랑스러워 견딜 수가 없다.

"정윤 씨도 파스타만 먹지 말고 스테이크도 좀 먹어요. 먹어야 힘이 나죠."

"파스타로도 충분해요."

"다이어트?"

"그게 아니라 이렇게 늦은 시간에 고기를 먹으면 소화하기도 힘들고……."

정윤의 말에 그는 벽에 걸린 시계로 시선을 돌렸다. 10시 반. 늦긴 늦었다. 그녀가 배고프다고 하지 않았으면 저녁을 먹어야 하는 것도 깜박했을 것이다.

시간을 잊어버렸다. 눈 내리는 밤에 오직 그와 정윤만이 존재했다. 그녀의 매끄럽고 부드러운 몸에서 손을 뗄 수 없었다. 사랑을 나누고 또 나누었다. 견디다 못한 정윤이 배고파 죽을 것 같다는 핑계를 대며 주방으로 도망갈 때까지.

에이든은 비워진 정윤의 잔에 와인을 따랐다. 백 가지 향을 뿜어낸다는 리쉬부르보단 그녀의 체향이 더 매혹적이란 생각에 그의 눈가가 보기 좋게 휘어졌다.

식사를 마친 후 씻고 나온 두 사람은 벽난로 앞의 폭신한 담요에 앉아 얘기를 나눴다. 에이든의 어깨에 머리를 기댄 정윤은 타닥타닥 타오르는 장작을 바라보면서 그의 얘기에 귀를 기울였다.

"어머니 덕분에 형제들은 한국말을 배웠어요. 어머니께서 외할머니가 하신 대로 우리에게 하셨거든요."

"어떻게요?"

"어렸을 때부터 아예 한국인 보모와 선생님을 뒀어요. 우린 자연스럽게 한국어와 영어를 같이 구사하면서 자랐죠. 한국 음악을 듣고 영화도 즐겼고요. 물론 국제 학교를 다닌 덕에 다른 언어들도 쉽게 받아들이긴 했어요."

"여행 갔다가 마음에 들어서 스페인에서도 살았다고 했잖아요. 그럼 스페인어도 하겠네요."

"일상생활에 불편함이 없을 정도로는 하죠."

에이든은 정윤의 작은 얼굴을 양손으로 감싸 이마부터 부드럽게 입을 맞추며 내려갔다. 흰 목덜미에 몇 번이나 입을 맞추고 나서 말했다.

"정윤 씨 얘기도 듣고 싶어요."

"……."

"괜찮아요. 하고 싶지 않으면……."

"얘기할게요."

정윤은 천천히 입을 떼었다. 행복했던 어린 시절의 얘기를 하다 보니 저도 모르게 입가에 미소를 지었다. 한동네에서 나고 자란 부모님의 얘기와 와인에 대한 사랑이 대단했던 소믈리에이자 와인 수입상이었던 아버지, 인자한 할머니에 대해

191

얘기했다.

아버지가 돌아가신 후 엄마에게 아빠를 데려오라며 떼를 쓰며 울던 일을 얘기하다가 참지 못하고 결국 눈물을 흘리고 말았다. 겨우 아홉 살이었는데도 그 광경들이 머릿속에 박힌 건지 지금까지도 생생했다.

정윤은 그 뒤에도 어스름이 깔리는 저녁이 되면 대문 밖에 쪼그리고 앉아 아버지를 기다렸다. 자신이 좋아하는 아이스크림을 든 아버지가 금방이라도 나타날 것만 같아 그만 들어가 자는 엄마의 손을 뿌리쳤다.

"아빠가 오실 거야! 아이스크림 사 가지고 온다고 했어!"

어떻게 어린 나이에 그런 생각을 했는지 모르겠다. 엄마를 따라 안으로 들어가 버리면 아빠가 길을 잃어버릴 거라 생각했었다.

그때는 몰랐다. 바닥을 구르며 아빠를 기다리겠다고 버티는 딸의 손을 잡아끌며 소리 죽여 울던 엄마의 아픈 마음을.

정윤은 자신을 꽉 안아 주는 에이든의 가슴에 뺨을 댔다.

"아무리 기다려도 아빠는 오지 않았어요. 나중에 재혼한 엄마를 따라가면서도 내내 그 생각을 했어요. 내가 대문 앞에서 기다리지 않으면 아빠가 어떻게 길을 찾을까 하고요."

"……정윤 씨."

"엄마가 동생을 가진 후에 그 집 할머니가 날 우리 집으로 돌려보냈어요. 동생을 낳으면 돌아갈 수 있을 줄 알았는데 다시는 갈 수 없었죠. 그때부터 또 기다렸어요. 하늘나라에 있는 아빠가 날 보러 오지 않을까 기다리고, 금방이라도 엄마가 데리러 올 거라 믿으면서 골목길을 서성거렸죠."

주르륵 흘러내린 눈물이 에이든의 셔츠를 적셨다. 정윤은 등을 다독여 주며 안타까워하는 그의 허리를 양팔로 꽉 끌어안았다. 다시는 누군가를 기다리고 싶지 않았다. 정윤은 고개를 들어 자신만큼 눈자위가 붉어진 에이든의 눈가를 손으로 쓰다듬었다.

어디를 가든 반드시 내게 돌아와야 해요. 난 이제 오래 기다리는 거, 자신이 없으니까요.

눈물에 젖은 그녀의 눈에 에이든의 입술이 와 닿았다. 위로하듯 오래 입술을 대고 있었다. 엄지손가락으로 뺨의 눈물을 닦아 주고 형클어진 머리를 다정하게 정리해 줬다. 말로 위로해 주는 것보다 몇 배나 위안이 되었다.

마음이 편안해진 그녀는 에이든에게 선후에 대한 이야기도 말했다. 그가 없었더라면 버티기 힘들었을 시간들에 대해. 뒤돌아보면 늘 그가 있었다. 씩씩하게 앞을 보고 걸어가라고 격려하듯이 뒤를 받쳐 주었다.

"선후 오빠는 내겐 기댈 수 있는 핏줄이었어요. 할머니에게도 그런 존재였고요."

에이든이 그녀의 어깨를 토닥여 주면서 말했다.

"선후 씨와 잘 지낼게요. 정윤 씨의 오빠니까요."

"고마워요."

벽난로의 불길이 잦아들자 에이든은 장작을 몇 개 더 집어 넣었다. 정윤의 어깨를 끌어안은 그는 금세 빨갛게 타오르는 불빛을 바라봤다. 어쩐지 타오르는 불이 자신인 것만 같았다. 꺼져 가는 불에 잘 마른 장작을 넣자마자 강한 불길을 내뿜듯이 단조로운 일상을 살던 그는 정윤을 만나 뜨겁게 타올랐다.

에이든은 제 손안에 잡힌 가녀린 어깨를 어루만지며 정윤의 머리에 입을 맞췄다.

"정윤 씨."

손가락에도 심장이 있나 보다. 정윤의 도톰한 귓불을 만지고 목덜미를 쓸자 손가락 끝에 찌르르 전기가 흘렀다.

"우리가 처음 만난 그날이 정윤 씨 생일이었죠?"

"어떻게 알았어요?"

"거기 와인 바 사장님이 하는 말 들었어요. '박정윤, 생일 축하해' 라고 했죠."

"……그래서, 샤토 디켐을 준 거예요?"

정윤의 말에 에이든은 그날을 떠올렸다. 단지 생일이라는 말을 들은 것 때문만은 아니었다. 그는 정윤이 몰래 눈물을 훔쳐 내는 것을 봤다. 이상하게 그 모습에 심장이 옥죄어 왔다. 눈물 자국을 지운 그녀가 자신 쪽으로 고개를 돌리자 심장이 쿵, 하고 떨어졌다. 단정한 이목구비에 총명해 보이는 새까만 눈동자를 가진 여자였다.

하지만 곧 그는 헛웃음을 지었다. 여자의 눈은 자신이 들고 있는 샤토 디켐을 뚫어질 듯이 쳐다보고 있었다. 게다가 침까지 꼴깍꼴깍 삼키면서.

조금 떨어져있는 거리란 걸 감안하면 여자는 분명 와인을 아주 잘 아는 사람임에 틀림없었다. 그가 잔에 다시 와인을 따르자 여자의 침 넘기는 소리도 커졌다. 소믈리에인가, 아니면 와인 평론가일까. 그 순간 많은 생각들이 스치고 지나갔다.

그의 말을 듣던 정윤이 소리 내어 웃었다. 그날 확실히 침을 꼴깍 넘기긴 했다. 샤토 디켐의 향기를 맡자 달콤함이 입안을 맴도는 것 같아 절로 침이 고였으니까 말이다.

정윤은 와인에 밀린 것 같다며 서운한 표정을 짓고 있는 에이든의 목덜미를 껴안았다.

"와인의 향 때문만은 아니에요. 그 순간에 볼 건 다 봤다고요. 키가 크고 체격이 좋은 남자인 것도, 한국계 외국인이란 것도 알고 있었어요."

"정말 내 얼굴 봤어요?"

그녀는 고개를 끄덕였다. 조명 때문에 선명하지는 않았지만 남자의 얼굴을 재빨리 훑긴 했으니까. 그 후 회사에서 수진과 자료 속 에이든의 사진을 들여다볼 때 긴가민가했던 건 순전히 조명 때문이었다.

에이든은 기분이 좋았다. 그의 목덜미를 껴안은 정윤을 끌어당겨 허벅지에 앉히자 눈치를 챈 그녀가 슬쩍 빠져나가려고 엉덩이를 들었다. 그런 그녀를 바짝 끌어당긴 에이든이 귓불을 잘근잘근 깨물면서 속삭였다.

"궁금해요."

"하아."

크게 한숨을 내쉬는 그녀가 왜 이리 사랑스러울까. 이미 궁금하다는 이유로 정윤의 매끄러운 몸을 애무하다가 그녀 속으로 들어간 게 벌써 몇 번째였다. 또다시 그녀의 뽀얗고 탐스러운 가슴이 궁금하고 잘록한 허리와 작고 좁으면서 뜨거운 그곳이 궁금해 죽겠다.

가운의 끈을 잡아당기는 그의 관심을 돌리려고 정윤이 중정을 보며 말했다.

"우와, 정말 폭설인가 봐요. 저기 눈 내리는 것 좀 봐요. 우리 나가서 볼까요?"

에이든이 슬쩍 몸을 일으키려는 정윤의 허리를 잡았다.

"도망 못 가요."

"그게 아니라…… 진짜 쓰리고 아프다고요."

"많이요?"

"정말 많이요."

"아파서 어쩌지."

목소리와 달리 이미 가운 속으로 들어간 손은 부지런히 움직이고 있었다. 불룩한 가슴을 양손에 가득 쥔 그가 신음을 흘렸다.

"정윤 씨, 내가 했던 말 기억나요?"

"어떤 거요?"

"키스하면 날 책임져야 한다고 했던 거요."

"그거야 우리 회사 모토가 책임과 신용이라고……."

"그럼 책임도 지고 신용도 지켜요."

"에이든, 정말!"

"박정윤 씨, 책임져야죠!"

"하아, 이미 책임졌잖아요."

"원래 책임은 평생 지는 거죠. 안 그런가요?"

정윤은 에이든의 짓궂은 말투와 달리 갈급해 보이는 표정에 웃음을 터트리고 말았다. 고마운 마음으로 기꺼이 책임을 져야 할 것 같다.

하지만 정말 아래가 너무 쓰리고 아프다. 속도 건강한 남자임을 확인한 것까지는 좋았다. 문제는 너무 건강하다는 거다. 지치지 않는 체력이 문제가 될 줄 예상하지 못한 제 잘못도 있긴 했지만 말이다.

그리고 이 남잔 고수다. 스파에서 그녀를 안은 후에도 집요하게 애무했었다. 온몸이 불덩이 같이 뜨거워진 정윤이 그에게 매달릴 때까지 혼을 쏙 빼놓았다.

정윤은 이미 에이든의 입안으로 빨려 들어간 가슴을 타고 올라온 쾌감에 몸을 비틀며 신음을 흘렸다. 새하얀 가슴에 또 흔적들이 새겨질 것이다. 그의 입술이 지나간 자리에는 붉고 진한 흔적들이, 참지 못하고 깨문 곳에는 선명한 잇자국이.

하아, 하아.

정윤은 중정 넘어 하늘을 덮고 있는 눈송이들을 바라보며 몸을 부르르 떨었다. 그녀의 몸은 벌써 아픈 것을 잊어버리고 에이든을 원하고 있었다.

"하아, 에이든."

정윤의 애타는 목소리에 에이든은 푹신한 담요 위에 그녀를 눕히고 가운을 젖혔다. 가운 속에 드러난 나신이 눈이 부시도록 예뻤다.

"불 좀 꺼 줘요."

너무 환한 불빛에 정윤이 눈을 감으며 말했다. 에이든은 탁자 위의 리모컨으로 불을 껐다. 하지만 벽난로의 활활 타오르는 불빛에 드러난 그녀의 몸은 더 눈을 멀게 했다.

가운을 벗어 던져 버린 에이든은 정윤의 다리를 벌리고 그 사이에 앉았다. 무엇을 할 건지 눈치챈 정윤이 당황해 위로 몸을 움직였지만 그녀를 놔주지 않았다.

약간 부어 있는 은밀한 곳이 보였다. 많이 아팠을 거란 생각에 가슴이 시큰해졌다. 그러면서도 자신을 받아 준 그녀가 고마웠다.

"안 아프게 해 줄게요."

부드럽게 만져 주는 그의 손길에 정윤이 그에게 매달리며 귓가에 뜨거운 숨을 몰아 내쉬었다.

더 이상 견딜 수 없었다. 에이든은 부풀어 오른 제 몸을 정윤의 속으로 밀어 넣었다. 몇 번을 안았는데도 여전히 그녀의 속은 들어가기 힘들었다. 아픈지 정윤이 몸을 비틀었다.

"하아, 정윤 씨. 조금만 더 힘을 빼요."

정윤이 버거워하며 그를 받아들이자 에이든은 숨을 골랐다.

자신을 품은 그녀의 눈을 마주 보며 조금씩 속도를 높였다. 열감이 가득한 정윤의 목소리에는 쾌감 속에 고통이 엷게 배어 있는 게 느껴졌다. 둘의 몸이 열기를 더해 갈수록 빨갛게 타오르는 장작처럼 둘의 신음도 높아졌다. 다급하게 얽힌 혀를 타고 고통스러울 만큼 강한 쾌감이 넘나들었다.

에이든의 뜨거운 몸을 끌어안은 정윤은 그가 주는 열락에 눈물을 흘렸다. 버겁게 들어온 그가 강하게 속을 압박할수록 쾌감은 배가 됐다. 에이든의 품에서 그녀의 세상은 깊고 넓어졌다.

전에는 마음으로 이어진 사랑이면 충분하다고 생각했었다. 하지만 마음에 몸까지 연결되니 그 사랑의 폭은 측정할 수 없을 만큼 깊어졌다. 제 몸 위에서 쾌락에 몸부림치는 에이든의 거친 숨소리와 신음 소리가 좋다. 더욱더 그에게 닿고 싶다. 이렇게 하나로 연결되어 있는데도 욕심이 났다. 정윤은 그의 속도에 박자를 맞췄다.

방 안에 울려 퍼지는 두 사람의 겹쳐진 신음이 너무 좋아서 정윤은 속살로 촘촘히 그를 조였다. 그녀의 반응에 에이든의 얼굴이 시뻘겋게 달아올랐다. 맞닿은 아래에서 피어오른 열꽃을 견디기 힘들었다. 절규 같은 신음을 토해 낸 그는 몸을 떨며 절정을 맞이하고 있는 정윤의 속에 분신을 가득 쏟아 냈다.

자정이 지나서도 눈은 그치지 않았다. 에이든의 품에 안긴 정윤은 푹신한 침대가 마음에 드는지 그에게서 벗어나 몸을 이리저리 움직였다. 긴 손가락으로 정윤의 머리카락을 쓸어내리던 에이든의 입가에 웃음이 맺혔다.

"침대가 마음에 들어요?"

"엄청 좋은 침대인 거 같아요."

"스웨덴 거예요."

"아, 그 유명한 침대요. 비싸다고 하더라고요."

에이든은 정윤의 얼굴을 쓰다듬으면서 속으로 한숨을 쉬었다. 아무리 침대가 좋으면 뭐하나 싶었다. 몸은 그녀만을 그리워할 텐데. 중정과 주방, 거실, 벽난로 앞과 이 방의 모든 곳에 이미 정윤의 체취가 가득 배어들었는데.

에이든은 매끄러운 정윤의 몸을 쓸어내렸다. 등뼈를 타고 내려가 온몸을 쓰다듬다가 또 한숨을 쉬었다.

"왜요?"

"혼자 있을 자신이 없어서요."

"지금까진 잘 지냈잖아요."

"그건 정윤 씨를 알기 전이니까요."

에이든은 정윤의 손가락 하나하나에 입을 맞췄다. 약지에 끼워진 반지를 만지작거리다가 그녀를 끌어안았다. 조금 전에 사랑한다는 고백을 하면서 커플링을 나눠 끼웠다.

그런데 왜 조바심이 나는지 모르겠다. 사랑을 나누기 전까진 그렇지 않았는데 정윤을 품고 나니 점점 더 조바심이 나고 불안해졌다.

에이든은 피곤한지 하품을 하며 자신의 가슴에 얼굴을 묻는 정윤의 등을 쓸어 주었다.

"푹 자요."

"에이든도 자야죠."

"정윤 씨 잠드는 거 보고 잘게요."

많이 졸렸나 보다. 몇 번 등을 토닥여 주자 정윤은 금세 잠이 들었다. 그는 잠든 그녀를 팔과 다리로 꽉 끌어안았다. 제 품에 완전히 넣고 나니 안도감이 들었다.

에이든은 진지하게 불안과 조바심의 이유를 생각하다가 깨달았다.

레이나. 그를 사랑한다는 말을 밥 먹듯이 했던 여자. 숙녀처럼 자신을 포장했으나 결국 더러운 본모습을 눈앞에서 보이고도 억울해하던 여자.

그렇군, 그거였구나.

헛웃음이 나왔던 그 상황이 마음 깊은 곳에 여자에 대한 불신을 강하게 심어 놨나 보다.

에이든은 정윤을 더 단단히 끌어안으며 속으로 소리쳤다.

박정윤은 안 돼. 이 여잔 내 거야. 몸도 마음도 다 내 거야. 떨어진 머리카락 한 올까지도 다 내 거야.

숨쉬기가 힘들었는지 정윤이 그의 품에서 꼼지락거렸다. 숨을 쉴 수 있게 정윤의 고개를 살짝 돌려 준 에이든은 다시 팔과 긴 다리로 그녀를 꽁꽁 감싸 안았다.

❖        ❖        ❖

커튼을 활짝 젖힌 은영이 정원을 내다봤다. 가지마다 눈을 가득 이고 있는 나무들이 크리스마스 분위기를 더해 주고 있었다. 그녀의 시선이 하늘로 향했다. 어제부터 내내 눈을 쏟아 낸 하늘은 언제 그랬나 싶을 정도로 가을 하늘처럼 청명하고 아름다웠다.

은영은 심란한 표정으로 풍경을 바라보다가 손에 쥐고 있는 휴대폰을 다시 확인했다. 친구들에게 온 메시지는 여럿이었지만 정작 그녀가 기다린 사람의 연락은 아무리 뒤져 봐도 없었다.

혹시 실수로 번호를 삭제한 건가. 이리저리 머리를 굴려 봐도 정해져 있는 답을 피하기는 어려웠다. 선을 본 후 며칠이 지나도 애프터가 없다는 건 자신에게 관심이 없다는 걸 의미할 테니까. 그것도 크리스마스이브와 크리스마스 당일 점심이 한참 지나도록 소식이 없다는 것이 무엇을 뜻하는지 잘 알고 있었다.

은영은 미련이 가득한 눈으로 잠잠한 휴대폰 속의 이름을 들여다봤다.

권선후, 대학교 동아리 선배이자 남몰래 짝사랑했던 사람. 고백 한 번 해 보지 못한 채 그가 졸업하는 걸 지켜봐야 했다. 그런 그를 선 자리에서 만났을 땐 하늘이 준 기회라고 여겼다. 예전의 부끄럼쟁이 후배가 아닌 어엿한 여자로서 다가갈 결심을 했다. 하지만 선후는 예전처럼 정중했을 뿐 그녀에 대한 관심을 드러내지 않았다.

은영은 휴대폰 속에 적힌 선후의 이름에서 눈을 떼지 못하다가 와인 바에서의 일을 떠올렸다.

홀로 술을 마시던 모습이 위태로워 보여 그를 따라 밖으로 나갔었다. 건물 벽에 기대 찬바람을 맞고 있던 모습이 왜 그리 쓸쓸해 보였는지 모르겠다. 축 처져 있는 어깨가 너무 슬퍼 보여 괜찮다고, 다 괜찮다고 다독여 주고 싶었다.

은영은 휴대폰 속의 번호에 손가락을 가져갔다. 실수로 눌렀다고 능청스럽게 말해 볼까.

한참 동안 고민을 하다가 방을 나와 1층으로 내려갔다. 거실에서 차를 마시고 있는 부모님과 할머니를 발견한 그녀의 얼굴이 환해졌다.

할머니인 박 여사의 옆에 바짝 붙어 앉았다.

"할머니."

"같이 차 마시려고?"

"아니요. 할머니, 피곤하시죠? 제가 어깨 주물러 드릴게요."

"좋지."

찻잔을 내려놓은 박 여사는 어깨를 주물러 주는 손녀를 사랑스러운 눈으로 바라봤다. 분명 뭔가가 있다. 은영이 이렇게 나올 때는 부탁할 게 있을 때다.

"아이고, 시원하다."

"다른 팔도 해 드릴게요."

박 여사는 입 모양으로 아들 내외에게 무슨 일인지 아느냐고 물었다. 고개를 가로젓는 모습에 잠시 고민하던 그녀의 입가에 웃음이 맺혔다.

"우리 손녀 손이 약손이야. 찌뿌둥하던 팔이 아주 시원해졌어."

"할머니, 다리도 주물러 드릴까요?"

"아니. 다리는 됐고. 은영아, 앉아 봐라."

"네."

"크리스마스인데 데이트하러 가야지, 왜 집에 있어?"

"그게 선후 씨가 연⋯⋯."

무심코 대답을 하려던 은영의 얼굴이 붉어졌다. 박 여사가 은영의 손을 잡으며 말했다.

"바쁜 일이 생긴 모양이지. 내가 김 여사에게 전화해 보마."

박 여사의 말에 은영의 얼굴이 밝아졌다. 할 일이 있다며 서둘러 2층으로 올라가는 손녀의 뒷모습을 보던 박 여사는 휴대폰에서 김 여사의 번호를 찾아 눌렀다.


선후는 영화에 집중하려고 애를 썼다. 스크린 속의 배우들에게 초점을 맞추려고 했지만 마음대로 되지 않았다. 억지로 눈을 스크린에 고정한 그의 머릿속엔 백화점에서 봤던 정윤의 모습이 떠올랐다.

크리스마스 선물이 마음에 안 든다며 투정하는 지연 때문에 나온 길이었다. 이왕 나온 김에 넥타이를 살까 싶어 향했던 남

성복 매장에서 정윤과 에이든을 봤다. 그녀가 에이든에게 드
레스셔츠를 골라 주고 있었다.

두 사람의 모습이 너무 행복해 보여 저도 모르게 발길을 돌
리고 말았다. 정신없이 휴게실로 들어가 의자에 털썩 주저앉
았다. 초라해 보이는 제 모습이 싫어 양손으로 얼굴을 감싸고
있을 때 김 여사에게 전화가 왔었다.

"선배님."

조심스런 은영의 목소리에 선후는 생각에서 벗어났다. 은영
이 내민 팝콘을 몇 개 집어 입에 넣었다. 입맛이 잘못된 걸까.
뱉어 버리고 싶을 만큼 쓴맛이 났다. 선후는 더 먹으라며 그에
게 팝콘 봉지를 내미는 은영을 바라봤다. 그의 시선과 맞닿은
눈동자는 변함없이 순진하고 착해 보였다. 그는 엷은 미소를
지으며 팝콘 봉지로 손을 뻗었다.

영화가 끝난 후 두 사람은 카페에 마주 앉아 커피를 마셨
다.

"선배님, 영화 어땠어요?"

"재미……있었어요. 은영 씨는요?"

"저도요. 사실, 그 영화 시리즈는……."

선후는 조용히 은영의 말에 귀를 기울였다. 액션 영화였는
데도 몹시 재미있었나 보다. 눈을 반짝거리며 이야기를 하는
모습이 너무 진지했다. 그 모습에 그의 입꼬리가 슬며시 올라
갔다. 한없이 바닥으로 떨어지던 기분이 은영의 밝은 기운에
조금이나마 나아진 것 같았다.

끊임없이 이어지는 은영의 말을 듣고 있다가 선후는 고개를 갸웃했다. 대학 때는 존재감을 인지하지 못할 정도로 조용했던 후배였다. 또 부끄러움은 왜 그리 많이 탔던지. 한 번 말이라도 걸면 얼굴이 새빨개지곤 했었다. 그런데 지금은 대학생 때와는 많이 달라진 것 같다. 잘 웃고 활달해 보인다. 외모만 변한 게 아니라 성격까지 변했나 보다.

선후는 식어 버린 커피를 들여다보다가 테이블에 내려놨다.

"은영 씨, 좋아 보여요."

"네? 뭐가요?"

"활달해졌어요."

"아, 그게, 제가 스피치 학원을 좀 다녔…….

급히 입을 다문 은영은 테이블 밑의 제 허벅지를 꼬집었다. 조은영, 정신 차려. 그런 얘기는 왜 하는데.

속으로 몇 번이나 한숨을 내쉰 은영은 선후의 얼굴에 엷게 퍼진 미소를 보자 안심됐다.

선후를 따라 카페를 나오던 은영은 그의 뒷모습을 보며 얼굴을 붉혔다. 그는 대학 때보다 훨씬 더 세련되고 멋있어졌다. 큰 키와 체격, 훤칠한 외모 외에도 사람을 강하게 끄는 뭔가가 있었다.

그와 오래도록 함께 있고 싶다는 그녀의 은밀한 소망은 금세 깨졌다. 그녀의 집 주소를 물어본 선후가 그쪽 방향으로 차를 몰았기 때문이었다.

운전을 하던 선후는 손으로 이마를 짚었다. 열이 많이 나는 것 같았다. 목은 따끔거리고 등에선 식은땀이 흐르기 시작했다.

몸에 이상이 온 게 틀림없었다. 은영의 집에 가까워지자 안도감을 느낀 건지 저도 모르게 신음을 흘렸다.

"선배님, 왜요? 어디 아파요?"

"아니, 괜찮아요."

"잠시만 차 좀 세워요."

저택이 보이는 길가에 차를 세우자 은영은 재빨리 선후의 이마에 손을 댔다.

"맙소사. 열이 펄펄 끓어요. 선배님, 빨리 자리 바꿔요."

"은영 씨. 난…… 괜찮아요. 집까지 바래다줄게요."

"빨리요! 당장 병원에 가야 해요."

급하게 차에서 내린 은영이 운전석으로 갔다. 선후의 팔을 잡아끌던 그녀는 뜨거운 그의 손을 만지고는 마음이 더 조급해졌다. 온몸이 펄펄 끓었다.

자리를 바꿔 앉자마자 가까운 병원으로 차를 몰았다. 보조석에 앉은 선후의 얼굴이 점점 창백해지는 걸 보니 마음이 급해졌다.

얼마 후, 은영은 안절부절못하며 응급실 앞을 서성거렸다. 곁에 있어 주고 싶은데 들어가지 못하게 하니 애가 탔다. 독감에다 심한 몸살이 왔다고 했다. 욕심을 부려 그를 불러낸 제 탓인 것만 같았다.

할머니의 전화가 효과가 있었는지 영화를 보러 가지 않겠냐는 그의 전화를 받고 얼마나 기뻤는지 모른다. 영화관에서까지 멀쩡했던 사람인데. 혹시 주변에 독감 환자가 있었던 건 아닐까.

목을 빼고 선후가 나오기를 기다렸다. 답답한 마음에 마스크를 벗었다가 간호사의 눈총을 받고 다시 마스크를 썼다. 독감이 유행이라 응급실 앞에서 기다리는 보호자들은 의무적으로 마스크를 써야 했다.

두 시간이 넘어갈 때 마스크를 쓴 선후가 나왔다. 은영은 쪼르르 그에게 달려갔다.

"선배님, 괜찮아요?"

"열도 내렸고 수액을 맞았더니 한결 나아졌어요."

"잠시만 여기 앉아 있어요. 약 받아 올게요."

선후는 약을 받으러 가는 은영을 물끄러미 바라봤다.

약봉지를 들고 차에 타자마자 아기 취급을 받는 상황이 우스웠지만 억지로 웃음을 삼켰다. 보조석의 의자를 뒤로 젖히더니 편하게 누워서 가란다. 독감이 옮을까 봐 택시에 태워 보내려 했더니 은영은 기어이 운전석을 차지했다.

시트 깊숙이 등을 묻은 선후는 눈을 감았다. 아까는 죽는 줄 알았다. 온몸의 뼈와 살들이 분리되는 듯한 통증이 몰려왔었다. 열은 제쳐 두고라도 갑자기 숨을 쉬는 것까지 힘들어졌다. 순간적으로 머릿속에 심장 마비와 돌연사라는 말이 떠오를 정도였다.

단순히 독감과 몸살이 아니란 것쯤은 안다. 몸이 죽어 가는 마음의 상태를 적나라하게 보여 주고 있다는 것도.

감긴 눈에 선명하게 떠오르는 영상 하나. 행복한 정윤의 모습, 두 사람의 낮은 웃음소리.

선후는 마스크 속에서 억지로 입꼬리를 올렸다. 정윤이 행복해서 정말 좋다고. 이까짓 아픔쯤이야 아무것도 아니라고.

어느새 집 앞에 다 왔나 보다. 어깨를 두드리는 은영의 손길에 일어나 차에서 내린 선후는 집 안에서 대기하고 있던 기사에게 전화를 걸어 은영을 부탁했다. 기사가 나오기를 기다리다가 그녀에게 시선을 돌렸다.

"미안해요. 오늘 만남을 망쳐 버렸어요."

"전 좋았어요. 아니, 그게 선배님이 아파서 좋은 게 아니라, 선배님이 아플 때 조금이라도 도움이 됐다는 게 정말 좋았어요."

"……고마워요. 혹시 독감이 옮았을지 모르니까 은영 씨도 병원에 꼭 가 봐요."

선후의 말에 은영이 고개를 저으며 말했다.

"제가 이래 보여도 강철 체력이거든요. 고등학교 땐 학교에 안 가려고 감기에 걸린 친구들 옆에 그렇게 붙어 있었는데도 멀쩡했어요. 독감에 걸린 적도 없고요."

"그래요?"

믿지 못하겠다는 선후의 말투에 은영은 팔을 휘저으며 별명이 강철 체력이라고 몇 번이나 강조했다. 그 모습이 귀여워 보여 그는 속으로 웃었다.

대문이 열리는 소리가 나더니 기사가 나왔다. 은영을 태워 보낸 선후는 힘들게 계단을 올라 집 안으로 들어갔다.

"선후야, 무슨 일이야? 어디 아픈 거야?"

"그냥 감기 몸살이 온 것뿐이에요."

"어서 올라가 쉬어라."

선후가 2층으로 올라가자 김 여사는 신애를 불렀다. 주방에 서 가사도우미와 저녁을 준비하고 있던 신애가 급하게 거실로 나왔다.

"선후가 감기 몸살이란다."

"감기 몸살이요?"

"어미가 자식이 아픈 줄도 모르고, 쯧쯧. 어서 가서 죽이라 도 끓여라."

걱정스러운 얼굴로 2층을 바라보던 신애가 주방으로 들어 가자 김 여사는 못마땅한 얼굴을 했다. 그 어미나 그 딸이나 마음에 안 드는 건 매한가지였다.

그나마 다행인 건 선후가 은영을 만나겠다고 한 것이다. 그 렇다고 정윤에 대한 의심이 완전히 없어진 것은 아니었다.


병원을 나오면서 약을 먹었는데도 몸은 좀처럼 좋아지지 않 았다. 열과 오한이 번갈아 찾아왔다. 따끔거리는 목은 물을 넘 기기도 힘들만큼 부어올랐다.

침대에서 두툼한 이불을 온몸에 감고 웅크리고 있던 선후는 약봉지를 찾아 손을 뻗었다. 사이드 테이블 모서리에 부딪친 손가락뼈에 통증이 일었다. 참 한심하단 생각을 하며 이불을 목까지 끌어당겼다.

똑똑.

노크 소리가 들리더니 쟁반을 든 신애가 들어왔다. 일어나려는 선후를 말린 신애는 그의 등에 쿠션을 기대 주었다.

"입맛이 없어도 약을 먹으려면 조금이라도 먹어야 해."

"걱정 마세요. 싹싹 긁어서 먹을게요."

신애는 독감이 옮는다며 말리는 선후의 손을 잡았다. 몹시 차가웠다. 얼굴을 만져 보니 역시나 차가웠다. 어서 죽과 약을 먹인 다음에 따뜻하게 해 줘야 할 것 같았다.

"몸이 이렇게 차가워서야, 선후야 당장 입원해야겠다."

"입원해도 독감이나 몸살 증상이 바로 나아지는 것도 아니니까 일단 받아 온 약부터 먹고 생각할게요."

"우리 아들, 힘들어서 어떡해. 일단 죽부터 먹자. 엄마가 욕조에 뜨거운 물을 받아 놓을 테니까."

"어머니, 혹시 정윤이한테 전화 오면 제가 아프다는 얘기는 하지 마세요."

"그러마."

신애가 욕실로 들어가자 선후는 숟가락을 들었다. 부드러운 단호박죽을 억지로 조금씩 삼켰다. 물을 한 모금 마시다가 눈물을 툭 떨어트렸다.

우리 정윤인 아플 때 얼마나 서러웠을까.

그에겐 신경 써 주는 가족이 있지만 홀로 아픔과 외로움을 감당했을 그녀를 생각하니 가슴이 저려 왔다. 눈물을 훔친 선후는 다시 숟가락을 들었다. 이젠 이런 생각마저 해서는 안 된다고 곱씹으면서.

정윤에겐 에이든이 있다. 즐거움도 아픔도 나눠 가질 남자가 있다. 그러니 주제 넘는 생각은 하지 말자.

꾸역꾸역 죽을 다 먹은 선후는 사이드 테이블로 손을 뻗어 약봉지를 집었다. 독감뿐만 아니라 마음까지도 치유해 주길 빌면서 여러 개의 약을 손바닥에 올려놨다. 목의 통증을 무시하고 약을 하나씩 삼켜 나갔다.


저녁을 먹고 올라온 은영은 마른기침을 했다. 지근거리는 머리를 누르며 약한 체질을 원망했다. 선후에게는 강철 체력이라고 소리쳤지만 사실 그녀는 몸이 약했다. 해마다 감기를 달고 살았고 회사 사무실에서 한 명이라도 아프면 여지없이 다음 차례는 그녀였다.

은영은 머그잔의 뜨거운 물을 받아 천천히 마셨다. 내일 병원에 가야겠다는 생각을 하면서. 아마 어젯밤 모임에서 옮은 것 같았다. 그녀 앞에 앉았던 하정이 심하게 기침을 했었으니. 어떻게든 오늘은 참을 생각이었다. 괜히 선후에게 옮았다는 오해를 받고 싶지 않아서였다.

선배님은 괜찮을까.

머릿속에 자리 잡기 시작한 생각이 걷잡을 수 없이 점점 커져 갔다. 씻고 나와 침대에 누웠지만 걱정이 꼬리에 꼬리를 물고 이어졌다. 은영은 쪼개질 듯 아파 오는 머리를 부여잡고 일어났다.

가방에서 휴대폰을 꺼내 선후에게 메시지를 보냈다.

〈선배님, 좀 어때요? 지금도 많이 아파요?〉

얼마 지나지 않아 답장이 왔다.

〈좋아지고 있어요. 은영 씨는요? 혹시 독감이 옮았으면 어떡하죠?〉
〈하하, 제가 한 말 못 들으셨어요? 강철 체력이라고 했잖아요.〉
〈오늘 고마웠어요.〉
〈말로만 하지 말고 나중에 꼭 맛있는 거 사 주세요.〉
〈그럴게요.〉

선후의 대답에 은영의 얼굴에 웃음이 가득 번져 나갔다. 머리가 아픈 것도, 기침이 심해지는 것도 잊어버린 채 계속 선후가 보낸 메시지를 들여다봤다.

✦       ✦       ✦

크리스마스가 지난 후부터 1월의 중순까지 정윤은 내내 바빴다. 너무 바빠서 서른 살이 됐다는 것마저 실감이 나지 않았을 정도였다. 해가 바뀌었건만 맡고 있는 일은 조금도 줄지 않았다. 오히려 거래처를 돌며 조사해야 할 자료가 산더미였다.

수진과 팀을 이뤄 나름 전략적으로 움직였지만 몸은 점점 지쳐 갔다. 직영 거래처 몇 군데를 들렀다 사무실에 들어온 정윤은 근처 카페에서 사 온 음료와 샌드위치로 대충 점심을 때웠다.

무겁게 내려앉는 눈꺼풀을 억지로 밀어 올리고 오후에 있을 부서 회의 안건을 들여다봤다. 손가락으로 책상을 톡톡 두드리며 몇 년 동안의 영업 현황표와 와인 구매 산지가 적힌 자료에 집중했다. 값비싼 와인뿐만 아니라 사람들이 부담 없이 즐길 수 있는 가격대의 와인을 취급하기 시작한 시점부터 회사의 영업 매출과 수익은 크게 증가세를 보이고 있었다. 그만큼 와인이 점점 대중들에게 인정을 받는 것 같아서 어쩐지 어깨가 으쓱해졌다.

정신없이 자료를 확인하고 있는데 직원들과 점심을 먹으러 나갔던 수진이 들어와 옆자리에 앉으며 커피를 내밀었다.

"팀장님이 쏘신 거야."

"다들 어디 갔어? 아무도 안 들어오네."

"휴게실에서 잠깐 쉬다 오겠지. 정말 연말과 연초가 싫다."

"며칠만 참으면 돼. 올해 영업 목표치와 판매 전략 발표가 나면 그나마 숨을 돌릴 수 있으니까."

푹 한숨을 내쉰 수진은 빠르게 문서 작업을 하고 있는 정윤을 바라보다가 컴퓨터를 켰다. 연말과 연초는 영업부 직원들에게 힘든 시기였다.

원래 12월에 접어들 때부터 각각 맡고 있는 거래처를 돌면서 현장 상황을 파악하고 판매 자료를 넘겨받아 분석을 해야했다. 그래야 다음 해에 집중적으로 구매할 와인 목록을 작성할 수 있다.

하지만 언제나 그렇듯 맡은 업무는 넘치고 시간을 내는 데는 한계가 있어 대부분 직원들은 연말이 코앞에 닥쳐야 본격적으로 자료 분석에 매달리곤 했다.

수진은 뭉친 어깨를 두드리며 말했다.

"내년엔 신입들 좀 많이 뽑으면 좋겠다."

"정말 그러면 좋을 텐데."

"정윤아, 너 말이야……."

"뭐? 할 말 있어?"

"혹시 너 다른 회사에서 스카우트 제의 받았어?"

열심히 타이핑을 하던 정윤의 손이 키보드 위에서 딱 멈췄다. 스카우트야 입사한 다음 해부터 꾸준히 받아 왔다. 올해에도 몇 군데의 회사에서 좋은 조건을 내세워 제의했었다. 정윤의 침묵을 긍정으로 받아들인 수진의 얼굴이 어두워졌다.

"정말이구나."

"누가 그런 말을 했어?"

"그냥 직원들이 쑥덕이는 걸 들었어. 영업 2팀에서도 그런 말이 도는 것 같고."

"난 다른 데로 옮길 생각 없어."

"왜? 네가 다른 데로 가는 건 싫지만 조건이 훨씬 좋다면……."

"이 업계에서 우리 회사 만큼 좋은 곳은 없어. 앞으로도 승승장구할 거고."

수진이 안도한 얼굴로 컴퓨터 작업을 시작하자 정윤은 뜨거운 커피를 몇 모금 마셨다.

이 회사를 떠날 수 없었다. 아버지의 피와 땀이 스며 있으니 더더욱.

아버지가 와인 수입상을 시작했을 땐 우리나라의 와인 시장은 지금보다 훨씬 작았다. 뛰어난 소믈리에와 와인 전문가 또한 그리 많지 않았다. 그래서인지 아버지가 현지를 누비며 직접 공수해 온 와인은 와인 애호가들 사이에서 입소문을 탔다. 그 덕분에 작은 수입상으로 시작한 아버지의 사업은 차츰 자리를 잡아갔다.

아빠.

정윤은 아버지의 웃는 얼굴을 떠올리며 더 이상 입 밖으로 내지 못하는 단어를 속으로 몇 번이나 되뇌었다. 사랑하는 가족을 두고 눈을 감아야 했던 아버지. 그런 아버지를 가족의 품에서 빼앗아 간 건 교통사고였다.

프랑스 와인 산지를 돌던 아버지는 딸의 생일날에 맞춰 서둘러 귀국하려 했다. 하지만 악천후로 비행기가 연착을 하는 바람에 생일 다음 날에야 공항에 도착할 수 있었다.

비가 억수같이 내리던 그날, 사고로 목숨을 잃은 아버지의 차에는 아내에게 줄 향긋한 와인 한 병과 가족 모두가 좋아하는 빵 외에도 정윤이 좋아하는 아이스크림이 가득 든 아이스박스가 있었다고 했다.

아직도 그 순간이 어제 일처럼 선명하게 그려졌다. 출장 준비를 마친 아버지가 어린 그녀에게 물었었다.

"우리 공주님, 뭐 사다 줄까?"
"아이스크림! 아빠, 바닐라 아이스크림!"

공주풍의 원피스를 입은 귀여운 딸이 팔짝팔짝 뛰며 아이스크림을 외치자 그녀를 번쩍 들어 올린 그는 이마에 뽀뽀를 퍼부으면서 기분 좋게 웃었다.

"하하, 우리 공주님이 먹고 싶다면 한 박스 사 와야겠는 걸."

그게 아버지의 마지막 모습일 줄은 몰랐다.

이 기억은 죽는 순간까지도 사라질 것 같지 않다.

아버지가 돌아가신 후, 남의 손에 넘어가려는 회사를 아버지의 친구인 동훈이 인수했다. 그 후 동훈은 여러 개의 작은 와인 수입상들을 합병하면서 회사를 키워 나갔고 젊은 나이에 유명을 달리한 친구를 기려 세우와인이라는 회사 이름을 그대로 사용했다.

정윤이 와인 공부를 할 수 있도록 도운 것도 그였다.

세우와인.

아버지의 땀과 열정이 담겨 있는 곳. 어떻게 이곳을 떠날 수 있을까. 할머니가 아버지 곁으로 떠난 후 그녀에게 남아 있는 가족의 추억이라곤 세우와인이라는 회사 이름과 아버지가 사랑했던 와인, 그리고 다른 가족의 테두리에 들어간 엄마뿐이었으니 더더욱 떠나고 싶지 않았다.

정윤은 주르륵 흘러내리는 눈물을 재빨리 닦고 작업에 집중했다.

점심시간이 다 끝나 갈 때쯤 피곤한 얼굴을 한 직원들이 하나둘 들어와 회의실로 향했다.

회의실에 미리 자리하고 있던 한경이 직원들을 안쓰러운 눈길로 바라보다 올해 영업 목표에 대해 설명했다.

"자료를 보면 알겠지만 작년 회사의 목표는 초과 달성했습니다. 그러나 중국과 일본에서의 영업은 아직은 미흡합니다. 일본은 우리나라에 비해 와인 소비량이 엄청나다는 것을 모두 알고 있으리라 생각합니다. 우리 세우와인이 경쟁력을 갖추려면 앞으로도 그만큼 시간과 자본이 많이 들어갑니다. 그리고 중국은 경제 발전이 급속하게 이루어지면서 신흥 부자들의 고급 와인에 대한 수요가 폭발적으로 증가하고 있습니다. 그만큼 전 세계의 와인 회사들이 눈독을 들이고 있는 시장이기도 하고요."

한경은 전반적인 회사 상황을 설명한 후 올해에 주력할 와인을 선정하는 안건으로 넘어갔다. 제각각 준비해 온 자료를 토대로 여러 의견을 내느라 회의실 안이 소란스러워졌다.

에이든은 점심시간을 이용해 사무실 안쪽에 만들어 놓은 체력 단련실에서 운동을 했다. 레스토랑을 리모델링하면서 염두에 두고 만든 공간이라 샤워 시설뿐 아니라 느긋하게 휴식을 취할 수 있는 곳이기도 했다.

근력 운동을 마치고 트레드밀에 올라 뛰었다. 빨라진 속도만큼 심장 박동이 높아지면서 땀이 났다. 땀을 흘릴 때의 상쾌함 때문에 계속 운동을 하는지도 몰랐다. 얼굴을 타고 흐른 땀이 목덜미를 지나 운동복 속의 탄탄한 가슴으로 들어갔다.

"후우."

흐르는 땀을 수건으로 닦은 에이든은 젖은 옷을 벗고 샤워실로 들어갔다. 샤워기에서 쏟아지는 물줄기를 맞으며 땀을 씻어 내던 그의 얼굴에 웃음이 번졌다.

정윤을 생각하면 자꾸 웃음이 나왔다. 일주일에 세 번씩은 함께 운동을 하자던 말에 고분고분히 대답할 땐 언제고 이젠 안 하겠다고 버틴다.

연말과 연초에는 숨 쉴 틈도 없을 만큼 바쁘다니 이해는 했다. 하지만 함께 보낸 크리스마스의 시간이 그를 달라지게 했다. 매일 그녀와 함께 있고 싶었다. 맛있는 요리를 해 주고 싶고 잠자는 모습을 지켜보고, 무엇보다 정윤을 안고 싶었다.

며칠은 정윤을 유혹해 그녀의 좁은 침대에서 밤을 거의 새

다시피 했다. 안을 때마다 새로운 느낌으로 다가오는 정윤이 너무 좋았다. 그의 품에 안긴 모습이 얼마나 예쁜지 그녀는 알까.

샤워를 마치고 머리를 말린 에이든은 목욕 타월을 벗고 옷을 입었다. 드레스셔츠 버튼을 하나씩 채워 나가면서 몇 번이나 셔츠를 만졌다.

정윤이 크리스마스 선물로 사 준 셔츠, 그리고 넥타이.

다시 셔츠의 깃을 만져 보고 긴 손가락으로 넥타이를 천천히 쓰다듬었다. 셔츠와 넥타이에 그녀의 마음이 가득 담긴 것 같아 가슴이 먹먹해졌다.

집무실로 돌아오자 손님이 기다리고 있다는 윤성의 메시지가 와 있었다. 상하이에 개업할 레스토랑 조사를 맡은 본사의 직원들이었다.

서울 지점처럼 상하이에도 성공적으로 입점하면 북경 등 대도시에 몇 개를 더 오픈할 생각이었다.

도쿄와 상하이를 두고 순서를 저울질하다가 상하이를 선택했다. 물론 상하이에 먼저 개업했다고 해서 도쿄를 포기한 것은 아니었다. 여러 기업들이 어느 정도 자리 잡은 도쿄보다 이제 막 성장하는 상하이를 공략해 입지를 다지려는 것일 뿐. 이미 도쿄에도 본사의 직원들이 파견되어 시장 조사를 하는 중이었다.

에이든은 윤성에게 전화를 걸어 손님들을 들여보내라는 말을 한 뒤 무의식적으로 넥타이를 매만졌다. 여기서 더 바빠진다면 정윤을 만날 시간을 어떻게 확보해야 하나 고민하다가 약지에 끼워진 커플링을 소중하게 쓰다듬었다.

새벽같이 집무실에 나오는 한이 있어도 저녁에는 정윤의 얼굴을 봐야 한다. 하지만 출장이 길어지면 어쩌나 싶어 그의 반듯한 이마에 주름이 졌다.


파운데이션으로 광대뼈까지 내려온 다크서클을 가린 정윤은 회사 앞에서 기다리고 있는 에이든에게 걸어갔다. 차에 기댄 채 팔짱을 끼고 서 있는 모습이 화보의 한 장면 같았다. 여지없이 지나가던 사람들의 시선이 일제히 그에게 쏠렸다.

하아.

정윤은 곧게 뻗어 오는 그의 시선에 크게 한숨을 몰아 내쉬었다. 그에 대한 감정이 시간이 흐를수록 깊어지고 있었다. 옆에 있는 것만으로도 좋고 함께하는 모든 것이 좋았다. 그래서 더욱 넘쳐흐르기 시작한 감정을 자제할 필요가 있다고 생각했다. 사랑을 나누는 것도 마찬가지이리라.

정윤은 습관처럼 커플링을 만지며 에이든이 열어 준 차에 올랐다. 와인 파티를 기획하는 날을 제외하곤 두 사람은 함께 저녁을 먹고 그녀의 집 앞까지 드라이브를 하는 등 짧은 데이트를 했다. 문제는 돌아가지 않고 버티는 에이든 때문에 결국 밤새 데이트하는 일이 잦다는 것이다.

피곤해 보이는 정윤의 얼굴을 들여다보던 에이든이 물었다.

"오늘도 많이 힘들었어요?"

"조금요."

"그 회사, 너무 일을 많이 시키는 거 아니에요?"

"이제 바쁜 일은 대충 끝난 것 같아요."

"정윤 씨가 서울 구경시켜 준다고 했던 거 기억하죠?"

"그럼요, 우리 주말에 고궁 나들이해요."

"좋죠."

에이든은 허벅지에 얌전히 놓여 있는 정윤의 왼손을 잡아당겨 깍지를 꼈다. 그녀의 집으로 바로 갈 생각이었다. 얼른 집으로 들어가 레스토랑에서 미리 준비해 온 저녁을 먹고 느긋한 시간을 보내고 싶었다.

오피스텔에 도착해 제집인 것처럼 비밀번호를 누른 에이든이 정윤을 돌아보며 싱긋 웃었다.

"정윤 씨, 배고프죠?"

"조금요."

안으로 들어오자마자 슈트 상의를 벗은 에이든은 욕실에서 손을 씻고 나와 준비해 온 음식을 종이 가방에서 꺼냈다.

편한 옷으로 갈아입고 나오던 정윤이 그 모습을 물끄러미 바라봤다. 코끝이 시큰해졌다. 정말 자신이 사랑받고 있다는 게 느껴졌다.

식탁으로 가던 그녀는 소파에 놓여 있는 에이든의 슈트 상의를 집어 들고 드레스룸으로 가져갔다. 제 옷들 사이에 두니 왜 이리 기분이 좋은지.

"정윤 씨, 준비 다 됐어요."

"지금 가요."

에이든과 마주 앉은 정윤은 윤기가 자르르한 바비큐 폴립을 보자 식욕이 일었다. 입맛이 없어 점심을 샌드위치로 대충 때워서인지 유난히 맛있어 보였다. 침을 꼴깍 삼킨 그녀는 폴립을 나이프로 자르고 있는 에이든에게 물었다.

"직접 만들었어요?"

"어제 핏물 빼고 삶아서 소스에 재 놨어요. 오기 전에 바로 오븐에 구워 냈고요. 거기 사이드 메뉴도 먹어 봐요. 감자튀김과 샐러드예요. 입에 맞는 걸로 먹어요."

"정말 맛있을 거 같아요. 참, 폴립엔 맥주도 좋은데. 뭘로 할래요? 맥주와 와인 중에서요."

"오랜만에 맥주로 할까요?"

"좋아요."

정윤은 냉장고에서 맥주를 꺼내 와 잔에 따랐다. 에이든과 건배를 하고 맥주를 한 모금 마셨다. 시원한 맥주가 목젖을 타고 내려가자 낮의 피로가 싹 사라지는 듯했다.

에이든이 먹기 좋게 잘라 준 폴립을 손으로 잡아 맛있게 뜯어 먹었다. 맛있다며 엄지를 치켜드는 정윤을 흐뭇한 눈으로 바라보던 그도 본격적으로 먹기 시작했다. 양념이 잘 배어들었을 뿐만 아니라 너무 무르지 않게 적당히 삶아서인지 식감이 최상이었다.

요즘 그는 바쁜 와중에도 정윤에게 뭘 먹일까를 우선순위에 두고 있었다. 일에 지쳐 힘들어하는 걸 보니 더 잘 챙겨 먹이고 싶었다.

맛있게 고기를 뜯어 먹는 그녀의 모습이 너무 보기 좋았다. 눈이 마주치자 정윤이 감자튀김을 소스에 찍어 입에 넣어 주었다. 다시 입을 벌리니 그를 보고 있던 그녀가 웃으며 감자튀김을 또 먹여 주었다. 남들이 하면 무슨 짓이냐며 눈살을 찌푸렸을 텐데, 마냥 좋았다.

"받아만 먹지 말고 나도 줘요."

에이든은 참새처럼 입을 벌린 정윤에게 감자튀김을 먹여 주고 샐러드도 덤으로 내밀었다. 모든 게 예뻐 보였다. 심지어 소스가 묻은 입술도 머금고 싶어 안달이 날만큼. 냅킨으로 정윤의 입술에 묻은 소스를 닦아 주고 식기 전에 어서 먹으라며 재촉했다.

어느새 접시를 비운 에이든은 맥주를 마시며 그녀를 관찰했다. 서른 살이란 게 믿기지 않는다. 화장을 지운 얼굴은 매끄럽고 윤기가 흐른다. 크고 새까만 눈동자는 몹시 매혹적이다. 또한 곧게 쭉 뻗은 콧날과 약간 상기된 뺨과 도톰한 입술은 얼마나 사랑스러운지. 그뿐인가. 벗은 몸 역시 말할 수 없이 고혹적이다.

그의 끈질긴 시선에 뺨이 살짝 붉어진 정윤이 물었다.

"얼굴에 또 소스가 묻었어요?"

"묻었어요."

에이든은 몸을 기울여 엄지손가락으로 그녀의 입술을 꾹 눌렀다. 손가락을 타고 올라오는 말랑한 촉감이 너무 좋다. 다시 입술을 쓰다듬자 눈치챈 정윤이 몸을 뒤로 뺐다.

"다 먹었으면 치울게요. 가서 씻어요."

정윤의 말에 에이든은 빠른 걸음으로 욕실로 들어갔다. 주방을 정리하다가 샤워기의 물소리를 들은 정윤은 아차 싶었다. 손을 씻고 양치하란 얘기였는데 또 혼자 앞서가는 중인가 보다.

찬장에서 가장 예쁜 찻잔을 꺼내던 그녀는 소리 죽여 웃었다. 오늘은 또 어떻게 유혹을 할지, 그 유혹에 홀라당 넘어가는 것은 아닌지. 여러 생각이 머릿속을 맴돌았다.

폭립이 너무 맛있었어. 그게 문제야. 퇴근할 때만 해도 피곤해서 집에 도착하면 바로 뻗을 것 같더니 지금 생생하게 살아나는 건 뭐냐고.

커피 머신에 물을 채운 정윤은 그가 나오길 기다렸다. 드라이기 소리가 잦아들고 부스럭거리는 소리가 나더니 드레스셔츠와 바지를 입은 에이든이 거실로 나오며 불평했다.

"정윤 씨, 내 옷 몇 벌만 여기에 가져다 놓으면 안 돼요?"

"안 돼요."

"매정한 박정윤 씨. 우리 집에 있다가 가는 건 싫다고 하고, 그렇다고 여기서 벗고 있을 수도 없고. 정윤 씨 목욕 가운은 작아서 입을 수가 없고……."

정윤은 불평이 이어지는 에이든의 옆을 지나 욕실로 들어갔다. 손을 씻고 양치를 했다. 화장대에서 립글로스를 바르다가 배시시 웃었다. 거울 속에 비친 그녀는 여느 때보다 아름다웠다. 눈은 초롱초롱 빛나고 뺨은 발그레하다. 에이든 때문이란 걸 안다. 그와 한 공간에 있다는 것, 서로 사랑하고 있다는 것이 눈물이 핑 돌만큼 좋다.

그만큼 이상하게 두려움도 커진다. 그를 잃게 될까 봐, 아버지처럼 어느 날 갑자기 자신의 인생에서 영원히 사라지는 건 아닐까 두려웠다.

정윤은 고개를 세차게 저어 불길한 생각을 쫓아냈다.

현재만 생각하자. 박정윤, 지금 이 순간만 생각하면 돼.

"정윤 씨, 뭐 해요? 어서 나와요."

"나가요."

거실로 나오니 에이든이 커피 머신에서 커피를 내려 탁자에 놓고 소파에 앉아 기다리고 있었다.

정윤은 여느 때처럼 그의 옆에 앉아 어깨에 기댔다. 그가 허리에 팔을 둘러 꽉 끌어당기자 어느새 에이든의 가슴에 폭삭 안겨 있었다.

막 씻고 나온 그에게서 청량한 냄새가 났다. 정윤은 그의 체취를 가슴 깊이 들이마셨다. 샴푸 냄새와 비누 냄새를 뒤로하고 오롯이 에이든의 체취만이 느껴졌다.

아, 좋다.

와인 향보다 더 좋다. 정윤은 코끝을 에이든의 목덜미에 댄 채 체향을 깊이 들이마셨다. 멀리 있는 와인 향을 손쉽게 감지하듯 그의 체향도 식별해 낼 수 있다. 정윤은 에이든의 가슴에 얼굴을 대며 말했다.

"부르고뉴 와인의 희소성을 만들어 내는 피노 누아(Pinot Noir)*가 느껴져요. 황홀한 루비색에 농후하면서도 세련되고 섬세함까지 갖춘 향이에요."

"……."

"아무리 돈이 많아도 살 수 없는 최고급 와인의 향이에요."

"정윤 씨……."

에이든은 그녀의 탐스러운 머리에 얼굴을 묻었다. 정윤의 마음이 그대로 담겨 있는 말이란 걸 안다. 그 역시 정윤에게서 최고급 와인의 향을 느끼니까.

"앗, 커피! 다 식겠어요."

에이든의 품에서 벗어난 정윤은 미지근해진 커피를 한 모금 마시다가 인상을 썼다.

"다시 타 올게요."

"그냥 마셔도 돼요."

"잠시만요."

정윤은 다시 커피 머신에서 커피를 내려 가져왔다. 향긋하게 퍼지는 향을 입안에 머금고 음미하듯 마셨다. 똑같은 자세로 커피를 마시던 두 사람은 마주 보며 웃었다.

커피 잔을 치운 정윤은 에이든의 허벅지에 머리를 베고 누웠다. 탄탄한 허벅지의 근육이 느껴졌다. 머리카락에 손을 넣어 쓸어 주는 다정한 그의 손길 때문인지 스르르 잠이 몰려왔

---

*Pinot Noir:부르고뉴 와인의 포도 품종.

다. 한숨만 자고 일어났으면 좋겠다 싶었다. 잠시 눈을 감은 정윤은 에이든의 얘기를 듣다가 저도 모르게 까무룩 잠이 들고 말았다.

잠든 정윤을 한참 동안 바라보고 있던 에이든은 그녀를 안아 침대에 눕혔다. 눈 밑에 희미하게 보이는 다크서클을 쓰다듬었다. 피곤이 누적됐을 테니 푹 자게 해 주고 싶었다.

그런데 발걸음이 떨어지지 않았다. 그냥 자더라도 옆에 있고 싶었다.

안아서 재워 주면 더 푹 잘 수 있을 거야. 중국 출장을 가면 오래 떨어져 지내야 하니까 조금이라도 더 같이 있어야지.

옷을 벗고 침대 속으로 들어간 그는 침대가 좁다는 이유로 그녀의 옷도 벗겼다. 매끄러운 정윤의 몸을 꽉 끌어안아 팔다리로 감싸니 살 것 같았다. 하지만 다리를 완전히 뻗기도 힘든 크기의 침대는 여전히 불만스러웠다. 당장이라도 그녀가 마음에 들어 했던 스웨덴 침대로 바꾸고 싶었다.

하지만 이미 말을 꺼냈다가 거절을 당한 게 떠오르자 작게 한숨을 쉬었다. 그는 아쉬운 얼굴로 정윤의 나신을 쓰다듬으며 귓가에 속삭였다.

"정윤 씨, 이렇게 함께 있는 게 얼마나 행복한지 몰라요. 평생 내 옆에 있어야 해요."

8장
사랑에는 용기가 필요해

한국을 알고 싶다는 에이든과 고궁에서 데이트를 하기로 했다. 그런데 밤새 내린 눈으로 고궁 안의 모든 전각들과 나무들까지 온통 눈을 가득 이고 있었다.

고궁으로 들어선 정윤은 두툼한 외투의 버튼을 꼼꼼히 여미고 목도리를 칭칭 둘러 매서운 바람을 피했다. 그래도 얼굴에 와 닿은 바람이 몹시 차가웠다. 오전에 내린 눈으로 하얗게 변한 길을 천천히 걷다가 뒤를 돌아봤다. 소담하게 쌓인 눈 위에 그녀의 부츠 발자국이 찍혀 있었다.

모든 것에 추억이 담겨 있나 보다. 눈 위에 선명하게 찍힌 발자국 위로 추억 하나가 오버랩되니.

"우리 딸, 이 조그만 발자국이 언제 커지려나."

"금방 클 거야."

"정윤아, 크지 말고 이렇게 작고 예쁜 모습으로 아빠랑 살면 안 될까?"

"싫어, 커서 엄마처럼 예뻐질 거야."


부녀의 대화에 두 사람을 지켜보던 엄마가 웃음을 터트렸다. 그 웃음소리에 뒤따라오던 할머니의 웃음이 겹쳐졌다. 밤새 눈을 쏟아 낸 하늘이 시리도록 파랗고 맑은 날에 순백의 눈 위에 찍혔던 네 사람의 발자국.

지나간 시간은 가끔 생각지도 못한 순간에 가슴을 후빈다. 다시는 돌아갈 수 없기에 더 그리워지는 것이겠지.

그녀는 몸을 돌려 정자 옆의 카페를 바라봤다. 테이크아웃을 하려고 몇 명이 줄을 서 있는 게 보였다. 고개를 돌려 고궁의 입구를 쳐다본 정윤은 카페로 천천히 걸어갔다.

정자에 앉아 뜨거운 김이 나는 커피를 한 모금 마시다가 에이든을 발견했다. 성큼성큼 걸어오는 모습을 취한 듯 바라봤다. 그녀가 남긴 발자국 옆에 그의 흔적도 있을 거란 생각이 들자 입꼬리가 저절로 올라갔다.

"정윤 씨, 많이 기다렸어요?"

"아니요, 방금 왔어요. 커피 마실래요?"

"가서 사 올게요."

커피를 사 온 에이든은 정윤의 옆에 앉았다. 주중보다 주말에 더 바쁘게 돌아가는 레스토랑에 들러 급한 일만 처리하고 나온 길이었다. 다행히 며칠 전에 본사에서 수행 비서가 온 덕분에 사소한 부분들은 그에게 맡길 수가 있었다. 에이든은 정윤의 차가운 이마와 뺨에 입을 맞췄다.

"춥지 않아요?"

"괜찮아요."

에이든은 하얀 김이 나오는 그녀의 입술을 머금었다가 떨어졌다. 차가운 바람에 붉어져 있던 정윤의 뺨이 더 붉어졌다.

"따뜻할 때 커피 마셔요."

"에이든도요."

에이든은 자신의 어깨에 살며시 머리를 기댄 채 커피를 마시는 정윤의 어깨를 감싸 안았다. 사랑하는 여자와 향긋한 커피 향이 있는 조용하고 행복한 시간이 좋았다. 그의 시선이 새하얀 눈으로 덮여 처연한 아름다움을 뽐내고 있는 전각과 아름드리나무들로 향했다. 컴퓨터를 통해 봤던 것보다 제 모습을 다 드러내지 않고 있는 모습이 더 아름다워 보였다.

두 사람은 눈으로 쌓인 길을 걷다가 고궁 해설사를 따라다니는 무리에 섞여 해설을 들었다. 무심코 지나갔던 길과 포석, 전각들이 해설사의 이야기 속에서 총천연색으로 살아나 숨을 쉬었다. 덕분에 추운 줄 모르고 고궁을 한 바퀴 돌면서 역사 속에 빠져들었다가 무리들이 흩어지자 느긋하게 주위를 걸었다. 족히 100년은 넘어 보이는 나무들 사이를 걸으면서 사진으로 추억을 남겼다.

에이든은 정윤의 손을 잡아 외투 주머니에 넣었다. 제 손안에 쏙 들어오는 그녀의 손을 엄지손가락으로 쓸면서 속으로 한숨을 삼켰다.

월요일이면 정윤과 떨어져 상하이로 가야 하는데 버틸 수 있을지 모르겠다.

걸음을 멈춘 그가 정윤을 내려다봤다.

"정윤 씨. 상하이에 가기 싫은데 어쩌죠?"

"에이든."

"정윤 씨와 한시도 떨어지고 싶지 않아요."

"그래도 어떡해요. 일 때문에 가야 하는데. 얌전히 기다리고 있을게요. 보고 싶어도 꾹 참으면서요."

정윤이 위로하듯 그의 허리를 안아 주었다. 그런 그녀를 바라보던 에이든의 눈빛이 흐려졌다.

혼자 있을 수 있을까.

연거푸 한숨이 나왔다. 정윤을 안은 이후로 금단 현상이 생겼다. 하루라도 그녀를 안지 못하면 죽을 것 같았다. 그래서 피곤하다는 그녀를 유혹해서 안곤 했다. 그의 거친 움직임에 부서질 것같이 삐걱거리는 작고 좁은 침대에서 뜨겁게 불타올랐다.

뜨거웠던 며칠 전의 밤이 떠올라 에이든은 정윤을 꽉 끌어안았다. 그의 품에 안겨 잠든 정윤이 불편한지 새벽에 눈을 뜨자 끈질기게 애무를 했다. 비몽사몽 가물거리는 눈을 한 그녀가 애타는 신음을 흘리며 그에게 스스로 안길 때까지.

생각이 끝나자 시선이 정윤의 머리로 향했다. 세찬 바람에 나뭇가지 위의 눈송이가 그녀의 머리카락으로 떨어지고 있었다. 털어 내려고 머리를 흔드는 모습마저 너무 사랑스럽다.

장난기가 발동한 에이든이 옆의 나무를 탁 쳤다. 우수수 떨어진 눈송이들이 그와 정윤을 덮었다.

"에이든!"

눈동자에 웃음이 가득해진 정윤이 다른 가지를 툭 치고 재빨리 옆으로 비켜섰다. 졸지에 눈사람이 된 에이든은 정윤을 안아 빙빙 돌렸다.

"어지러워요!"

"박정윤 씨, 질문에 대답하세요."

"어떤 질문이요?"

"왜 대답을 안 돌려줍니까?"

"무슨 대답이요?"

"가슴에 손을 얹고 잘 생각해 봐요."

"일단 내려 줘요. 눈이 핑핑 돈다고요!"

움직임이 멈추자 정윤은 그를 붙잡고 가쁜 숨을 내쉬었다. 머리카락과 옷에 묻은 눈을 털어 주는 에이든을 보며 고개를 갸웃했다. 무슨 대답을 안 돌려줬다는 걸까. 곰곰이 생각해 봤지만 답이 떠오르지 않았다.

정윤은 그의 넓은 어깨에 있는 눈을 털어 주면서 물었다.

"질문을 다시 알려 줘요."

"그건 안 돼요. 나중에 생각나면 대답해 줘요."

"질문이 뭔지도 모르는데요."

"잘 생각해 봐요."

에이든은 추위에 움츠리는 정윤을 외투로 감싸며 물었다.

"따뜻한 데로 갈까요?"

"어디요?"

"맛있는 음식이 있고 벽난로가 활활 타오르는 곳이죠. 물론 와인 향이 넘치고요. 원한다면 밤새 스파를 해도 좋아요."

에이든은 수줍은 듯 고개를 숙이는 그녀의 얼굴을 양손으로 감싸 올렸다. 살짝 벌어진 정윤의 붉은 입술을 머금었다.

세상이 사라진 것 같았다. 자신이 보고 있는 세상엔 그와 정윤만이 존재했다.

정윤의 달콤한 혀를 차지한 그는 그녀를 더 꽉 끌어안았다.

✤　　✤　　✤

정원은 제법 잘 가꿔져 있었다. 소나무 몇 그루와 단풍나무, 전나무가 고고히 서 있는 정원의 한편에 여러 사람이 넉넉히 앉을 수 있는 커다란 흔들 그네가 놓여 있었다.

현관문을 열고 나온 신애는 담요를 들고 나와 흔들 그네로 갔다. 그네에 앉아 몽글몽글한 털로 된 담요를 어깨에 둘렀다. 바람은 싸늘했지만 청명한 하늘과 폐부 깊숙이 파고드는 공기가 참 좋았다.

친구들과 놀러 나간 지연이 좋아하는 간식을 만들어 놓고 나온 참이었다.

신애는 무의식적으로 뒤를 돌아봤다. 언제나 그렇듯 그녀를 못마땅해하는 김 여사를 제외하곤 특별한 문제는 없었다. 그녀에게 더할 나위 없이 잘하는 남편과 제 속으로 낳진 않았어도 살가운 선후, 그리고 고등학생인 늦둥이 딸.

신애는 차가워진 손을 담요 속에 넣으며 생각에 잠겼다. 장례식장에서 만났던 정윤의 남자 친구가 떠올랐다. 세세한 대화를 나누진 않았지만 듬직하고 신뢰가 가는 얼굴이었다. 나중에 선후에게 얘기를 들으니 더 안심이 됐다. 한국계 미국인이지만 부유한 집안에서 자란 성실하고 예의 바른 사람이라고 했다.

우리 정윤이가 어느새 서른이 됐구나.

눈가가 시큰해지더니 매워졌다. 커서 엄마처럼 되고 싶다던 어린 딸의 목소리가 귓가를 맴돌았다.

아무것도 해 주지 못했는데……. 옆을 지켜 주지도 못했는데.

그녀는 아픈 손가락인 딸을 생각할 때면 가슴이 미어졌다. 신애는 잔디를 덮고 있는 눈으로 시선을 돌렸다. 딸을 지키지 못한 엄마가 무슨 말을 할 수 있을까.

지연을 낳은 후 정윤을 다시 데려올 생각 말라던 시어머니에게 달려들지 못했으니 입이 열 개라도 할 말이 없었다. 하늘에서 애달파 하며 어린 딸을 지켜봤을 재윤과 어두운 골목에서 한없이 자신을 기다리고 있었을 딸에게는 더욱더 자격이 없었다.

신애는 통증이 이는 가슴을 손으로 문질렀다.

미안하다, 정윤아. 엄마가 못나서 정말 미안하다.

또르르 흘러내린 눈물방울이 담요의 털 속으로 스며들었다. 애써 눈물을 닦아 낸 신애는 그래도 다행이라며 중얼거렸다. 딸에게 사랑하는 사람이 생겨서 너무나 다행이라고.

대문이 열리는 소리가 들리더니 선후가 정원의 포석을 따라 걸어왔다.

"어머니, 추운데 왜 나와 계세요?"

"잠깐 바람 좀 쐬려고 나왔어."

신애는 다가와 옆에 앉은 선후의 얼굴을 유심히 들여다보며 물었다.

"오늘도 은영 씨 만났니?"

"네."

"선후야, 혹시 할머니 때문에 억지로 만나는 거라면……."

"아니에요, 어머니. 할머니 때문에 만나는 거 아니에요."

"그렇다면…… 다행이구나."

신애는 선후의 손을 다독였다.

"고맙다, 정말 고맙다."

"뭐가요?"

"잘 자라 줘서 고맙고, 우리 정윤이에게 좋은 오빠가 돼 줘서, 힘들 때마다 정윤이 옆에 있어 줘서 고마워."

"왜 또 그런 말씀을 하세요. 오빠로서 당연한 일인데요."

"고맙구나."

선후는 창백한 신애의 얼굴을 바라봤다. 답답한지 자꾸 가슴을 문지르는 모습이 신경 쓰였다.

"어머니, 어디 아프신 거 아니에요? 월요일에 함께 병원에 가요."

"됐어. 해마다 건강 검진을 받잖니. 작년에도 특별한 이상은 없었어."

"올해에도 받아야죠."

"그렇잖아도 다음 달에 잡혀 있어. 그때 받으면 돼."

"그래도 어디가 아프시면 바로 병원에 가셔야 해요."

"알았으니 걱정하지 마라."

신애는 요즘 들어 심해진 두통과 속 쓰림, 가슴의 통증을 애써 무시하며 의자에서 일어났다. 2층으로 올라간 선후가 씻는 사이에 주방으로 들어갔다. 가사도우미가 씻어 준 과일을 깎고 있을 때 우당탕 소리를 내며 지연이 뛰어 들어왔다.

"엄마! 엄마!"

"엄마 여기 있다."

숨이 가쁜지 몇 번 숨을 몰아쉰 지연이 막 입을 열려던 찰나, 김 여사가 안방에서 나오며 손녀를 반겼다.

"우리 손녀 들어왔어?"

"할머니!"

쪼르르 거실로 달려 나간 지연이 주방에 있는 신애와 소파에 앉는 김 여사를 번갈아 봤다. 신애가 과일 접시를 들고 나오자마자 붙잡아 앉힌 후 비밀이라도 털어놓는 표정으로 입을 열었다.

"친구들이랑 영화 보러 갔다가 근처 고궁에 들렀거든. 근데 말이야. 세상에……."

"무슨 일인데? 어서 말해 봐."

"할머니, 놀라지 마. 정윤 언니에게 남자 친구가 있나 봐. 그 남자랑 나무 아래서……."

"남자 친구가 있다고?"

"내 눈으로 똑똑히 봤어. 엄청 잘생겼어."

지연은 영화의 한 장면처럼 머릿속에서 맴돌고 있는 두 사람이 키스하는 모습을 말하려다가 그만두었다. 어쩐지 할머니에겐 말하지 않는 게 좋을 것 같았다. 할머니의 매서운 눈초리가 엄마에게 향하자 말하지 않은 게 잘했다고 생각했다.

이미 알고 있는 것같이 차분한 신애의 모습에 김 여사는 기분이 나빠졌다. 선을 보지 않겠다고 한다더니 뒤로 호박씨를 까고 있었던 모양이었다.

하긴, 제 어미를 닮아 얼굴이 반반하니 마음만 먹으면 누군들 못 잡을까.

"어미, 넌 알고 있었나 보구나."

"네."

"어떤 사람인지는 들었고?"

"정윤이네 회사에서 거래하는 레스토랑의 대표라고 했어요."

"레스토랑?"

"네."

고작 레스토랑 대표라니. 김 여사는 포크로 과일을 찍어 입에 넣었다. 달콤한 배즙이 입안에 퍼지자 기분이 몹시 좋아졌다. 선후가 군말 없이 은영을 만나는 것도 그렇고 정윤에게 남자 친구가 있다니 마음이 놓였다. 너무 다정한 선후와 정윤의 모습이 내내 거슬렸던 그녀로서는 큰 짐을 내려놓은 듯 홀가분했다.

2층에서 내려오는 선후에게 지연이 손을 흔들었다. 옆에 와서 머리를 콩 때리는 선후에게 입을 삐죽 내밀며 말했다.

"오빠, 이러면 비밀 얘기 안 해 줄 거야."

"궁금하지도 않다."

"흥, 정윤 언니 얘긴데."

"정윤이가 왜?"

태연한 척 포크로 과일을 찍어 먹는 선후의 모습에 지연이 얼굴을 가까이 댔다. 선후가 손가락으로 지연의 이마를 밀며 말했다.

"못생긴 얼굴 치워라."

"오빠, 미워! 정윤 언니만 예뻐하고."

"왜 불똥이 그리 튀어. 아닌 걸 알면서."

"정말? 그럼 비밀 얘기해 줄게. 언니에게 남자 친구가 있어. 내가 직접 봤는데 무지무지 잘생겼어. 연예인보다 더 멋있어."

"……너도 보는 눈은 있구나."

"어? 오빠도 알아?"

"당연히 알지."

선후는 지연의 이마에 꿀밤을 때리며 엷게 웃었다. 장례식장에서 에이든에게 명함을 받았다. 삼우제가 지나고 그에 대해 자세히 알아봤었다. 다시 포크로 과일을 찍는 선후에게 김 여사가 물었다.

"선후야, 너도 알고 있었니?"

"네. 좋은 사람이에요."

"어떤 사람인데?"

선후의 얘기를 듣던 김 여사가 맛있게 먹던 과일을 내려놨다. 작은 레스토랑 대표라 생각했던 남자의 배경이 대단했다. 미국의 요식업체를 운영하는 남자의 집안이 아시아와 유럽에서도 레스토랑 영업을 시작했다는 말에 입맛이 뚝 떨어졌다.

"우리 집안보다 더 낫다는 거냐?"

"할머니, 어떻게 우리 집안과 비교하겠어요? 에이든 집안이 대기업이라면 우리는 동네 구멍가게 수준인 걸요."

"그런 남자를 정윤이가 어떻게 만났다는 거야?"

"에이든이 아시아 총괄 대표직을 맡고 있는데 우리나라에서 먼저 레스토랑을 열었거든요. 정말 인연이죠."

"아시아 총괄 대표?"

"우리나라와 중국, 일본의 대표 도시에 레스토랑을 개업한 후 다른 나라들에도 진출하려나 봐요."

갑자기 짜증이 치밀어 오른 김 여사는 꿍 소리를 내곤 가사도우미가 가져다 놓은 찻잔을 들었다. 선후와 이어질까 봐 전

전긍긍하며 경계를 했는데 정윤이 대단한 남자를 만난 모양이다.

선후의 말에 흐뭇한 표정을 짓는 신애를 보니 더 심사가 뒤틀렸다. 빼다 박은 듯 닮은 모녀가 남자를 잡아 신분 상승을 한 것마저 똑같다니.

흠 있는 며느리를 애지중지하는 아들의 모습을 떠올리니 정윤도 만만치 않을 거란 생각이 들었다. 어쩐지 제 손안에 쥐고 있던 패를 빼앗긴 것처럼 입맛이 썼다.

김 여사의 기분에 아랑곳없이 거실의 분위기는 좋았다. 지연은 에이든이 한국계 미국인이라는 말에 미국 구경을 할 수 있겠다며 신이 나 있었고 에이든의 배경에 대해 더 자세히 알게 된 신애는 근심을 내려놓은 듯한 편안한 얼굴이 됐다.

신애는 가사도우미에게 궁중 해물 떡볶이를 내오게 했다. 맛있게 먹는 아들과 딸을 바라보면서 기분이 좋아 보이지 않는 시어머니를 애써 외면했다.

✦       ✦       ✦

녹아 버릴 정도로 달콤한 디저트 와인 때문이었는지 에이든의 뜨거운 숨결 때문인지 모르겠다. 정윤의 몸은 점점 뜨거워졌다. 넓은 침대는 둘의 옷에서 뚝뚝 떨어진 물로 이미 축축하게 젖어 있었다.

그의 상반신이 석양의 붉은 빛으로 물들었다. 정윤을 뚫어질 듯이 응시하고 있던 에이든이 갈망과 욕망이 섞인 목소리로 그녀의 이름을 불렀다.

"하아, 정윤 씨."

욕망에 답을 하듯 정윤이 그의 목덜미를 껴안고 입을 맞췄다.

에이든은 뜨겁게 키스에 응하면서 정윤의 몸에 착 달라붙어 있는 셔츠를 벗겨 내고 그녀를 끌어당겼다. 정윤의 매끄러운 복부와 풍만한 가슴에 닿은 피부가 따끔거리더니 불이 붙은 것처럼 뜨거워졌다.

정윤의 혀를 거칠게 옭아매며 욕망에 젖은 신음을 터트렸다. 숨이 끊어질 것 같았다. 하지만 그의 키스는 더 강렬해졌다. 잠시 숨을 고르는 사이 그는 수영복 바지를 마저 벗고 정윤의 젖은 속옷을 벗겨 냈다.

그녀의 벗은 몸을 눈으로 훑자 머릿속에서 폭발이 일어났다. 모든 것이 희미해졌다. 욕망이 화산처럼 터져 나왔다. 그녀의 달콤한 몸에 바로 자신을 묻었다. 격렬한 몸짓에 흔들리는 정윤의 좁은 속으로 미칠 듯이 파고들었다.

"윽, 으윽."

"아흐흣."

고통스러워하던 그녀의 입에서 점점 뜨거운 신음 소리가 흘러나오자 에이든은 정신이 혼미해졌다.

토요일 저녁부터 셀 수 없이 안았는데도 갈증이 났다. 일요일 저녁이 가까워지자 더 마음이 다급해졌나 보다. 느긋하게 와인을 마시려고 스파에 함께 앉아 있다가 또 폭발했으니.

제 셔츠를 입은 정윤이 그렇게 섹시해 보일 수가 없었다. 물에 젖은 셔츠가 탐스러운 가슴에 착 달라붙자 그가 깨물고 빨았던 가슴이 선명한 자국을 만들어 냈다. 옷을 벗길 틈도 없이 안고 침대로 달렸다. 비싼 침대가 젖는다며 정윤이 발버둥을 쳤지만 소용없었다.

"에이든, 에이든."

정윤의 입에서 나오는 제 이름이 독처럼 그의 혈관에 퍼졌다. 그녀의 골반을 잡은 손에 힘이 들어갔다. 제 힘에 정윤의 몸이 주르륵 딸려왔다. 가녀린 몸이 그의 아래서 사정없이 흔들렸다.

하지만 정복당한 건 그였다. 그녀의 좁은 속에 붙들려 정신을 잃을 것 같은 쾌락에 허우적거리는 사람도 그였다.

"하아, 하아."

정윤이 아래에서 놔주지 않을 땐 숨이 끊어질 듯한 쾌감이 머리끝까지 차올랐다. 에이든은 미친 듯이 그녀의 이름을 부르며 절정의 빛 속으로 빠져 들어갔다.

사랑을 나눈 후 둘은 기절하듯 잠이 들었다. 다행히 집 안이 온실처럼 따뜻해서 축축한 침대에서도 추운 줄 모르고 곤히 잤다.

얼마 후 기분 좋게 눈을 뜬 정윤은 조심스레 에이든의 품에서 빠져나왔다. 빠르게 샤워를 하고 머리를 대충 말린 후 목욕

가운을 입고 주방으로 갔다. 에이든에게 저녁을 만들어 줄 생각이었다. 지금까진 에이든에게 받아먹기만 했지만 그녀 역시 엄마를 닮아 요리 솜씨가 없지 않았다.

냉장고를 뒤져 봤지만 마땅한 재료가 없었다.

"김치라도 있으면 좋을 텐데."

자신이 올 때는 흔적도 없이 사라지지만 집을 관리하는 사람이 여러 명이란 걸 알고 있었다. 에이든이 한식과 양식을 다 잘 먹으니 김치 종류가 준비되어 있을 것 같았다.

서둘러 다른 냉장고를 살펴보니 열무김치와 야채, 잘 익은 김치가 있었다. 어제 저녁부터 내내 고기를 먹었으니 간단히 볶음밥을 해 먹는 것이 나을 듯했다.

손질된 칵테일 새우를 꺼내고 야채를 다듬고 점심 때 양이 많아 남겨 두었던 스테이크를 잘게 썰었다.

"꼬들꼬들한 볶음밥을 하려면 햇반이 좋은데."

정윤은 찬장을 뒤졌지만 햇반은 보이지 않았다. 하는 수 없이 밥솥에 남아 있는 밥을 사용하기로 했다.

정윤이 정신없이 요리를 할 때, 다디단 잠에 빠져 있던 에이든은 허전한 느낌에 눈을 떴다. 품에 안겨 있어야 할 그녀가 보이지 않자 벌떡 일어났다.

거실로 나가다가 주방에서 요리 중인 정윤을 발견했다. 정윤에게 가려던 그는 벌거벗었다는 걸 깨닫고 샤워를 하러 들어갔다. 머리를 말리고 목욕 가운을 걸친 뒤 주방으로 가니 정윤이 그를 보며 활짝 웃었다. 볶음밥을 접시에 담다가 그에게 한입 먹여 줬다.

"맛이 어때요?"

"정말 맛있어요."

두 사람은 중정이 내다보이는 테이블에 앉아 저녁을 먹었다. 내일이면 떨어져 있어야 한다는 생각에 점점 분위기가 가라앉았다.

말없이 볶음밥을 먹고 있는 정윤을 물끄러미 바라보던 에이든이 애써 밝은 목소리로 말했다.

"정윤 씨, 선물로 뭘 사다 줄까요?"

"선물이요?"

생각에 잠겼던 정윤이 천천히 입을 열었다.

"아이스크림을 한 박스 사다 줘요."

"그것 말고 다른 건 없어요? 작고 반짝이는 거라든지."

"없어요. 아이스크림이면 돼요."

"그럼 덤으로 반짝이는 것도 사다 줄게요."

정윤은 애써 담담한 척하며 고개를 끄덕였다. 작고 반짝이는 것은 없어도 된다. 에이든이 제게로 돌아오기만 하면 된다. 아버지의 차 속에서 산산이 부서졌던 와인과 아이스크림이 아닌 멀쩡한 아이스크림을 들고 돌아오기만 하면 된다. 그러면 하염없이 아버지를 기다렸던 그 어두운 골목을 이젠 완전히 벗어날 수 있을 테니까.

✦    ✦    ✦

와인 스쿨 강의를 마치고 사무실에 들어오니 분위기가 몹시 어수선했다. 정윤은 웅성거리는 직원들 사이를 지나 영훈과 얘기를 나누고 있는 수진에게 다가갔다. 그녀를 먼저 발견한 영훈이 물었다.

"박 대리, 소식 들었어요?"

"무슨 소식이요?"

"올해 주력 와인이 선정됐어요."

"아, 네."

그게 무슨 큰일이냐는 표정을 짓는 정윤에게 영훈이 흥분한 얼굴로 말했다.

"와이너리(Winery)*에 갈 직원들을 모집 중이래요. 아마 사무실에서 3분의 1은 빠져나갈 것 같은데요."

"그렇게 많이요?"

"주력 와인의 범위를 넓힌대요."

영훈의 설명을 듣자 그녀의 머릿속으로 많은 생각이 돌아다녔다. 주력 와인의 범위를 넓히려는 걸 보니 얼마 전 회의에서 나온 의견들이 받아들여졌나 보다. 이번에 주력 와인의 범위에 들어간 호주와 스페인, 뉴질랜드 와이너리를 둘러보고 일정량을 수입해 직접 영업과 판매를 도맡아야 한다니 직원들로서는 능력을 증명할 절호의 기회일 것이다.

---

*Winery:와인이 만들어지는 포도원 또는 양조장, 불어로는 샤또 또는 도멘.

두 명씩 팀을 이뤄 움직인다는 말에 벌써부터 물밑 작업을 하는지 직원들의 움직임이 분주했다. 정윤에게 설명하던 영훈이 잠깐 한눈을 판 사이에 틈을 파고든 수진이 그녀에게 눈짓했다. 직원들과 멀찍이 떨어지자 수진이 물었다.

"넌 어디에 지원할 거야?"

"잘 모르겠어."

"왜? 호주 와인을 적극적으로 추천한 사람이 너잖아. 그래서 팀장님이 사장님에게 건의했다던데. 올해 주력 와인에 호주 와인도 넣어 달라고."

"사장님께?"

"어차피 여기서 의견이 나와도 윗선에서 결정을 하는 거니까."

"그건 그렇지."

평소와 달리 심란해 보이는 정윤의 모습에 수진이 직접적으로 물었다.

"대표님 때문에 그래? 떨어져 있기 싫어서?"

"그게……."

"와, 정말 사랑이 무섭긴 무섭구나. 평소에 너라면 이런 기회를 절대 놓치지 않을 텐데 말이야."

"생각 좀 해 볼게."

"어쨌든 가게 된다면 나도 붙여 주라."

"알았어."

정윤은 조용히 사무실을 나와 휴게실로 들어갔다. 자판기에서 뺀 커피를 마시며 창밖을 내다봤다. 헐벗은 나무들이 겨울 바람에 사정없이 흔들리고 있었다. 그 모습이 몹시 외로워 보였다.

마치 나 같네.

정윤은 쓴 커피를 마시며 에이든을 생각했다. 그와 떨어져 지낸 지 2주일, 고작 2주일이었다. 그런데 그가 없는 시간이, 일상이 이렇게 쓸쓸하고 외로울 줄은 미처 몰랐다. 혼자여도 늘 씩씩하게 앞을 보며 전진했었기에 무기력해진 제 모습이 낯설면서도 당황스러울 정도였다. 그만큼 에이든이 자신의 인생 속으로 깊이 들어왔다는 의미일 것이다.

뭘 하고 있을까. 당연히 열심히 일하고 있겠지.

자문자답을 한 정윤은 휴대폰에서 둘이 찍은 사진을 확대했다. 머리와 어깨에 눈을 뒤집어쓴 채 웃고 있는 얼굴을 손가락으로 쓰다듬었다. 윤기가 도는 갈색 머리카락도, 반듯한 이마도, 웃음이 가득한 눈동자도 너무 그리웠다.

그녀의 손가락이 강인한 인상을 주는 턱 선을 지나 싱그럽게 벌어진 입술에 머물렀다. 눈을 감고 손끝으로 그를 느껴보려 했다. 보지 않고도 머리카락 한 올까지 정확하게 그대로 그려 낼 수 있을 것만 같았다.

그리움이 왈칵 몰려오자 정윤은 휴대폰을 껐다. 매일 영상 통화를 하는데도 왜 이리 보고 싶은지 모르겠다. 하루도 빠지지 않고 만났기 때문일까.

박정윤, 정신 차리자.

커피를 한 번에 들이켠 정윤은 사무실로 들어갔다. 자리에 앉아 일에 집중하기 시작했다. 와인 스쿨 강의를 마치고 판매하거나 예약을 받은 와인을 브랜드와 가격, 빈티지별로 정리했다.

확실히 재력이 있는 사람들은 보르도와 부르고뉴라는 양대 산맥을 가지고 있는 프랑스 와인을 선호한다.

와인을 접한 지 얼마 되지 않은 사람일수록 최고가의 DRC 와인에 목을 매는 경우가 있다. 안타깝게도 이런 편견 때문에 우수한 다른 나라의 와인을 맛보지 못하게 하는 것도 사실이다.

그래서 그녀는 와인에 대한 선입견과 편견을 없애 줄 수 있는 와인 스쿨 강의를 중요하게 생각했다. 그 방법 중의 하나로 수강생들에게 다양한 와인을 마셔 볼 기회를 최대한 많이 제공하려고 늘 노력해 왔다. 이번 주력 와인에 호주 와인을 추천한 것도 그와 같은 맥락이었다.

자료 정리를 마치고 파일을 저장한 정윤은 시간을 확인했다. 퇴근 시간이 지나가고 있었다. 오랜만에 주영의 와인 바에서 친구들과 약속이 잡혀 있었다.

직원들의 부스럭거리는 소리를 들으며 자리에서 일어난 정윤은 머리를 쓸어 넘기며 생각했다. 독한 칵테일로 외로움을 떨쳐 내고 다시 씩씩한 제 모습으로 돌아오고 싶다고. 비바람이 불어도, 설령 쓰러지더라도 다시 일어나 꿋꿋이 한 걸음씩 걸어 나갔던 박정윤으로.

서둘러 가방을 챙겨 회사 밖으로 나갔다. 금요일이었지만 생각보다 도로는 한산했다. 여유 있게 차를 몰아 주영의 와인 바로 향했다.

주차를 하고 바에 들어서자 주영이 호들갑을 떨며 반겼다.

"얼굴 보기가 왜 이리 힘들어? 박정윤, 애인과 떨어져 있을 때 신나게 놀아야 하는 거야."

"일에 치여서 그럴 시간이 없어."

"일? 그게 아닐걸. 어쨌든 오늘은 신나게 먹고 마시면서 놀자."

"영업은?"

"민철이 친구가 도와주기로 했어."

"금요일 저녁이라 손님이 넘칠 텐데."

"하루 알바 쓴다고 어떻게 되겠어? 그리고 민철이 친구도 소믈리에라 걱정 안 해도 돼."

"애들은 몇 시에 모이기로 했는데?"

"선미가 일이 있어서 좀 늦을 거래. 그래도 다들 9시까지는 오기로 했어. 금요일이라 늦어도 부담이 없어서 좋다더라."

휴대폰으로 시간을 확인한 정윤은 자리에서 일어섰다. 옆 건물의 찜질방에서 좀 쉬다 올 생각이었다. 정윤의 나가는 모습을 지켜보던 주영이 고개를 절레절레 흔들었다.

단단히 **빠졌네**.

정윤의 눈에 가득했던 그리움과 외로움이 제 가슴마저 저리게 했다. 친구의 이런 모습을 본 적이 없었다. 아무리 아파도

내색하지 않던 친구였다. 그런 정윤이 에이든을 만나고부터
자신의 감정을 표현하는 일에 인색하지 않았다. 둘이 함께 있
는 모습이 어찌나 행복해 보이던지.

그런데 지금 정윤은 방향을 잃은 얼굴을 하고 있었다. 마치
위태롭게 허공에 발을 디디고 있는 것처럼.

잠시 떨어져 있는 걸 저렇게 힘들어 하다니, 정말 많이 사
랑하는구나.

한숨을 내쉰 주영은 만들고 있던 칵테일을 벌컥 들이켰다.
에이든이 정윤에게 샤토 디켐을 건넨 그 순간부터 이미 둘은
하나로 엮일 운명이었을 거라 생각하면서.


목욕탕에서 씻고 나온 정윤은 바글거리는 사람들 속에 섞여
드라이기로 머리를 말리고는 재빨리 옷장으로 향했다. 속옷과
슬랙스를 입고 블라우스의 단추를 여민 후 휴게 공간으로 갔
다. 긴 의자에 누워 눈을 감았다. 한두 시간 정도 잘 생각이었
다.

감긴 눈 사이로 목욕재계하고 에이든을 만났던 날의 영상이
떠오르자 저절로 입가에 미소가 지어졌다. 두 번째로 목욕탕
을 다녀온 날 그의 여자가 됐다.

타닥타닥 타오르던 벽난로의 장작 소리, 자작나무의 은은한
향, 온통 하늘을 뒤덮었던 눈송이들, 그의 품에 안겨 있던 따
뜻한 스파 안, 그리고 달콤한 와인, 와인의 향기보다 더 그녀
를 매혹시켰던 제 남자의 향기.

"에이든."

조용히 이름을 불러봤다. 그의 가슴에 등을 기댄 채 올려다봤던 펑펑 쏟아지던 눈처럼, 모든 세상이 하얘지는 것 같더니 몸이 점점 따뜻해졌다.

한결 기분이 나아진 정윤은 서서히 달콤한 잠 속으로 빠져들었다.

✢          ✢          ✢

샤워를 마치고 나온 선후는 편안한 옷으로 갈아입고 노트북을 켰다. 회사에서 끝내지 못한 일을 마저 할 셈이었다.

할아버지 때부터 기틀을 잡기 시작한 회사는 아버지가 맡으면서 중견기업으로 성장했다. 아마 내년이면 중견기업 중에서도 상위권으로 올라설 수 있으리라. 재정이 탄탄하고 직원들에 대한 복지가 좋은 게 시너지 효과를 낸 건지 해마다 매출은 증가세를 보였다. 그만큼 영업 이익도 상승 곡선을 그리는 중이었다.

한참 일에 몰두해 있을 때 노크 소리가 나더니 찻잔을 든 신애가 들어왔다.

"늦게까지 일하네."

"어머니, 주무시지 않고요."

"지연이 방에 들렀다가 네 방에 불빛이 보여서."

노트북을 끈 선후는 소파로 가서 앉았다. 신애가 내민 차를 한 모금 마시곤 말했다.

"카모마일이네요."

"숙면에 좋다고 하더라."

고개를 끄덕인 선후는 창백한 신애의 얼굴을 유심히 바라봤다.

"어머니, 아무래도 안 되겠어요. 월요일에 저랑 같이 병원가 봐요."

"네 아버지도 그러더니……."

"혹시 통증이 있으신 거 아니에요?"

"가끔 숨쉬기가 힘들고 어지럽긴 한데……."

"빨리 병원에 가야겠어요."

"네 아버지가 월요일에 가자고 하시는구나."

"저도 갈게요."

"그 정도는 아닌데 하도 성화라. 어쨌든 월요일에 진료를 받으러 가면 되겠지."

신애가 방을 나가자 선후는 지연의 방으로 가 노크를 하고 문을 열었다. 공부를 하고 있던 지연이 인상을 썼다.

"오빠, 문에 써 놓은 거 못 봤어? '공부 중'이라고 써 있잖아."

"공부도 쉬어가면서 해야지."

"고2에게 쉬어 가면서 공부하라는 사람은 우리 가족밖에 없을 거야."

"다 우리 늦둥이를 걱정해서 하는 소리야."

선후는 의자를 가져와 동생 옆에 앉았다. 밤늦게까지 공부하는 모습이 대견했다. 부모님이나 할머니까지 제 말이라면 다 들어줘서 조금 버릇이 없긴 했지만 그래도 그에겐 몹시 귀여운 동생이었다.

선후는 수학 문제를 풀고 있는 지연의 머리를 쓰다듬어 주며 장난을 쳤다.

"우리 짱구, 오빠가 도와줄까? 모르는 문제 있으면 물어봐."

지연이 그의 손을 내치며 볼멘소리를 했다.

"오빠, 열 문제는 더 풀고 자야 하니까 방해하지 마."

"못 풀면 내일하면 되잖아."

"내일 공부할 양도 산더미야. 근데 오빠…… 있잖아."

"뭐?"

"정윤이 언니 말이야, 많이 울었어?"

"언제?"

"언니네 할머니 돌아가셨을 때."

고개를 끄덕이는 선후의 모습에 지연은 손가락을 만지작거렸다.

"엄마가 우는 거 봤어. 정윤이 언니 불쌍해서 어떡하냐고 하면서 소리도 못 내고 울더라."

"……그래서?"

"내가 언니한테 못되게 굴었잖아. 사실은 어렸을 때부터 무서웠어. 엄마가 날 버리고 언니에게 가 버릴까 봐. 그래서 더 사납게 굴었는데…….”

지연은 처음으로 선후에게 속마음을 털어났다. 하나뿐인 언니와 잘 지내라는 신애의 말을 매번 건성으로 넘겼지만 왠지 그날따라 가슴이 많이 아팠었다. 온 가족의 사랑을 듬뿍 받으며 행복하게 사는 저와 달리 할머니마저 떠나 완전히 홀로 된 정윤에게 죄책감마저 느껴졌다.

부인할 수 없는 핏줄 때문인지 서럽게 울던 엄마의 모습 때문이었는지, 그 후 다짐했다. 정윤을 만나면 예전처럼 행동하지 않기로.

지연의 말을 들은 선후가 머리를 쓰다듬어 주었다.

“우리 꼬맹이 많이 컸네. 고맙다.”

“피, 오빠 정윤이 언니만 예뻐하면서.”

“말은 제대로 해야지. 둘 다 예뻐. 너무 예뻐서 탈이지.”

선후는 기분이 좋아졌는지 생글거리는 지연의 어깨를 토닥토닥 두드려 주었다.

“조금만 공부하고 자. 잘 자는 것도 중요하니까.”

“응.”

방으로 들어오니 테이블에 놔둔 휴대폰의 알림창이 깜박거리고 있었다. 은영에게 메시지가 와 있었다. 내일 뮤지컬을 보러 가기로 했는데 소식이 없어 기다리다가 보낸 모양이다.

답장을 보낸 선후는 빙그레 웃었다. 몇 번 만났을 때 은영에게 조심스레 얘기를 했었다. 시간이 필요하다고, 조금 더디게 다가가도 기다려 줄 수 있냐고. 그의 말에 은영은 조금도 주저하지 않고 그러겠다고 대답했었다. 그런 은영이 불편하지 않았다. 동아리 후배여서 편안하고 가깝게 느껴지는 걸까.

창가로 다가간 선후는 커튼을 열고 깜깜한 하늘을 올려다봤다. 달이 하늘에서 희미한 빛을 발하고 있었다.

숨을 깊게 들이마셨다. 달빛 속에 정윤의 모습이 겹쳐지자 주문처럼 중얼거렸다.

"예쁜 동생이야, 아주 예쁜 동생일 뿐이야."

그는 흐르는 시간에 기대 매일 한 조각씩 정윤에 대한 마음을 심장에서 떼어 내고 있었다. 그곳에 은영이 자리해 주길 간절히 바라면서.

생각을 정리하고 막 잠자리에 들려는 순간, 휴대폰이 울렸다. 정윤의 번호였다. 선후는 벌떡 일어나 휴대폰을 귀에 가져갔다.

"정윤아."

―저, 주영이에요. 와인 바하는 정윤이 친구요.

"아, 네. 그런데 무슨 일로?"

―오늘 친구들과 놀았거든요. 그런데 정윤이가 생각보다 많이 취해서, 택시를 태워 보내기에는 어쩐지 불안하고…….

"지금 바로 가겠습니다."

책상 위의 차 키를 집어 든 선후는 외투를 걸치고 달려 나갔다.


그가 바에 들어서자 주영이 미안한 얼굴로 룸으로 안내했다. 와인병과 양주병, 칵테일 잔에 안주들이 널린 테이블을 보자 상황이 짐작됐다. 뒤따라 온 주영이 소파에 쓰러져 잠든 정윤을 가리키며 말했다.

"원래 정윤이가 저 정도로 마신 적이 없었는데, 오늘 좀 기분이 그랬나 봐요."

"다른 친구들은요?"

"직원에게 부탁해서 보냈어요. 서른이 된 걸 기념하는 의미로 모인 거였는데 어쩌다 보니 모두 과음을 해서 이렇게 돼 버렸네요."

선후는 정윤의 가방을 어깨에 메고 그녀를 부축했다. 보조석에 앉히고 안전벨트를 매 주는데도 정윤은 깨어나지 않았다. 헝클어진 머리를 쓸어 넘겨 주다가 한숨을 쉬었다.

"이 녀석, 얼마나 마신 거야?"

오피스텔 주차장에 도착해 정윤을 깨웠다.

"정윤아, 박정윤. 정신 차려."

"으음, 오……빠? 선후 오빠?"

"오피스텔에 다 왔어. 내려야지."

"오빠, 목말라."

비틀거리는 정윤을 부축한 선후는 오피스텔 옆의 편의점으로 갔다. 근처에 놓여 있는 의자에 그녀를 앉히고 편의점에서 물을 사 가지고 나왔다. 꾸벅꾸벅 졸고 있는 정윤에게 뚜껑을 딴 생수병을 내밀었다.

"마시고 정신 차려."

정말 목이 말랐는지 그녀는 물을 절반쯤이나 들이켰다. 어느 정도 정신이 든 정윤이 한밤의 추위에 몸을 움츠렸다. 그 모습에 선후는 외투를 벗어 정윤의 몸을 감싸 줬다.

"무슨 일 있어?"

"아니."

"정윤아, 다시는 이렇게 마시면 안 돼. 절대 정신을 놓을 정도로 마시지 마."

정윤은 고개를 끄덕였다. 친구들과 술을 마시며 수다를 떨어도 가슴에 휑한 구멍이 생긴 것처럼 헛헛했다. 친구들의 얘기에 귀를 기울이려 했지만 멍한 상태로 약지의 커플링을 만지작거렸다.

정윤은 괜찮다는 선후에게 외투를 돌려주고 천천히 입을 열었다.

"갑자기 무서워졌어."

"뭐가?"

"에이든이 사라지면 어떡하나 하는 생각에."

"왜 사라져? 상하이에 잠시 출장을 간 거라면서."

"오빠, 난…… 내가 강한 줄 알았어. 모든 걸 혼자 견디고 해내야 했으니까. 힘들어도 포기하지 않고 한 발씩 나아갔으니까, 정말 그런 줄 알았어."

정윤은 추운 거리를 달리고 있는 차량의 불빛을 바라봤다.

유일하게 모든 것을 털어놓을 수 있는 선후가 옆에 있으니 가슴속에 쌓인 말을 꺼내고 싶었다. 정말 잘 버틴 것일까. 원망 없이 잘 살아온 걸까. 자신할 수 없었다.

확실한 게 하나 있었다. 에이든이 곁에 없었더라면 버티지 못했으리란 거. 그의 가슴에 기대 돌아가신 할머니에 대한 그리움과 혼자가 됐다는 아픔을 삭였다. 그의 사랑으로 구멍 난 심장을 메우고, 그가 해 준 밥을 먹은 뒤로 살고 싶은 욕구가 충만해졌다.

아버지가 돌아가신 후, 가족이 흩어지고 나서 진심으로 행복한 적은 처음이었다.

정윤의 말을 듣던 선후는 그녀의 등을 다정하게 토닥여 주었다.

"누군가를 사랑하게 되면 그 사람을 잃을까 봐 두려움을 느끼게 된대. 하지만 원래 사랑은 현재형이잖아. 과거에 내가 누구를 사랑했든 그건 지나간 과거로 묻히는 거고 미래의 사랑은 아무도 장담할 수 없으니까. 결국 우린 현재의 사랑에 충실하면 되는 거라고 생각해. 현재의 사랑이 모여서 미래의 사랑이 될 테니, 두려워하지 말고 지금 네 감정을 소중히 여겼으면 좋겠어."

"오빠."

"나는 네가 많이 행복해졌으면 좋겠어. 웃으면서 살았으면 좋겠어."

"자꾸 약해져서 그 사람에게 기대게 될까 봐. 에이든이 그런 나를 부담스러워할까 봐 두려워."

"바보."

선후는 정윤의 이마에 꿀밤을 때렸다. 아픈 표정을 짓는 정윤에게 웃으며 말했다.

"사랑하는 사람이 왜 부담스러워? 에이든도 힘든 일이 생기면 네게 기댈 텐데. 그건 부담이 아니야. 서로 관심을 가져 주고, 그 사람의 아픈 부분을 쓰다듬어 주는 거니까, 함께 행복해지는 거지."

"정말 그럴까?"

한결 편안해진 정윤의 목소리에 선후는 물병에 남아 있는 물을 들이켠 후 담담한 표정을 지었다.

"둘 다 진심이잖아. 그것만큼 축복받은 일은 없어."

그러니 정윤아, 행복해져라.

선후가 일어서자 정윤도 따라 일어났다. 그는 정윤이 오피스텔에 들어가는 것까지 지켜보고 나서야 발길을 돌릴 수 있었다.


간단히 씻고 나온 정윤은 침대에 드러누웠다. 사이드 테이블에서 휴대폰을 가져와 액정 속의 에이든을 물끄러미 바라봤다.

만날수록 욕심이 났다. 비록 줄 게 자신 외에는 아무것도 없지만 이 사람이어야 했다.

사진 속의 얼굴을 쓰다듬고 있을 때 약속이나 한 것처럼 전화가 왔다.

에이든의 얼굴은 까칠해 보였다. 목소리에도 피곤함이 묻어났다. 정윤의 목소리에 안타까움이 가득해졌다.

"일이 많이 힘들어요?"

—아니요, 빨리 끝내고 정윤 씨에게 돌아가려고 주말까지 일해서 그래요.

"에이든."

—2주일 후에 갈게요. 가서 맛있는 음식도 많이 만들어 줄게요.

영상 속의 에이든이 정윤에게 손을 뻗었다.

—보고 싶어요.

"나도 너무 보고 싶어요."

둘은 화면 속의 모습을 한참 동안 말없이 바라봤다. 말을 하지 않아도 얼마나 서로를 그리워하는지 느껴졌다. 눈가가 붉어진 정윤이 목소리를 가다듬었다.

"에이든, 부탁이 있어요."

—뭐든지 말해요. 다 해 줄게요.

"침대 바꿔 줘요. 튼튼한 스웨덴 침대로요."

웃음이 번져 나가는 에이든의 모습에 그녀의 얼굴에도 웃음이 가득해졌다. 헛기침을 한 정윤이 다시 말했다.

"내일도 많이 바빠요?"

—레스토랑과 관련된 일은 진작부터 본사 직원들이 상주해 매달린 덕분에 끝나 가고 있어요. 내일은 셰프들을 인터뷰할 예정이에요.

둘의 얘기는 한참 동안 이어졌다. 통화를 마친 정윤은 노트북을 켜서 항공사 예약 사이트를 뒤졌다. 운 좋게도 누가 취소를 했는지 좌석이 남아 있어 예약을 할 수 있었다.

정윤은 캐리어를 꺼내 짐을 싸면서 콧노래를 불렀다. 깜짝 놀랄 에이든의 모습이 떠오르자 자꾸 웃음이 나왔다.

기다리는 것 대신 직접 찾아가기로 했다.

아이스크림은 가서 사 달라면 된다. 그가 사 준 아이스크림을 실컷 먹고 두려움 따위는 던져 버리면 된다.

9장
연인의 밤은 깊다


에이든은 당구에 집중하려 했다. 하지만 피로가 누적됐는지 자꾸 집중력이 흐트러졌다. 그가 연달아 실수를 하자 로빈이 소리 내어 웃었다.

본사에서 파견된 직원이자 오랜 친구인 로빈은 출장 온 내내 일만 하는 그를 술집으로 끌어낸 게 몹시 기분 좋은 모양이었다. 하지만 친구보다는 여자가 더 좋은 건지 당구를 치면서도 그의 시선은 줄곧 늘씬한 여자들을 따라다니고 있었다.

에이든은 그런 로빈의 팔을 툭 쳤다.

「술이나 마시자.」

「좋지.」

테이블에 앉은 에이든은 잔을 채우며 주위를 둘러봤다. 손님 대부분이 외국인이었다. 드문드문 섞여 있는 중국 사람들도 영어를 유창하게 구사했다.

에이든의 시선을 따라간 로빈이 흡족한 미소를 지으며 말했다.

「중국에 오길 정말 잘한 것 같아.」

「여기가 그렇게 마음에 들어?」

「당연하지. 특히 여자들이 기가 막힌걸.」

싱글인 로빈은 무척이나 즐겁다는 표정으로 모델처럼 늘씬한 중국 여자들을 둘러봤다. 뉴욕 본사를 떠날 때와는 사뭇 다른 기분이었다. 그와 시선이 마주친 여자가 테이블로 다가오려 하자 에이든에게 고개를 돌렸다.

에이든의 무관심함에 그는 아쉬운 표정으로 거절의 제스처를 보냈다. 파혼 후 도통 여자에게 관심이 없던 에이든의 약지에 끼워진 커플링을 의식한 것이다.

로빈은 눈을 가늘게 떴다. 진짜 커플링인지 아니면 여자들의 접근을 차단하려는 위장용인지 궁금했다. 에이든이 술집에 들어서자마자 여자들이 노골적인 눈빛을 보내는 것으로 모자라 직접 다가오기까지 했다. 그때마다 거절하는 걸 보면 정말 애인이 생긴 건지도 몰랐다. 사생활에 대해선 도통 입을 열지 않으니 더 궁금할 수밖에. 오늘은 꼭 알아내고야 말겠다는 의지를 다지며 단도직입적으로 물었다.

「그 커플링 말이야, 정말 애인이 생긴 거야?」

「맞아.」

「어떤 사람인데? 중국 여자야?」

「아니야.」

「그럼 혹시 한국인? 서울에서 만난 거야?」

계속 이어지는 로빈의 질문 공세에 고개를 끄덕인 에이든은 자리에서 일어났다. 아무래도 축적된 피곤을 풀려면 충분히 잠을 자야 할 것 같았다.

「먼저 가야겠다.」

「난 좀 더 있다가 갈게.」

밖으로 나오니 낮과 달리 바람이 쌀쌀했다. 에이든은 비서가 열어 주는 차에 올라탔다. 서울에서는 정윤과 조금이라도 더 있고 싶은 마음에 직접 차를 몰았지만 이곳에서는 늘 비서가 그를 수행했다. 또한 좀처럼 익숙해지지 않는 도로의 돌발 상황들 때문에 직접 차를 모는 것보다 마음이 놓였다.

뒷좌석에 올라 등을 시트에 깊숙이 기대고 눈을 감았다. 레스토랑을 무사히 오픈한 후에 가족들에게 정윤을 인사시킬 생각이었다. 그래서 하루라도 빨리 상하이에서의 일을 마무리 짓고 싶었다.

에이든은 주말 일정을 떠올렸다. 셰프들과의 인터뷰를 서둘러 마무리 지으면 몇 시간 짬이 날지도 모른다는 생각이 들었다. 그러자 정윤을 보러 가고 싶은 마음이 간절해졌다.

하지만 혼자 돌아올 자신이 없었다. 에이든은 손가락의 커플링을 만지작거리며 조금만 참자고 되뇌었다. 레스토랑을 오픈한 후에 로빈에게 운영의 일부를 맡기고 서울에서 업무를 보면서 정윤과 함께할 시간을 늘릴 계획이었다.

집에 돌아와 씻고 나온 에이든은 정윤과 잠시 통화를 한 뒤 침대에 눕자마자 바로 잠이 들었다.


✤　　　✤　　　✤


다음 날 아침, 무겁게 느껴지는 몸을 억지로 일으킨 그는 등이 땀으로 축축해질 때까지 트레드밀 위를 달렸다. 씻고 나온 후 식욕이 없어 바로 사무실로 향했다.

사무실에 도착해 커피를 마시며 인터뷰할 셰프들의 서류를 들여다보다가 와인 회사 리스트로 눈을 돌렸다. 중국과 한국, 그 외에도 세계적인 와인 회사들이 이미 서류를 제출한 상태였다.

세우와인.

에이든은 리스트에 보이는 세우와인의 이름에 긴 손가락을 댔다. 이미 중국에도 진출해 있는 회사라 정윤이 온다면 얼마든지 다른 전문가들과 겨뤄도 승산이 있을 터였다. 그럼에도 정윤은 이 제안을 거절한 상태였다. 그와의 관계 때문에 국내 업체들의 반발을 살지도 모른다는 이유에서였다.

에이든은 세우와인의 참가자를 확인했다. 장례식장에서 인사를 나눴던 한경과 다른 직원의 이름이 적혀 있었다. 팀장이 직접 온다는 것은 그만큼 이번 영업을 중시하는 의미이리라.

그렇다고 우선권을 줄 수는 없지.

아무리 정윤이 소속된 회사라도 음식과 어울리는 와인 리스

266

트를 내놓지 못한다면 탈락시킬 수밖에 없다.

어느새 식어 버린 커피를 마시던 그는 시간을 확인하고 인터폰을 눌렀다. 비서의 목소리가 들리자 지시 사항을 전했다.

「인터뷰 시작하겠습니다. 순서대로 들여보내세요.」

─네, 대표님.

인터뷰는 몇 시간 동안 이어졌다. 인터뷰를 하느라 끼니를 챙기지 못한 에이든은 생수병의 물을 마시며 특이 사항을 꼼꼼히 서류에 적어 나갔다.

배 속에서 꼬르륵 소리가 나자 자리에서 일어났다. 점심 식사 후 남은 인터뷰를 마칠 생각이었다. 데스크에 놓인 휴대폰을 막 집으려는데 진동이 울렸다. 액정에 정윤의 이름이 뜨자 재빨리 전화를 받았다.

"정윤 씨!"

─에이든, 오늘도 일해요?

"몇 시간만 더하면 돼요."

─점심은요?

"이제 먹으러 가려고요."

─배고파요.

"……."

─에이든, 점심 사 줘요.

"점심? 정윤 씨 설마……."

에이든은 허둥거리며 사무실 문을 열었다. 기다리고 있던 정윤이 달려와 자신의 품에 안기는데도 믿기지 않았다. 그녀의 머리카락을 쓸어내리고 양손으로 얼굴을 감쌌다. 정윤이 그를 올려다보며 싱그럽게 웃었다. 두 사람은 한참 동안 꽉 끌어안고 있었다.

정윤의 얼굴 곳곳에 입을 맞추던 에이든은 입술을 머금었다. 향기로운 와인 향이 나는 입술을 목마른 사람처럼 빨았다. 더 달콤한 향을 풍기는 혀를 차지하고 마음껏 탐했다. 겹쳐진 숨소리를 타고 애타는 마음이 넘나들었다. 간신히 입술을 떼어 낸 에이든은 그녀의 귓불을 손가락으로 만지며 말했다.

"고마워요. 정윤 씨, 고마워요."

"에이든."

"집으로 가요."

정윤의 손가락에 깍지를 낀 에이든은 둘의 모습에 놀라 밖으로 급히 나가 버린 비서를 호출했다. 당황한 얼굴의 그에게 나머지 인터뷰의 일정을 몇 시간 뒤로 잡으라는 지시를 내렸다.

집에 도착하자마자 에이든은 정윤을 안고 침실로 들어갔다. 침대에 정윤을 내려놓으며 비로소 안도의 한숨을 내쉬었다. 정말 그녀가 제 옆에 있다는 것이 믿어졌기 때문이었다. 그녀를 만나면서도 가슴 한구석이 불안했었다. 자신의 마음은 이미 뿌리를 뽑을 수 없을 만큼 가닥가닥 정윤에게 박혀 있는데, 정윤이 저에게 빠져 있다는 건 알고 있었지만 어느 정도인지 가늠할 수가 없었다.

여기까지 찾아온 정윤이 너무 사랑스러워서 가슴이 먹먹해졌다. 에이든은 정윤이 사 준 넥타이와 드레스셔츠를 벗으며 물었다.

"정윤 씨, 답은 찾았어요?"

정윤이 활짝 웃으며 그에게 팔을 벌렸다. 묵직하게 누르는 에이든의 등을 껴안으며 귓가에 속삭였다.

"사랑해요. 그리고 책임질게요."

그녀의 답을 들은 에이든의 얼굴에 웃음이 번져 나갔다. 별 빛처럼 빛나는 정윤의 눈을 마주 보며 사랑한다고 속삭였다. 콧등과 뺨을 타고 내려간 그의 입술이 목덜미를 더듬자 정윤 은 몸을 떨었다.

어느새 그의 손에 옷이 벗겨진 정윤은 에이든의 벌거벗은 몸이 선명하게 눈에 들어오자 질근 눈을 감았다. 지금까지 사 랑을 나누면서 그의 벗은 몸을 제대로 보지 못했다. 더군다나 아래에는 더 눈길을 줄 수가 없었다.

"정윤 씨."

정윤은 에이든의 갈급한 목소리에 감았던 눈을 떴다. 그를 속속들이 만지고 싶다는 열망이 차올랐다. 온몸에 와 닿는 뜨 거운 그의 입술과 손길이 너무 좋아서 절로 눈시울이 붉어졌 다. 이렇게 심장이 터질 만큼 좋은 사람 옆에 평생 함께하고 싶었다.

정윤은 점점 아래로 내려가는 에이든의 움직임을 오롯이 느 끼며 그의 목덜미를 끌어당겨 넓은 가슴에 입을 맞췄다. 작은 애무에도 격한 신음을 흘리는 에이든의 위로 올라가 그의 허벅지 안쪽을 혀로 쓸어 올라갔다.

그녀의 입술이 허벅지 근육에 닿을 때마다 그의 숨소리가 거칠어졌다.

"하아, 정윤 씨."

정윤이 허벅지 안쪽을 이로 세게 깨물며 올라오자 그는 미칠 것 같았다. 평소에 수동적이던 그녀가 이런 모습을 보여 주는 게 너무 좋아서 정신을 차릴 수가 없었다. 그는 억지로 천장에 시선을 둔 채로 정윤의 속으로 밀고 들어가고 싶은 욕망을 간신히 참아 냈다.

쥐어짜는 듯한 신음이 꽉 다문 입술 사이를 비집고 흘러나왔다. 에이든은 상체를 일으켜 정윤의 모습을 눈에 담았다. 허벅지를 타고 올라온 정윤의 입술이 터질 듯이 부풀어 오른 그의 아래에 가까이 다가오자 정신이 아득해졌다. 하나가 되기도 전에 머릿속이 하얘졌다.

결국 참지 못하고 바로 그녀의 속으로 진입했다. 촉촉이 젖어 있는데도 그가 밀고 들어오자 정윤이 고통스러운 신음을 흘렸다. 이미 욕망에 이성을 잃은 에이든은 정윤의 속에서 거칠게 폭발했다.

좁고 깊은 속이 그를 미칠 듯이 자극했다. 골반을 잡은 손에 더 힘이 들어갔다. 아무 생각도 나지 않았다. 오직 활화산처럼 타오르는 제 여자의 속에 잡혀 그는 죽을 듯이 신음을 흘렸다. 아래가 반복적으로 부딪칠수록 혈관을 타고 흐르는 쾌감과 환희가 등뼈를 타고 머릿속까지 몰아쳤다.

에이든의 몸짓에 사정없이 흔들리던 정윤은 그의 모든 것을 눈에 담았다. 황홀하게 빛나는 눈동자와 땀과 열기에 젖은 이마와 넓은 가슴, 그리고 자신의 속을 뚫고 들어오는 남성까지 고스란히 느꼈다. 참으려 해도 달뜬 신음이 붉은 입술을 타고 흘렀다. 정윤은 주문처럼 에이든의 이름을 부르며 고통스러울 정도로 밀려오는 쾌락을 온몸으로 받아들였다.

좋다. 너무 좋아서 죽을 것만 같다.

저도 모르게 다리로 그의 허리를 휘어 감고 더 뜨겁게 반응했다. 침대에 두 사람의 열기와 신음 소리가 가득해졌다. 에이든은 정윤의 온몸을 차지했다. 신음을 뱉어 내는 붉은 입술을 열고 혀를 거칠게 빨아 당겼다. 커다란 양손으로 정윤의 탐스러운 가슴을 움켜잡았다.

얽힌 혀와 손, 그리고 아래를 타고 올라온 쾌감이 거센 해일이 되어 그를 잠식했다.

하아, 하아.

거친 신음을 토하며 정윤의 속에 분신을 가득 쏟아 낸 에이든은 흰 목덜미에 얼굴을 묻고 몸속을 돌고 있는 쾌락을 만끽했다. 무겁게 처져 있던 몸이 상쾌하고 가벼워졌다. 정윤의 속에 욕망을 푼 몸은 생기가 넘쳐흘렀다. 에이든은 그녀의 귓가에 사랑한다는 고백을 연신 속삭였다.

잠시 후, 두 사람은 꼬르륵 소리가 나는 배를 만지며 식탁에 앉았다. 두툼한 스테이크를 입에 넣은 에이든이 정윤에게 미소를 보냈다. 제 미소에 정윤이 답을 하자 포크로 스테이크를 찍어 그녀의 입에 넣어 주었다.

먹는 모습마저 왜 이리 예쁠까.

에이든은 연신 미소를 흘리며 스테이크를 먹었다. 사라졌던 식욕과 입맛이 돌아왔는지 모든 게 맛있었다. 이 모든 게 정윤의 존재 때문이란 걸 안다. 그녀를 안고 나니 무겁던 몸이 날아갈 듯이 상쾌해지고 식욕 역시 왕성하게 되살아났다.

"정윤 씨."

정윤의 커다랗고 새까만 눈동자가 그를 향했다. 헝클어진 머리카락을 머리끈으로 대충 묶었는데도 말할 수 없이 매력적이다. 흰 목덜미에는 그의 입술 자국이 선명하다.

안 예쁜 데가 없다. 숨소리마저 얼마나 섹시한가.

집요한 시선에 정윤이 살짝 고개를 숙이고 먹는 데 집중하자 에이든은 빙그레 웃으며 말했다.

"집에서 조금만 기다리고 있어요. 최대한 빨리 끝내고 올게요."

"난 괜찮으니까 천천히 하고 와요."

"알았어요. 어쨌든 어디 가지 말고 여기 있어요."

고개를 끄덕인 정윤은 와인을 한 모금 마시며 배시시 웃었다. 에이든과 있으니 세상에 부러울 게 없었다.

점심을 먹은 후, 씻고 나와 옷을 입는 에이든의 넥타이를 매 주다가 행복한 눈물을 흘리고 말았다. 아쉬운 얼굴로 그가 집을 나서자 정윤은 샤워를 하고 짐 정리를 했다. 드레스룸으로 들어가 에이든의 옷 옆에 그녀의 옷을 나란히 걸었다.

욕실에서 에이든의 칫솔 옆에 있는 제 칫솔을 만져 보고 그의 화장품 옆에 제 화장품을 가지런히 놓았다.

가슴 가득 만족감이 차올랐다. 정윤은 콧노래를 부르며 침실 밖으로 나왔다. 메이드가 건넨 음료수 잔을 들고 집을 구경하러 나섰다. 서울에 있는 집보다 훨씬 부지가 넓고 수영장까지 갖춘 집이었다. 정윤은 수영장 주위를 돌다가 나무 사이에 보일 듯 말 듯 자리를 차지하고 있는 해먹을 발견했다. 옆에는 작은 책장과 오디오까지 갖춰져 있었다.

비가 오면 어쩌나 싶어 위를 바라보니 서울의 집처럼 개폐가 가능한 대형 루프어닝(Roof Awning)*이 설치되어 있었다.

정윤은 그의 집을 둘러보다 에이든을 찾아오길 참 잘했다는 생각이 들었다.

박정윤, 잘했어.

그녀는 용기를 낸 자신을 칭찬했다. 사실은 호텔 예약증과 왕복 항공권 없이 비자를 신청할 수 있는 대행업체를 통해 미리 비자를 받아 놓은 상태였다. 신청을 하면서도 용기를 내지 못하다가 선후의 말을 듣고 바로 실천에 옮긴 거였다.

즐거운 마음으로 음료수를 마신 정윤은 음악을 틀어 놓고 책장에서 눈에 익은 책을 한 권 골라 해먹에 누웠다. 여러 경제 서적 사이에 끼어 있는 게 신기한 책이었다. 남자들도 이런

---

*Roof Awning:지붕 차양.

책을 보나 싶어 책장을 넘기던 그녀의 눈가가 붉어졌다. 에이든의 필체를 쓰다듬으며 읽어 내려갔다.

정윤 씨를 위해 이 책을 골랐습니다.

해먹에 누워 정윤 씨와 이 책을 읽다가 잠이 들었으면 좋겠습니다.

와인 바에 들어서던 정윤 씨를 본 순간부터 당신은 이미 단단하게 닫힌 내 가슴을 비집고 들어오기 시작했습니다. 당신이 흘렸던 눈물을 닦아 주고 싶었고 원하던 샤토 디켐을 계속 사 주고 싶었습니다. 그러면서도 침을 삼킨 게 와인 때문이 아닌 나 때문이었기를 원하게 되었습니다.

박정윤 씨, 사랑합니다.

정윤은 잔잔하게 흐르는 음악 소리에 맞춰 해먹을 흔들며 책을 소중하게 만졌다. 독서광인 그녀가 애지중지하는 제인 오스틴의 작품들 중의 하나인 '센스 앤 센서빌리티(Sense and Sensibility)'였다. 오피스텔에 가득 쌓인 책들을 둘러보던 에이든의 모습이 떠올랐다. 그때 너무 많이 읽어서 너덜너덜해진 이 책을 봤나 보다.

눈동자가 붉어진 정윤은 천천히 페이지를 넘기며 책 속으로 빠져들었다. 시간이 흐르는 것도 잊은 채 책을 읽던 그녀의 눈이 서서히 감겼다.

에이든이 서둘러 일을 마치고 집에 돌아왔을 때 정윤은 해먹에 몸을 뉘이고 깊은 잠에 빠져 있었다. 잠든 정윤에게 입을 맞춘 그는 슈트 상의를 벗고 옆의 해먹에 몸을 실었다.

이 집을 사면서 정윤과 함께할 미래까지 생각했다. 자신의 일 때문에 어쩔 수 없이 한국과 일본, 중국을 돌아다니며 살아야 할 테니 정윤이 좋아할 만한 집을 마련하고 싶었다.

에이든은 손을 뻗어 정윤의 손을 잡았다. 그녀의 평화로운 잠을 방해하고 싶지 않아 조용히 자는 모습을 지켜봤다.

한국에서 그녀를 매일 데려다주던 게 생각나자 절로 입가에 미소가 맺혔다. 자신의 행동에 대한 정확한 이유를 몰라 고민하던 순진한 정윤의 얼굴이 떠올랐다.

정윤 씨, 정말 몰랐어요? 관심 없는 여자를 매일 집에 데려다주는 남자는 없어요. 서서히 그물을 치고 있었어요. 경계심을 허물고 내게로 다가올 수 있도록.

에이든은 그녀의 가는 손가락을 쓰다듬으며 생각에 잠겼다. 레스토랑에서 정윤을 다시 만났을 때 인연을 직감했고 셀러에서 와인을 조사하던 그녀의 어깨에 옷을 걸쳐 주면서 깨달았다.

그녀가 제 여자라는 것을.

✦          ✦          ✦

아침 햇살이 통창을 넘어 실내 수영장으로 쏟아져 들어왔다. 정윤은 튜브를 타고 열심히 앞으로 나아가다가 물살을 가르며 뒤로 다가온 에이든에게 물장구를 쳤다.

"정윤 씨, 이러기예요?"

"수영을 못하니까 이렇게라도 해야죠."

머리에서 뚝뚝 떨어지는 물을 털어 낸 에이든이 휘적휘적 물속을 걸어와 정윤의 다리를 붙잡았다.

"하하, 반칙하려고요?"

"간지러워요, 에이든. 만지지 마요. 정말 간지러워요."

정윤은 발바닥부터 종아리를 거쳐 허벅지까지 더듬어 오는 에이든의 손길을 피하려고 더 세게 물장구를 쳤다. 얼굴 가득 물을 맞은 그가 주춤하는 사이 부지런히 팔을 움직여 조금씩 앞으로 나갔다. 물에서 자유자재로 움직이는 에이든을 보니 '진작 수영을 배워 둘 걸' 하는 후회가 일었다.

정윤은 물살을 가르며 옆을 스쳐 가는 에이든의 강인한 어깨와 아름답게 퍼지는 등 근육의 움직임을 바라봤다. 그와 보낸 행복한 시간이 떠오르자 가슴이 뭉클해졌다.

해먹에 누워 함께 음악을 듣다가 책을 읽어 주는 그의 목소리에 귀를 쫑긋 세운 채로 아이스크림을 쭉쭉 빨아 먹었다. 또한 와인을 마시면서 셀 수 없이 사랑을 나눴다. 에이든에게 폭삭 안겨 다디단 잠을 잔 몸은 날아갈 듯 가벼워졌다. 키스를 받으며 깨어나 달콤한 사랑을 나누고 늦은 아침을 먹었다.

그 시간들이 너무 행복하고 소중해서 그녀는 입가에 연신 웃음을 매달고 있었다. 야외 수영장뿐만 아니라 실내 수영장이 있다는 걸 안 그녀가 속옷 차림으로 물에 뛰어들자 수영복 바지로 갈아입는 에이든도 풍덩 뛰어들었다.

수영을 못하는 그녀를 위해 메이드를 시켜 튜브를 사 오게한 것도 그였다. 정윤은 튜브를 타고 따뜻한 물 위를 두둥실떠다니며 유리창으로 쏟아져 들어오는 햇살을 즐겼다.

물에 비친 햇살이 보석처럼 영롱하게 빛났다. 에이든은 물을 가르며 여유롭게 수영을 하다가 그녀의 튜브를 밀어 주곤했다. 잠시 보이지 않더니 그가 메이드에게 트레이를 받아왔다. 의자에 앉아 음료수를 잔에 따르며 정윤을 불렀다.

"정윤 씨, 음료수 마셔요."

"따뜻한 차도 있어요?"

"있어요."

물 밖으로 나온 정윤은 커다란 타월로 몸을 가리고 의자에앉았다. 그녀에게 다가온 에이든이 머리끈을 풀고 젖은 머리를 타월로 꼼꼼히 말려 주었다. 실내는 따뜻했지만 혹시나 정윤이 감기에 걸릴까 걱정됐다.

뜨거운 홍차를 마시는 정윤의 모습을 지켜보며 그도 머리를말렸다.

"정윤 씨, 춥지 않아요?"

"따뜻해요."

"혹시 감기 기운이 있으면 말해요."

"이렇게 온도를 올렸는데 감기 걸리면 안 되죠. 나 그렇게약골 아니에요."

"하하."

"왜 웃어요?"

"침대에선 약골이던데요."

"그야 에이든이 너무…… 몰라요!"

에이든은 얼굴이 빨개진 그녀에게 재빨리 입을 맞추고 떨어졌다. 정윤이 주먹으로 그의 가슴을 쾅쾅 치자 귓가에 속삭였다.

"다음엔 사랑을 나누다가 잠들면 안 돼요. 나 상처 받는다고요."

"잠을 안 재우는데 어떡해요?"

"그래서 싫었어요?"

"아니, 그건 아니고……."

무심코 정신을 잃을 만큼 좋았다는 말을 할 뻔한 정윤은 입을 꼭 다물고 홍차를 마시는 데 집중했다. 에이든이 머리카락에 손가락을 넣어 쓸어내리자 그의 어깨에 기대 편안히 눈을 감았다. 다정한 손길이 등으로 이어졌다가 얼굴을 쓰다듬었다. 손끝에 각인이라도 하려는지 둥그스름한 이마부터 눈썹을 지나 하나하나 조심스레 만져 나갔다.

입술을 더듬던 손가락이 떨어지고 대신 뜨거운 입술이 와 닿았다. 이로 아랫입술을 살살 깨물더니 귓불을 애무하기 시작했다. 뜨거운 숨을 귀에 불어넣으며 귓불을 깨물고 빨아 당기는 통에 애가 탔다. 그의 목덜미를 끌어당겨 키스해 달라는 눈짓을 했지만 애를 태우듯 그의 입술은 목덜미와 쇄골로 향했다.

하아.

정윤은 창밖의 나무에 시선을 맞추려 했다. 하지만 목덜미를 타고 스멀스멀 올라오는 감각이 발끝까지 이어져 저도 모르게 신음을 흘렸다. 쇄골을 훑은 혀와 입술이 물에 젖은 브래지어 위로 향하자 온몸에 전기가 흐르는 것처럼 찌릿찌릿했다.

순식간에 몸을 감싸고 있던 타월과 젖은 브래지어가 벗겨진 정윤은 자신의 우윳빛 가슴에 얼굴을 묻은 에이든의 머리카락에 손가락을 넣었다. 그의 입속에 사로잡힌 가슴에서 쿵쾅거리는 심장 소리가 터질 듯 거세졌다.

"하아, 정윤 씨."

에이든이 세차게 가슴을 빨면서 큰 손으로 다른 가슴을 움켜쥐었다. 그의 의도를 알고 있었다. 안아 달라고 매달리기를 원한다는 걸.

그의 의도대로 정윤은 끝까지 견디지 못했다. 뜨겁고 집요한 애무는 알지 못한 감각을 이끌어 내고 간절히 에이든을 원하도록 만들었다. 허공에 들리는 듯싶더니 어느새 그녀는 두툼한 타월이 가득 깔린 바닥에 눕혀져 있었다.

정윤의 허리를 한 팔로 안아 올린 에이든이 젖은 속옷을 벗겨 냈다. 햇살 속에 눈부시게 빛나는 매끈하고 뽀얀 피부가 그를 다급하게 만들었다. 타월과 수영복 바지를 벗어던진 그는 정윤의 위에 몸을 겹치며 거친 숨을 몰아 내쉬었다. 그렇다고 그녀가 매달리게 하는 걸 포기하진 않았다. 몸으로 묵직하게 그녀를 누르며 귓가에 속삭였다.

"내려갈까요?"

"……안 돼요."

정윤은 에이든의 얼굴을 끌어당겨 입을 맞췄다. 이 남자를 받아들이는 것이 힘든 부분도 있지만 좋은 것도 사실이다. 사실 미치게 좋다. 제 속에서 격렬하게 움직이는 그가 좋고 에이든을 가득 받아들였을 때는 정신이 아득해질 정도로 황홀해졌다.

입술을 뗀 정윤이 그의 허리를 끌어안았다.

"안아 줘요."

에이든은 손으로 정윤의 아래를 만졌다. 이미 촉촉해져 있는 아래에 거침없이 제 몸을 밀어 넣었다. 어제부터 그렇게 많이 안았는데도 그녀의 속은 역시나 그를 버겁게 받아들였다.

달뜬 연인의 뜨거운 숨과 거친 신음이 쏟아지는 수영장 밖에는 바람이 불었다. 그 바람에 나무 아래의 해먹이 흔들렸다. 에이든에게 음료수를 건넸던 메이드까지 밖으로 나가 집 안엔 두 사람뿐이었다.

어느새 자세가 바뀌어 그의 허벅지 사이에 앉아 리듬을 타고 있던 정윤이 신음하며 흐느꼈다. 정윤이 쉽게 움직이도록 다리를 벌리고 앉은 에이든은 그녀가 허리를 움직일 때마다 힘을 보탰다. 탐스럽게 흔들리는 가슴을 세차게 빨면서 신음을 쏟아 냈다. 그의 연인은 아주 빨리 배우는 학생이었다. 또한 점점 용기를 내더니 과감해졌다.

아래에서 힘차게 쳐올려 줄 때마다 자지러지는 정윤의 허리를 붙잡은 에이든은 마지막을 향해 달렸다. 그가 막 사정을 하려는 찰나 정윤이 그에게서 떨어지려 했다.

"안 돼! 정윤 씨, 안 돼요!"

"콘돔이 떨어졌잖아요!"

"그래도 안 돼요!"

에이든은 그녀를 양팔로 붙잡아 자신에게서 떨어지지 못하게 했다. 어제 집에 들어오자마자 관계를 가진 후 정윤은 피임을 잊었다며 걱정했다. 그 후 그가 사 온 콘돔을 이용했다.

하지만 어제의 뜨거운 밤으로 인해 콘돔은 하나도 남아 있지 않았다. 그래도 질외 사정은 싫었다. 정윤의 속에 사정하고 싶었다. 아이가 생긴다면 결혼을 서두르면 될 터.

에이든은 불타오르는 정윤의 속에 분신을 쏟아 내며 몸을 떨었다.

어스름이 깔린 길을 따라 공항까지 간 에이든은 손을 흔들던 정윤의 모습이 보이지 않자 고개를 떨궜다. 자신이 감정적이라고 생각한 적이 없었다. 특히나 그는 사업을 하는 사람이 아닌가. 이익을 따지고 이익에 반하는 일은 아예 거들떠보지도 않는 냉철한 사업가이다. 그런데 정윤을 만나면서 이성보다 감정이 앞섰다.

정윤의 배경을 알고도 그의 심장은 꼼짝도 하지 않았다. 사업을 위해서라면 비슷한 집안의 여자와 결혼을 하는 게 좋을 거란 걸 알면서도 말이다. 돈과 권력보다 정윤이 더 좋았다.

그녀에 대해 속속들이 알고 싶었고 제 것을 모두 주고 싶었다. 늘 웃게 해 주고 행복하게 해 주고 싶었다.

어제 정윤에게 아이스크림에 관련된 얘기를 듣고 바로 달려 나가 냉동실을 가득 채울 만큼의 아이스크림을 사 왔다. 그리 고 나란히 해먹에 누워 아이스크림을 빨며 많은 얘기를 나눴 다.

에이든은 고개를 들어 정윤이 사라진 방향을 바라보다가 억 지로 입꼬리를 올렸다. 잠시 떨어져 있겠지만 서로의 마음은 훨씬 더 가까워졌으니 그걸로 위로를 삼으면 될 거라 생각하 면서.

하지만 그녀를 떠나보낸 집 안에 들어선 그는 우두커니 서 있었다. 정윤의 웃음소리와 향기로 가득했던 모든 곳이 썰렁 하게 느껴졌다. 바람에 흔들리는 해먹도, 열기가 가득했던 침 실도, 정윤이 튜브를 타면서 물장구치며 놀던 수영장도 모두 텅 비어 있었다.

에이든은 해먹으로 느릿느릿 걸어갔다. 정윤이 읽던 책을 책장에서 꺼내 펼치다 눈시울을 붉혔다. 저가 남겼던 메모 아 래에 단정한 그녀의 글이 적혀 있었다.


에이든.

고마워요. 내 인생에 들어와 줘서.

당신을 만나고 쓸쓸하던 내 인생은 황금빛의 햇살로 가득해졌어요.

끊임없이 피어오르는 샴페인의 기포처럼, 봄 향기를 품은 부드럽고 상큼한 로제 와인처럼, 그렇게 생기가 넘치고 향기로워졌어요.

　고마워요, 내게 다가와 줘서, 내 남자가 되어 줘서.

　에이든, 사랑해요. 꿈속에서도 당신을 기억하고 사랑해요.


　에이든은 정윤의 글에 얼굴을 묻었다. 그녀의 사랑 고백에 심장이 욱신거렸다. 너무 좋아서 눈물이 날 것 같았다. 책에서 얼굴을 뗀 에이든은 붉어진 눈으로 글을 쓰다듬으며 몇 번이나 소리 내어 읽었다.

　잠시 후 감정을 가라앉힌 그가 메이드를 불렀다.

　「로제 와인 한 잔 가져다 줘요.」

　「어떤 걸로 드릴까요?」

　「레끌랑으로요.」

　메이드가 집 안으로 들어가자 에이든은 슈트 상의를 벗고 해먹에 누워 하늘을 바라봤다. 정윤이 타고 있는 비행기가 보이기라도 하듯 한참 동안 하늘을 응시했다.

　바로 옆에서 들리는 메이드의 목소리에 그제야 시선을 내렸다.

　「대표님, 와인 가져왔습니다.」

　「고마워요.」

　「더 필요한 게 있으십니까?」

　「됐습니다. 그만 들어가세요.」

　에이든은 천천히 와인을 마셨다. 정윤이 표현한 것처럼 봄 향기가 가득한 와인이었다. 부드럽고 신비한 색을 품고 있는 게 꼭 그녀 같았다. 안을수록 빠져드는 정윤을 닮은 향기와 맛이었다.

잔을 내려놓은 에이든은 바지 주머니에서 휴대폰을 꺼내 뉴욕에 있는 부모님의 번호를 눌렀다.

✤　　　✤　　　✤

다음 날, 출근한 정윤은 오전 내내 거래처를 돌았다. 점심시간이 다 되어 사무실로 돌아와 직원들과 점심을 먹고 들어오니 몸이 노곤했다.

좋은 일이 있는지 내내 싱글벙글하는 한경이 사 준 커피를 들고 수진과 휴게실로 갔다. 이미 휴게실 안은 삼삼오오 모여 앉은 직원들의 수다로 시끄러웠다. 앉을 자리가 없어 창가로 간 정윤에게 수진이 질문을 퍼부었다.

유난히 윤기가 흐르는 얼굴도 그렇지만 목걸이와 팔찌에 대한 궁금증을 참을 수가 없었다. 작은 하트 모양의 펜던트가 달린 목걸이는 아무리 봐도 예사 물건이 아니었다.

수진은 정윤의 허리를 찌르며 낮은 목소리로 물었다.

"대표님이 사 준 거지? 박정윤, 빨리 불어라."

"응, 선물 받았어."

"대표님은 상하이에 계시잖아. 그런데 어떻게? 택배로 보내신 거야?"

"그랬나?"

"어디서 발뺌을 하려고? 혹시 대표님이 왔다 간 거야?"

"그랬을지도."

대답을 회피하는 정윤에게 눈을 흘긴 수진은 팔찌로 시선을 돌렸다. 목걸이와 팔찌 둘 다 최고가의 명품임에 틀림없다. 부러운 얼굴로 저를 들여다보는 수진에게 정윤이 귓속말을 했다.

"발찌도 받았어."

"세상에, 이건 그거잖아."

"뭐?"

"몰라서 물어? '넌 내 거야' 라는 뜻이지. 족쇄, 아니 구속인가. 뭐, 아름다운 구속이겠지만 말이야."

수진의 말에 정윤은 소리 죽여 웃었다. 아름다운 구속, 그말이 맞다. 평생 에이든의 구속 속에서 살고 싶다. 작고 반짝이는 걸 선물로 준다더니 미리 사 놨을 줄은 몰랐다.

정윤은 팔찌를 쓰다듬으며 창밖의 하늘을 바라봤다.

사무실에 들어서니 직원들이 두세 명씩 모여 있었다. 아마 주력 와인 때문이리라. 자리에 앉아 커피 속의 얼음을 입안에서 굴리던 정윤은 신입이 전하는 말에 서둘러 얼음을 뱉어 휴지통에 넣었다. 사장님의 호출이었다.


사장실에 들어서는 그녀를 동훈이 반갑게 맞아 주었다.

"어서 와라."

"사장님, 무슨 일로……."

"일단 앉아."

"네, 사장님."

"어허, 둘이 있을 땐 그렇게 격식을 차리지 않아도 된다니까, 너도 참 어지간하구나."

비서가 가져온 차를 한 모금 마신 동훈은 정윤에게 자료를 건넸다.

"몇 년 동안 네가 최고의 판매 실적을 냈어."

"동료들과 같이한 거예요."

"네 성과란 걸 안다. 와인 스쿨 강의로 거래처를 많이 만들어 낸 것도 알고 있고."

동훈은 단정하게 앉아 있는 정윤을 바라봤다. 안타깝게 젊은 나이에 세상을 뜬 친구가 남긴 하나뿐인 혈육이었다.

내심 며느리로 욕심을 냈건만 몇 년을 한 사무실에 있으면서도 아들과 정윤은 좋은 동료로 지낼 뿐 서로에게 관심을 갖지 않았다.

정윤에게 남자 친구가 있다는 걸 알고 있다. 장례식장에서 봤던 훤칠한 미남자가 어떤 집안의 사람이란 것도 조사했다. 그러고 나니 안심이 됐다. 하늘에서 딸을 지켜보고 있을 친구도 안심할 테니.

"난 말이다, 가끔 네 아버지에게 미안해진단다."

"왜 그런 생각을 하세요?"

"네 아버진 정말 뛰어난 소믈리에이자 와인 평론가였어. 그 재능을 네가 그대로 물려받았지. 그런데 내가 그 능력을 제대로 키워 주지 못한 거 같다."

"아니에요, 사장님이 아니었으면 지금의 저도 없을 거예요.
늘 감사하게 생각하고 있어요."

"정윤아."

"네."

"이번에 호주에 가서 능력을 발휘해 보는 게 어떻겠니? 주
력 와인을 선정하고 수입해 와서 홍보와 판매를 맡아보렴."

"그러고는 싶지만……."

"이번 일을 마치면 널 팀장 자리에 앉힐 생각이다."

"그러면 팀장님은요?"

"한경인 실장 자리에 앉혀서 슬슬 경영을 배우게 해야지.
나중에 내가 물러나면 한경이와 네가 세우와인을 실질적으로
이끌어 갔으면 좋겠구나. 그만큼 네 지분도 챙겨 놓으마."

"아저씨……."

"이 녀석, 이제야 아저씨라고 불러 주는 거냐? 어차피 네 실
력이라면 언제 올라가도 올라갈 자리야. 다른 직원들도 인정
할 수밖에 없지."

동훈은 말을 마친 뒤 정윤의 뒤로 가 그녀의 어깨를 다독여
주었다. 하늘에 있는 친구가 지금 정윤을 보면 그랬을 거라고
생각하면서.

사장실에서 나온 정윤은 옥상으로 올라갔다. 싸늘한 바람이
몸을 스쳐 지나갔다. 목에 걸고 있던 이름표를 손가락으로 어

루만졌다.

　세우와인.

　아버지의 꿈이 영글던 곳. 이곳에서 아버지의 딸로서 능력을 보여 주고 싶었다. 나중에 지부가 있는 중국과 일본 중에서 하나를 택해 지부장으로 가거나 아니면 경험을 쌓아 작은 와인 수입 회사를 차려도 좋을 것 같았다. 그러려면 모두가 납득할 만한 성과를 내야 한다. 지금까지 해 온 것만으로 부족할 테니까.

　게다가…….

　자신 외에는 아무것도 줄 게 없는 저를 사랑해 주는 에이든이 있다. 조금이라도 그에게 어울리는 여자가 되고 싶다는 욕심이 생겼다. 다른 것은 할 줄 모르나 와인만큼은 자신이 있었다. 제 남자에게 부끄러운 존재가 되고 싶지 않다는 게 욕심일까.

　하트 모양의 목걸이를 만지작거리며 생각에 잠겼던 정윤은 추위에 어깨를 움츠리며 옥상을 벗어났다.

## 10장
### 그날도 햇살이 좋았다


퇴근 시간에 맞추기라도 했는지 막 회사를 나왔을 때 선후에게 전화가 왔다. 병원이라는 말에 가슴이 철렁 내려앉았다.

선후에게 대강 설명을 들은 정윤은 급하게 병원으로 차를 몰았다. 불안한 마음에 반응하듯 핸들을 잡은 손바닥에 땀이 차올랐다. 휴지를 꺼내 땀을 닦다가 저도 모르게 몸을 떨었다. 이제 남은 가족은 엄마뿐이었다.

큰 병은 아니라고 하지만 은연중에 걱정했던 일이 벌어진 것만 같아 심장 박동이 불규칙적으로 빨라졌다. 정윤은 앞 차와의 간격을 살피며 스멀스멀 피어오르는 불안감을 몰아내려 애를 썼다. 선후의 말처럼 생명이 위급한 병이나 암이 아니어서 다행이었다.

하지만…….

요양이 필요할 정도로 심신이 몹시 쇠약해져 있다고 했다. 게다가 오랫동안 앓아 온 화병이 당장 치료가 필요한 우울증으로 이어졌다니, 그동안 얼마나 마음고생을 하며 살았던 걸까.

엄마, 엄마.

이 지경에 이르도록 내색하지 않고 살아왔을 엄마의 모습이 그려지자 가슴이 아려 왔다.

화병의 원인이 엄마의 시어머니라는 것쯤은 그녀도 알고 있다. 오죽하면 화병 예방법의 첫 번째가 '착한 여자 콤플렉스에서 벗어나라'일까.

모질지 못하고 착한 엄마가 얼마나 선후의 할머니에게 당하며 살았을까. 매 순간 마음을 찢는 언어폭력을 겪으며 살았을 테지.

정윤은 결국 눈물을 쏟고 말았다. 어쩌면 엄마가 그녀보다 더 불행했던 것이 아닐까. 두 딸 사이에서 이러지도 저러지도 못한 엄마의 심정은 어땠을까.

결국 모든 원인이 자신인 것만 같다. 재혼한 집에서 환영받지 못한 딸 때문에 속을 끓이다가 결국 떨어져 살아야 했으니, 자식을 지키지 못했던 것이 마음의 병으로 이어졌을지도.

어두운 거리를 한참 달려 병원에 도착했다. 주차를 하고 나오자 기다리고 있던 선후가 그녀에게 다가왔다.

"정윤아."

"오빠, 엄마는?"

"주무시고 계셔. 그래도 어머니부터 뵈러 가자."

정윤은 선후를 따라 병실로 올라갔다. 안으로 들어가니 현석과 지연이 일어나 자리를 비켜 주었다.

정윤은 깊은 잠에 빠진 신애의 얼굴을 들여다봤다. 얼굴은 창백했고 몸은 전에 봤을 때보다 더 말라 있었다. 거기에 울었는지 눈두덩이 부어 있었다.

엄마.

정윤은 신애의 손을 잡아 뺨에 댔다.

엄마, 딸 왔어. 엄마의 아픈 손가락인 정윤이 왔어. 미안해. 이렇게 속으로 시들어 가는 것도 알아차리지 못하고……

뺨의 온기 때문이었을까. 깊은 잠에서 깨어난 신애가 정윤의 손을 잡았다.

"정윤아, 언제 왔어?"

"방금이요."

"엄마는 괜찮아. 얼마 동안 요양하면서 치료받으면 된대."

"엄마……"

"저녁은 먹었어?"

정윤이 고개를 가로젓자 신애의 시선이 멀찍이 떨어져 서 있는 선후에게 향했다.

"선후야, 우리 정윤이 저녁 좀 사 먹여라."

"그럴게요, 어머니."

괜찮다는 정윤을 재촉한 선후는 병원 옆 건물의 식당으로 발걸음을 옮겼다. 주문한 음식이 나오자 내켜하지 않는 정윤의 손에 젓가락을 쥐어 주었다.

"어서 먹어. 먹고 나서 다시 어머니 뵈러 가면 돼."

"그럼 오빠도 먹어."

"난 조금 전에 집에서 가져온 도시락을 먹었어. 어머니랑 같이."

"엄마는 드시는 건 어떠셔?"

"속이 안 좋다고 하셔서 죽으로 드셨어."

선후는 힘없이 젓가락질을 하는 정윤의 모습을 지켜봤다. 신애를 지켜 주지 못한 것 같아 가슴이 아팠다. 새엄마로 만난 신애는 자신에게 한없이 다정했다.

하아.

선후는 한숨을 삭이며 생각에 잠겼다.

인형처럼 예뻤던 정윤을 처음 만났던 날, 통통한 뺨을 살짝 꼬집어 봤었다. 정말 인형인지 사람인지 궁금해서였다. 그런 그에게 정윤이 활짝 웃으며 오빠라고 불러 주었다. 그게 너무 좋아서 밤잠을 설쳤었다. 크고 새까만 눈동자에 눈처럼 하얀 피부를 가진 아이였다. 분홍 리본으로 머리를 예쁘게 묶은 모습이 얼마나 귀여웠는지 지금도 생생하다.

하지만 판박이처럼 신애를 닮은 정윤은 그의 집에서 환영받지 못했다. 김 여사는 노골적으로 모녀를 싫어했고 아내를 끔찍하게 아끼던 현석은 정윤이 전남편을 생각나게 한다는 이유로 냉정하게 대했다. 그런 가족들 사이에서 정윤을 지키려고 노력했지만 그러기엔 그가 너무 어렸다.

선후는 억지로 밥을 넘기고 있는 그녀의 숟가락에 반찬을 올려 주며 속으로 마음을 전했다.

정윤아, 지켜 주지 못해서 미안하다. 할머니로부터 어머니를 지켜 주지 못한 것도 정말 미안하다.

답답한 마음에 그는 물을 벌컥벌컥 들이마셨다. 정윤이 떠난 후, 숨어서 울던 신애의 모습이 떠올라서였다. 그러면서도 갓난아이인 지연 때문에 슬픔을 삭이고 살아야 했으니 그 심정이 오죽했을까.

의사와의 면담이 떠오르자 그의 얼굴이 더 어두워졌다. 모든 장기가 약해질 정도로 마음의 병이 몸을 잠식했단다. 우선 마음을 치료하는 게 중요하다는 말에 현석이 바로 상담 치료를 받게 했다.

상담 치료를 받고 나온 신애의 눈이 퉁퉁 부어 있었다. 그래도 조금은 홀가분한 표정이어서 가슴을 쓸어내렸다.

스트레스를 받는 환경에서 벗어나는 게 좋다는 의사의 말에 현석은 신애의 만류에도 불구하고 병실을 VIP실로 잡았다. 그후, 우울증 약을 처방받아 먹은 신애는 내내 잠을 잤다. 마치 몇 년 동안 제대로 잠을 자지 못한 사람처럼.

"오빠."

"으응?"

"다 먹었어."

정윤의 말에 생각에서 벗어난 선후는 밥공기의 절반도 먹지 못한 걸 확인하곤 한숨을 쉬었다.

다시 병원으로 돌아온 두 사람은 작은 화단이 있는 벤치에 앉았다. 정윤은 선후가 건넨 음료를 마시다가 하늘을 올려다 봤다. 별 하나 반짝이지 않는 회색 도시의 하늘엔 달마저 보이지 않았다.

　정윤은 어깨에 걸쳐진 선후의 외투를 돌려주려다 그만두었다. 싸늘한 냉기가 흐르던 등이 그의 외투 덕분에 따뜻해졌다. 그녀는 대신 목도리를 벗어 선후의 어깨에 넓게 감싸 주었다. 어렸을 때부터 서로를 챙겨 주는 게 버릇이 된 건지, 말을 하지 않아도 알 수 있는 게 많았다.

　제 몸을 덮고 있는 외투에서 선후의 마음이 고스란히 담겨 있는 게 느껴졌다. 신애가 이런 상황에 처하게 된 것에 대한 미안함과 정윤에 대한 걱정이.

　음료수를 몇 모금 마신 정윤이 천천히 입을 열었다.

　"오빠, 난…… 마음속에 엄마를 위한 공간을 만들지 않으려고 했어. 엄마가 없는 것처럼 살려고 했어. 할머니가 내 엄마였고 아빠였어. 그런데 아니었나 봐. 마음 한구석에선 엄마를 계속 기다리고 있었던 거야. 다시 우리와 살 수 없다는 걸 알면서도 아빠를 애타게 기다렸던 그 깜깜한 골목길에서 엄마를 기다렸어. 어둠 속에서 금방이라도 엄마가 '정윤아' 부르면서 나타날 것만 같아서 그 자리를 쉽게 뜰 수가 없었어. 하지만 아무리 기다려도 오지 않았던 아빠처럼 엄마도 오지 않았어."

　"……정윤아."

　"사랑하는 사람은 다 나를 떠나는 것처럼 느껴졌어. 어른이 돼서도 마음속 깊은 곳에 그게 트라우마로 남아 있었나 봐. 그래서 누군가에게 마음을 주는 게 두려웠던 거야. 떠나 버릴까 봐, 다시 혼자가 될까 봐."

정윤은 걱정이 가득한 선후의 눈을 마주 보았다.

"오빠 외에는 남자를 믿지 못했어. 그러다가 에이든을 만난 거야."

"참 좋은 사람인 것 같더라."

"에이든을 만나고 나서야 그 두려움이 없어졌어."

"그래."

"오빠, 그러니까 내 걱정은 하지 마. 엄마가 빨리 회복하는 데만 신경 쓰자."

"그러자. 정윤아…… 에이든이 있어서 행복하니?"

"행복해. 말할 수 없이."

"그러면 됐어."

선후의 입가에 미소가 맺혔다. 가슴이 서걱거리고 아픈 것은 아무럼 어떠랴. 정윤이 행복하다는데.

선후는 병원 안으로 들어가는 그녀의 발걸음에 보조를 맞춰 걸었다. 병실 앞에 다다를 쯤에 걸음을 멈춘 정윤이 선후를 올려다봤다.

"오빠, 부탁이 있어."

"뭐든 말해."

"회사 일로 잠시 호주에 가야 하는데……."

"얼마 동안?"

"다른 팀들은 한 달 일정인데 난 미리 준비를 마친 상태라 최대한 시간을 아끼려고. 10일이나 넉넉히 잡으면 12일 안에는 돌아올 수 있을 거야."

"알았어. 어머닌 내가 잘 보살피고 있을 테니 걱정하지 마. 아버지도 어머니 옆을 지킬 거니까."

"오빠, 고마워."

"남매 사이에 그런 일로 고맙다니. 어째 좀 서운하다."

"그런가?"

정윤은 머리카락을 쓸어 넘기며 낮게 웃었다. 선후가 있으니 안심이 된다. 어쨌든 김 여사와 떨어져 지낼 수 있다면 엄마는 한결 좋아질 테니. 또 상담 치료를 받고 우울증 약을 복용하면 많이 좋아질 거라니 가슴을 누르고 있던 무거운 돌덩이가 조금은 가벼워진 것만 같다.

병실로 올라간 정윤은 처음으로 신애와 많은 얘기를 나눴다. 정윤은 신애의 손에 제 손을 대봤다. 가는 주름을 빼고는 똑같이 생겼다. 피아니스트의 손처럼 가늘고 긴 손가락, 분홍색이 감도는 손톱에 반달 모양이 또렷했다.

어느새 들어왔는지 두 사람의 모습을 지켜보던 지연이 쭈빗거리며 옆으로 오더니 제 손을 내밀었다. 세 사람은 약속이나 한 듯이 동시에 웃음을 터트렸다.

똑같았다. 세 사람의 손은 한 치의 오차도 없이 누군가가 찍어 놓은 것처럼 똑같이 생겼다.

두 딸을 지켜보던 신애는 슬그머니 지연의 손을 잡아 정윤의 손에 쥐여 주었다. 순간 멈칫한 정윤이 아무 말 없이 지연의 손을 잡았다. 그 모습에 신애의 눈에 눈물이 그렁해졌다.

"정윤아, 고맙다."

정윤은 대답 대신 아직 앳된 티가 가시지 않은 지연의 머리카락을 쓸어 주었다. 핏줄이라 그런지 못되게 굴어도 예쁘더니 이렇게 가까이에서 보니 영락없이 사춘기를 겪고 있는 고등학생의 얼굴이다. 친탁을 해 김 여사를 닮았다고 생각했는데 자세히 보니 눈이 저를 닮았다. 정윤이 빤히 쳐다보자 당황한 지연이 무심코 입을 열었다.

"언니……."

"지연아, 엄마 잘 부탁해."

"언니, 어디 가?"

"출장 갈 일이 생겼어. 오래 안 걸리니까 오빠랑 같이 엄마를 잘 돌봐 줘."

"응."

신애는 두 딸의 모습을 흐뭇한 얼굴로 바라봤다. 10년 묵은 체증이 내려간 것처럼 가슴이 확 뚫린 것 같았다. 그동안 먹어도 먹은 것 같지 않고, 자도 잔 것 같지 않더니 오늘 밤은 오랜만에 푹 잘 수 있을 듯하다.

무엇보다 정윤이 못난 엄마를 받아들여 주는 것 같아서 가슴이 시큰거렸다. 또 출장을 다녀온 후 에이든을 정식으로 소개하겠다는 말에 주책없이 눈물을 보이고야 말았다.

신애는 멀찍이 떨어져서 지켜보고 있는 현석에게 눈길을 줬다. 그녀의 건강 상태를 알고 얼마나 자책을 하는지 보기에 안쓰러울 정도였다. 그녀도 알고 있었다. 현석은 재혼한 후에도 신애가 재윤을 사랑한다고 생각했다. 그래서 그에게 마음을 열지 않는다고.

물론 한동네에서 함께 자라 결혼까지 한 재윤을 잊지 못하고 있는 건 부정할 수 없었다. 마음이란 게 한순간에 싹둑 잘라지는 게 아니기에. 떠밀리다시피 한 재혼이었지만 현석의 한결같음에 점점 그녀의 마음도 움직였다.

그녀에겐 헌신적이고 잘해 주는 남편이었지만 정윤에 대해서만큼은 요지부동이었다. 신애는 간절한 눈빛으로 현석을 바라보았다. 이제라도 정윤을 인정해 주기를 바라면서.

그녀의 마음이 전해진 것인지 정윤이 나가면서 묵례를 하자 어정쩡한 자세로 서 있던 현석이 불편해하면서도 받아 주는 게 보였다. 그 모습을 지켜보던 신애는 몰래 눈물을 훔쳤다.

자신이 아픈 게 모든 갈등의 해결점이 되었다는 생각이 들었다. 두 딸이 완전하지는 않지만 얘기를 나눴고 현석 또한 정윤에게 보내던 냉기가 가득한 시선을 거둬들였으니 말이다.

신애는 상담 의사가 했던 말을 떠올렸다.


"마음에 쌓아 두지 말고 얘기를 해야 해요. 슬프면 슬프다고, 화가 나면 화가 난다고 얘기하는 게 좋아요. 시어머니의 말씀에 상처 입지 않도록 마음을 굳게 다지시고요. 보지 않는 데서 험담을 해서도 도움이 될 거예요. 무엇보다 착한 며느리, 착한 아내라는 거에 집착하지 않으면 훨씬 좋아질 겁니다."

　침대에서 일어난 신애는 부축하려는 현석에게 괜찮다는 손
짓을 하고 휘청거리며 화장실로 들어갔다. 거울 앞에 서서 헝
클어진 머리를 정리하고 손을 씻다가 배를 손으로 쓸었다.
　위가 얼마나 망가졌는지 죽을 먹었는데도 시큼한 물이 올라
왔다. 내시경에 비친 위는 많이 헐어 있었다. 아마 밥을 먹을
때마다 곱지 않은 시선을 보내던 시어머니 때문일 것이다.
　"빨리 좋아져야 할 텐데. 우리 딸 남자 친구를 만난 자리에
서 토라도 하면 어떡하나."
　양손으로 배를 쓸어내리던 신애는 들릴 듯 말 듯한 목소리
로 말했다.
　"당신은 정말 못된 시어머니야."
　의사의 말대로 속의 말을 뱉고 나니 어쩐지 기분이 좋았다.
더 욕을 할까하다가 밖에서 기다리고 있을 현석이 생각나 입
을 헹구고 문을 열었다. 안절부절못하며 그녀를 기다리고 있
던 현석이 물었다.
　"속이 안 좋아?"
　"조금요."
　"의사를 불러올게."
　"그 정도는 아니에요. 쉬고 나면 좋아질 거예요."
　현석이 침대에 누운 신애에게 집에서 가져온 이불을 덮어
주었다.

"뭐 필요한 거 있으면 말해. 사 올 테니까."

"없어요. 이제 그만 집에 가 봐야죠. 어머니께서 기다리실 텐데."

"당신 옆에 있어야지."

"어머니는 어떡하고요?"

"알아서 하시겠지."

현석의 대답이 냉담했다. 금방이라도 시어머니가 병실 문을 열고 들어와 호통을 칠 것 같은 불안한 마음에 신애는 다시 얘기를 했다.

"그럼 제가 더 혼나요."

"이젠 그러시지 못할 거야."

"무슨 일 있었어요?"

"당신은 아무 걱정 말고 푹 쉬면 돼. 나머진 내가 알아서 할 테니까."

현석은 눈을 감은 신애의 창백한 얼굴을 한참 동안 바라보았다.


오피스텔에 돌아온 정윤은 씻고 나와 노트북을 켜 파일을 열었다. 주력 와인을 선정하는 전체 회의에서 그녀가 발표했던 호주 와인에 대한 자료를 자세히 살펴봤다.

영국과 미국에서 단일 브랜드로 수입 점유율 1위를 기록할 정도로 사랑받는 '제이콥스 크릭 쉬라즈 까베르네(Jacob's Creek Shiraz Cabernet)'와 '옐로우 테일(Yellow Tail)'은 이미 그녀의 주력 와인 리스트에 올라와 있었다.

또한 호주 최대 와인 생산지인 바로사 밸리(Barossa Valley)에 있는 수많은 포도 농장들과 주요 와이너리 중에서 세계 100대 와인을 생산하는 펜폴드(Penfolds) 와이너리와 호주의 대표적인 프리미엄 와인을 생산하는 제이콥스 크릭 와이너리를 중점으로 돌아볼 생각이었다.

노트북을 끈 정윤은 가방에서 꼼꼼히 정리해 놓은 서류를 꺼내 단숨에 읽어 내려갔다. 빨리 움직인다면 열흘 안에 주력 와인을 선정할 수 있을 것 같았다. 그다음 일은 수진에게 맡긴 뒤 먼저 돌아와 홍보를 기획하고 수입한 와인을 판매할 장소를 물색해야 한다.

숨 쉴 틈이 없이 움직여야 할 테지만 에이든보다 하루라도 빨리 돌아오려면 어쩔 수 없다. 엄마 또한 걱정스러웠다.

뭐, 안 되면 되게 해야지.

근거 없는 자신감이 슬슬 올라오자 정윤은 빙그레 웃었다. 병실에 들어설 때까지만 해도 두려움이 가득했었다. 그런데 엄마가 좋아질 거란 생각 때문인지, 아니면 듬직한 선후가 있고 또 퉁명스럽던 지연이 언니라고 불러 줘서인지, 기분이 좋았다.

정윤은 콧노래를 흥얼거리며 셀러에서 화이트 와인을 꺼냈다. 돌아오는 길에 사 온 블루베리 베이글을 구워 테이블에 올려놓으니 식욕이 돌았다. 엄마에 대한 걱정으로 입안이 깔깔해 음식을 넘기기 어려웠던 게 불과 몇 시간 전인데 사람도,

위도 참 간사한가 보다.

베이글을 한입 베어 물고 상큼한 화이트 와인을 들이켜니 행복감이 몰려왔다.

맛있다.

야금야금 먹다 보니 어느새 베이글은 사라지고 화이트 와인만 남았다.

살찌면 안 되는데, 에이든이 싫어할지도 몰라.

머릿속에서 여러 이유들을 끄집어냈지만 그게 오히려 식욕을 자극했나 보다. 끙 소리를 내며 하나를 더 구워 온 정윤이 한입 가득 베이글을 베어 물었다.

막 화이트 와인을 마시려는데 휴대폰이 울렸다. 액정에 에이든의 이름이 뜨자 정윤은 고민했다. 입안의 베이글을 뱉어야 하는데 자꾸 미련이 생긴 탓이었다. 씹는 둥 마는 둥 꿀꺽 베이글을 덩어리 채 삼킨 정윤은 티슈로 재빨리 입술을 닦고 영상 통화를 눌렀다.

"에이든."

—정윤 씨, 오늘은 나 보고 싶지 않았어요?

"많이 보고 싶었어요."

그녀의 대답이 흡족한지 영상 속의 에이든이 싱그럽게 웃었다. 정윤이 키스해 달라고 입술을 삐죽 내밀자 그의 웃음소리가 커졌다.

—참고 있어요. 가서 실컷 해 줄 테니까.

두 사람은 한참 얘기를 나눴다. 정윤은 호주 출장에 대해 설명을 했다. 보통 한 달 정도 걸린다는 말에 에이든이 아무런 말을 하지 않고 가만히 있자 정윤은 서둘러 그가 돌아오기 전에 올 계획이란 얘기를 꺼냈다.

굳어졌던 에이든의 얼굴이 풀리는 걸 본 정윤은 속으로 안도의 한숨을 내쉬었다. 일 때문이라면 그도 이해는 하겠지만 더 오래 떨어져 있는 건 참지 못할 것이다. 앞으로도 2주는 더 떨어져 있어야 하니까.

정윤은 화제를 다른 데로 돌렸다.

"에이든, 부탁이 있어요."

―뭐든 들어줄게요.

"엄마에게 정식으로 소개하고 싶어요."

―좋아요. 그리고 말이죠. 나도…….

말꼬리를 늘이는 에이든의 얼굴에 장난기가 퍼지자 정윤이 궁금증을 참지 못하고 물었다.

"뭔데요? 네?"

―만나면 얘기해 줄게요. 좋은 일이니까 긴장하지 말고요. 그리고 정윤 씨가 없을 때 침대 들여놔도 되겠죠? 친구에게 부탁해 놔요. 침대가 오는 시간에 거기에 있어 달라고요.

"주영이한테 부탁하면 돼요. 와인 바 사장, 알죠?"

―알아요.

정윤은 슬쩍 제 침대를 돌아보다가 얼굴을 붉혔다. 저 침대에선 다리를 뻗을 수 없다며 불평하던 에이든의 모습이 떠올랐다.

―정윤 씨, 어디 봐요? 날 봐야죠.

"보고 있어요."

―뭐 먹었어요?

"네? 묻었어요?"

―가까이 와요. 떼 줄 테니까.

그제야 장난친 거란 걸 안 정윤이 큰 소리로 웃었다. 그런 정윤을 사랑스러운 눈으로 바라보는 에이든의 얼굴에도 웃음이 가득했다.

―많이 먹고 힘을 비축해 놔요. 시간 날 때마다 운동도 하고요.

통화를 마친 정윤은 남은 베이글을 왕창 뜯어 씹었다. 쫀득한 속살이 혀에 착착 감겼다. 화이트 와인을 한 모금 마신 정윤은 에이든의 집에서 읽었던 책을 책장에서 꺼냈다.

느긋하게 소파에 누워 베이글을 씹으면서 페이지를 넘겼다.


✤        ✤        ✤


정윤이 호주의 와이너리를 부지런히 돌며 일에 몰두해 있는 동안 신애의 건강은 점차 호전되어 갔다. 무엇보다 화병의 주범인 김 여사와 떨어져 지낸 게 그녀의 마음을 안정시켰다.

처방받은 약을 먹으면서 매일 상담 치료를 받다 보니 가슴속에 돌덩이처럼 굳어졌던 응어리가 조금씩 부드러워졌다.

그녀는 환자복 위에 두툼한 숄을 걸치고 간병인과 산책을 하다가 나무 벤치에 앉아 햇볕을 쬐었다. 창백한 피부로 스며드는 겨울 햇살이 따사롭게 느껴졌다.

그러다 문득 정윤과 마당의 평상에 앉아 햇볕을 쬐었던 날들이 생각났다. 유난히 희고 투명한 피부를 가진 모녀는 햇볕이 좋을 때면 여유 있는 시간을 함께 즐겼다.

그날도 참으로 햇살이 좋았다. 정원 한편에는 아담한 단풍나무가 자리하고 있었고 주방의 열린 창문으론 고소한 밥 냄새가 새어 나왔다. 그녀의 다리에 머리를 베고 누운 여덟 살의 귀여운 정윤이 햇볕 때문에 눈을 찡그리면서 물었다.

"엄마, 아빠는 언제 와?"

"거의 다 오셨을 거야."

"내 선물도 사 왔을까?"

"당연하지. 우리 딸이 좋아하는 거라면 아빠는 뭐든 다 들어주시니까."

골목에서 들리는 약한 발자국 소리에 벌떡 일어난 정윤이 아빠를 부르며 달려 나갔다. 신애는 대문 앞에 서서 부녀의 상봉을 지켜보며 미소 지었다.

와인 수입 때문에 프랑스에서 한 달간 머물렀던 재윤이 돌아온 날이었다.

못 말리는 부녀답게 소란스러운 포옹과 뽀뽀가 오래 이어졌다. 정윤을 높이 들어 빙빙 돌리던 재윤이 대문 앞에서 그림처럼 서 있는 신애에게 윙크를 했다.

와인 산지를 도느라 햇볕에 그을린 얼굴이었지만 그의 웃음
에는 자신감과 행복함이 똘똘 뭉쳐져 있어 참 보기 좋았다. 재
윤의 윙크에 싱그러운 미소로 답하면서 그에게 다가가 바닥에
내려놓은 짐을 나눠 들었다.

재윤이 씻는 사이 신애는 서둘러 밥을 차렸다. 아침부터 정
성들여 준비한 반찬들을 예쁜 접시에 담아 식탁에 올리고 온
가족이 좋아하는 갈비찜을 푸짐하게 퍼서 담았다. 고슬고슬한
밥을 밥공기에 한가득 푸고 있을 때쯤 마실 나갔던 시어머니
가 돌아왔다.

가족이 둘러앉은 식탁엔 얘기 소리와 웃음이 끊이지 않았
다. 밥을 다 먹어야 선물을 준다는 재윤의 말에 정윤이 입이
미어지도록 밥을 떠 넣었다. 그런 딸을 사랑스러운 눈으로 바
라보던 재윤이 물컵을 입에 대 주었다.

"우리 공주님, 꼭꼭 씹어 먹어야지."
"응."

식사를 마친 후 차를 준비해 거실로 나간 신애의 입에서 웃
음이 새어 나왔다. 장난감 세트를 다리에 올려놓은 정윤이 재
윤의 무릎에 앉아 베이글을 먹고 있었다. 외국에 나갔다 올 때
마다 재윤이 공항 근처의 유명한 베이커리에서 사 오는 빵 중
하나였다. 그는 아무리 바빠도 가족이 좋아하는 빵을 사 오는

걸 잊은 적 없었다.

막 밥을 먹어 배가 부를 텐데도 베이글을 야무지게 베어 무는 딸의 모습과 그 옆에서 단팥빵을 오물거리는 시어머니의 모습에 신애는 눈물을 찔끔거리며 웃었다.

그녀도 재윤이 내민 단팥빵을 한입 베어 물었다. 부드러운 앙금이 입안에서 사르르 녹았다.

정윤에게 음료수를 먹인 재윤이 선물로 사 온 와인의 코르크를 열었다. 향기로운 향이 흘러나오자 정윤이 코를 킁킁거렸다.

"나도 먹을 거야!"
"아직은 안 돼. 더 크면 마셔야지."
"싫어, 아빠. 조금만! 조금만!"
"그럼 입술에만 묻히는 거다."
"응."

신애와 어머니에게 먼저 와인을 따라 준 재윤은 제 잔을 정윤의 입술에 살짝 대 줬다. 그는 몇 방울의 와인을 전문가처럼 입안에서 굴리면서 향을 음미하는 딸의 모습을 대견하게 바라봤다. 이어지는 어린 딸의 말에 그는 몹시 흡족한 표정을 지었다.

"풋사과 같은 맛이 나."

"또 어떤 게 느껴지니?"

"전에 아빠가 사 온 바게트 빵이랑 먹으면 더 맛있을 것 같아."

"우리 딸, 대단한걸. 크면 정말 뛰어난 와인 전문가가 되겠어."

"정말?"

"그럼, 아빠 딸인데 당연하지."

그의 칭찬에 정윤이 배시시 웃으며 접시에 내려놨던 베이글을 다시 집었다. 앞니 두 개가 빠진 상태인데도 용케 빵을 맛있게 씹어 먹었다.

오랫동안 앉아 있었더니 나무 의자에서 냉기가 올라왔다. 신애는 예전 생각에서 벗어나려고 크게 숨을 들이마셨다.

행복했던 과거의 시간이 무방비 상태인 의식을 뚫고 나올 때면 몹시 괴로웠다. 더군다나 과거 속의 두 사람은 이미 이 세상에 없지 않는가.

신애는 바람에 헝클어진 머리를 매만지며 앞을 바라봤다. 이미 지나간 과거와 선택은 돌이킬 수 없으니 이젠 사랑스러운 두 딸과 선후가 행복하게 살아간다면 더 이상 바랄 게 없다고 여기면서.

자리에서 일어나 간병인이 내민 따뜻한 물을 몇 모금 마셨다. 찬 바람 때문인지 간질간질하던 목의 느낌이 물을 마시자 사라졌다.

병원 안으로 들어가다 마침 그녀를 찾아 나온 선후를 만났다. 회사 일로 바쁠 텐데도 틈틈히 시간을 내어 주는 아들이 고마웠다. 선후도 그녀를 발견한 모양인지 빠르게 다가왔다.

"어머니, 추운데 밖에 나가시지 마세요."

"답답해서 잠깐 바깥 공기를 쐬고 온 거야."

"감기라도 걸리시면 어떡하시려고요. 어서 들어가세요."

신애는 선후와 얘기를 나누며 병실로 향했다. 병실 앞에서 서성이던 젊은 아가씨가 그녀에게 인사했다. 선후와 선을 봤던 아가씨라 사진으로 본 적이 있었다. 그 후 계속 만난다더니 문병까지 올 정도로 가까워진 모양이다.

"처음 뵙겠습니다. 조은영입니다."

"초면인데 이런 모습으로 보게 되네요. 반가워요."

병실 안으로 들어간 신애는 소파에 앉았다. 나란히 앉은 선후와 은영의 모습이 보기 좋았다. 이미 선후에게 둘이 대학 동아리 선후배 사이였단 말을 들은 상태여서 그런지 은영이 친근하게 느껴졌다. 간병인이 음료를 잔에 따라 주고 나가자 신애가 궁금한 얼굴로 물었다.

"우리 선후와 같은 대학을 다녔다지요?"

"네, 동아리 후배입니다."

"나중에 퇴원하면 다시 볼 수 있을까요?"

신애의 말에 은영의 얼굴이 환해졌다. 신애가 입원해 있는 동안 선후를 만날 수 없었다. 퇴근 후 병실을 지킨다는 그가 보고 싶어 길게 목을 늘이고 있다가 용기를 내 부탁했었다. 병문안을 가고 싶다고. 잠시 망설이기는 했지만 그녀의 부탁을 들어준 선후가 고마웠다.

느리지만 분명 선후는 좋은 감정으로 제게 다가오고 있었다. 사실 그녀는 대학 때부터 짝사랑했던 그를 무한 신뢰하고 있었다. 자신이 한 말에 책임을 지는 사람이란 것은 이미 알고 있었으니까.

세 사람이 병실에서 도란도란 얘기를 나누는 사이, 어느덧 창밖에는 어스름이 깔리기 시작했다. 선후가 은영을 배웅하러 나가자 신애는 창가로 다가가 도로를 가득 채우고 있는 차량들의 불빛을 바라봤다.

이제 곧 저 길을 따라 현석이 올 것이고, 지연이 팔짝거리며 뛰어올 것이다. 어쩌다 보니 저녁이면 시어머니를 뺀 가족이 모두 병실에 모인다.

소파 한 귀퉁이에선 지연이 풀리지 않는 문제를 붙잡고 인상을 쓰며 공부를 하고 현석은 괜찮다는 그녀의 팔과 다리를 연신 주물렀다. 선후가 저녁을 받아 오면 집에서 가져온 음식까지 펼쳐 놓고 테이블에 둘러앉아 함께 밥을 먹는 게 어느새 일상이 돼 버렸다. 그녀의 만류에도 병실을 차지하고 있는 세 사람 덕분에 외로울 틈이 없었다.

우울증으로 순간 잘못된 선택을 할 수 있다는 의사의 말에 놀란 현석은 아예 병실로 퇴근하는 것으로 모자라 집에 들어가지 않고 간이 침대에서 잤다. 그러다 보니 김 여사 혼자 밤 늦게까지 집을 지킬 수밖에 없었다.

평온한 얼굴로 창가에서 물러난 신애는 소파에 앉아 휴대폰을 켜서 정윤이 보낸 사진을 들여다봤다. 정윤이 포도밭과 거대한 와이너리에 서 있는 사진들이었다. 해변에서 찍은 사진은 영화의 한 장면처럼 아름다웠다. 그 사진들 속의 정윤은 햇살보다 더 밝게 빛나고 있었다.

신애는 행복해 보이는 딸의 얼굴을 손가락으로 쓰다듬었다. 딸은 와인이 있어 무척이나 행복할 것이다. 쓸쓸하고 외로운 시간들 속에서 와인을 붙잡고 견뎠다는 것도 알고 있었다. 아마 요즘도 재윤이 가장 좋아했던 화이트 와인을 마시며 베이글을 먹을 것이다.

문이 열리는 소리에 신애는 휴대폰에서 시선을 뗐다.

"엄마!"

지연이 달려와 품에 안겼다. 시간을 확인한 신애가 딸의 등을 찰싹 때렸다.

"학원은? 수학 학원은 가기로 했잖아."

"엄마, 난 혼자 공부하는 게 좋아. 힘들어도 그게 더 실력이 는단 말이야. 만약 풀다가 막히면 오빠한테 물어보면 되고."

"하여튼 고집은."

지연이 눈앞에 얼굴을 들이밀고 헤헤거리자 신애는 못 말린다는 듯 웃고 말았다.

❖        ✦        ❖

텅 빈 집 안을 둘러본 김 여사는 방으로 들어와 가슴을 쾅

쾅 쳤다. 화르륵 열기가 올라오자 냉수를 들이켰다. 얼음을 가득 넣은 냉수를 삼켜도 끓어오른 화가 가라앉지 않았다. 굴러온 돌이 박힌 돌을 빼낸다더니, 딱 그런 상황이었다.

며칠 동안 혼자 저녁을 먹었다. 아침에 나간 손자와 손녀는 밤늦게야 들어왔고 아침마저 먹는 둥 마는 둥하고 바로 나가 버렸다. 아들은 아예 코빼기도 보지 못한 지 여러 날이 지났다. 그럴수록 신애가 괘씸했다.

"흥. 우울증? 그까짓 게 병이라고. 내가 어디 잡아먹기라도 했나, 정말 기가 막혀서. 팔자를 고쳤으면 감지덕지해야지. 화병? 화병이 심해져 우울증이 됐다고?"

현석이 했던 말이 생각나자 더 부아가 치밀었다. 아직도 아들의 말이 귀에 윙윙거렸다.


"안사람이 어느 정도 좋아질 때까지 병원에 있을 생각입니다. 그리고 퇴원과 동시에 분가하겠습니다."

"도대체 그게 무슨 말이냐?"

"재혼할 때 분가를 했어야 했는데 제 생각이 짧았습니다."

"제정신이 아니구나, 분가? 누구 좋으라고 분가를 해?"

"그러니 좀 잘해 주시지, 왜 제가 있을 때와 없을 때의 모습이 그렇게 다르셨어요? 앞으로도 저와 함께 살 사람입니다. 죽을 때까지 말입니다."

"내가 어쨌다고? 시어미가 며느리를 모시고 살란 말이냐?"

"그 이야기는 더 이상 하고 싶지 않습니다. 혼자 계시기 힘드시

312

면 현중이 집에 가 계시든지요."

"여자에게 빠져서 제 어미도 몰라본 아들을 자식이라고! 내일 당장 둘째 집으로 가련다."

분을 삭이지 못한 김 여사는 다음 날 짐을 싸들고 둘째 아들의 집으로 갔다. 하지만 사흘이 지나지 않아 돌아오고 말았다. 냉기를 풀풀 풍기는 며느리도 참기 힘들었지만 제 배로 나은 자식이 한마디도 지지 않고 또박또박 따지는 통에 입은 있으나 쉽게 말을 꺼낼 수가 없었다.

더 상황을 악화시킨 건 아들에게 며느리 험담을 했다가 오히려 더 험한 소리를 들었다는 것이다. 자신을 이혼시킬 일이 있냐며 아들이 거품을 물고 달려드는 바람에 혈압이 올라 뒤로 넘어갈 뻔했다.

분통이 터져 집으로 돌아왔지만 여전히 혼자였다. 일하는 사람들이 주기적으로 오갔지만 사람의 온기가 없어 집이 그렇게 썰렁할 수가 없었다. 넓은 식탁에 혼자 앉아 밥을 먹으려다 입맛이 떨어져 수저를 놓기 일쑤였다.

살가운 손녀라도 옆에 있으면 좋으련만, 제 엄마를 지켜야 한다며 밤늦게야 들어오니 아침에 잠깐 얼굴을 보는 게 다였다. 상황을 보아 하니 며느리가 퇴원하면 정말 분가를 할 요량이었다. 은근슬쩍 손녀를 떠봤다. 엄마, 아빠가 분가해도 할머니와 같이 살면 좋겠다고 서두를 꺼내면서. 하지만 토끼처럼 눈을 동그랗게 뜬 손녀는 엄마와 살 거라고 단호하게 말했다.

낙담한 그녀는 선후를 붙잡았다. 은영과 결혼하면 들어와 사는 게 좋겠다고.

하지만 선후의 답도 같았다. 결혼 전까진 부모님과 살면서 동생을 돌봐야 하고, 결혼 후엔 부모님 옆에 집을 얻어 분가를 할 생각이란다.

믿었던 도끼에 두 번이나, 아니 세 번이나 발등을 찍힌 김 여사는 뒤늦게 가슴을 쳤지만 아무도 그녀의 말에 귀를 기울여 주지 않았다.

연달아 떠오르는 생각에 끙끙 앓고 있을 때 노크 소리가 들리더니 나이 든 메이드가 문을 열었다.

"큰 사모님, 저녁 준비 다 됐습니다."

식탁으로 간 김 여사는 의자에 앉았다. 오늘따라 식탁이 더 휑해 보였다. 국을 떠먹다가 숟가락을 내려놓으며 물었다.

"오늘 병원엔 뭘 가져갔나?"

"백합죽과 고기 요리를 가져갔습니다."

"백합죽?"

"네, 작은 사모님께서 드시고 싶다고 해서요."

"어디 나도 먹어 볼까?"

그녀의 말에 메이드가 당황한 얼굴로 말했다.

"병원으로 다 보냈는데요. 사장님은 항상 사모님과 같은 걸 드시니까요."

"자네도 날 무시하는가?"

"아닙니다. 제가 어떻게 큰 사모님을 무시합니까?"

"자네, 우리 집에서 일한 지 얼마나 됐지?"

"10년 조금 넘었습니다."

"쯧쯧, 정신 못 차리는 걸 보니 그만둘 때가 된 거 같고만."

김 여사의 말에 메이드는 변명하지 않았다. 그렇잖아도 신애의 분가 이야기가 메이드들 사이에서도 돌고 있었다. 분가가 결정 나면 신애를 따라갈 결심을 하고 있던 터였다. 그녀마저 없으면 고약하고 변덕이 죽 끓듯 하는 김 여사의 성미를 어떻게 견디겠는가. 병원에 저녁을 가져간 메이드도 모두 같은 생각이었다.

아무런 말없이 등을 돌린 메이드가 싱크대를 정리하기 시작하자 대뜸 김 여사가 씩씩거렸다.

"이것도 밥이라고! 어째 10년 동안 일을 했는데 밥도 제대로 할 줄 몰라? 반찬은 죄다 간도 안 맞고."

김 여사가 제 성격에 못 이겨 반찬 그릇을 밀치고 나가 버리자 설거지를 시작한 메이드가 중얼거렸다.

"흥, 안 먹으면 자기 배가 고프지, 내 배가 고프나. 며느리 못 잡아먹어서 안달하더니 보기 좋네."

## 11장
## 봄을 품다

 

 

호주의 2월은 초여름의 날씨지만 일교차가 매우 커서 저녁에는 쌀쌀함이 느껴졌다.

정윤은 사우스오스트레일리아의 주도인 조용하고 아름다운 애들레이드에 숙소를 정해 묵고 있었다. 하루에 몇 개씩의 와이너리를 돌며 와인 선정 작업을 하고 나면 저녁엔 녹초가 됐다.

그럼에도 수진과 여러 곳을 구경하러 다녔다. 여행하는 기분으로 내셔널 와인 센터를 둘러보고 1,700만 종의 꽃과 식물이 있다는 보타닉 가든에서 야외 무료 공연을 즐기기도 했으며 영화도 봤다. 또한 애들레이드에서 제일 번화한 쇼핑가인 런들몰에서 산책을 했다.

정윤은 그중에서 특히 일몰을 보러 해변에 가는 걸 좋아했다. 해변에 앉아 노을을 바라보고 있으면 모든 게 감사히 여겨졌다.

오늘도 일을 마치고 해변으로 온 정윤은 수진과 백사장에 모포를 깔고 앉아 바다를 감상했다. 한참 바다를 바라보고 있던 수진이 아쉬운 얼굴로 말했다.

"여긴 참 평화로워. 조용하고 여유가 있어. 이런 데서 살았으면 좋겠다."

"나도 그래."

"그런데 정윤아, 너 말이야……."

"뭐?"

"시음하면서 어떻게 그렇게 미세한 차이까지 잡아내는 거야?"

수진의 말에 정윤은 모르겠다는 듯이 고개를 갸웃했다. 그녀가 미각과 후각이 뛰어난 것은 애초에 잘 알고 있었지만 이번 출장에서는 평소보다 더욱 향과 맛에 예민하게 반응했다. 그래서 더 좋은 와인을 쉽게 선정할 수 있었다.

정윤은 해변에서 불어오는 바람을 입안에 가득 머금었다. 코로도 흠뻑 들이마셨다.

역시, 민감하다. 음식에도 민감하더니 바다 냄새가 적나라하게 느껴진다.

질문에 답을 들을 생각이 애초에 없었던 것처럼 수진은 생각에 잠긴 정윤의 팔을 툭 치며 말했다.

"배고프지 않아? 뭐 좀 먹으러 갈까?"

"스테이크 먹으러 가자."

"그래. 호주에 왔으니 소고기는 질리도록 먹고 가야지."

두 사람은 해변에서 약간 벗어나 식당을 찾아 들어갔다. 평소처럼 스테이크를 주문했다. 먹음직스러운 요리가 나오자마자 둘의 손이 바빠졌다. 입안에서 사르르 녹는 맛에 먹으면서도 군침을 흘렸다. 순식간에 스테이크 접시를 비운 정윤은 다른 음식을 주문했다. 호주의 음식이 잘 맞는 듯 출장을 온 뒤 자꾸만 음식이 당겼다.

숙소에 들어와 씻고 나온 정윤은 에이든에게 전화를 걸면서 포만감이 드는 배를 쓰다듬었다. 이틀 후면 서울로 돌아가는데도 영상 속에 그의 얼굴이 나타나자 그리움이 왈칵 몰려왔다.

<br>

✦　　　✦　　　✦

<br>

공항에 내린 정윤은 피곤한 얼굴로 출국장을 나왔다. 캐리어를 질질 끌고 공항 철도 방향으로 가려는데 누군가 그녀의 이름을 불렀다.

"박정윤 씨 되십니까?"

에이든의 비서라고 소개한 남자가 명함을 건넸다. 명함에 찍힌 레스토랑의 상호와 전화번호까지 꼼꼼히 들여다보는 그녀에게 그가 휴대폰을 내밀었다. 영상 속에 에이든이 있었다.

"에이든."

—정윤 씨, 그 차를 타고 오피스텔로 와요.

"설마 서울에 있어요? 내일 온다고 했잖아요."

—맛있는 거 해 줄게요. 조금 이따가 봐요.

그리움이 담긴 다정한 목소리에 목이 메어 왔다. 통화를 마친 정윤은 비서를 따라 차에 올랐다. 널찍한 차의 뒷좌석에 앉아 창밖을 바라보니 한국으로 돌아왔다는 게 실감이 났다.

호주에서 한국까지 비행시간은 질릴 정도로 길었지만 에이든 덕분에 처음 타 본 퍼스트 클래스는 몹시 안락했다. 최고급 기내식을 먹고 넓은 좌석에서 푹 잤다. 그런데도 너무 긴 비행 시간 탓에 몸이 지쳤나 보다.

그녀는 가방에서 거울을 꺼내 얼굴을 들여다봤다. 희미하게 보이는 다크서클이 마음에 들지 않았다. 파운데이션을 꺼내 엷게 바르면서 에이든이 눈치채지 않기를 바랐다.

그에게 가는 도중에 병원에 들렀다가 신애의 얼굴만 보고 바로 나왔다. 오피스텔에 가까워지자 마음은 이미 그에게 달려가고 있었다. 그러면서 깨달았다. 자신의 가장 깊은 마음을 차지하고 있는 것은 가족보다 에이든이라는 것을. 데면데면하며 살아오다가 이제야 마음을 연 엄마보다도, 몹시 의지했던 선후보다도, 가슴이 쓰라릴 정도로 보고 싶고 그리운 사람은 제 연인이었다.

오피스텔 앞에 선 정윤은 숨을 고르며 세차게 흐르는 감정을 가라앉히려 애를 썼다.

살며시 문을 열자 고소한 음식 냄새가 콧속으로 스며들었다. 오디오에서 흘러나오는 시끄러운 음악 소리에 문소리가 묻혔나 보다.

정윤은 팝송을 따라 부르며 요리에 열중하고 있는 에이든의 뒷모습을 눈에 가득 담았다. 흔들흔들. 그의 몸이 박자에 맞춰 움직였다. 뉴욕에서 클럽과 파티를 다니며 젊음을 즐기는 남자였을 텐데, 제 생각 속에 너무 단편적인 모습만을 가두고 있었을까.

정윤은 예사롭지 않은 그의 몸놀림을 소리 없이 따라 하면서 살금살금 다가갔다. 혼자 보기엔 아까운 뒤태를 잠시 감상하다가 살며시 허리를 껴안았다. 놀란 그가 고개를 돌렸다.

"정윤 씨!"

돌아선 그가 정윤을 번쩍 들어 올렸다. 목덜미를 양팔로 껴안은 정윤이 몇 번이나 보고 싶었다고 속삭이자 그의 눈가가 촉촉이 젖어 들었다.

허공에서 마주친 두 사람의 눈이 한참 동안 떨어질 줄 몰랐다. 둘의 입술이 조용히 겹쳐졌다가 떨어졌다.

에이든은 맛있는 냄새를 풍기는 팬과 침대를 번갈아 보며 갈등하다가 결국 정윤을 내려놨다. 그녀의 눈가에 희미하게 잡힌 다크서클을 엄지손가락으로 쓰다듬으며 말했다.

"많이 힘들었을 텐데 밥부터 먹는 게 낫겠어요. 정윤 씨가 먹고 싶다고 한 해물 파에야를 만들었어요. 다른 것도 먹고 싶으면 말해요. 뭐든 만들어 줄게요."

"고마워요."

드레스룸으로 들어간 정윤은 갈아입을 옷을 찾다가 옷걸이에 나란히 걸려 있는 에이든의 옷을 발견했다. 침대를 바꿔 달라고 했더니 덤으로 그의 물건들까지 딸려 온 것 같았다.

속옷 서랍을 연 정윤의 뺨이 붉어졌다. 제 속옷 옆에 그의 속옷이 가지런히 정리되어 있었다. 또 뭐가 있을까 싶어 둘러봤다. 양말과 넥타이, 슈트, 편해 보이는 옷, 게다가 목욕 가운까지.

빠르기도 하지. 몇 시간 만에 살림을 차렸네.

내친김에 화장대와 욕실도 살폈다. 역시나 그의 화장품과 칫솔이 당당하게 자리를 차지하고 있었다. 그 모습에 피식피식 웃음이 새어 나왔다. 그러면서도 든든하게 느껴지니 여자 마음이란 참 요상했다.

씻은 후 옷을 갈아입고 나온 정윤은 정성이 가득한 식탁에 에이든과 마주 앉았다. 그와 한 공간에 있으니 피곤이 싹 달아난 기분이었다. 대신 가슴을 타고 올라온 충족감이 머리끝까지 가득해졌다.

정윤은 에이든이 접시에 덜어 준 파에야를 먹기 시작했다. 입안에서 씹히는 홍합과 칵테일 새우가 고슬고슬한 밥알과 어우러져 몹시 맛있었다.

"정말 맛있어요."

"많이 먹어요."

"그런데 상하이에서 언제 돌아왔어요?"

"얼마 안 됐어요."

"피곤할 텐데……."

"정윤 씨를 보니까 피곤함이 싹 사라졌어요."

나도 그래요.

정윤은 속으로 제 마음을 전하다가 생각에 잠겼다. 쓸쓸했던 인생에 대한 보상으로 에이든을 만나는 행운을 누린 걸까. 그렇다면 얼마든지 그런 인생에 감사할 것이다. 김 여사의 매서운 눈초리와 현석의 냉정한 표정은 아무것도 아니다. 어차피 그 두 사람을 가족으로 여긴 적이 없으니까.

그래서 현석이 갑자기 달라지는 것도 싫고 그와 친해지는 것 역시 원하지 않는다. 그저 바라는 것은 신애에 대한 현석의 마음이 변치 않는 것뿐이다. 저에겐 냉정했지만 처음부터 현석은 신애를 사랑했다. 그걸 알기에 애써 현석에 대한 미움을 키우지 않으려 노력했다.

하지만 김 여사는 미웠다. 함께 산 짧은 기간에도 어린 저를 도둑 취급하질 않나, 별별 걸로 트집을 잡으며 어떻게든 신애에게서 떼어 내려 했었으니 사이좋게 지내고 싶은 마음은 눈곱만큼도 없었다. 또한 이번 일로 신애가 얼마나 마음고생을 하며 살았는지를 알고 나니 더 상종하고 싶지 않았다.

파에야를 맛있게 오물거리던 정윤은 갑자기 외할머니가 입버릇처럼 하던 말이 떠올랐다. 사람마다 다 사정이 있는 거라고. 그러니 미워하지 말라고.

하지만 예외란 건 항상 있기 마련이다.

"정윤 씨, 무슨 생각 해요?"

"아, 잠깐 옛날 생각이 나서요."

"가족들이요?"

"네."

"가족들과 언제 만나는 게 좋을까요?"

"엄마와 선후 오빠만 만나면 돼요. 나중에 시간 되면 지연이도 한 번 보고요."

"여동생?"

고개를 끄덕이는 정윤에게 파에야를 더 덜어 주면서 에이든은 그러겠다고 대답했다. 그녀가 원하는 대로 할 생각이었다.

두 사람은 밀린 얘기를 나누며 식사를 이어 갔다. 팬에 남은 음식이 바닥을 보이자 정윤은 에이든의 접시에 담긴 파에야로 시선을 돌렸다. 어쩐지 그의 접시에 있는 게 더 먹음직스러워 보였다. 알록달록한 피망까지도 식욕을 돋게 했다.

뚫어질 듯한 정윤의 시선에 에이든은 슬쩍 제 접시를 그녀에게 밀고 바닥을 보이고 있는 정윤의 접시를 가져왔다.

정윤의 먹는 모습을 지켜보던 그의 얼굴에 미소가 번져 나갔다. 맛있게 먹는 모습이 얼마나 예쁜지 몰랐다. 잘 먹고 체력을 기르라 했더니 그 말을 지키려고 그러는가 싶어 대견하기까지 했다.

"정윤 씨, 더 만들어 줄까요?"

"더 이상은 못 먹어요. 너무 맛있어서 욕심을 부렸나 봐요."

"언제든지 말해요. 정리는 내가 할 테니 정윤 씬 쉬고 있어요."

"같이해요."

정윤은 식탁을 정리하다가 에이든을 올려다봤다. 이런 남자가 제 사람이라니. 꿈만 같았다. 하늘에 있는 아버지와 할머니가 그녀를 위해 고르고 골라 보내 준 사람이 아닐까 하는 엉뚱한 생각마저 들었다.

에이든이 고개를 숙여 콧등에 입을 맞추며 말했다.

"지금 간신히 참고 있으니까 유혹하지 마요."

정윤은 시선을 옮기며 어깨를 으쓱했다. 유혹이라면 그가 프로가 아닌가. 한 번도 에이든의 유혹을 이겨 낸 적이 없다.

정리를 마치고 꼼꼼히 양치를 하고 나온 두 사람은 소파에 앉아 느긋하게 차를 마셨다.

소파 팔걸이에 느슨하게 기대앉은 에이든은 차를 마시며 정윤을 감상했다. 말끔히 화장을 지운 얼굴은 햇볕에 조금 탄 것 같았다. 그럼에도 여전히 매끄럽고 윤기가 흘렀다. 크고 새까만 눈동자가 그를 흘끔거리는 걸 보니 의아한가 보다. 보자마자 덤벼들었을 남자가 이리 시간을 끌고 있으니 더 이상할 것이다.

에이든은 여유로운 손짓으로 드레스셔츠의 버튼을 하나 더 풀었다. 하지만 속은 전혀 여유롭지 않았다. 이미 핏속에서 용솟음치고 있는 욕망은 온몸을 잠식해 목덜미까지 치고 올라와 가시에 찔린 듯한 통증을 일으켰다.

하지만 욕망보다 더한 게 있다. 제 여자에 대한 사랑이 해일처럼 몰려와 그를 옭아맸다. 사랑받고 싶다는 욕심은 왜 계속해서 커지는지 모르겠다.

테이블에 찻잔을 내려놓은 에이든이 정윤의 허리를 당겼다. 제 가슴에 쏙 들어오는 그녀를 양팔로 끌어안으니 살 것 같았다.

정윤의 머리에 턱을 기댄 그는 잠시 그 시간을 즐겼다. 연인이 주는 달콤함과 아늑함이 한없이 좋았다. 두 사람의 숨소리와 쿵쿵거리는 심장 소리가 얽혀 누구 것인지 구분이 되지 않았다.

에이든은 고개를 든 정윤의 얼굴에 입을 맞췄다. 눈과 뺨을 지나 흰 목덜미에 깨알처럼 박혀 있는 두 개의 점을 한참 빨다가 입술을 뗐다. 가쁜 숨을 내쉬는 그녀의 귓가에 속삭였다.

"새 침대가 좋은지 확인할까요?"

침대는 확실히 튼튼하고 안락했다. 두 사람의 격렬한 움직임과 오피스텔을 가득 채운 신음 소리를 다 받아 냈으니.

정윤의 속으로 거칠게 파고들던 에이든은 참을 수 없는 감각에 고개를 젖히고 신음을 토해 냈다. 안을 때마다 새로운 정윤이었지만 지금의 느낌은 말로 표현할 수 없을 정도였다. 그녀의 속이 어느 때보다도 더 민감하게 반응했다.

"하아."

불이 붙은 것처럼 뜨거운 속이 그의 남성을 촘촘히 감싸며 압박을 가했다.

"정윤 씨! 하아, 그만! 죽을 것 같아요!"

아래에서 솟구쳐 오르는 쾌감을 이기지 못한 에이든은 잠시

움직임을 멈췄다. 가만히 있는데도 거친 숨이 계속 쏟아져 나
왔다.

"에이든."

그녀의 목소리에 정신이 들었다. 그는 아래를 떼지 않은 채
로 정윤을 끌어당겨 허벅지에 올려놨다. 이미 사랑을 나누어
서 알고 있었다. 이게 그녀에게 가장 큰 쾌락을 안겨 주는 자
세란 걸. 둘의 아래가 한 치의 틈도 없이 맞물리는 게 느껴졌
다.

정윤은 본능적으로 허리를 움직이면서 손등으로 입을 막았
다. 오늘따라 뭔가 감각이 이상하다. 에이든이 밀고 들어올 때
부터 참기 힘들었다. 그의 몸짓에 흔들리면서 비명처럼 터지
는 신음을 손으로 막으며 버텼지만 이미 몇 번이나 절정에 올
랐다.

그런데도 그를 품고 있는 게 좋아 죽을 것 같았다. 정윤은
가슴을 깨물고 있는 에이든의 목덜미를 끌어안았다. 아래에서
부터 타고 올라온 그의 뜨거운 입술이 그녀의 입술을 막았다.
쾌락에 젖은 신음이 얽힌 혀를 타고 쉴 새 없이 흘렀다.


깜박 잠이 들었던 정윤은 에이든의 몸 위에서 눈을 떴다.
무의식적으로 기지개를 켜다가 낮게 웃었다. 잠든 상태에서도
그의 양팔이 자신을 안고 있었다.

살짝 팔을 젖히고 빠져나와 욕실로 향했다. 거울 앞에 서서
헝클어진 머리를 정리했다. 붉은 흔적이 가득한 몸을 이리저

리 돌려보다가 움직임을 멈춘 그녀는 급히 거실로 달려가 테이블 위에 놓인 휴대폰을 집어 들었다. 일정 관리 앱을 열어 살펴보다가 천천히 배를 쓰다듬었다. 이번 달에 생리를 건너뛰었다.

원래 불규칙한 편이라 확신할 수는 없지만 혹시나 싶었다. 예민해진 미각과 후각, 게다가 좀 전에 에이든과 사랑을 나눌 때 느꼈던 몸의 감각.

아기를 가진 걸까. 에이든과 나의 아기를.

생각과 동시에 눈물이 툭 떨어졌다. 조심한다고 했으면서도 내심 원했나 보다.

언제였을까. 상하이로 출장을 가기 전일 것이다. 에이든의 애무를 느끼고 새벽에 깨어났을 때 미처 피임을 하지 못한 적이 있었다. 여러 번이었으니 어쩌면 가능성이 있지 않을까.

정윤은 침대로 다가가 에이든의 가슴에 머리를 댔다. 자면서도 끌어안아 주는 따뜻한 그의 품에서 스르르 잠이 들었다.

✤　　✤　　✤

다음 날, 미소를 띤 의사가 초음파 사진을 가리키며 설명을 이어 나갔다.

"축하합니다. 아기는 잘 자라고 있습니다. 심장도 아주 튼튼하군요. 소리가 우렁찹니다."

초음파 모니터를 지켜보던 정윤과 에이든은 아기의 심장 소리를 들으며 기쁨의 눈물을 흘렸다. 둘의 아기가 벌써 6주가 넘어간다니.

진료실을 나오자마자 에이든은 정윤을 꽉 끌어안았다.

"고마워요. 정윤 씨, 고마워요."

"에이든……."

고개를 든 정윤은 손가락으로 그의 눈물을 닦아 주었다. 사랑하는 사람의 아이를 가졌다는 게 이렇게 행복할 줄 몰랐다.

집에 돌아와서도 둘은 소파에서 끌어안은 채 떨어지지 않았다.

"에이든, 그만 울어요."

"정윤 씨도 울지 마요."

"이러다 우리 아기가 울보가 되면 어떡해요."

정윤은 빨갛게 충혈된 에이든의 눈에 입을 맞췄다. 날짜를 계산해 보니 1월 중순에 아기가 온 거 같았다. 준비해 둔 콘돔이 다 떨어졌던 일요일 새벽이었다.

그날 그녀는 에이든의 손길에 천천히 잠에서 깨어났다. 엉덩이를 쓸어내리던 손길이 가슴으로 이어졌다. 자는 척하려 했지만 끈질긴 애무에 결국 손을 들고 말았다. 그리고 몇 번이나 뜨거운 사랑을 나눴다.

정윤은 에이든의 목소리에 생각에서 벗어났다.

"아픈 데는 없어요?"

"없어요."

"먹고 싶은 거는요?"

"아직 점심시간이 안 됐는데……."

대답을 하던 그녀는 갑자기 배가 고파졌다. 에이든이 손으로 쓰다듬어 주고 있는 배에서 꼬르륵 소리가 나는 것도 같았다. 정윤은 침을 삼키며 에이든을 봤다.

"아이스크림과 베이글이 먹고 싶어요."

"아이스크림은 어제 냉동실에 채워 놨어요. 아이스크림 먼저 먹고 있어요. 얼른 나가서 베이글 사 올게요."

에이든이 서둘러 나가자 정윤은 냉동실에서 아이스크림을 꺼내 와 소파에 앉아 조금씩 빨아먹었다. 그러다가 와인에 생각이 미치자 안도의 한숨을 내쉬었다. 호주에서 수입할 와인을 고르느라 다양한 와인을 시음했지만 거의 마시진 않았다. 시음할 와인의 종류가 많아서였다.

혀를 굴리며 시음했지만 다른 와인의 맛에 영향을 줄까 봐 뱉어 내고 물로 입을 헹군 후에 같은 작업을 반복했으니 아기에게 영향을 줄 만큼 마시지는 않은 셈이었다.

아이스크림을 다 먹은 정윤은 날씬한 배를 양손으로 감쌌다.

우리 아가, 건강하게 잘 자라야 한다.

현관문이 열리는 소리가 들리더니 빵 봉지를 든 에이든이 가쁘게 숨을 몰아쉬며 들어왔다. 뛰어갔다 온 모양이다.

그 모습에 눈물이 핑 돌았다. 정윤은 베이글을 데우고 냉장고에서 음료를 꺼내는 그를 바라보며 몰래 눈물을 훔쳤다.

에이든이 베이글과 음료수가 든 쟁반을 테이블에 내려놓으며 말했다.

"어서 먹어요."

"같이 먹어야 더 맛있을 거예요."

둘은 마주 보며 베이글을 뜯어 먹다가 소리 내어 웃었다. 정윤은 에이든이 내민 음료수를 한 모금 마시고 그에게 입술을 내밀었다.

화이트 와인을 뽀뽀로 바꿔도 여전히 베이글은 쫄깃하고 맛있었다.

✢  ✢  ✢

그 후, 정윤은 임신을 기뻐할 틈도 없이 발에 땀이 나도록 뛰어다녔다. 담당 거래처를 누비며 와인 홍보와 판매를 진행할 장소를 물색하고, 그녀가 맡았던 와인 스쿨 고객들에게 일일이 연락해 참여를 약속받았다. 호주에 남아 와인 선적을 맡은 수진과 계속 연락을 주고받으면서 마무리 작업까지 끝내고 나니 어느새 열흘이 훌쩍 지나 버렸다.

급한 일을 얼추 마무리 지은 후 잠시 여유가 생긴 정윤은 사무실에서 문서 자료를 들여다보다가 보온병을 꺼내 머그잔에 차를 따랐다. 루이보스 차였다. 철과 칼슘, 미네랄이 많아서 임산부에게 특히 좋은 차라며 에이든이 매일 끓여 주었다. 게다가 양수를 맑게 해 준다니 거절하긴커녕 꼭 챙겨 먹어야 했다.

머그잔을 든 정윤은 휴게실로 향했다. 조용한 휴게실의 창가에 서서 느긋하게 차를 마시며 밖을 바라봤다. 쌀쌀함이 느껴지는 3월의 공기와는 달리 앙상하던 가로수들은 벌써 봄빛을 품고 있었다.

금세 초록의 세상이 되겠지.

차를 다 마신 정윤은 머그잔을 내려놓고 아랫배를 감쌌다. 연한 초록의 잎사귀처럼 싱그럽고 부드러운 봄을 품고 있는 배를.

다행히 남들처럼 입덧을 하지는 않았다. 오히려 식욕이 왕성해져서 탈이다. 정윤은 여전히 날씬한 배를 쓰다듬으며 소리 없이 웃었다.

식욕이 왕성해진 게 입덧이라면 그건 에이든에게도 해당된다. 사이좋은 부부는 입덧을 같이한다더니 그도 정윤처럼 잘 먹는다.

정윤은 창을 타고 넘어온 햇빛 속에 손가락을 쫙 폈다. 약지의 커플링이 빛을 받아 반짝였다. 하지만 이 반지보다 더 귀한 반지를 에이든에게 받았다. 그녀에게 프러포즈하려고 상하이에서 미리 준비해 온 결혼반지였다.

병원에 다녀온 이후 에이든과 함께 지냈다. 아무리 밀어내도 끄떡하지 않으니 달리 방법이 없었다. 명분도 확실하다. 예비 신부를 돌보고 에이든 주니어도 지켜야 한다나.

사무실로 돌아온 정윤은 일정표를 확인했다. 토요일 저녁엔 정윤의 가족 모임이 잡혀 있다. 그 후론 에이든의 가족을 만날 예정이다. 정윤과 뉴욕에 다녀오려 했던 에이든은 그녀가 아기를 가진 걸 알고 계획을 변경했다. 그의 가족들이 서울로 오기로 한 것이다.

휴대폰의 알림창이 깜박거리자 정윤은 일정표에서 눈을 뗐다. 공인중개사 사무실에서 매매자가 나타났다는 메시지였다.

서둘러 결혼하고 싶어 하는 에이든 때문에 정윤은 할머니와 살았던 집을 부동산에 내놓았다. 그 돈으로 결혼에 들어갈 비용을 충당할 생각이었다. 걱정하지 말라는 에이든의 말은 고마웠지만 뭐든지 함께 부담하고 싶었다. 비록 그의 재력에 비하면 보잘것없이 적은 돈일지라도.


조금 일찍 퇴근한 정윤은 부동산을 지나쳐 동네 어귀에 차를 세우고 익숙한 골목을 걸어 들어갔다. 수많은 추억이 골목 곳곳에 배어 있었다. 간간이 들리는 개 짖는 소리, 마당에서 뛰어노는 아이들의 해맑은 웃음소리가 귓속으로 파고들었다.

집에 가까워질수록 걸음이 느려졌다. 담장 밖으로 단풍나무가 보였다. 보지 않아도 마당의 모습이 떠올랐다. 단풍나무 한 그루, 작은 화단, 그리고 평상.

밀려오는 추억을 뒤로하고 정윤은 대문의 벨을 눌렀다. 미리 전화를 하고 와서인지 바로 문이 열렸다.

강아지와 놀고 있던 어린 남매가 마당에 들어서는 그녀를 빤히 쳐다봤다. 볼이 통통한 꼬마들에게 인사하려는 찰나 현관문을 열고 30대 중반의 여자가 나왔다. 전세 계약을 할 때

봤던 터라 안면이 있었다.

"안녕하세요, 박정윤입니다."

"어서 오세요."

"평상에서 얘기를 나눠도 괜찮을까요?"

"그럼요, 잠시만 기다려 주세요."

후다닥 안으로 들어간 여자가 찻잔을 들고 나왔다. 정윤은 차를 마시며 여자와 아이들을 바라봤다. 건강하고 행복해 보였다. 마당 쪽으로 난 주방 창문에서 밥 냄새가 흘러나왔다. 마치 엄마 다리를 베고 누워 아버지를 기다리고 있었던 그때처럼.

아이들이 다시 강아지와 노는 데 집중하자 정윤은 방문 목적을 밝혔다. 부부가 제시한 금액에 집을 팔겠다고 하자 여자의 얼굴이 환해졌다.

사실 부동산에서 제시한 매매가보다 적은 금액이었다. 하지만 추억이 고스란히 담긴 집을 아무에게나 팔고 싶지 않았다. 현재 이 집에서 행복하게 살고 있는 사람들이 제격이라고 생각했다.

잠시 후 대문을 열고 나온 정윤은 대문 앞에 서서 구불구불 이어진 골목길을 바라봤다.

금방이라도 그리운 아버지의 발소리가 들릴 것 같았다. 기다리고 있는 그녀를 번쩍 안아 들어 무수히 뽀뽀를 해 주던 아버지.

정윤은 아이들의 웃음소리가 흘러나오는 집을 다시 한번 바라보고 골목을 걸어 나와 차에 올랐다. 오피스텔로 차를 몰면서 중얼거렸다.

이제 과거는 뒤로하고 행복할 일만 남았다고.

오피스텔 문을 열자 고소한 밥 냄새가 났다. 돌솥밥이 먹고 싶다는 그녀를 위해 레스토랑의 셰프에게 비법을 배웠다며 좋아하던 에이든의 모습이 떠올랐다.

아예 일하는 시간까지 정윤의 시간에 맞춘 그가 불 조절을 하며 콧노래를 부르고 있었다. 밥하는 것이 그리 좋을까.

반찬과 음식 재료는 그의 집의 메이드들이 준비해서 가져다주고, 두 사람이 출근한 후에는 오피스텔에 들러 청소 및 주방일을 한다. 오늘은 에이든보다 일찍 와서 밥을 할 생각이었는데 결국 또 늦고 말았다.

정윤은 씻고 나와 식탁에 앉았다. 불 조절을 잘했는지 밥은 자르르 윤기가 흐르고 고소했다. 숟가락 가득 밥을 떠서 입에 넣은 정윤은 밥이 아닌 그의 사랑을 먹는 것 같아 가슴이 뭉클해졌다.

"맛이 어때요?"

"엄청 맛있어요. 우리 할머니가 지어 주셨던 밥 같아요. 고슬고슬하고 정말 맛있어요."

"그럼 많이 먹어요."

정윤의 먹는 모습을 흐뭇하게 바라보던 에이든도 빠른 속도로 손을 놀렸다. 요즘 왜 이리 밥맛이 좋은지 모르겠다. 레스토랑에서 점심을 먹을 때는 예전과 똑같은데, 정윤과 함께 먹을 때면 식욕이 왕성해진다. 입맛마저 변한 건지 고기만 선호했던 예전과 달리 고슬고슬한 밥과 채소 위주의 반찬들이 그렇게 맛있을 수가 없었다.

정윤이 하는 대로 알맞게 익은 열무김치를 뜨거운 밥에 올려 입에 넣었다. 입에 착착 감겼다. 이러다 보니 최근엔 자신이 미국 사람인지 한국 사람인지 정체성에 혼란이 온다. 엄연히 미국인이고 그렇게 살아왔다. 단지 어머니의 영향으로 한국 문화와 음식을 덤으로 즐겼던 것인데 지금은 반대 현상이 일고 있다.

그래도 좋다.

에이든의 눈길이 맛있게 밥을 먹는 정윤의 얼굴에 닿았다가 배로 향했다. 제 여자와 아이가 있으니 세상에 부러울 게 하나 없다.

어느새 한 그릇을 뚝딱 비운 정윤과 돌솥의 누룽지까지 사이좋게 나눠 먹고 나니 기분 좋게 배가 불렀다.

식탁을 정리한 두 사람은 거실에서 차를 마시며 하루 일과에 대해 도란도란 얘기를 나눴다. 다음 주부터 수입한 와인 판매를 시작한다는 정윤의 말에 에이든이 걱정 가득한 목소리로 말했다.

"정말 내가 안 나서도 괜찮겠어요?"

"괜찮아요. 내 힘으로 할 거예요."

찻잔을 내려놓은 에이든은 그녀의 배에 얼굴을 대고 불만을 토로했다.

"에이든 주니어, 아빠가 비밀 하나 알려 줄게. 엄마는 고집쟁이란다."

"왜 내가 고집쟁이예요?"

"엄마가 말이야, 아빠 집엔 결혼 후에 들어가겠대. 거기서 함께 지내면 훨씬 편하고 좋을 텐데 말이야."

"에이든, 그만해요."

에이든은 정윤의 배에 입을 맞추며 말했다.

"그래도 아빠는 엄마를 너무 사랑한단다."

정윤은 화끈거리는 얼굴에 손부채질을 했다. 아직은 엄마, 아빠란 말이 낯설기도 하고 한편으론 쑥스러웠다. 어쨌든 혼전에 아이를 가졌으니 말이다.

그런 정윤을 바라보는 에이든의 얼굴에 웃음이 번졌다. 소파 팔걸이에 비스듬히 기대 팔을 벌리자 그녀가 등을 기대 왔다. 정윤을 제 쪽으로 바짝 끌어당긴 그는 만족스러운 미소를 지었다.

정윤은 그의 가슴에 등을 기댄 채 책 읽는 걸 좋아했다. 에이든 또한 그녀와 함께하는 이 시간이 좋았다. 그녀를 뒤에서 끌어안아 체향을 맡고 있으면 하루의 피로가 눈 녹듯 사라졌다.

그는 편안한 얼굴로 책을 넘기는 정윤의 정수리를 턱으로 간질였다. 하지 말라는 그녀의 제스처를 무시하고 귓가에 뜨거운 입김을 불어 넣었다. 몸을 움찔거린 정윤이 그의 허벅지를 탁 소리가 나게 때렸다.

"하지 마요."

"정윤 씬 책 읽어요. 난 내 할 일을 할 테니까."

"그래도 소용없어요."

소리 죽여 웃은 그는 정윤의 늘씬한 다리를 눈으로 훑어 내려갔다. 질리지가 않았다. 오히려 볼수록 더 궁금해지니 알 수 없는 일이었다.

에이든은 정윤의 발 옆으로 제 발을 대 보았다. 작은 발뿐만 아니라 발가락까지 예쁘다. 발로 슬슬 문지르니 허벅지에서 또 찰싹 소리가 난다.

아래를 포기한 그는 티셔츠 속으로 손을 넣어 배를 쓰다듬었다. 긴장했는지 정윤이 배에 힘을 주는 게 느껴진다. 장난기가 발동한 그는 검사하듯 양손으로 아랫배를 만졌다.

"정윤 씨, 배에 힘 빼요."

"밥을 많이 먹어서 볼록해진 거예요."

"살이 찐 것 같은데요."

억울한 표정으로 정윤이 그를 올려다보자 에이든은 말랑한 그녀의 입술을 세게 빨아 당겼다. 그의 손이 더 바삐 움직였다. 속옷의 후크를 풀어 탱탱한 가슴을 양손에 쥐었다. 절로 신음이 흘러나왔다. 가슴을 움켜쥐고 있는 그의 손을 떼어 내려는 정윤의 귓가에 신음하듯 속삭였다.

"의사가 조심하면 괜찮다고 했잖아요."

"그래도 초기니까 더 조심해야죠."

"못 참겠어요."

"그러니까 결혼식을 올릴 때까지 떨어져 있자고 했……."

"절대 그렇겐 못 해요."

"하아, 에이든."

정윤은 한숨을 내쉬었다. 임신 초기라 조심하고 싶은데 이 남자는 속이 너무 건강하다. 건강하고 오래 살 남자를 원했지만 이럴 때는 좀 아닌 것 같기도 하다. 하지만 생각과 달리 몸은 이미 그의 손길에 힘들어하고 있었다.

정윤의 변화를 느낀 건지 에이든은 그녀를 더 바짝 끌어당겨 바지 속에 손을 넣으려 했다. 재빨리 바지를 움켜쥔 정윤에게 그가 제안을 했다.

"정윤 씨, 다수결의 원칙으로 하죠."

"두 사람인데 무슨 다수결의 원칙이요?"

"정확히 말하면 우리 주니어까지 세 사람이에요."

정윤은 황당한 얼굴로 에이든을 올려다봤다. 그녀의 이마에 입을 맞춘 그는 태연한 얼굴로 아랫배를 쓰다듬으며 말했다.

"주니어, 잘 생각해 봐. 아빠랑 엄마랑 오늘 뭐뭐하는 게 싫으면 발길질을 해 봐."

"에이든! 아직 발길질을 할 때가 아니잖아요."

"어쨌든 주니어가 발길질을 하지 않았으니 2대 1이네요. 그럼 우리는 다수결의 원칙을 지키러 갈까요?"

그녀를 팔에 안은 에이든은 만족스럽게 웃었다. 정윤도 결국 따라 웃고 말았다. 어차피 이 남자를 이길 방법은 없다. 더군다나 그게 침대에서라면. 어쩔 수 없다면 그가 이성을 잃지 않도록 조심시킬 수밖에.

✦        ✦        ✦

선후와 레스토랑에 들어선 신애는 윤성의 안내를 받아 룸으로 향했다. 저녁 시간이라 그런지 홀의 테이블에는 빈자리가 없었다.

깔끔하게 차려입은 웨이터와 웨이트리스들 외에도 소믈리에들이 몇 보였다. 와인 리스트를 만든 정윤이 관리하는 거래처라고 들었다. 물론 이 고급 레스토랑의 대표가 에이든이란 것도 알고 있었다.

신애가 룸에 들어서자 나란히 앉아 있던 정윤과 에이든이 일어났다. 에이든의 인사를 받은 신애는 자리에 앉아 딸을 바라봤다. 편안하고 행복해 보이는 얼굴에 괜스레 눈가가 매워졌다. 제 품에서 키우지 못한 딸이 어느새 이렇게 예쁘게 자라 결혼을 앞두고 있다니 대견하기도 하고 한편으론 가슴이 아려 왔다.

그사이에 선후와도 인사를 나눈 에이든이 신애에게 물었다.

"어머니, 건강은 어떠십니까?"

"많이 좋아졌어요."

"다행입니다. 그리고 말씀 편하게 하십시오."

"다음부터 그렇게 하지요. 그건 그렇고 결혼을 서두른다 해도 3월 안에는 하기 어려울 것 같네요. 호텔이나 다른 예식장

을 알아보니 이미 예약이 차 있어서 4월 중순이나 가능할 것
같은데…….'

"어머니, 그건 걱정하지 마십시오. 이곳에서 결혼식과 피로
연을 할까 합니다."

"레스토랑에서요?"

"네, 가족과 가까운 지인들만 모시고 하는 게 좋겠다고 정
윤 씨와 얘기를 나눴는데 어머닌 어떠신지요?"

"우리야 괜찮지만 사돈어른들은 어떠실지, 아무래도 뉴욕에
서 성대하게 하길 바라실 텐데."

신애의 말에 에이든이 정윤을 바라봤다. 그녀가 고개를 끄
덕이자 싱긋 웃으며 말을 이어 나갔다.

"원래는 뉴욕에서 할 생각이었는데, 정윤 씨가 힘들어할 것
같아서 여기서 하기로 했습니다."

"우리 정윤이가요?"

신애는 얼굴이 붉어진 정윤을 바라보다가 상황을 눈치챘다.
딸에게 다가가 손을 잡았다.

"우리 딸, 좋은 소식이 있구나."

신애는 고개를 끄덕이는 정윤의 어깨를 다독여 줬다. 두 사
람을 바라보고 있던 선후가 정윤에게 다가왔다.

"축하해. 결혼하는 것도, 아기를 가진 것도."

"오빠, 고마워."

"우리 정윤이, 많이 행복해라."

"오빠도."

선후는 정윤의 눈을 마주 보며 입꼬리를 올렸다.

식사와 와인이 나오자 분위기는 한결 더 부드러워졌다. 자연스레 에이든이 주도권을 잡고 여러 가지 얘기를 했다.

그의 저택 정원을 아이들이 뛰어놀기 좋게 손을 볼 거고 태아가 안정기에 접어들면 뉴욕에 가기로 했으니 그때 가족들도 함께 가자는 등 화제가 끊이지 않고 이어졌다. 그 와중에도 꼼꼼히 정윤을 챙기는 모습에 신애의 입가에서 미소가 떠나지 않았다.

이렇게 에이든의 인사를 받게 해 준 것만으로도 고마웠다. 애초에 현석과 김 여사를 염두에 두지 않았다는 건 알고 있었다. 결혼식에는 초대할지 모르지만 그것뿐일 것이다.

식사를 마친 후에도 한참 얘기를 나눈 네 사람이 자리에서 일어났다. 대리 기사를 기다리면서 선후가 잠시 에이든과 얘기를 나누는 사이 신애는 정윤에게 조심스레 말을 꺼냈다.

"정윤아, 엄마가 결혼식 준비를 해 주고 싶다. 그리고 비용은 걱정하지 마라. 이미 선후와 얘기를 나눴어. 우리 측에서 다 할 생각이야."

"그러지 않아도 돼요. 우리 집…… 팔았어요. 그 돈으로 할 거예요."

"그 집은……."

"저도 앞만 보고 살 테니까, 엄마도 그랬으면 좋겠어요. 이젠 아빠도 할머니도 다 잊고 행복했으면 좋겠어요."

"정윤아."

여전히 창백하고 마른 신애의 모습을 바라본 정윤이 속의 말을 꺼냈다.

"엄마, 당하고 살지 마요. 속으로 삭이며 참지도 말고요."

"미안하다, 엄마가 못나서. 널 지키지 못해서 미안하다."

"난 괜찮으니까, 이제 그런 생각 하지 마세요."


오피스텔에 돌아온 정윤은 기분이 울적했다. 분가를 결심한 현석이 돈을 더 얹어 주고 재빨리 집을 구입했다는 얘기는 선후에게 이미 들었다. 그 점은 안심이 됐다. 김 여사와 따로 산다면 신애는 더 이상 마음고생을 하지 않을 테니까.

그런데 왜 울적한 걸까. 아마 신애의 창백한 얼굴과 마른 몸 때문이리라. 과거 기억 속의 엄마는 꽃처럼 화사하고 예뻤다. 정확히는 반짝반짝 빛이 났다. 그런 엄마가 환하게 웃는 게 얼마나 좋았는지 모른다. 영혼의 쌍둥이라 할 만큼 서로를 닮은 아버지와 엄마는 동네에서 소문난 잉꼬부부였다.

하지만 그렇게 사랑하는 사이였어도 결국은 한 사람이 먼저 가게 마련이다. 사고사든 자연사든 시간 차이가 있을 뿐, 결국엔 혼자 남는다.

엄마, 제발 아빠는 그만 잊어. 아빠도 그러길 원하실 거야. 이젠 지금의 가정에서 행복하게 살아. 내게 미안해하지도 말고, 그 사람을 많이 사랑하며 살아.

정윤은 우울한 기분을 떨쳐 내려 냉장고에서 과일을 꺼내고 있는 에이든에게 시선을 맞췄다.

우리도 결국 언젠가는 혼자 남겠지. 그게 누가 되든지.

생각만으로도 심장에 통증이 일었다. 정윤은 몇 번이나 주먹을 쥐었다 폈다 하면서 마음을 수습했다. 한 치 앞을 알 수 없는 게 현실이니 지금 행복하면 되는 거라고. 그 행복을 마음껏 누리면 되는 거라고 되뇌면서.

"정윤 씨, 과일 먹어야죠."

다정한 목소리에 정신이 들었다. 정윤은 미소를 지으며 그가 내민 과일 접시를 받았다. 신맛과 단맛이 적절히 어우러진 포도가 참 맛있다. 자꾸 손이 간다.

"정윤 씨, 이것도 먹어 봐요."

정윤은 에이든이 반으로 갈라 씨를 뺀 아보카도를 스푼으로 파먹었다. 잘 익은 아보카도 과육이 입안에서 살살 녹았다.

접시를 내밀자 에이든이 얼른 다른 아보카도를 담아 줬다. '맛있다'를 연발하며 눈 깜짝할 사이에 세 개를 먹어 버렸다. 배가 부른 뒤에야 너무 먹은 게 아닌가 싶어 슬그머니 그의 눈치를 봤다. 그녀처럼 열심히 아보카도를 파먹고 있던 에이든이 씩 웃으며 말했다.

"나도 아기를 가진 게 아닐까요? 정윤 씨랑 먹으면 모든 음식이 맛있어요."

그의 말에 정윤은 까르르 웃었다. 두 사람이 점점 닮아 가는 게 느껴졌다.

아보카도를 먹어서인지 상큼한 스파클링 와인이 간절해졌다. 딱 한 모금만 마시고 싶다는 욕망이 점점 커져 결국 정윤은 에이든에게 부탁했다.

셀러에서 스파클링 와인을 꺼내 온 에이든이 잔에 따르며
말했다.

"정윤 씬 딱 한 모금만 마셔요."

"입술만 축일게요."

"좋아요."

따라 놓은 와인을 마신 에이든이 침을 삼키고 있는 그녀에
게 다가와 입술을 겹쳤다. 정윤은 와인 향을 머금은 그의 입술
을 빨았다. 턱없이 부족한 와인이지만 말끔히 빨아 먹었다.

"한 모금만 더 주면 안 돼요?"

"내일 줄게요."

에이든과 함께 양치를 하고 나온 정윤은 여느 때처럼 그의
가슴에 기댔다. 편안하고 아늑했다. 울적했던 기분은 온데간
데없이 사라지고 온몸에 충만감이 가득하다.

그녀는 뒤에서 양팔로 안아 주는 에이든의 탄탄한 가슴에
체중을 실으며 동화책을 건넸다. 어디서 들었는지 태교를 해
야 한다며 그가 사 온 동화책이었다.

그의 목소리에 귀를 기울이던 정윤은 나른한 잠 속으로 빠
져들었다.

12장
다수결의 원칙

정윤이 기획한 세 번의 와인 파티는 모두 성공적이었다. 다양한 가격대의 와인을 수입한 것이 주효했다. 보르도의 그랑크뤼와 맞먹는 호주의 고가 와인 펜폴즈 그레인지(Penfolds Grange)는 이미 첫째 날에 모두 매진됐다. 가장 높은 수입을 기록한 무난한 가격대의 와인도 시음 행사를 주도한 소믈리에들의 활약에 빠른 속도로 팔리더니 물량이 떨어져 예약을 받는 상황이었다.

내내 손님들을 응대하던 정윤은 판매 예약을 받고 있는 수진의 데스크 뒤로 다가가 옆자리에 털썩 주저앉았다. 계속 서 있었더니 허리는 끊어질 듯 아팠고 하이힐을 신은 발꿈치는 까졌는지 쓰라렸다.

남은 물량 체크를 하고 있던 수진이 정윤을 보며 말했다.

"힘들면 네가 여기 맡을래?"

"응. 조금만 쉬고 있을게."

하이힐을 벗고 살펴봤더니 역시나 발꿈치가 까져 빨갛게 부어 있었다. 테이블 아래에 뒀던 가방을 집어 들어 안을 뒤졌지만 밴드는 보이지 않았다.

어쩔 수 없지.

다시 하이힐을 신은 정윤은 자리에서 일어났다. 와인 스쿨 강의 수강생들이 저를 찾는 게 보였다.

은은한 음악, 그리고 와인과 칵테일을 즐기는 사람들. 정윤은 그들 속으로 걸어가면서 공기 중에 떠도는 향을 깊게 들이마셨다. 콧속으로 스며드는 향으로도 충분히 와인의 종류를 구별해 낼 수 있을 만큼 짙었다.

그사이 친구들을 배웅하고 들어온 선후는 고객들 사이를 누비는 정윤을 바라봤다. 아찔해 보이는 하이힐의 굽이 어쩐지 아슬아슬해 보였다.

힘들 텐데.

안타까운 눈길을 거둔 선후는 바의 스툴에 앉아 천천히 와인을 마셨다. 정윤이 호주에서 골라 온 와인이라 그런지 맛과 향이 더 뛰어난 것 같았다.

마지막 한 방울까지 남김없이 마신 그는 파티장 안을 두리번거렸다. 에이든이 보이지 않았다. 뉴욕에서 가족들이 온다더니 마중을 나간 모양이다.

어느덧 파티가 끝나자 정윤이 그에게 다가와 활짝 웃었다.

"오빠, 피곤할 텐데 아직 안 갔어?"

"여기 치우는 거 도와주려고. 에이든이 안 보이니 너도 데려다줘야 하고."

"고마워. 친구들까지 데리고 와 줘서."

"동생 일인데 당연히 나서야지. 정윤아, 힘들 텐데 여기 앉아 있어. 치우는 건 오빠가 도울 테니까."

정윤은 와인병과 안주들이 어지러이 널려 있는 테이블로 가려는 선후의 팔을 잡았다.

"안 해도 돼. 여기 직원들이 책임지기로 돼 있어."

"그래? 다행이다."

"오빠, 우리 먼저 나갈까?"

"많이 피곤해?"

"응. 허리도 아프고 발도 아파."

투정하는 듯한 정윤의 표정에 선후는 그녀를 의자에 앉혔다.

"혹시나 싶어서 밴드를 준비해 왔지."

"역시 오빠가 최고야."

"입에 침이라도 바르고 말해라. 제 남자 친구밖에 안 보이면서."

"남자 친구는 남자 친구고, 오빠는 오빠지."

"어서 구두나 벗어 봐."

"괜찮은데."

선후는 괜찮다는 그녀의 말을 무시하고 구두를 벗겼다. 피부가 벗겨진 발꿈치를 보니 한숨이 나왔다. 아무리 좋아하는 일이라지만 적당히 하면 좋으련만. 성격이 워낙 철저하니. 그 걸 알기에 더 신경 쓰이는 건지도 모른다.

정윤은 선후의 슈트 주머니에서 나오는 물건들을 보다가 입을 딱 벌렸다. 연고, 밴드, 소독약, 게다가 면봉까지. 평소에 준비성이 철저한 건 알고 있지만 이 정도일 줄은 몰랐다.

면봉에 연고를 묻혀 상처에 발라 주고 조심스레 밴드를 붙여 주는 모습에 눈가가 시큰해졌다. 둘 사이엔 핏줄로 연결된 남매보다 더한 정이 흐르는 듯했다.

코끝이 뜨듯해지는 것 같더니 뭔가 뜨거운 것이 입술을 타고 흘러내렸다.

"박정윤!"

흰 블라우스 위로 코피가 뚝뚝 떨어지자 기겁한 선후가 재빨리 손수건을 꺼내 조치를 취했다. 뒷정리를 하던 수진이 선후의 목소리에 놀라 뛰어왔다.

"정윤이 오빠입니다. 먼저 데려가도 되겠습니까?"

"어서 데려가세요. 정윤아, 가서 푹 쉬어."

"매출 정리는 어떡하지?"

"그건 걱정 말고. 무리하니까 코피까지 흘리지. 하여튼 주말엔 푹 쉬어라."

선후는 코피가 멎은 그녀에게 가방 속에서 물티슈와 거울을 찾아 건네줬다. 코피를 닦아 내고 일어난 정윤은 재킷을 입다가 에이든을 발견했다.

"에이든!"

"정윤 씨……."

에이든은 피가 묻은 블라우스를 재킷으로 가리는 정윤의 허리에 팔을 두르고 어깨에 그녀의 가방을 멨다. 밖으로 나와 기사가 열어 주는 뒷좌석에 정윤을 태운 후 선후에게 몸을 돌렸다.

"고맙습니다."

"정윤이가 많이 힘들었나 봅니다. 푹 쉬게 해 주십시오."

"그래야죠. 그럼 저희 먼저 가 보겠습니다."

선후는 손을 흔드는 정윤에게 마주 손을 흔들었다.


오피스텔에 들어오니 누적된 피로가 몰려왔다. 그럼에도 이번 일을 제대로 마무리해서 마음은 홀가분했다. 씻고 나온 정윤은 소파에 앉아 에이든의 어깨에 머리를 기댔다.

그는 피곤해 보이는 정윤을 끌어안으며 한숨을 쉬었다. 얼마나 피곤했으면 코피까지 흘렸을까. 게다가 홑몸도 아닌데.

이번 일이 그녀에게 얼마나 중요한지 알고 있다. 자신의 능력을 보여 주는 기회를 놓치고 싶어 하지 않는 것도.

그는 약간 물기가 남아 있는 정윤의 머리에 입을 맞췄다. 그나마 오늘이 마지막이니 다행이란 생각을 하면서 저를 올려다보며 활짝 웃는 정윤의 뺨을 쓰다듬었다.

"그렇게 웃지 마요. 지금 내가 얼마나 속상한 줄 알아요?"

"코피 흘린 것 때문에요?"

"정윤 씨가 힘든 거 싫어요."

"다음부터는 조심할게요. 열심히 운동해서 체력도 기르고요. 이번 일은 아기를 가진 걸 알기 전에 시작한 일이라 어쩔수 없었어요."

에이든은 뺨에 와 닿은 정윤의 손을 잡아 가늘고 긴 손가락 하나하나에 입을 맞췄다.

"정윤 씨. 전에 상하이에서 해 준 말, 듣고 싶어요."

"평생 사랑하고 책임질게요."

달콤한 입맞춤이 이어졌다. 마치 샤토 디켐을 입에 머금은 것처럼 부드럽고 달콤한 키스에 정윤의 눈가로 행복한 눈물이 한 방울 흘러내렸다.

종일 힘들었던 몸의 긴장이 풀리면서 졸음이 몰려왔다. 한참 동안 그의 넓은 가슴에 얼굴을 묻고 있던 정윤은 서서히 잠이 들었다.

소파에 그녀를 조심스레 눕힌 에이든은 구급상자를 가져왔다. 정윤의 발을 제 허벅지에 올려놓고 물기가 묻은 밴드를 살살 떼어 냈다. 솜에 소독약을 묻혀 닦아 낸 다음에 연고를 바르고 새 밴드를 붙였다.

사실 선후가 밴드를 붙여 주는 걸 봤었다. 아무렇지 않게 생각하려 했지만 기분이 그리 좋지는 않았다. 떼어 낸 밴드를 둘둘 말아 휴지통에 버리고 나니 왠지 속이 시원했다.

두 사람이 사이가 좋다는 건 알고 있다. 어렸을 때부터 선후가 든든한 버팀목이 되어 주었다는 얘기도 그녀에게 들었었다. 쓸쓸하게 살아온 정윤에게 잘해 준 그가 고마웠다. 설사 제 본능이 직감한 대로 선후가 그녀에게 다른 마음이 있었다고 해도 현재는 정윤과 자신을 축복해 주고 있지 않은가. 정윤을 위해 몸부림치며 그 감정을 이겨 낸 거라면 더 고마워해야 할 것이다.

거기까지만 생각하자.

에이든은 연달아 떠오르는 생각을 억누르고 정윤의 뭉쳐 있는 종아리를 한참 주물렀다. 손에 닿은 살결이 실크처럼 매끄러웠다.

그는 깊이 잠든 정윤을 안고 침대로 갔다. 행여나 깰세라 조심조심 침대에 눕히고 시트를 덮어 주었다. 밤늦게 한국에 도착한 가족을 다음 날 만나려면 피곤이 풀려야 할 테니까. 그의 집은 정원 공사가 한창이라 가족은 며칠간 호텔에 머물다가 돌아가기로 한 상태였다.

에이든은 드레스룸으로 들어가 옷을 벗어 옷걸이에 걸었다. 서랍에서 속옷을 꺼내다가 가지런히 정리되어 있는 정윤의 속옷을 만졌다. 이런 작은 것에도 가슴이 아릴 정도로 좋다. 정윤과 관련된 모든 것들, 그녀와 나누는 사소한 일상조차도 왜 그리 행복한지. 어째서 이토록 가슴은 뜨거워지고 때론 눈가가 시큰해지는지 모르겠다. 제 여자에게 제대로 눈이 멀었나 보다.

씻고 나온 그는 새근새근 숨소리를 내는 정윤의 옆자리로 들어갔다. 그녀의 머리를 살짝 들어 팔베개를 해 주고 조심스레 몸을 끌어안았다. 달콤한 숨이 흘러나오는 입술에 짧게 입을 맞추고 배를 쓰다듬다가 그도 스르륵 잠에 **빠져들었다**.

✛        ✛        ✛

오랜만에 김 여사는 큰아들 가족과 식탁에 둘러앉았다. 하지만 얼굴은 밝지 못했다. 머리를 싸매고 드러누워 시위했음에도 불구하고 아들은 결심을 바꾸지 않았다. 이사 가는 집의 방이 마음에 드는지 재잘거리는 손녀의 얘기를 듣고 있자니 속에서 뭔가가 울컥 치밀어 올라왔다.

버림받은 기분이었다. 물론 아들은 둘이나 더 있었지만 하소연할 사람마저 없었다. 신애가 병원에 입원한 후엔 코**빼기**도 보이지 않았다. 며느리들은 아예 전화조차 없었다. 혹시나 싶은 마음에 몸을 사리는 것이리라.

냉정한 둘째 며느리의 얼굴이 떠오르자 김 여사는 고개를 가로저었다. 그런 며느리와 살고 싶은 마음이 없었다.

셋째는…….

병원장의 딸인 셋째 며느리의 안하무인인 모습이 떠오르자 더 세차게 고개를 가로저었다.

그 와중에 그나마 다행이란 생각이 들었다. 재산도 없는 노인이었으면 얼마나 서러웠을까.

하지만 이삿짐이 나가면 홀로 남겨진다는 생각 때문에 억지로 입에 넣은 밥이 목구멍에 얹힌 것처럼 넘어가지 않았다. 깔깔한 밥을 억지로 삼키려던 김 여사는 물을 따르는 메이드에게 화살을 돌렸다.

"밥맛이 왜 이러나?"

"네? 밥이 이상합니까?"

새로 들어온 메이드가 즉시 밥솥으로 가서 확인을 했다. 다른 메이드까지 가세해 밥맛을 보더니 머리를 맞대고 수군거리다가 말했다.

"사모님, 앞으론 조심하겠습니다."

못마땅한 표정으로 물을 마신 김 여사는 저와 달리 편안한 얼굴로 밥을 먹고 있는 신애를 쳐다봤다.

괘씸한 것, 퇴원한 후에 한 번도 안 오더니 이사하는 날에야 왔겠다? 반반한 얼굴로 아들의 혼을 쏙 빼놓더니, 이젠 내 손자까지 꾀어서 데리고 나간단 말이지.

생각할수록 속에서 열이 올라왔다. 식탁에 숟가락을 탁 소리가 나게 내려놓는데도 쳐다보지도 않는 게 가관이다. 이젠 정윤 때문에 더 기세등등할 거란 생각이 들자 없던 밥맛이 싹 달아났다.

정윤이 대단한 집안의 아들과 사귄다고 들었지만 설마 결혼까지 하겠나 싶었다. 그런 집안의 아들이 뭐가 아쉬워서 정윤과 결혼한다는 건지 이해가 안 되는 것은 지금도 여전하다.

먼저 일어난 김 여사가 안방으로 들어가자 밥을 다 먹은 지연이 졸래졸래 그녀를 따라왔다. 김 여사는 손녀의 손을 잡으며 미소를 지었다.

"우리 강아지, 할미랑 살지 않으련?"

"참, 할머니도. 전에 엄마랑 산다고 얘기했는데."

"그 집엔 선후가 따라가니까 넌 할미랑 있어도 괜찮지."

지연이 단호하게 고개를 가로저었다.

"주말에 놀러 오면 되잖아."

"응? 내가 네 집에?"

"아니, 우리가 할머니 보러 오면 되지."

"네 엄마가 그렇게 말하든?"

"아니, 아빠가 그러셨는데. 가끔 주말에 할머니를 뵈러 가면 된다고."

지연의 대답에 맥이 탁 풀렸다. 돈만 있으면 뭐하나. 이 넓은 집에 일하는 사람들과 자신만 남겨질 텐데. 손주들의 얘기 소리도, 웃음소리도 사라질 테지.

병이든 뭐든 핑계를 대서라도 따라가고 싶은 마음이었다. 하지만 현석이 저지할 것 같았다. 쿵 소리를 낸 김 여사는 표정을 풀고 지연에게 물었다.

"정윤이랑 결혼할 사람은 만났어?"

"응. 엄마랑 선후 오빠가 만날 때는 못 갔는데 나중에 만났어. 할머니, 형부가 정말 너무너무 멋있어. 그리고 말이야, 졸랐더니 뉴욕 근교에 있는 집을 사진으로 보여 줬는데 정말……."

"집이 컸나 보네."

"집이 아니라 성이야. 그림 같은 건물들과 수영장, 정원, 테니스장……."

손을 저어 지연의 말을 가로막은 김 여사가 궁금한 걸 물었다.

"정윤인 언제 결혼한다던?"

"이달 마지막 주 일요일에 한다고 했어."

"그래? 얼마 안 남았네. 왜 이리 결혼을 서두르나."

"할머니."

지연은 목소리를 낮춰 정윤이 아기를 가졌다고 알려 줬다.

"그럼 그렇지."

"할머니, 뭐가?"

"넌 알 것 없고, 가서 엄마 좀 불러와라."

지연이 나간 후 조금 있다가 신애가 들어왔다. 다시는 얼굴을 맞대고 싶지 않은 시어머니지만 한 번은 보고 짐을 옮겨야 했다. 그녀는 말없이 자리에 앉으며 속으로 마음을 다잡았다. 무슨 말을 하든 신경 쓰지 말자고.

하지만 주눅 들어 살아온 세월 탓에 등에서 식은땀이 흐르는 것 같았다. 두 손을 꽉 잡은 신애는 정윤이 했던 말을 떠올렸다.


"엄마, 당하고 살지 마요. 속으로 삭이며 참지도 말고요."


딸의 목소리가 떠오르자 어쩐지 힘이 났다. 고개를 든 신애는 애써 담담한 목소리로 물었다.

"어머니, 할 얘기가 있으세요?"

"시어미를 버리고 이사 간다니 좋아서 그런가. 얼굴이 좋아졌구나. 신수가 훤해졌어."

"어머니! 왜 저를 그렇게 못마땅해하세요?"

"그걸 몰라서 물어? 눈을 씻고 찾아봐도 마땅한 데가 없는 주제에."

상처를 주는 김 여사의 말에도 신애는 예전처럼 물러나지 않았다.

"저도 할 만큼 했어요."

"그럼 애 딸린 과부가, 그것도 몸뚱이 하나만 달랑 가지고 온 주제에 그 정도도 안 한단 말이냐?"

"어머니!"

"쯧쯧. 어미가 보고 배운 게 없으니, 딸도 그럴 수밖에."

"어떻게 그런 말을……!"

"딸 교육을 잘했어야지. 혼전에 임신을 하다니 그게 함부로 자란 게 아니면 뭐란 말이냐?"

"도대체 우리 정윤이에게 왜 이러세요? 저만 미워하면 되지, 왜 제 딸에게 이러시냐고요? 이젠 더 이상 못 참아요."

"못 참으면? 그런 남자를 어떻게 잡았나 했더니 아이로 발목을 잡은 거라니."

신애는 절대 그렇지 않다고 소리를 질렀다. 당하고 살지 말라던 정윤의 말이 귓속에서 빙빙 돌자 서러움이 흐느낌으로 이어졌다.

그녀의 울음소리에 놀란 가족들이 방으로 뛰어 들어왔다. 얼굴이 파래진 현석이 김 여사의 앞을 막아섰다. 지금까지 신애가 우는 모습을 본 적이 없었다. 어쩌면 그가 없을 때 매번 이렇게 서럽게 울었을지도 모른다는 생각이 들자 가슴이 무너졌다. 신애의 손을 잡아 일으킨 그는 방을 나서며 김 여사에게 말했다.

"더 이상 이 사람 볼 생각 마세요. 적적하시면 동생들 집으로 가시든지 하시고요."

"아비야. 오해다, 오해야. 난 그저 사실을 얘기했을 뿐이야."

손을 저으며 억울함을 호소하는 김 여사를 본체만체한 현석이 신애를 데리고 나가 버리자 지연이 울면서 따라 나갔다. 주춤하던 선후까지 나가고 나서야 김 여사는 실수했단 걸 깨달았다. 가족들과 있을 때 신애를 부르는 게 아니었다는 걸.

거실로 나가니 아무도 없었다. 2층으로 올라가 둘러봤지만 역시나 텅 비어 있었다.

자신의 앞날이 훤히 보이는 듯했다. 홀로 살다가 병이 들면 요양원에서 쓸쓸하게 죽어 갈 모습이. 성에 차지 않는 며느리 하나 때문에 아들과 손주들까지 잃게 됐다고 생각하니 숨이 턱 막혔다.

계단 난간을 붙잡고 한참 동안 숨을 몰아쉬던 김 여사는 일하는 사람들의 수군거림을 뒤로 하고 안방으로 들어갔다.

보료에 앉아 뜨거운 이마에 손을 짚었다. 선후에게 딴마음을 품을까 봐 정윤을 경계하고 떼어 내려고 했던 시간들이 스치듯 지나갔다. 정윤이 싫었던 또 다른 이유도 있었다. 아들 때문에 어쩔 수 없이 받아들인 며느리가 저를 쏙 빼닮은 딸을 데려오는 걸 재혼 조건으로 삼았으니, 얼마나 괘씸했는지 모른다.

이제 정윤이 제 집안과 비교할 수 없는 집의 며느리가 된다니. 김 여사는 씁쓸한 얼굴로 한숨을 내쉬었다.

내가…… 도와준 셈이 돼 버렸어.


✤        ✤        ✤


에이든 가족과의 만남에 몹시 긴장했던 정윤은 시간이 지나자 차츰 긴장이 풀렸다. 그의 부모인 마크와 신시아, 그리고 형들인 크리스와 다니엘은 모두 다정하고 유쾌한 사람들이었다.

정윤은 주말 내내 그들과 시간을 보냈다. 북촌과 고궁을 느긋하게 걸으며 얘기를 나눴고, 한강의 야경을 구경했다. 한국어를 사용하는 가족들의 배려에 그녀는 그들에게 더욱 친근하게 다가갈 수 있었다.

일요일 저녁, 아름다운 한강의 야경이 내려다보이는 레스토랑에서 저녁을 먹었다. 신시아는 두툼하고 육즙이 가득한 고기를 맛있게 먹는 정윤의 모습을 흐뭇하게 바라봤다.

"정윤 씨, 잘 먹으니 더 예뻐요."

"제가 너무 많이 먹었나 봐요."

"입맛이 당길 때 잘 먹어야 해요. 나중에 입덧 때문에 먹는 게 고역일지도 모르니까요."

"입덧이 심하셨어요?"

둘의 대화에 귀를 기울이고 있던 마크가 신시아 대신 대답했다.

"심했어요. 특히 첫째를 가졌을 땐 거의 먹지 못했죠."

그때가 생각난 듯이 마크가 크리스를 바라보자 그는 어깨를 으쓱일 뿐이었다. 정윤은 얘기를 나누는 가족들에게 시선을 고정했다. 마크를 닮아 애쉬블론드 머리카락을 가진 크리스와 다니엘은 에이든처럼 건장하고 키가 컸다.

그래도 에이든이 제일 멋있어.

그녀의 생각이 전해지기라도 한 듯 에이든이 테이블 밑으로 손을 뻗어 왔다. 정윤의 손을 잡아 손가락을 하나하나 쓰다듬었다.

잘하고 있다는 듯이 손등을 두드려 주자 정윤은 코끝이 시큰해졌다. 임신 후 달라진 것은 미각과 후각만이 아닌 것 같다. 감정까지 말랑말랑해졌다.

식사가 끝나자 정윤은 신시아와 찻잔을 들고 레스토랑 밖에 있는 정원으로 나갔다. 둘은 테이블에 앉아 차를 마셨다. 차 마시는 정윤의 모습을 지켜보던 신시아가 입을 열었다.

"에이든에게 정윤 씨 얘기를 듣고 우린 정말 기뻤어요. 많이 걱정했었거든요. 혹시…… 얘기 들었어요?"

레이나에 대한 얘기일 거라 짐작한 정윤이 고개를 끄덕였다. 그러자 신시아의 얘기가 이어졌다.

"그 일 이후에 더 여자에게 관심을 갖지 않는 것 같아서 많이 애가 탔답니다. 그런데 정윤 씰 보는 에이든의 눈빛을 보니 알겠더군요. 이제야 제 짝을 만났다는 걸요. 원래는 이렇게 다정다감한 아들이 아니었어요."

"지금과 많이 달랐어요?"

"건조하다고 할까. 예의를 지키는 성격이지만 여자들에게 그리 관심을 두지 않는 편이었어요. 그런데 지금은 아예 다른 사람이 되어 있네요."

"전 원래 다정한 성격인 줄 알았어요."

우아하게 차를 한 모금 마신 신시아는 찻잔을 테이블에 내려놓으며 정윤에게 미소를 지었다.

"정윤 씨, 우리 아들 잘 부탁해요."

"네? 아, 감사합니다."

"그리고 우리 손주도 잘 부탁해요."

"감사합니다. 정말 감사합니다."

정윤은 저도 모르게 몇 번이나 감사하다는 말을 반복했다. 아무것도 가진 게 없는 자신을 에이든처럼 그대로 받아들여 줬다.

너무 고마워서 금세 눈시울이 빨개진 정윤은 결국 눈물을 쏟고 말았다. 굵은 눈물방울이 툭툭 떨어지자 당황한 신시아가 얼른 눈물을 닦아 줬다.

"울지 말아요. 에이든이 보면 오해할지도 몰라요. 내가 정윤 씰 괴롭혔다고요."

"너무 잘해 주셔서……."

눈물을 닦아 낸 정윤은 진정하기 위해 식은 찻잔을 들었다. 순간 손에서 찻잔이 사라지더니 뜨거운 찻잔이 대신 쥐어졌다.

"따뜻한 걸로 마셔요."

어느새 옆에 앉은 에이든이 그녀의 빨개진 눈을 엄지손가락으로 쓰다듬었다. 다정한 둘의 모습에 신시아는 재빨리 자리에서 일어나 레스토랑으로 들어갔다.

에이든은 정윤을 양팔로 감싸 안았다.

"춥지 않아요?"

"괜찮아요."

"혹시 감기에 걸릴 수도 있으니까 집에 가야겠어요."

"가족들과 조금 더 있고 싶어요."

"그럼 딱 한 시간만 있다가 가요."

그는 정윤을 품에 안아 등을 쓸어 주었다.

✦        ✦        ✦

에이든의 가족이 뉴욕으로 돌아간 날부터 정윤은 결혼 준비로 몹시 바빠졌다.

다행히 한경과 수진의 배려로 근무 중에 어느 정도 시간을 낼 수 있었다. 우선 에이든이 일을 맡긴 웨딩 플래너와 결혼식에 관한 것들을 의논해 빠르게 결정을 내렸다.

그 후 에이든의 집에서 제 서재로 사용하기로 한 방의 인테리어와 가구를 들이는 일을 신애와 함께했다. 그러면서 둘은 여느 모녀처럼 많은 얘기를 나눴다. 몹시 기뻐하는 신애의 모습에 정윤은 자신을 칭찬했다.

잘했다고, 하늘에 계신 아버지와 할머니도 기뻐하실 거라고.

마지막 가구의 배치가 끝난 후에도 신애는 먼지 한 톨 없이 방을 쓸고 닦았다. 정윤은 조용히 그 모습을 지켜보다 입을 열었다.

"그만해도 돼요. 일하는 사람들이 알아서 청소할 거예요."

"해 주고 싶어서 그래. 네게 아무것도 못 해 준 못난 엄마였는데…….."

정윤은 소리 없이 눈물을 흘리는 신애의 모습에 가슴이 아팠다. 그래서 애써 밝은 목소리로 화제를 돌렸다.

"엄마, 가든 디자이너를 만나야 해서 내려가 볼게요."

"그래. 어서 내려가 봐라."

밖으로 나온 정윤은 잘 정리된 정원을 둘러봤다. 편안하고 아늑해 보이는 정원이 몹시 마음에 들었다. 아이들이 뛰어놀기 좋게 탁 트인 곳과 그 부분을 둘러싸고 있는 아담한 나무들, 바람에 흔들리며 사그락사그락 소리를 내는 소죽 화단, 무엇보다 집과 길게 연결된 테라스와 담장 옆에 마련된 화단이 제일 압권이었다.

담장을 따라 그라스와 야생화 화단이 무리 지어 심어진 채 펼쳐져 있었다. 봄과 여름, 가을에는 얼마나 아름다울지 내심 기대가 됐다.

정윤은 정원을 가로질러 그라스 화단 앞에서 돌멩이의 위치를 바꾸고 있는 가든 디자이너에게 말을 걸었다.

"더 작업하실 건가요?"

"아니요, 다 됐어요."

"그럼 테라스에서 차 마시면서 얘기 나눠요."

테라스로 간 정윤은 가든 디자이너와 마주 앉아 메이드가 가져온 차를 마셨다. 정윤의 시선이 새까만 눈동자를 반짝이며 정원을 훑고 있는 가든 디자이너에게 향했다. 정원 작업을 결정하면서 에이든이 최고의 가든 디자이너를 수소문해 찾아낸 사람이었다. 처음 만났을 때 정윤은 그녀가 너무 젊고 미인이어서 몹시 놀랐었다.

정윤에게 고개를 돌린 여자가 진지하게 말했다.

"문제가 생기면 언제든지 연락 주세요. 저희 회사 관리팀에서 나무와 꽃이 잘 활착할 수 있도록 관리할 거예요."

"그렇게 할게요. 그리고 혜원 씨, 저번에 정말 감사했어요."

"좋은 와인을 마실 수 있는 기회를 주셔서 저도 감사했어요."

정원 일로 만난 게 인연이 돼서 정윤은 혜원을 와인 파티에 초대했었다. 그때야 알았다. 처음 만날 때부터 평범해 보이지 않던 혜원이 샤인그룹 한태혁 본부장의 아내란 것을.

오히려 와인 파티에서 정윤이 그녀에게 도움을 받았었다. 남편인 태혁과 그의 친구들까지 데려온 혜원 덕분에 정윤은 대기업 쪽으로 인맥이 생겼다. 명절 때 임원들의 선물로 와인이 좋지 않겠냐는 혜원의 말에 함께 온 사람들은 너 나 할 것 없이 정윤에게 회사에 공식적으로 방문해 달라는 요청까지 했었다.

정윤은 차를 마시는 혜원에게 물었다.

"혜원 씨, 원래 와인에 관심이 많았어요?"

"사실 정윤 씨 와인 스쿨 강의에 아는 분이 다녔는데 많이 칭찬을 하시더라고요. 그래서 저도 나중에 정윤 씨 강의를 들어야겠다고 생각했어요."

"누구였……."

어떤 수강생인지 물으려던 정윤은 혜원의 휴대폰이 울리자 통화를 하라는 눈짓을 하고 차를 마셨다. 영상 속에서 귀여운 아이들의 목소리가 흘러나오자 슬쩍 고개를 그쪽으로 돌렸다.

—이모! 언제 올 거야?

—엄마! 빨리 올 거지?

얼마나 뛰어다녔는지 이마에 땀이 송골송골 맺힌 남자아이들이 쌍둥이처럼 재잘거렸다. 서로 혜원을 보겠다고 얼굴을 미는 모습에 정윤은 속으로 웃음을 터트렸다.

곱슬머리, 동글동글한 얼굴이 깨물고 싶을 만큼 귀여운 아이들이었다. 일하는 중이라며 혜원이 전화를 끊는 게 아쉬울 정도였다.

"너무 예뻐요."

"조카와 아들이에요. 그럼 전 이만 가 볼게요."

혜원은 정원의 포석을 따라 걸어갔다. 그 뒷모습을 바라보
던 정윤은 내년부터 아버지의 회사 일을 배우기로 했다는 그
녀의 말이 떠올라 가든 디자이너로서의 재능을 유감없이 보여
주고 있는 그라스 화단으로 눈길을 돌렸다.

✛          ✛          ✛

집으로 돌아와 저녁 식사를 마친 신애는 정원으로 나가 나
무 의자에 앉았다. 곧 비라도 올 것 같은 바람이 불었지만 기
분은 좋았다.

열린 2층 창문을 통해 지연과 선후의 목소리가 들렸다. 선
후가 지연의 공부를 봐주고 있는 모양이다.

아들과 딸의 목소리가 살랑거리는 바람처럼 귓속으로 흘러
들어 왔다. 신애는 흐뭇한 미소를 지으며 정원을 둘러봤다. 김
여사와 살던 집보다 약간 작지만 제집이란 느낌이 든다. 처음
으로 느긋하게 늦잠도 자고 정원에서 책을 읽으며 편안한 시
간을 보내기도 했다.

그런데도 가끔 불안했다. 김 여사가 쳐들어와 여기서 살겠
다고 버티면 어쩌나 싶어서.

그러다 현석이 방패막이 되어 줄 거라 생각하면 불안하던

마음이 어느새 가라앉곤 했다.

현관문 열리는 소리가 들리더니 머그잔을 든 현석이 다가와 그녀의 옆에 앉았다.

"천천히 마셔. 뜨거우니까 조심하고."

현석이 내민 머그잔을 양손으로 잡은 신애는 천천히 커피를 마셨다. 그녀를 가만히 바라보던 현석은 한참 망설이다가 입을 뗐다.

"당신…… 후회해? 나와 살기로 한 것 말이야."

"……."

말없는 신애의 옆모습을 묵묵히 바라보던 현석은 시선을 돌렸다. 대답을 듣지 않아도 알고 있다. 후회하고 원망하리란 걸.

무엇보다 정윤의 일로 그녀의 가슴에 대못을 박았으니 어찌 원망하지 않겠는가. 김 여사 못지않게 그 역시 신애를 힘들게 했으니까. 하지만 정윤과 함께 있었다면 신애는 재윤을 잊지 못했을 것이다.

어린 정윤이 불쌍하지 않았던 건 아니었다. 그럼에도 그는 선택했다. 제 어머니가 정윤을 보낸 후 다시 데려오지 않기로 했을 때 나서지 않았던 비겁한 선택을.

신애의 마음을 얻으려고 한 행동이 오히려 역효과를 냈을지도 모른다. 어쩌면 신애는 자신의 아내로서가 아니라 늦둥이 딸의 엄마로서 힘든 세월을 버텨 왔던 건지도. 부정적인 생각이 들 때마다 입안이 바짝바짝 탔다.

"미워해도 할 말이 없어. 늦었다는 건 알지만 이제라도 달라지도록 노력할게."

"이미 늦었어요."

"그래…… . 늦었지."

너무 늦은 걸 안다. 정윤 또한 저가 달라지든 말든 관심조차 없을 거란 것도.

현석은 자리에서 일어서며 신애를 바라봤다.

"요즘 당신이 행복해 보여서 참 좋아. 결혼하기 전에 애들 초대해서 밥을 먹는 게 어떨까? 정윤이가 불편해하면 난 나가 있을 테니까 그건 신경 쓰지 말고. 아이를 가졌으니 엄마가 만들어 준 음식이 먹고 싶을 거야. 선후도 정윤이가 오면 좋아할 테고."

"알아서 할게요."

신애는 집 안으로 들어가는 현석의 쓸쓸한 뒷모습을 바라보며 그가 한 질문을 상기했다.

후회만 했을까. 재혼으로 그녀는 딸을 하나 잃었고 다른 딸을 얻었다. 또한 제 속으로 낳지 않았어도 듬직한 아들이 생겼다.

하지만 자식을 지키지 못한 후회는 평생토록 갈 것이다. 아무리 정윤이 마음을 열어 줬다 해도 스스로 죽을 때까지 잊을 수 없을 것이다.

한숨을 내쉰 신애는 일어나 집 안으로 들어갔다. 들어가자마자 지연이 그녀의 품으로 뛰어들었다.

"엄마, 간식!"

"조금 전에 저녁 먹었잖아."

"수학 공부를 열심히 했더니 배가 고파졌어."

"이 녀석, 네 배 속에 뭐가 들었는지 정말 궁금하다."

"뭐가 들었을지 나도 궁금해."

"어휴, 정말. 오빠? 오빠도 배고프대?"

"몰라. 오빠는 은영 언니랑 통화 중이던데. 뭐가 좋은지 싱글거리던걸."

신애는 눈웃음을 짓는 지연의 뺨을 살짝 꼬집곤 주방으로 들어갔다. 거실에서 신문을 읽으며 모녀의 모습을 지켜보던 현석이 소리 없이 웃었다.

신애는 냉장고를 열어 허브, 후추, 소금으로 간을 해 놓은 닭고기를 꺼냈다. 오븐을 예열하다가 2층에서 내려오는 선후의 발걸음 소리를 들으며 미소 지었다.

정윤이 제 짝을 만나 결혼하듯, 선후도 짝을 만난 것 같아 기뻤다.


혜원이 돌아간 후 정윤은 중정이 내다보이는 식탁에서 메이드가 차려 준 이른 저녁을 먹었다. 일주일이 지나면 이 집의 안주인을 될 거란 생각에 절로 미소가 지어졌다. 하지만 안주인보다 좋은 말이 있다.

"에이든의 아내."

공기 중으로 퍼져 나간 말이 귓가를 간질이자 눈가가 시큰

하더니 매워졌다. 임신 때문인지 요즘 툭하면 눈물이 난다. 정윤은 눈을 깜박여 그렁그렁해진 눈물을 없앴다.

식사를 마치고 일하는 사람들과 메이드들을 내보냈다. 손님과 저녁을 먹고 출발한다는 에이든을 기다리다가 욕실로 들어가 샤워를 했다.

머리를 말리고 새로 산 슬립을 입은 후 두툼한 가운을 걸쳤다. 모처럼 에이든의 집에서 자기로 한 날이라 마음이 느긋해졌다.

2층부터 1층까지 검사하듯이 둘러본 후 중정으로 나갔다. 루프어닝과 슬라이딩 도어를 연결해 비밀 공간처럼 만들어진 중정은 따뜻했다.

벽난로로 다가간 정윤은 자작나무 장작을 더 집어넣고 활활 타오르는 불빛을 바라봤다. 샤워로 차가워진 몸이 금세 따뜻해졌다.

그녀는 벽난로 앞에 놓인 의자에 비스듬히 누웠다. 의자에는 두툼하고 푹신한 담요가 깔려 있어 편안했다. 정윤은 발가락을 꼼지락거리며 하늘을 올려다봤다. 어두운 밤하늘에 희미한 달이 떠 있었다.

눈이 오면 좋겠다.

에이든과 처음으로 사랑을 나눴던 그날처럼 함박눈이 펑펑 쏟아졌으면 좋겠다는 생각을 했다.

얼마 지나지 않아 벽난로의 따뜻한 온기에 눈이 가물거리기 시작했다. 정윤은 잠들지 않으려고 눈을 부릅떴다.

에이든이 금방 올 텐데. 기다려야지.

하지만 저절로 눈이 감겼다. 요즘 점점 잠이 많아지더니 잠깐 앉아 있었다고 어느새 잠이 몰려왔다.


집에 돌아와 씻고 나온 에이든은 정윤의 옆으로 다가가 비스듬히 누웠다. 그녀의 머리를 들어 제 어깨에 올려놓고 잠자는 모습을 들여다봤다. 작은 얼굴에 오밀조밀한 이목구비가 너무 예뻐서 오래 들여다봐도 질리지 않았다.

긴 손가락으로 정윤의 얼굴을 쓰다듬었다. 뽀얗고 투명한 피부의 감각이 손끝을 타고 전해졌다. 새근새근 숨을 쉬고 있는 입술이 예뻐서 손가락으로 살짝 집자 정윤이 얕게 숨을 쉬며 몸을 돌리려 했다. 그 모습이 귀여워 또다시 손가락으로 입술을 집었다.

이번엔 잠결에 허공에 손을 젓는 정윤의 목덜미를 입술로 더듬었다.

"정윤 씨, 일어나요. 오늘 많이 사랑해 준다고 약속해 놓고 이럴 거예요?"

흰 목덜미를 더듬던 입술이 귓불을 깨물며 얼굴로 올라가자 정윤이 억지로 눈을 떴다.

"간지러워요."

"그럼 일어나요. 약속을 했으면 지켜야죠."

에이든은 팔을 벌리는 정윤은 안아 일으켰다. 닿을 듯 말듯 다가온 입술을 세게 빨고 떨어졌다. 탐스럽게 아래로 펼쳐진 머리카락을 쓸어 주다가 그녀의 얼굴을 쓰다듬었다. 눈이 마주치자 정윤이 입술을 쭉 내밀었다.

감미로운 키스가 이어졌다. 말랑말랑한 입술, 달콤한 혀, 겹쳐지는 숨소리. 이 모든 게 그에겐 참을 수 없는 유혹이었다. 간신히 입술을 떼어 낸 에이든은 정윤을 바짝 끌어안았다. 제 여자를 만날 확률이 얼마나 될까를 생각하면서.

낯선 나라, 낯선 도시, 게다가 처음 간 와인 바에서 인연을 만날 확률은 어떨까.

그 행운이 자신에게 찾아왔다. 예기치 못한 장소에서 정윤을 만났고, 그렇게 예기치 못한 사랑이 시작되었다. 마치 둘의 운명이 그 시간을 향해 흐르고 있었던 것처럼.

툭툭.

루프어닝 위로 빗방울이 떨어졌다. 점점 굵어지던 빗줄기가 거세지자 에이든이 정윤을 내려다봤다.

"들어갈까요?"

"아니요. 빗소리 듣고 싶어요."

"비를 좋아해요?"

"좋아해요. 특히 요즘 저수지가 마를 정도로 가뭄이라던데 이렇게 단비가 내리네요."

"그럼 잠시만 기다려요."

에이든은 스파로 가서 물의 온도를 확인했다. 보글보글 기포가 올라오는 스파에 앉아 빗소리를 들으면 더 운치가 있을 것 같았다.

여기에 정윤이 좋아하는 디저트 와인이나 화이트 와인이 있으면 금상첨화겠지. 그는 집 안으로 들어가 셀러에서 화이트 와인을 꺼내 왔다. 저번처럼 입술에 묻혀 맛만 보여 줄 생각이었다.

두 사람은 속옷을 입은 채로 스파에 들어갔다. 정윤은 에이든의 넓은 가슴에 편안하게 등을 기댔다. 중정 밖을 바라보니 온통 어둠뿐이었다. 굵어진 빗줄기는 어느새 거센 폭우로 변해 있었다. 루프어닝을 두드리는 빗소리를 음악 삼아 정윤은 간간이 고개를 돌려 그의 입술에 묻은 화이트 와인을 빨아 먹었다.

달고 맛있다. 밤새라도 먹을 수 있는 맛이다.

스파 옆에 글라스를 내려놓은 에이든이 정윤의 몸을 더 당겼다. 양팔과 다리로 뒤에서 꽁꽁 싸듯 그녀를 안고 만족스럽게 웃었다. 하늘을 올려다보고 있는 정윤의 머리에 얼굴을 대고 물었다.

"오늘도 다수결의 원칙대로 해야겠죠?"

"에이든 주니어도 참여해요?"

"당연하죠. 계속 참여해야 할 거예요. 물론 조심할 테니 걱정하지 말고요."

"또 발차기로 할 거예요?"

"이번엔 만세 부르는 걸로 하죠."

정윤은 자신의 다리를 꼼짝 못 하게 감싸고 있는 그의 허벅지를 찰싹 때리며 웃었다.

찰랑거리는 물소리, 어닝을 두드리는 빗소리, 그리고 중정 안에 퍼지는 두 사람의 웃음소리.

연인에겐 더할 나위 없이 행복한 밤이었다.

에필로그 1

도쿄 출장에서 돌아온 에이든은 차 뒷좌석에서 차창 밖을 바라봤다. 벚꽃이 눈송이처럼 흩날리는 모습이 장관이었다. 겨울 동안 몸을 감싸고 있던 두꺼운 껍질을 뚫고 나온 연한 초록의 이파리들을 가득 매달고 있는 가로수들도 눈길을 끌었다.

완연한 봄이었다. 그의 정원도 싱그러운 봄빛으로 가득하리라.

집이 가까워질수록 입가에 맴돌던 미소가 짙어졌다. 그리운 가족들 때문이었다. 아마 지금쯤 세 살배기 아들인 헨리는 목욕을 하지 않으려고 보모에게 떼를 쓰고 있을지도 모른다.

"싫어! 싫어! 엄마랑 할 거야!"

귓가에 아이의 목소리가 들리는 듯하다.

차에서 내린 에이든은 정원을 가로질러 집 안으로 들어갔다. 역시나 목욕 준비를 한 상태에서 떼를 쓰고 있는 헨리가 보였다. 그를 보자마자 소리를 지르며 달려들었다.

"아빠!"

에이든은 홀딱 벗은 헨리를 안아 올려 통통한 엉덩이를 살짝 때렸다.

"깨끗하게 씻어야지."

"싫어. 엄마랑 목욕할 거야."

"오늘 엄마는 좀 늦을 텐데."

"그럼 아빠랑 할래."

에이든은 발그레한 헨리의 뺨에 입을 맞췄다. 에이든 주니어답게 그를 많이 닮았다. 해맑은 웃음과 깜찍한 외모로 온통 사람들의 관심을 받는 아이였다. 정윤을 닮아 크고 맑은 눈 역시 절로 사람들의 시선을 끌었다.

에이든은 품에서 웃고 있는 아이의 머리카락을 쓸어 주었다.

"아빠랑 씻고 엄마 기다릴까?"

"응."

에이든이 욕조에서 헨리와 느긋하게 목욕을 즐기고 있을 때 정윤은 1분기 영업 판매 현황표를 검토 중이었다.

결혼 후 육아 휴직으로 6개월을 쉰 그녀는 팀장으로 회사에

복귀했다. 그 후 눈코 뜰 새 없이 바쁘게 지냈다. 검토한 서류를 가지고 사장실로 가서 동훈에게 보고하고 나오자 이미 퇴근 시간이 지나 있었다.

회사 주차장에서 차를 몰고 나오던 정윤은 시간을 확인했다. 이미 집에 도착했다는 에이든의 메시지를 받은 터라 마음이 급했다.

큰길에 들어서니 러시아워의 위용을 자랑하듯 차는 꼼짝도 하지 않았다. 조급한 마음을 달래려 노래를 흥얼거렸다. 에이든이 그녀의 오피스텔에서 요리를 하며 부르던 노래였다.

정체가 어느 정도 풀리자 집을 향해 차 속도를 높였다.

정원 테라스에서 눈에 졸음이 가득한 헨리를 안고 있던 에이든은 계단을 오르는 정윤의 발소리가 들리자 벌떡 일어났다. 정윤을 발견한 헨리가 버둥거리며 그의 품에서 빠져나갔다.

"엄마!"

달려온 헨리를 번쩍 안아 올린 정윤이 아이의 얼굴에 마구 뽀뽀를 했다. 둘의 행복한 웃음소리가 정원에 퍼지자 에이든이 웃고 있는 두 사람을 긴 팔로 껴안았다. 아이를 사이에 두고 둘은 달콤한 키스를 나눴다.


저녁을 먹고 헨리를 재우고 나니 9시가 다 돼 가고 있었다. 아이의 방을 나오자마자 에이든은 정윤을 안고 침실로 갔다. 상하이에 이어 도쿄에도 레스토랑을 오픈하면서 떨어져 있는 시간이 길어질 수밖에 없었다. 그러다 보니 두 사람은 여전히 신혼처럼 뜨겁게 서로를 그리워했다.

에이든은 침대에 그녀를 눕히고 다정한 손길로 그녀의 얼굴을 만졌다.

"너무 보고 싶었어요."

"나도요."

맞닿은 시선이 한참 동안 서로에게서 떨어질 줄 몰랐다. 에이든은 정윤에게 몸을 숙여 입을 맞췄다. 와인 향을 품은 그녀의 입술을 맛보니 살 것 같았다.

뜨거운 키스가 이어지고, 둘은 어느새 하나가 되어 있었다. 제 여자의 뜨거움에 사로잡힌 에이든은 몸을 타고 올라온 쾌락에 정신을 잃을 것 같았다.

한 몸처럼 격렬하게 움직이던 두 사람의 입에서 뜨거운 숨과 신음이 쏟아졌다. 마지막을 향해 달리는 그의 가슴을 정윤이 급하게 밀어냈다.

"에이든, 빨리, 콘돔이요!"

고개를 세차게 가로저은 에이든은 정윤의 속으로 더 깊게 파고 들어가 제 분신을 끝없이 쏟아 내고 그녀 위에 무너졌다. 정윤도 신음을 흘리며 그의 등을 끌어안았다. 어쩌면 에이든이 간절히 원하는 대로 자신을 쏙 빼닮은 딸이 생길지도 모른다고 생각하면서.

사랑을 나눈 후 나른해진 몸에 에이든의 손길이 와 닿았다. 부드럽게 쓰다듬어 주는 손길이 너무 좋아서 정윤은 달콤한

숨을 내쉬었다. 가늘게 눈을 뜬 그녀는 다가오는 그의 입술에 제 입술을 겹치며 사랑을 속삭였다.

몇 번이나 더 사랑을 나누고 나서야 서로의 몸을 떼어 냈다. 함께 샤워를 한 뒤 화이트 와인을 들고 정원으로 나갔다.

정원엔 달빛이 가득했다. 그라스에 스치는 바람 소리와 공기 속을 부유하는 꽃향기가 테라스에 앉아 있는 두 사람을 감쌌다.

에이든의 어깨에 기대고 있던 정윤은 코끝으로 스며드는 화이트 와인의 향을 깊이 들이마셨다. 그가 내민 잔을 들여다보다 한 모금을 입에 머금었다. 입안에서 퍼지는 상큼한 향기가 참 좋았다.

느긋하게 와인을 마시던 둘은 틈틈이 입을 맞췄다. 고요하고 아름다운 봄밤이 점점 깊어 갔다. 손가락으로 정윤의 머리카락을 쓸어내리던 에이든의 얼굴에 만족스러운 미소가 번졌다.

"에이든."

정윤의 나른한 목소리에 그의 눈가가 호선을 그리며 휘어졌다.

나의 아내, 박정윤. 여전히 그녀를 볼 때마다 감사한다. 그날, 그 와인 바에 갔던 것을.

에이든은 달빛 속에서 빛나는 정윤의 얼굴을 쓰다듬다가 다시 입을 맞췄다. 허리를 끌어안고 가슴에 얼굴을 대는 그녀의 등을 쓸어내리며 생각에 잠겼다.

주말인 내일은 신애와 지연, 선후 가족이 놀러 올 것이다. 결혼 후, 정윤은 신애에게 차츰 마음을 열었고 지금은 다정한 모녀 사이로 지낸다. 선후와는 여전히 사이가 좋다. 가끔 질투가 날 정도로. 그사이에 선후 역시 은영과 가정을 꾸려 귀여운 여자아이를 낳았다.

생각을 정리해 나가자 자연스럽게 현석의 얼굴도 떠올랐다. 에이든은 현석을 따로 만난 적이 있었다. 뉴욕의 집을 방문할 때도 선후 가족과 신애, 지연과 함께 가곤 했으니 어쨌든 현석에겐 인사라도 드려야 할 것 같아서였다.

그새 정윤이 잠들었나 보다. 새근새근 숨소리가 흘러나오는 입술을 만진 에이든은 빙그레 웃으며 화이트 와인을 머금었다. 그녀를 깨우는 방법 중 하나였다.

살짝 몸을 일으켜 입안에 화이트 와인을 흘려보내자 역시나 정윤이 배시시 웃으며 입을 더 벌렸다.

"더 먹여 줘요."

에이든은 달빛 속에서 참새처럼 입을 벌리는 그녀에게 열심히 포도주를 먹여 주었다.

"으읏."

정윤이 그의 입술을 세게 깨물었다. 입안에 머금은 포도주보다 입술이 더 탐이 났나 보다. 허벅지에 올라앉은 그녀가 뜨거운 숨을 귓가에 불어넣으며 귓불을 깨물자 에이든은 들고 있던 와인 병을 툭 떨어뜨렸다. 넘어진 병에서 흘러나온 포도주가 잔디를 적시며 향기를 뿜어냈다.

아아. 정윤의 애무에 정신이 혼미해진 에이든은 가쁜 숨을
몰아쉬며 그녀를 으스러지게 껴안았다.


다음 날, 가족이 정윤의 집으로 놀러 간 후에 현석은 김 여
사를 뵈러 갔다. 아들을 반기던 김 여사는 지연과 선후 가족이
보이지 않자 언짢은 표정을 지었다.

"애들은 왜 안 보여?"

"안사람과 애들은 정윤이 집에 갔습니다."

"그 집엔 왜 그리 자주 가는 거야? 전에는 상하이까지 놀러
갔다며?"

"가족끼리 자주 어울리면 좋지요."

가족이란 말에 김 여사는 끙 소리를 내며 소파에 앉았다.
원래 그녀의 가족이었다. 그 가족 중에서 눈엣가시 같은 신애
와 정윤을 미워했던 벌을 받고 있는 것일까. 요즘은 사는 게
너무 쓸쓸했다.

그 후 신애는 한 번도 찾아오지 않았고, 그녀가 우는 걸 봐
서인지 지연도 예전처럼 자신을 살갑게 대하지 않았다. 선후
가족 역시 명절에만 찾아오는 정도였다.

돈이 좋긴 좋은 모양이지.

에이든 집안의 전용기를 타고 미국에 다녀온 지연이 침을
튀기며 자랑하던 일이 떠오르자 우울해졌다. 정윤이 생각하는
가족 중에 현석과 그녀는 해당되지 않는다는 걸 안다. 그럴 수
밖에 없을 거라 여기면서도 자꾸 욕심이 생기는 건 왜일까. 지

연이 사진으로 보여 준 에이든과 귀여운 헨리도 만나 보고 싶었다.

구걸하는 것도 아니고, 늙어서 무슨 주책이람.

메이드가 가져온 찻잔을 들면서 김 여사는 아들의 모습을 살폈다. 보기 좋게 살이 오르고 편안해 보였다. 며느리가 행복하니 저도 행복할 테지. 신애에게 첫눈에 마음을 빼앗겨 버린 아들이었으니 안 봐도 뻔했다.

열어 놓은 창문으로 봄바람이 살랑거리며 들어왔다. 밖에는 무수한 꽃들이 화려하게 꽃망울을 터뜨렸을 것이다.

김 여사는 주름진 손을 내려다봤다. 아들 가족이 분가를 한 후 그녀는 부쩍 늙었다. 웃을 일이 없었고 찾아오는 사람도 거의 없었다.

가끔 선후가 아이를 데리고 오면 저도 모르게 엉덩이를 들썩였다. 따라가고 싶은 마음이 굴뚝같았다. 손주들과 증손녀의 얼굴이 아른거려 잠을 못 이루기도 했다. 결국 신애와 정윤을 받아들이지 못한 게 제 무덤을 파는 일이었다는 걸 나중에야 깨달았지만 이미 소용이 없었다.

저녁을 먹은 후 얘기를 나누던 현석이 돌아가자 방으로 들어온 김 여사는 쓸쓸한 얼굴로 TV를 틀었다. TV에서 흘러나오는 사람들의 목소리를 들으며 자리에 누워 억지로 잠을 청했다.

✦　　　✦　　　✦

햇살이 눈부시게 빛나는 토요일 오후, 에이든의 집은 몰려온 손님들로 북적거렸다.

"와아!"

헨리가 소리를 지르며 선후가 살짝 찬 공을 쫓아갔다. 헨리의 뒤를 선후의 딸인 나연이 뒤뚱거리며 걸어갔다. 약속이라도 한 듯 선후와 에이든도 나란히 아이들의 뒤를 따랐다.

주방 창문으로 그 모습을 바라본 신애의 얼굴에 웃음꽃이 피었다. 아침 일찍부터 음식을 준비했던 주방은 아직도 산만했다. 메이드들이 알아서 준비한다는 걸 알지만 제 손으로 만든 음식을 딸과 아들 가족에게 먹일 생각에 즐겁기만 했다.

대학생이라 제법 아가씨티가 난 지연이 그녀를 돕다가 입을 열었다.

"엄마, 언니 정말 행복해 보여."

"행복해야지."

"형부 눈빛 봤어? 언니를 바라보는 눈빛 말이야. 정말 부럽더라."

"너도 그런 사람을 만날 거야."

신애의 말에 지연은 살짝 고개를 저었다. 아마 그건 불가능할 것이다. 세상에 에이든 같은 사람은 없을 테니까. 하지만 행복하게 살아가는 언니 가족의 모습은 참 좋았다. 그녀의 시선이 테라스에서 테이블을 세팅하고 있는 정윤과 은영에게 닿았다. 정윤의 손에는 와인병이 들려 있었다.

지연도 알고 있었다. 정윤의 아버지가 뛰어난 소믈리에이자 와인 판매상이었다는 걸. 그 재능을 이어받은 정윤이 회사와 와인 업계에서 갈수록 두각을 드러내고 있다는 것도.

접시에 잡채를 담던 지연은 제 손과 엄마의 손을 번갈아 바라봤다. 정윤처럼 빼닮지는 않았지만 그녀 역시 신애의 딸이라는 표시가 있다. 똑같은 손, 그리고 정윤과 닮은 눈. 그러고 보니 헨리 역시 같은 눈을 가지고 있다. 그 사실에 몹시 기분이 좋아졌다.

테라스의 긴 테이블에 온 가족이 둘러앉았다. 뛰노느라 허기졌던 건지 세 살짜리와 두 살짜리가 먹기 시합이라도 하듯 엄마들이 주는 음식을 족족 받아먹었다. 정윤이 티슈로 헨리의 입가를 닦아 주며 말했다.

"헨리, 천천히 먹어."

"배고파."

"먹으면서도 배가 고파?"

"응. 많이 많이 먹을 거야."

한참 고기와 잡채를 먹던 헨리가 정윤의 팔을 흔들었다.

"왜? 물 마시고 싶어?"

"엄마, 베이글 먹을 거야. 베이글!"

정윤은 무안한 얼굴로 에이든을 바라봤다. 임신 때 그렇게 베이글을 먹었더니 아무래도 그 영향인 듯했다.

결국 베이글을 잘라 작은 조각을 아이의 손에 쥐여 주었다. 야금야금 베어 먹으면서 헤실거리는 헨리를 본 나연도 은영의 팔을 흔들었다.

"엄마! 나도 뻬이그, 뻬이그 줘."

"나연이도 베이글 먹고 싶어?"

은영은 고개를 끄덕이며 손을 내미는 나연에게 작은 베이글 조각을 쥐여 주었다. 베이글을 한입 베어 문 아이들이 소리를 지르며 정원으로 달려 나가자 식탁엔 웃음이 와르르 쏟아졌다.

점심을 먹은 후 남자들과 은영, 지연은 휴게실에서 당구를 쳤고, 놀다 지친 아이들은 낮잠을 잤다. 정윤은 테라스에서 신애와 도란도란 얘기를 나눴다.

따듯한 바람 때문인지 뺨을 간질이는 햇살 때문인지 졸음이 몰려온 정윤은 의자에 비스듬히 누워 신애의 얘기를 듣다가 잠이 들고 말았다.

"우리 딸, 많이 피곤했구나."

신애는 잠든 정윤의 앞머리를 쓸어 넘겨 주었다. 부드러운 뺨을 손으로 만지자 눈물이 왈칵 터졌다. 작고 어렸던 딸, 재윤의 무릎에 앉아 두 개나 빠진 앞니로 용케 베이글을 베어 먹으며 천사처럼 웃던 딸.

눈물을 닦아 낸 신애는 하늘을 올려다봤다. 그녀의 시간은 어디에 멈춰 있는 것일까. 물론 지금은 딸과 아들이 행복한 가정을 꾸렸고, 대학생인 막내딸 역시 즐겁게 살고 있으니 행복하지 않을 이유가 없다. 또 저에게 일편단심인 현석이 있으니 불행할 이유를 찾는 게 더 어려울 것이다.

그런데도 이따금 싸늘한 바람이 가슴을 할퀸다. 어린 딸을 지켜 내지 못한 자신에 대한 원망, 힘들었을 딸의 시간들이 날카로운 가시가 되어 지금처럼 가슴속을 찌를 때가 있다.

신애는 딸의 손을 쓰다듬으며 마음을 전했다.

"우리 딸, 엄마가 많이 미안해. 앞으로 더 잘할게."

가족이 돌아간 후 헨리까지 재운 에이든과 정윤은 일찍 잠자리에 들었다.

그녀의 매끄러운 몸을 다정하게 쓸어내리던 에이든의 손길이 갑자기 멈췄다. 황홀한 눈으로 그를 바라보고 있던 정윤이 상체를 일으켰다.

"왜요?"

"할 말이 생각났어요."

"뭔데요?"

"정윤 씨……."

"얘기해요."

정윤은 귓가에 속삭이는 그의 말에 웃음을 터트렸다. 싫다고 거부하는 그녀 위로 냉큼 올라온 에이든이 정윤을 누르며 압박했다.

"정윤 씨, 한 번만 해 줘요."

"싫어요."

"한국에서는 연인 사이에서도 그렇게 많이 부른다면서요."

에이든은 그녀의 목덜미를 입술로 간질이며 고문 아닌 고문을 했다. 쿡쿡 웃음을 터트리던 정윤이 목덜미를 껴안자 기대에 찬 얼굴로 그녀의 입을 응시했다.

입술을 움찔거리던 정윤은 도저히 나오지 않는 말에 속으로 한숨을 내쉬었다. 이렇게 원하니 한 번이라도 불러 주고 싶은데 왜 이리 입이 떨어지지 않는지 모르겠다.

아마 윤성에게 듣지 않았을까 짐작은 했다. 친오빠가 아니라도 친한 사이나 연인 사이에 부를 수 있는 호칭이라며 조르는 걸 보니.

정윤을 꼼짝 못 하게 누른 에이든의 얼굴에 웃음이 번져 나갔다. 고민하는 그녀의 모습조차 너무 사랑스럽다. 한 번만 불러 주면 더 이상 귀찮게 하지 않겠다는 말에 정윤이 결심한 듯 입을 벌리는 걸 보니 좋아 죽을 지경이다.

"오빠."

그녀의 다정한 목소리가 귓가에 와 닿자 더 욕심이 났다.

"한 번만 더요."

에이든은 다시 벌어지는 정윤의 입술을 삼켰다. 말랑말랑한 입술 사이로 빠져나온 말을 입안에 가뒀다.

사실 엄청나게 부러웠다. 정윤이 선후를 만날 때마다 어찌나 다정하게 부르는지 은근히 샘이 났다. 물론 두 사람 사이에 대해선 추호의 의심도 없다. 단지 너무 다정한 남매 사이가 부러울 뿐이다. 형제들만 있는 탓에 경험하지 못한 일이라 더 부러움이 생긴 것 같다.

입술이 떨어지자 정윤은 가쁜 숨을 몰아쉬며 에이든의 얼굴로 손을 뻗었다. 사랑한다는 말로는 제 마음을 다 표현할 수 없다는 생각을 하면서.

둘은 밤이 깊도록 사랑을 나눴다. 정윤을 품에 바짝 끌어안은 에이든은 그녀의 머리에 얼굴을 묻었다. 곧 두 사람의 입에선 평화로운 숨소리가 흘러나왔다.

에필로그 2

비치 체어에 느긋하게 누워 햇볕을 쬐고 있던 정윤의 입꼬리가 스르륵 올라갔다. 에이든과 헨리의 목소리가 귓가로 스며들어서였다.

"아빠, 여기야!"

"하하. 자, 간다."

"아얏!"

"헨리!"

에이든의 다급한 목소리에 정윤은 졸음이 쏟아지는 눈꺼풀을 밀어 올리고 몸을 일으켰다. 에이든이 던진 공을 잡으려다가 모래에 푹 넘어진 헨리가 울먹이고 있는 게 보였다. 에이든이 다가가 번쩍 안아 들자 언제 그랬냐는 듯이 까르르 웃는다.

두 사람을 바라보던 정윤이 소리 없이 웃었다. 행복하게 웃고 있는 두 사람의 모습이 아름다운 애들레이드 해변과 어우러져 한 폭의 그림 같았다. 웃음을 머금은 정윤의 시선이 햇살 속에서 보석처럼 빛나는 바다로 향했다.

결혼하기 전에 수진과 출장으로 온 적이 있었다. 황홀한 석양에 취해, 어쩌면 느리면서도 행복해 보이는 삶의 속도에 반해 다시 오고 싶었는지도 모른다.

지금 그녀는 느리고 행복한 시간을 보내고 있다. 그것도 사랑하는 남편과 아들, 인형처럼 귀여운 딸인 제시와 함께. 바쁜 일상에 치여 시간 가는 줄도 모르다가 에이든과 그녀는 몇 달간의 휴가를 갖기로 의견을 모았다.

물론 완벽한 휴가는 아니었다. 하루에 몇 시간은 재택근무를 해야 했다. 아시아 총괄 대표직을 맡고 있는 에이든이나 세우와인의 총괄 실장뿐만 아니라 중국 지부의 지부장까지 맡고 있는 정윤 역시 결정을 내려야 할 게 많은지라 완벽하게 일에서 손을 놓을 수 없었다.

그럼에도 호주의 애들레이드에서 삶은 무척이나 만족스러웠다. 무엇보다 아이들과 많은 시간을 보낼 수 있었고, 에이든과 그녀 역시 연인처럼 설레는 데이트를 맘껏 즐기는 중이었다.

"엄마!"

헨리의 목소리에 생각에서 벗어난 정윤은 비치 체어에서 내려와 손을 흔들었다.

"헨리!"

얼마나 뛰어놀았는지 뺨이 빨개진 헨리가 냉큼 정윤의 품으로 뛰어들어 재잘거렸다.

"엄마, 아빠랑 놀았어."

"재미있었어?"

"응. 아주 많이 재미있었어."

땀에 젖은 헨리의 앞머리를 쓸어 올려 주던 정윤은 자신의 어깨를 안는 에이든에게 고개를 돌렸다. 시선이 맞닿자 둘의 눈가에 웃음이 가득해졌다.

정윤이 헨리를 에이든의 품에 넘겨주면서 말했다.

"집에 가요. 제시가 일어날 시간이에요."

헨리를 한 팔로 안은 에이든은 다른 손으로 정윤의 손을 잡고 걸었다.

집은 멀지 않았다. 에이든이 해변가에 저택을 마련한 덕분이었다. 휴가를 계획하면서 아예 저택을 구매했는데 아주 잘한 선택이었다. 앞으로도 가끔 이곳으로 와 가족들과 여유로운 시간을 보낼 테니 말이다.

에이든은 정윤의 손에 깍지를 꼈다. 정윤이 올려다보자 걸음을 멈춰 그녀의 입술에 짧게 키스하며 물었다.

"정윤 씨, 와인 한 잔 마실까요?"

"아이들이 자야……."

말끝을 늘인 정윤은 살짝 얼굴을 붉혔다. 아이들이 있다 보니 와인을 마시자는 말은 사랑을 나누자는 암호가 되어 버렸다.

보모와 가사 도우미, 경호원들까지 같이 온 터라 방해될 것은 없었다. 그럼에도 훤한 대낮에 넘실거리는 바다가 닿을 듯이 시야에 들어오는 침실에서 사랑을 나누는 건 여전히 적응하지 못했다.

집에 들어오니 낮잠에서 깼는지 보모의 품에서 칭얼거리고 있던 제시가 정윤을 보자 울음을 터트렸다.

"으앙!"

"우리 예쁜 제시, 왜 울어?"

정윤이 품에 안아 주자 제시가 울음을 뚝 그쳤다.

"엄마가 보고 싶었어?"

"으응."

제시가 작은 얼굴을 끄덕이며 정윤의 가슴에 입을 댔다. 헨리와 마찬가지로 모유 수유를 한 때문인지 여전히 제시는 자신의 품에 안기면 입술을 오물거리며 젖을 빠는 시늉을 했다.

에이든과 정윤은 아이들에게 간식을 먹인 후 한참을 같이 놀았다. 에이든의 손을 잡고 뒤뚱거리며 발걸음을 뗀 제시의 모습에 한층 웃음소리가 높아질 때쯤, 경호원이 들어와 소식을 알렸다.

"사모님, 손님을 모셔 왔습니다."

"어서 들어오시게 해요. 짐은 게스트 룸에 가져다 놓고요."

경호원이 나가자마자 선후의 가족과 지연이 들어섰다. 두 달 만의 만남이었다.

헨리가 나연이 보고 싶다고 떼를 쓰는 바람에 에이든이 선후의 가족을 초대했다. 내심 선후의 가족들이 그리웠던 정윤 역시 몹시 반가워했다.

며칠 있다가 돌아갈 가족들인지라 마음이 급해진 정윤은 미리 일정을 짜다가 그만두었다. 여유롭게 지내는 게 더 낫지 않을까 하는 생각에서였다. 느긋하게 일어나 아침을 먹고 바닷가에서 놀다가 구경하고 싶은 데가 있으면 돌아다니는 게 좋을 것 같았다.

정윤은 아이들 사이에서 웃고 있는 지연에게 말했다.

"좀 자주 오라니까 왜 그렇게 뜸한 거야?"

"공부하느라 바빠서 그랬어. 영어가 달려서 남들보다 몇 배는 더 공부해야 하니까."

사실 지연은 교환 학생으로 호주에서 대학 생활을 하고 있었다. 휴학한 뒤에 친구들과 배낭여행을 다니다 호주에 반해 결국 복학 후 이곳으로 오게 됐다.

정윤의 가족이 휴가를 보내는 동안 몇 번 다녀가긴 했다. 더 자주 오라는 그녀의 말에 지연은 작게 고개를 끄덕였다. 자매라지만 두 사람은 너무 달랐다. 가냘픈 외모와 달리 강인한 내면을 가진 정윤과 할머니와 부모님, 오빠의 사랑을 받으며 온실의 화초처럼 자란 그녀이니 다를 수밖에 없는지도 모른다.

지연은 오랫동안 정윤에게 무관심한 척했지만 엄마를 뺏길까 봐 두려워했다는 게 맞았다. 솔직히 말하면 신애를 닮은 정윤을 가끔은 미워했고 친탁인 제 외모가 싫었다. 하지만 이젠 쓸쓸하고 외롭게 살아가던 정윤에게 사랑하는 가족이 생겨서 기쁘다.

특히나 정윤을 쏙 빼닮은 제시는 깨물어 주고 싶을 만큼 사랑스러웠다. 헨리 역시 얼마나 예쁜지 모른다. 조카들인데도 항상 눈앞에 아른거렸다.

그래서였을까. 신애와 정윤의 마음을 조금 더 이해할 수 있었다. 어린 딸을 떼어 놓고 살아야 했던 신애의 애끓는 심정과 엄마를 그리워했을 정윤의 마음이 손에 잡힐 듯이 다가왔다. 그제야 정윤을 남처럼 대했던 제 모습이 적나라하게 보였다. 그래서 많이 미안했고 그만큼 그녀가 행복하길 바랐다.

선후와 정윤이 다정하게 얘기를 나누는 모습을 보던 그녀의 입가에 장난기 어린 미소가 떠올랐다.

"오빠는 또 정윤 언니만 예뻐하는 거야?"

"무슨 소리! 너도 정윤이만큼 예뻐."

"흥!"

일부러 콧방귀를 뀌자 선후와 정윤이 소리 내어 웃었다. 그 웃음소리에 그녀의 웃음이 섞였다.

왁자지껄한 분위기가 이어지는 동안 이른 저녁 파티가 시작됐다.

지글지글 구워진 스테이크와 큼직하게 썰어서 구운 야채들이 식욕을 자극했다. 긴 테이블에 앉아 와인을 곁들여 식사하는 가족들의 모습에 에이든의 입꼬리가 스르륵 올라갔다. 은영과 정답게 얘기를 나누며 환하게 웃고 있는 정윤의 모습 때문이었다. 귀를 기울이자 두 사람의 대화 내용이 어렴풋이 들려왔다.

"아가씨, 글쎄 우리 나연이가 말이죠……."

"우리 헨리도 마찬가지인데. 그럴 땐 어떡하면 좋을까요?"

소곤소곤 얘기를 나누는 둘의 모습이 다정해 보여 에이든은 싱긋 웃었다. 무엇보다 정윤이 행복하게 웃으니 참 좋다.

"다들 한 잔씩 더 마실까요?"

선후의 목소리에 정윤이 에이든에게 눈치를 줬다. 고개를 끄덕인 그는 도우미가 가져온 와인을 열어 정윤에게 건넸다.

잔에 와인을 조금 따라 시음을 한 정윤이 일어나더니 디캔팅을 시작했다. 실처럼 가늘게 이어진 와인이 디캔터에 들어가면서 묵직하게 눌려 있던 꽃향기가 화사하게 피어났다. 마침 석양의 붉은 빛과 조화를 이룬 와인 향이 코끝으로 스며들어 절로 입가에 침이 고이게 했다.

에이든은 침을 꼴깍 삼켰다. 와인에서 정윤의 향기가 났다. 달콤하면서도 부드럽고 황홀한 꽃향기가.

리쉬부르와 로제 와인.

정윤을 닮은 와인들이다. 향기뿐만 아니라 색깔과 맛으로도 사람을 홀린다.

와인을 즐기며 식사를 마친 일행들은 바닷가로 향했다. 정윤은 일행들과 조금 떨어져 선후와 나란히 걸었다. 두런두런 얘기를 나누다 보니 화제가 신애에게로 이어졌다. 조금 속도를 늦춘 정윤이 물었다.

"오빠, 엄마가 잘 지내는 거 맞아? 전화로는 잘 지낸다고 하시는데 저번에 어째 목소리가 이상해서 말이야."

"사실은 일이 좀 있었어."

"무슨 일?"

궁금증이 일어 그녀가 되묻자 선후는 솔직하게 털어놨다.

"갑자기 할머니의 건강이 좋지 않으셨거든. 그래서 아버지가 괜찮은 요양 병원을 알아보셨어. 그 얘기를 꺼냈다가 난리가 났었지."

"할머니가 엄마에게 화풀이를 하신 거야?"

고개를 끄덕인 선후의 얼굴이 어두워졌다. 참 난감한 상황이었다. 가족들과 함께 살고 싶어 하는 할머니의 마음을 모르진 않았다. 하지만 신애를 위해선 그럴 순 없었다. 아버지가 출근하면 예전처럼 신애가 시달릴 게 분명했다.

게다가 아버지의 집 근처에서 분가해 살고 있는 그 역시 할머니를 모실 수 있는 상황이 아니었다. 은영에게 시부모도 아닌 시할머니를 모시자고 할 수는 없었다. 또 둘째 아이를 가질 생각 중이니 더욱 그랬다.

선후의 얘기를 들은 정윤이 한숨을 쉬었다. 저에게 모질게 굴었던 것으로도 모자라 신애를 그렇게 힘들게 했으면서도 성이 차지 않는 걸까.

"왜 다른 집으로는 안 가시는데? 아들이 두 분이나 더 계시잖아."

"그렇긴 하지. 이젠 끝난 얘기니까 넌 걱정 안 해도 돼."

선후가 어깨를 토닥여 주자 정윤은 고개를 끄덕였다. 현석과 선후가 있으니 엄마는 괜찮을 거라고 되뇌면서.


며칠이 순식간에 지나가 버렸다. 선후 가족과 지연을 배웅하고 돌아온 정윤은 아쉬운 얼굴로 어두운 하늘을 올려다봤다. 그녀의 손을 잡고 바닷가로 향한 에이든이 물었다.

"많이 아쉬워요?"

"조금요."

"얼마 지나면 서울에서 만날 거니까 너무 아쉬워 말아요."

단단한 에이든의 어깨에 머리를 기댄 정윤이 허리를 감싸는 그를 올려다봤다.

"에이든, 고마워요."

"뭐가요?"

"내게 와 줘서요. 그리고 이렇게 행복한 가정을 갖게 해 줘서요."

"정윤 씨, 그건 내가 할 말이에요."

양손으로 그녀의 얼굴을 감싼 에이든이 부드럽게 입술을 겹쳤다. 달콤한 즙이 흘러나올 것 같은 입술이 맞닿자 여느 때처럼 몸이 요동을 쳤다.

입술을 떼어 낸 그는 정윤의 귓불을 잘근잘근 깨물며 속삭였다.

"와인이 마시고 싶어서 못 참겠어요."

정윤은 대답 대신 그의 목덜미를 끌어안았다. 그녀를 양팔로 번쩍 안아 든 에이든은 긴 다리로 성큼성큼 걸어 집 안으로 들어갔다. 아이들이 잠든 방을 지나 2층의 침실에 정윤을 내려놓았다. 달빛이 새어 들어온 침대에서 둘은 순식간에 하나가 되어 타올랐다.

뜨거운 시간이 지난 후 에이든은 땀이 배어든 정윤의 이마에 입을 맞췄다. 답하듯 정윤이 그의 턱에 입을 맞추자 에이든이 그녀의 가는 허리를 꽉 끌어당겨 몸을 붙였다.

귓불을 다정하게 쓰다듬던 그의 시선이 정윤의 새까만 눈망울에 닿았다. 에이든은 자신 쪽으로 올곧게 뻗어 있는 그녀의 눈에 입을 맞췄다. 그의 입술이 뺨을 타고 내려가 목덜미를 지나자 정윤은 신음을 흘렸다. 에이든이 원하는 게 무엇인지 안다. 사랑 고백에 인색한 제 탓에 에이든은 그 말을 듣고 싶을 때는 견디지 못할 만큼 집요하게 애무를 했다. 점점 아래로 내려간 입술이 쇄골을 훑고 풍만한 가슴을 세차게 빨아 당기자 정윤은 신음을 흘렸다.

"하아. 에이든, 사랑해요."

한 번으론 만족하지 못했는지 그의 애무가 점점 농밀해졌다. 에이든의 뜨거운 입술이 복부를 더듬으며 내려오자 목덜미를 끌어안은 정윤은 그의 귓가에 달뜬 신음 소리와 고백을 쏟아 냈다.

사랑해요, 에이든. 바에서 샤토 디켐을 준 당신을 사랑해요. 레스토랑 와인 저장고에서 재킷을 걸쳐 준 당신을, 파에야를 만들어 주던 당신을, 온 세상을 뒤덮을 듯이 눈이 내리던 날 스파에서 안아 주던 당신을, 자작나무가 활활 타오르는 거실에서의 당신을, 그리고 지금의 당신을 말로 표현할 수 없을 만큼 사랑해요.

—*fin*

## 작가 후기

반갑습니다. 〈예기치 못한 사랑〉의 이선경입니다.

저의 네 번째 종이책이 나오게 돼서 기쁩니다.

〈예기치 못한 사랑〉은 뛰어난 미각을 지닌 소믈리에이자 와인 수입 회사에서 일하는 정윤과 레스토랑 확장 사업 때문에 서울에 온 에이든의 이야기입니다.

두 사람은 와인을 매개체로 인연을 쌓아 갑니다. 시고 떫은 인생을 달달한 와인으로 중화시키는 정윤에게 디저트 와인보다 달콤하고 치명적인 매력을 지닌 에이든이 서서히 다가옵니다. 쓸쓸하던 정윤의 인생은 에이든의 사랑으로 치유되고 충만해집니다.

이 글을 구상하고 와인에 대해 알아 가면서 몹시 행복했습니다. 〈예기치 못한 사랑〉이 출간되는 날 함박눈이 펑펑 내리면 좋겠습니다. 정윤처럼 베이글과 화이트 와인을 즐기면서 책을 읽는다면 더 좋겠지요. 아니면 바람이 부는 날이어도 좋을 것 같습니다.

어쩌면 눈과 바람 속에 정윤의 와인 향이 스며들어 있을지도 모르니까요.

시간이 지나도 정윤과 에이든 그리고 선후, 신애, 은영과 이 글에 나오는 다른 등장인물들이 많이 그리울 것 같습니다.

그리고 〈말리꽃 향기〉의 가든 디자이너인 혜원이 카메오 출연을 했습니다. 귀여운 은우와 선우는 휴대폰 영상을 통해서 나왔고요.

이제 〈예기치 못한 사랑〉은 제 손을 떠나 독자님들의 품으로 갑니다. 부디 에이든과 정윤의 예쁜 사랑이 잠시라도 독자님들을 행복하게 해 주면 좋겠습니다.

마지막으로 〈예기치 못한 사랑〉이 예쁜 종이책으로 나올 수 있도록 수고해 주신 김지우 주임님과 표지 디자이너님, 그리고 봄 출판사의 모든 분들에게 진심으로 감사드립니다.


—이선경 드림.